剑来

40

风雪旧曾谙

◎ 烽火戏诸侯 著

浙江文艺出版社
Zhejiang Literature & Art Publishing House

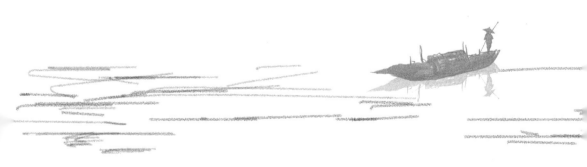

第一章
少年最匆匆

青萍剑宗的山水邸报放在云蒸山那边,暂时由种秋负责。而以后的镜花水月则被崔东山放在了绸缪山,而不是风景最好的祖山,或是距离渡口最近的云蒸山。

意料之外,情理之中。仙都山是剑修炼剑处,云蒸山是武夫学拳地,两者都很纯粹。

崔东山笑道:"种夫子,你是账房先生,不如翻翻账簿,好让包括我先生在内的上宗老祖们心里有个数。"

说出来,让大家开心开心。

宗门庆典,不比一般金丹修士的开峰仪式,前来道贺的往往都是财大气粗的"宗"字头门派,出手阔绰,贺礼分量不轻。

临近宗门的山下王朝,加上藩属门派仙府,以及各路山水神灵,为了面子上过得去,几乎都会咬咬牙,给出一份不跌份的礼物。这也是宝瓶洲娄山黄粱派与云霞山当邻居的为难处,实在是观礼次数多了,只出不进,等于是经常主动送钱给云霞山,形若藩属山头,既憋屈,又伤家底。一些个仙家门派尤其不地道,还会专门安排让人"唱名",就是直接报上贺礼内容,比如给了几枚神仙钱,送了什么天材地宝之类的,都是打开天窗说亮话。就说那皑皑洲趴地峰,由于火龙真人收徒本事极高,就经常举办庆典。传闻每次庆典结束,德高望重的火龙真人都会亲自送客下山,然后神色和蔼地询问对方最近家里是不是遇到困难了。

种秋笑着点头,从袖中摸出一本账簿:"此次青萍剑宗举办宗门庆典,从发出第一封邀请函起,时至今日,密雪峰贵客如云。不算皑皑洲刘氏父子及玄密王朝郁先生,他们三人是今天临时登山观礼的,密雪峰并未安排住处。招待其余三十二位贵客,这迎来送往的开销,加上今天祖师堂的茶水、瓜子,总计七百二十两六钱银子。"

黄庭还好,当年太平山各类典礼,她都是看客,就跟先前陶剑仙的说法差不多,只需要她坐着打瞌睡。但是福缘深厚的黄庭,修行路上再不用计较神仙钱,也还是知道七百二十两银子到底是怎么个概念的。

叶芸芸却是蒲山云草堂的一把手,这位黄衣芸就算再喜欢将庶务丢给檀溶、薛怀他们打理,最终也还是要她过目、点头批准的,故而叶芸芸极其清楚一座仙府门派举办典礼的开销。为客人们安排下榻之地,光是日常待客的仙家酒酿、茶水,及农家修士精心培植的瓜果,就是一大笔钱。更别说一场场镜花水月,那都是用钱硬生生砸出来的山水画面。再加上总不能把那些观礼修士丢到一个灵气稀薄的"无法之地"吧,岂不是耽误了他们修行?这就又需要云草堂预先揉碎一大堆雪花钱,在各处仙家宅邸、螺蛳壳道场浇灌灵气,打造出一个个益于修行的山水形胜之地。按照山上的说法,地仙修士的一个呼吸都是神仙钱,确实不是开玩笑的。此外还要准备一些庆典结束后客人们能够带下山的回礼,都需要山上账房财库早早去地方王朝或别家仙府采购……一场观礼,前前后后、林林总总的开销加在一起,动辄就是一笔天文数字,一旦真要讲究宗门颜面,扣去贺礼收入,甚至都会有入不敷出的可能。结果青萍剑宗倒好,就花了七百多两银子,一枚雪花钱都不到!

陈平安绷着脸:那六钱银子的零头种夫子你是怎么算出来的?这就有点过分了啊。

韦文龙感慨不已:同样是账房先生,学到了学到了,种夫子不出手则已,一出手就一鸣惊人。不愧是旧藕花福地南苑国国师出身,精打细算。韦文龙自愧不如,暗想下次落魄山若再有开峰典礼,自己务必要更上一层楼。

种秋翻过第一页账簿,接下来就是这场庆典的贺礼收入了。

大泉王朝这边,礼部尚书李锡龄要比老将军姚镇和府尹姚仙之后到密雪峰,除了随身携带的八十枚谷雨钱,大泉皇帝姚近之还主动与青萍剑宗承诺一事:未来大泉王朝在国境和藩属国内每发现一个剑仙坯子,都会立即送往仙都山修行,所需钱财由大泉户部负责。如果仙都山诸峰愿意将他们收为亲传弟子当然最好,如果觉得不合适,就让他们打道回府。唯一的要求是这拨仙都山出身的剑修将来若是修道有成,必须下山担任大泉王朝的皇室供奉或随军修士最少一甲子光阴。

姚仙之是第一次知晓此事,他终于有点明白为何自己会在青萍峰祖师堂有把椅子了,除了与陈先生的私人友谊,将来这些大泉王朝出身的剑修陆陆续续进入青萍剑宗,自己就是他们的靠山了?

陈平安以心声笑着打趣道："你小子现在后悔还来得及，青萍剑宗与大泉王朝是盟友，祖师堂里边怎么都会有把座椅留给你们的，换个人坐一样是坐，所以你要是觉得麻烦，脸皮薄，担心自己无法胜任，我可以帮忙跟崔东山商量一下，等过几年，再让你们皇帝陛下举荐别人。如果不嫌麻烦，你就大大方方坐着，反正我只是落魄山的山主，又不是青萍剑宗的宗主，以后遇到了争执，你该怎么吵就怎么吵，不用怵崔宗主。我至少可以保证一件事，你以后在这里，不管跟谁，吵得再凶都不用担心翻脸。将来的琐碎事肯定不会少，可后顾之忧是没有的。"

姚仙之聚音成线调侃道："陈先生，换个人坐我的位置，他们哪敢闹？肯定大气都不敢喘一口，更别说据理力争与谁吵架了，还不是崔宗主说啥就是啥。这可不行，万万不行。再说了，我跟裴姑娘也熟悉，就像陈先生说的，关起门来吵得再凶，开了门也还是自家人。"他说着瞥了眼祖师堂唯一一幅挂像。

谁敢在这儿闹？宗主崔东山可是一位仙人。要知道，那场大战之前，玉圭宗老宗主苟渊也就是仙人境。何况如今的首席供奉米裕也是仙人境，更是剑气长城的那个米拦腰。再者，陈先生已经把意思说得很明白了，他是上宗祖师，还是崔宗主的先生，再加上陈先生与大泉王朝的香火情，很多时候不用陈先生开口，就是一种对大泉王朝的无形偏袒。

种秋继续说道："蒲山檀掌律这次登山道贺送出了两张地契，是两块距离蒲山较远，但距离仙都山很近的飞地，保守估计值五六百枚谷雨钱，完全可以作为金丹修士的开峰道场，至于能否开辟为两座较小的仙家渡口，还需要更进一步的细致考察。"

叶芸芸笑道："檀溶事先找我商量过此事，按照我个人的意思，其实是拿出一张地契就可以了，但是檀溶跟薛怀都觉得不妥，用了个好事成双的理由，我当时还想说点什么，檀溶就又开始摆出一副'山主你再废话半句，老子就辞去掌律'的架势要挟我。没辙，由他去，反正蒲山挣钱从来都靠他们，他们不心疼，轮不到我指手画脚。"

贾晟感叹道："贫道之前还不敢妄言，担心自己是井底之蛙，见识不广，听到叶山主这番诚挚之言，终于可以万分确定，蒲山的风气与我们落魄山和青萍剑宗天然亲近，故而咱们双方结盟真就是水到渠成，天作之合。"

如果"好话"止步于此，也就不是那个马上要去某座私人书院开课授业的贾老神仙了："贫道不会说话，要开口说话了，也是直来直往，顶不会察言观色的。先前对蒲山云草堂了解不多，只觉得叶山主是那顶梁柱，独自挑起了所有重担，现在才知道，原来蒲山多有担当人，不缺豪杰。胡说几句肺腑之言，多有冒犯，还希望叶山主恕罪则个。"

议事堂内鸦雀无声，好像贾老神仙但凡开口，都有一种独有的气势。

叶芸芸只得抱拳笑道："过奖。"

种秋翻过一页，笑道："玉圭宗的贺礼是八百枚谷雨钱。"

陈平安忍不住问道:"多少?"

"谷雨钱,八百枚。"种秋说道,"除此之外,云窟福地少主姜蘅口头承诺他们会在五百年内将黄鹤矶和砚山两处的收益全部交给我们,作为姜氏福地自家一姓的贺礼,跟玉圭宗没有关系。按照姜少主的说法,这是他父亲下山游历之前就已经在姜氏祠堂通过了的,无人有任何异议。"

小陌有几分自惭形秽:这位只闻其名未见其面的落魄山周首席委实是大气。

老真人梁爽、指玄峰袁灵殿、太徽剑宗刘景龙、金甲洲大剑仙徐獬的贺礼都是几枚谷雨钱不等,其实这才是山上观礼的常理。

其中铁树山仙人果然极为客气,拿出了两件私人珍藏的法宝作为贺礼,一件是替铁树山给的,一件是他个人的。

崔东山嘿嘿笑道:"可惜我们那位魏海量不在山上,不然刘宗主难称酒量无敌。"

裴钱不说话。魏海量这个绰号是怎么来的,她心里最有数。

藕花福地画卷四人,裴钱最亲近的除了朱敛,就是那个自称酒量极好,结果一杯就倒的魏羡了。这还是后来裴钱在落魄山与老厨子相处久了的缘故,真要说一开始的关系,小黑炭还是跟魏羡最好。而且当年离开藕花福地共同游历桐叶洲,也数魏羡带裴钱出门闲逛的次数最多,不敢说次次满载而归,毕竟那会儿魏羡也穷,但也能保证小姑娘吃得小肚子滚圆,一路打饱嗝。所以如今裴钱看待魏羡的嫡传弟子柴芜也是不一样的心态,柴芜现在喝的仙家酒水都是裴钱自掏腰包。

然后就是裘渎。因为老妪先是观礼客人,而后才成了祖师堂供奉,所以先前她偷偷摸摸走了一趟旧龙宫遗址,在新任东海水君王朱的眼皮子底下战战兢兢、如履薄冰地取出了龙宫旧藏。除了三件压箱底的心仪物件是胡楚菱将来的嫁妆,其余她全部拿了出来,甚至都没给自己留下一件。崔东山帮忙掌眼,估价六百枚谷雨钱。由此可见,昔年一座大渎龙宫的家底之丰厚,财力之可观。

青同先前也主动找到崔东山,拿出了一件咫尺物,其内多是孤本藏书和秘宝,如果撇开几件山上重宝不谈,约莫相当于镇妖楼旧藏的一成家当。所以按照崔东山的说法,种秋此刻直接报了个数字:"青同道友的贺礼,是一千二百枚谷雨钱。"

崔东山突然说道:"先生,庾谨自称愿意拿出五成家底当作贺礼。"

这还是钟魁帮忙从中斡旋,等于是帮胖子姑苏登门讨债来了,不然崔东山和小陌,一个只会坚决不承认有这档子事,一个只会说根本没出过海。

陈平安微笑道:"你才是下宗宗主,这种下宗事务问我做什么?如果真要我说点什么,五成实在太多,三四成就足够了。"

崔东山说道:"明白!"

最后便是刘聚宝和郁泮水这两位"土财主"了,半点不让人失望,称得上是出手不凡,一给就是一艘名为桐荫的大型渡船。虽说算是皑皑洲刘氏和玄密王朝的共同贺礼,桐荫也不是风鸢这种堪称天价的跨洲渡船,但是品秩不低于翻墨,故而航线涵盖桐叶洲半洲山河,而且载货量还要胜出翻墨一筹。对于青萍剑宗而言,这等于是打着瞌睡便有人递来枕头的好事,毕竟如今的浩然天下,品秩高的渡船实在是太紧俏了,有钱都买不到,只要有这类渡船,就等于拥有了一个财源滚滚的聚宝盆。

崔东山看了眼裴钱,小心翼翼说道:"除了桐荫渡船,刘聚宝和郁泮水都希望大师姐能够担任皑皑洲刘氏与玄密王朝的记名客卿,他们分别愿意一口气给出六百枚谷雨钱和四百枚谷雨钱。如果愿意当供奉更好,谷雨钱数量直接翻一番。而且他们承诺只是挂名,以后不用大师姐参加任何家族祠堂或是玄密王朝的京城议事,只需要每百年在皑皑洲或玄密王朝露个面就行了。"

陈平安无言以对。刘氏真是财大气粗到了令人发指的地步。不用猜,桐荫渡船就是刘氏的家产,跟郁泮水没半枚铜钱的关系,说不定连那邀请裴钱担任记名客卿的一千枚谷雨钱都是刘聚宝一人掏的腰包。所以说,有个"天底下最有钱"的有钱朋友就是不一样。陈平安都想私下问那两位一句:"你们还收不收止境武夫了?"

要说刘聚宝和郁泮水,作为极其务实的生意人,当然不是有钱没地方花,此举是有一定私心的,徐獬与裴钱关系如此好就是一个明证。

当年在金甲洲战场,郑钱救下了众多山上练气士和王朝武将。这位沉默寡言的女武夫虽说战功没有曹慈那么大,但是不知为何,所有金甲洲本土人氏都发现了一件怪事,好像郑钱与蛮荒妖族有不共戴天之仇,在从南到北各处战场上,她对敌出拳要比同样身为纯粹武夫的曹慈或郁獬夫更加凶残。很多时候,郑钱简直就是有意虐杀妖族修士,经常一拳递出就是当场打碎对方的半截身子或半颗头颅,尤其是数位妖族地仙剑修,更是被郑钱专门腾出手来折磨。曾经有一位传闻去过剑气长城半截城头炼剑的年轻剑修不幸被郑钱找到,于是就直接被她一手拔起头颅,一旁身为护道人的元婴妖族修士也被劈成两半。

金甲洲战场上,从谱牒修士到山下军伍,人人皆身负血海深仇,退无可退,故而所有人都在报仇。但是郑钱出手帮忙报的仇,在金甲洲本土人氏看来,无疑是最为痛快的,没有之一。

可事实上,裴钱一个外乡武夫,之所以在金甲洲如此出拳,凶狠到近乎变态,纯粹就是她的一种无言泄愤:就是你们这帮蛮荒畜生,害得我师父无法返乡。

按照崔东山的那个谐趣说法,如今金甲洲每每提起先生,都会是一句:"哦,原来是那位郑宗师的师父啊。"所以先生和大师姐一起去别的地方不好说,但是在金甲洲,肯定还是大师姐要更吃香些。

简而言之,皑皑洲刘氏以后在金甲洲做买卖,有裴钱破例首次担任某个山头的记名供奉、客卿，就是一块极有分量的金字招牌。

裴钱说道："可以，当供奉都没问题。但是谷雨钱，青萍剑宗和落魄山对半分。"

其实徐獬之前已经跟她提过这茬，但是她没有直接答应或拒绝，只说得问过师父。

崔东山马上就要小鸡啄米了，但是陈平安摇头说道："这笔神仙钱，你自己留着。"

裴钱赧颜笑道："师父，我一个习武学拳的，留着这么多神仙钱做什么？"

陈平安笑道："师父说了算。"

裴钱哦了一声。听师父的。

营建渡口那会儿，趁着先生不在，崔东山曾经问过裴钱一个问题："当年大师姐在金甲洲，是不是就没打算返回落魄山？"

裴钱沉默许久，只是喝酒。崔东山非要大师姐给个答案，裴钱这才给出了心中的真实想法："只要师父不回落魄山，落魄山就不是我的家。"

言下之意，师父不在了，她的家就没了。只是这种话，崔东山至今都没敢说给先生听，怕被大师姐记仇，更怕先生听了伤心。

崔东山拍了拍手掌："接下来还有第二场观礼，我们先休息半个时辰。"

因为还有一个青萍剑宗金玉谱牒的开笔仪式。

陈平安与李宝瓶走出主殿，没有径直去往祖师堂大门外的广场，而是坐在了门外台阶上。崔东山带着裴钱去找那俩土财主，曹晴朗和小米粒，当然还有贾老神仙，他们就在祖师堂里边忙碌，要重新安排椅子。

桌案上摆放好笔墨纸砚，最早一位执笔人要在青萍峰祖师堂的谱牒第一页写下青萍剑宗首任宗主崔东山的名字、籍贯、师承，这个人当然就是陈平安。

接着，作为上宗掌律祖师的长命为下宗掌律崔嵬题名，而后崔嵬落座，为所有被纳入青萍剑宗的谱牒修士题名。

题名过后是拜师仪式，崔东山收胡楚菱和蒋去为弟子，崔嵬收徒于斜回，米裕收何辜为嫡传，隋右边收徒程朝露……

师父们喝过了拜师茶，弟子们行过了磕头礼，就算是山上的正式师徒了。

门外台阶上，陈平安笑问道："怎么刚好今天赶来这边了？"

李宝瓶说道："先前我游历到中土穗山，早早就打好腹稿了，要与山君府礼制司打个商量，看看能否准许我拓碑。结果就是这么巧，大半夜在穗山边境听到了一阵鼓声，等我赶到山脚，刚好天亮。周山君亲自现身，除了说拓碑一事没问题，还告诉我鼓声是因为小师叔你昨夜离开了穗山节气院，我要是早些进入中岳地界，他是可以帮忙与你打声招呼的。我估算了一下时辰，好像就只差了不到一炷香，着急嘛，就喊我哥了。我哥与周山君又是作揖又是道歉的，之后也没立即放行，帮忙推算出了小师叔这边的庆典具体时辰，我就只好耐着性子，陪着我哥一起拓碑了。"

陈平安笑道："弄混了吧，到底是谁陪谁拓碑？"

李宝瓶哈哈一笑。

陈平安说道："怪我走得太急了。"

李宝瓶说道："我哥说他暂时不宜露面，准备先走一趟西方佛国，回来之后，可能会先去白帝城做客，再来找小师叔你叙旧喝酒。"

陈平安点点头，希望双方在白帝城只是下棋就好，千万别打起来，毕竟真要计较起来，自己难逃干系。

看着微微皱眉的小师叔，李宝瓶一下子笑了起来，说道："我哥说啦，他以后去白帝城，跟小师叔无关，要你别多想。"

陈平安沉默片刻，双手笼袖，轻声道："总有些人，会让我们想要成为那样的人。"

李宝瓶说道："小师叔一直就是这样的人啊。"

陈平安掏出养剑葫，晃了晃："都不多喝。"

李宝瓶这才摘下那枚养剑葫，与小师叔的酒葫芦轻轻磕碰一下，各自饮酒。

陈平安笑问道："想不想游历桐叶洲？小师叔可以陪你。"

李宝瓶眨了眨眼睛："我哥说了，等他返回之前，不可以打搅小师叔修行。说这句话的时候，我哥模样可严肃可凶了呢。"

陈平安忍住笑："能凶到哪里去？"

李宝瓶板起脸，开始模仿大哥李希圣的神色语气："宝瓶，这件事真得听哥一次，眼睛别瞥来瞥去的。

"不说话是吧，那你总得点个头吧？

"行了行了，就当你默认了。"

裴钱和崔东山也来到了台阶上，崔东山坐在先生身边，裴钱就坐在宝瓶姐姐身边。李宝瓶摸了摸裴钱的脑袋，说："长大啰。姑娘太好，也愁嫁。"

裴钱眯眼而笑，心想：那就不嫁人呗。

陈平安问道："第二场观礼结束后，能不能用个折中的法子，把玉圭宗拉进来参与大渎开凿一事？就当是决定双方是否结盟的一种共同考验。可真要这么做了，玉圭宗那边会不会觉得我们是在得寸进尺？我其实不太擅长处理跟这种大宗门之间的利益往来，东山，你觉得合不合适？"

崔东山笑道："先生，有件事，你可能有些误判了。"

陈平安问道："怎么讲？"

崔东山说道："在桐叶洲，咱们没什么可妄自菲薄的。如今真正说得上话的山上势力其实就只有两个，需要看人脸色行事的不是我们青萍剑宗，而是他们玉圭宗。如果说我们只是没有立即答应结盟就让对方觉得我们气势凌人、故意端架子,呵,那就真是他们太高看自己、小看我们了。

"我觉得先生的这个建议其实分寸极好啊,张丰谷几个能够以外人身份在我们青萍峰祖师堂里边参与议事,该知足了。怎么可以说是刁难他们呢?明明是一种投桃报李嘛,给了他们一个很大的台阶。"

"所以说,先生还是太好说话。"

陈平安笑道:"这个说法,很剑修了。"

如果换一种说法,其实是"很事功,很崔瀺"。没什么不好的。

之前已经跟观礼客人提过醒,所以众人很快就又都重新聚在了青萍峰广场上。

陶然来到米裕跟前,发现那个来自上宗的记名供奉也在,两人正背靠着崖畔栏杆闲聊。

米裕直起身,笑眯眯道:"陶剑仙找我有事?不知有何吩咐?"

先前隐官大人与陶然在来参加庆典路上的那番对话,听得米裕差点没给风骨凛凛的陶剑仙跪下。陶然一板一眼地奉劝隐官大人以后别一口一个陶剑仙地叫,他不爱听,搁以前,就是跟他问剑……

陶剑仙,你是真不知道被咱们隐官大人问剑之人的下场啊。

不过米裕反而对陶然油然生出一种敬意:我们下宗有人如此铁骨铮铮,落魄山上宗有吗?好像没有吧。

陶然问道:"容我斗胆问一句,喜烛道友也是一位剑修?"

小陌微笑点头。

陶然硬着头皮说道:"先前有些混账话,喜烛道友听过就算,别上心。"

曾经在燐河畔的铺子里,陶然与这位道友撂下了一句狠话:"爬开。"

陶然又不是傻子,只看今天祖师堂的座位安排,喜烛道友的椅子可就在裴钱旁边。

小陌笑容和善,摇头道:"陶供奉多虑了,以后喊我小陌就是。陶供奉所谓的某些混账话,小陌都不记得了,何谈上心?"

陶然如释重负,没有冒冒失失直接询问对方的境界,容易犯忌讳。何况双方也没啥交情,真算起来,才第二次见面,关系没到那个可以问境界高低的份上。

小陌好像看穿了陶然的心思,笑道:"我与米首席不同境。"

陶然点点头。元婴境?估计不太够。估摸着是个玉璞境。

米裕龇牙咧嘴,也没解释什么。

其实陶然原本已经认命了:你们愿意喊陶剑仙,自己不觉得掉价,我也无所谓了。不承想这个小陌率先改口,称呼自己为陶供奉了。再看看米首席……小陌不愧是从上宗落魄山来的人,说话就是更讲究些。

别处,梁爽与青同站在一起,老真人好奇问道:"青同道友,你怎么也混成这边的供奉了?"

青同笑着解释道:"我道号青同,与青萍剑宗都有个'青'字,投缘。"

老真人一时间错愕无言:真能扯啊。

刘幽州刚才不但见着了裴钱,还亲耳听见她答应了父亲的邀请,愿意担任自家供奉,这会儿正乐和呢。郁泮水拍了拍他的肩膀:"啥时候喝喜酒啊?"

刘幽州涨红了脸,装傻道:"什么意思?"

刘聚宝笑着没说什么。如果真能成,当然是一件天大的喜事,可他不得不承认,儿子想要娶裴钱当媳妇,这件事太难了。傻儿子可能还没察觉到,陈平安防他就跟防贼一样,感觉下一刻就要找个地方给他套上麻袋。

李宝瓶拉上裴钱,找到了师伯刘十六的大弟子郑又乾。他们三个刚好是文圣一脉君倩、齐静春和陈平安的三位再传弟子。

蒋去如何都没有想到,自己竟然能够成为崔东山的嫡传弟子。至于开山大弟子,估计已经有了人选,崔宗主故意略过不提。但是蒋去哪敢奢望成为一宗之主的大徒弟呢?想到这,他深吸一口气。

张嘉贞只是站在那里,双手抱拳晃动几下。这个看着比同龄人蒋去至少年长十岁的账房先生笑容真诚,由衷替同乡感到高兴,但是嘴上没有说什么锦上添花的客气话。

蒋去欲言又止。当年在落魄山上,一心修行符箓的蒋去曾经被朱敛拉去忙活那些土木营造事务,然后敲打了一番:"与张嘉贞真正处好了关系,才算你修心小成,到时候我就帮你找个传道人。"

此外,老厨子也曾与蒋去坦诚相见:"小心点,千万别成为第一个被落魄山除名的山中修士。我所谓的除名,未必在祖师堂谱牒上边,而是在这里。"老厨子拎着酒壶,轻轻磕碰胸口,"事先提醒你一句,这种事情不容易做到的,劝你别自作聪明,假装去跟张嘉贞客气热络,管用吗? 那就太蠢了。你不妨自己仔细想想,我们落魄山大多数人要看穿你的那点小心思,还不跟玩一样?"

蒋去一个没忍住,伸手攥住张嘉贞的胳膊:"嘉贞,别老得太快!"

张嘉贞虽然觉得奇怪,仍是点头笑道:"好的好的。"

蒋去好像变得不一样了,就像……重新回到了家乡,他们两人都还只是酒铺的短工伙计。

白玄、柴芜、孙春王专门等着周米粒。他们这座小山头就没个高下之分,都是朋友,如今个头也差不多。

给祖师堂的椅子搬完家,黑衣小姑娘飞奔出来,柴芜问了个她最感兴趣的问题:"右护法,你们在祖师堂议事时能不能喝酒?"要是可以的话,她就要更加认真修行了,那边的酒水怎么都该是那种价格死贵死贵的仙家酒酿吧?

周米粒挠挠脸,觉得这个问题有点刁钻,于是试探着道:"可以……的吧?"

好人山主也没说不行,可就是没见人喝过啊。就算是好人山主和武林盟主那样的人,刚才都只是在外边台阶上喝酒呢。

白玄双臂环胸:"这种问题直接问隐官大人呗。"

柴芜说道:"陈山主多忙,是能随便见随便打搅的?"

孙春王难得开口说话:"隐官大人忙归忙,耐心还是有的。"

当年一起从芦花岛乘坐一叶符舟泛海远游,为了照顾他们这帮屁大孩子,大大小小的事情都是隐官大人一个人忙碌,也不见他抱怨什么。

不远处站着一个想要靠近又比较害羞的外人,名叫邱植。他看遍青萍峰,就只有这边有同龄人,而且还扎堆站着,所以就想要过来跟他们聊几句。

白玄双手负后,绕着他转了一圈:"听说你叫邱植,来自玉圭宗九弈峰?"

邱植点点头,有点紧张。

张爷爷私底下说过,落魄山那几个孩子有可能来自剑气长城。

在浩然天下,要不是剑修还好,是剑修的话,面对剑气长城,可能除了俱芦洲来的,都会有一种极其复杂的心态。邱植虽然年纪不大,但是在九弈峰修行的那段短暂岁月里,就已经开始逐渐认识到玉圭宗、九弈峰、剑修这些词语的分量了。

白玄问道:"那你听说过我吗?"

邱植点头道:"白玄。"

不光是白玄,其余几个也都给他一种说不清道不明的感觉,只不过白玄是最强烈的。

邱植如今还不清楚,那是一种近乎自负的自信。

毕竟天下剑修只分两种:剑气长城,及其之外。

邱植好奇问道:"白玄,能不能问一句,你是隐官大人的嫡传弟子吗?"

白玄摆摆手:"我在家乡有师父的,何况我有个绰号叫小小隐官,拜师隐官大人反而不合适。"

邱植疑惑道:"那么小隐官是谁?"

白玄打了个哈欠："就是比我虚长几岁而已，那家伙，不值一提。"

周米粒立即说道："小隐官陈李是金丹境了哩。"

白玄说道："对啊，所以我才说不值一提嘛。"

邱植内心惊叹不已：厉害，金丹境都不算个啥，看来以后要常来青萍剑宗做客。

白玄随口问道："邱植，你啥境界了？"

邱植犹豫了一下，还是如实告知："龙门境。"

白玄非但没有惊讶，反而眼神怜悯。这位洞府境小剑仙叹了口气，摇摇头，拍了拍邱植的肩膀，安慰道："那就跟陈李是一个路数，资质不够，勤勉来凑。以后回到九弈峰，记得修行别懈怠啊。回头给我个收信地址，我隔三岔五飞剑传信一封，提醒你几句。"

邱植笑了起来，轻轻点头。不愧是隐官大人一手创建起来的青萍剑宗，金丹境剑修都不算什么。他觉得如此才是合情合理的，就该是这样。

白玄想起一事，环顾四周，故意背对着周米粒，然后伸手搂住邱植的肩膀，不由分说拉着他走出一大段距离，小心翼翼地从怀中摸出一本随身珍藏的英雄谱，压低嗓音说道："邱植啊，我跟你一见如故，相当投缘。既然今天是咱们下宗的庆典，那就肯定是个黄道吉日了。我这儿有本册子，来，签个名，以后咱俩就等于是斩鸡头烧黄纸的江湖朋友了。哦，忘了带笔墨，没事没事，我带了印泥，盖个手印，一样作准的。"

白首远远看着这一幕，感慨万千：造孽啊。

王霁笑道："在玉圭宗里边，从神篆峰到九弈峰，邱植可不会有这样的对话，这孩子当下整个人都是放松的。"

张丰谷笑道："蛮好的，那拨孩子都不会把九弈峰峰主的身份太当真，邱植要是在这儿能有几个同龄人成为长久朋友，那么这趟出远门，九弈峰就算赚到了。"

王霁微微皱眉："要不要提醒邱植一句，不要随便盖手印？"

山上术法千奇百怪，也怪不得王霁疑神疑鬼。要说王霁自己，在江湖上也是极为豪迈的作风，可是邱植这个孩子却是玉圭宗极其器重的，以至于宗主韦瀅去浩然天下之前还留下了类似遗言的话语，而且是被祖师堂记录在册的："如果我无法从蛮荒天下返回，就由张丰谷、王霁这拨祖师堂供奉为邱植护道，不惜任何代价！"

而玉圭宗宗主之位，宁可空悬百年甚至更久，也要让邱植慢慢成长，再来补缺。

张丰谷思量片刻："我们不用这么紧张，青萍剑宗的风气还是值得信赖的。"

退一万步说，就算这次无功而返，未来玉圭宗和青萍剑宗也是一场光明磊落的君子之争。

张丰谷信得过剑气长城的本土剑修，信得过肯死守城头的末代隐官。

王霁自嘲道："是我以小人之心度君子之腹了。"

张丰谷笑道:"不能这么说,切莫如此想。"

他犹豫了一下,试探性说道:"王供奉,以后神篆峰祖师堂议事,能不能少骂几句姜尚真?"

王霄听着这句没头没脑的提醒,一时间不知如何作答。

作为与老宗主苟渊一个辈分的玉圭宗老祖师,张丰谷要比王霄知道更多内幕。

多年之前,还是九弈峰峰主的剑修韦滢就曾找到老宗主苟渊,建议由玉圭宗领衔,聚拢起一拨桐叶洲剑修,仿效俱芦洲,赶赴剑气长城。长此以往,燕子衔泥一般,用一个最笨的法子,最终为整个桐叶洲赢得一份数量可观的剑道气运。而作为领头人的玉圭宗,说不定就有机会出现一位飞升境……剑修!

当时作为苟渊师弟的张丰谷恰好在场,但是苟渊没有答应,又不给出个说法,只说此事再议,而所谓的再议,事实上就是再不提及,这让韦滢极为费解。虽说不至于心生怨气,但失落总是难免的。等到张丰谷也去私下询问,师兄苟渊还是没有给出理由。

最终事实证明,苟渊和韦滢都是对的,同时又都是错的。对于整个桐叶洲来说,韦滢对苟渊错,但是对于玉圭宗而言,则是韦滢错苟渊对。因为一旦玉圭宗与剑气长城牵连过深,表现得太过瞩目,之后那场妖族大军的围山一役,可能至少会多出一位旧王座大妖,例如绯妃或搬山老祖袁首,甚至还会再加上一个切韵,蛮荒天下的甲子帐可能直接就会不计代价,哪怕拖延进攻宝瓶洲的脚步,也要推平玉圭宗诸峰,作为一种杀鸡儆猴的手段,与浩然天下表明姿态:敢与剑气长城为伍者,就是这个下场。

不过张丰谷确定,正是从那一天起,师兄就认可了韦滢,开始真正为韦滢谋划未来宗主一事,秘密为其铺路。甚至打破传统,让不是九弈峰峰主出身的姜尚真担任玉圭宗下任宗主,而让韦滢去往宝瓶洲继任真境宗宗主,明摆着是做好了那个最坏的准备:姜尚真死守祖山神篆峰,死了就死了,韦滢和真境宗一定要将玉圭宗的香火传承下去。

这就是说,从一开始,苟渊就将姜尚真当作韦滢担任宗主的拦路石,外放到宝瓶洲,类似一次封王就藩。结果等到大战在即,就转过头来,如同再让太子殿下远离京城,远离形势险峻、无路可退的是非之地,让那位藩王入京。

姜尚真不清楚老宗主苟渊的这桩谋划吗?肯定心知肚明。有怨怼吗?毫无。

所以张丰谷看待姜尚真是怀揣着一种极其复杂的心态的,因为就算是玉圭宗本身,绝大多数祖师堂有椅子的修士至今依旧没有意识到这件事,好像姜尚真也根本不希望任何人察觉这个真相,乐得继续被人大骂不已。姜尚真可从来不是一个心慈手软的主,作为手握云窟福地的姜氏家主,双手沾满了鲜血,哪怕单纯以修士来说,经常出门远游的姜尚真,若论私德,可以被指摘的地方确实太多了。大概这就属于私德有亏,但不缺半点大义,所以姜尚真才能问心无愧?问心无愧,不是一己之私。什么外人谩骂,我自岿然不动,那不叫问心无愧,这种人年纪越大脸皮越厚,那叫老而不死是为贼。

事已至此，尘埃落定。当年苟渊是怎么想的，已经无从得知了，可能唯一知己就只有姜尚真。

因为曾经在神篆峰修行，还是苟渊亲自带上山的，后来又担任过真境宗的谱牒剑修，所以隋右边专门带着程朝露来找张丰谷、王霁叙旧，对于隋右边而言，这已经算是极为难得的事情了。

道别之后，程朝露小声问道："师父，没当上官，会不会觉得失落啊？"

隋右边笑道："为什么会这么觉得？"

程朝露挠挠头："就是随便问问。"

隋右边反问道："那师父既不是掌律祖师，也不是首席供奉，剑道境界还不高，跟着我练剑学拳，怎么看都好像出息不大了，你会不会觉得失落？"

程朝露使劲摇头："这有啥好失落的？"

隋右边说道："陈平安、朱敛、卢白象、魏羡，当然还有师父自己的独门拳法，你都要用心学，至于最后能学到多少，立志在己，成事在天，看命。"

程朝露疑惑道："隐官大人的拳法也能学？算不算偷师啊，没有忌讳吗？"

隋右边笑道："没有。"

第二场观礼结束后，众人要商讨大渎开凿一事，地点就选在了青萍峰祖师堂，由此可见青萍剑宗的重视程度。

除了青萍剑宗、太平山、大泉王朝和蒲山云草堂的人，还有玉圭宗张丰谷、王霁、邱植、姜蘅参会，青萍剑宗还邀请了刘聚宝和郁泮水，刘幽州和徐獬则属于旁听。唯一比较奇怪的地方在于青萍剑宗首席供奉米裕的嫡传弟子何辜与掌律崔嵬的弟子于斜回此次也得以列会议事。

郁泮水看着对面陈平安一行人，笑道："我能不能换个位置？我跟你们仙都山才是一伙的。"

己方虽然人多势众，对方瞧着略显势单力薄，可事实上，自己这一排，"家贼"才多呢，怎么看都不像是能占到便宜的。

年轻隐官与崔宗主分工明确，一个把人骗进门，另一个就关起门来杀，太平山和蒲山这些个肯定是帮凶啊。

之后大渎开凿一事讨论了足足一个时辰，主要是崔东山、叶芸芸和李锡龄在聊，但依旧不算有个真正的定论，因为在座几方势力将来各自负责哪条河段的开凿事宜，都有异议。

等曹晴朗关上了祖师堂的大门，里面就多出了一个老秀才，做了个气沉丹田的姿势，稳住身形——比预期好太多了，没直接坐地上。

这位好不容易才从文庙功德林脱身的老人转过身，双手负后，望向那幅画像，拈须而笑，扬扬得意："除了君倩稍微差点意思，我的弟子就没一个不俊俏的，模样气度这一块都随先生。毕竟我年轻那会儿出门买个酒都要被揩油呢，只有那个鱼市的婆姨太过分，实在是太过分了，当年卖我俩螃蟹都缺胳膊少腿的，还骗我说新鲜得很呢……"

老人走到为首那把椅子旁边，伸手扶住椅背。自己这个当先生的，能够轻松地从功德林一步缩地就跨洲远游，为什么？当然是因为坐在这把椅子上的学生，这个关门弟子，用自己的所有功德，再加上所有师兄的功德，背着他们的先生，共同做了一件事情。

至圣先师返回功德林的时候，身边跟着一只麒麟。他专程拉上礼圣和经生熹平找老秀才喝了一次酒，最后说："记得让你的关门弟子去天外走一趟。"

暮色里，在密雪峰崔东山的宅子里边，屋内一行人围炉而坐，略显拥挤。

陈平安、周米粒、裴钱、李宝瓶、曹晴朗、郑又乾。只有崔东山可怜兮兮地单独坐一条长凳。

除了小米粒不属于文圣一脉，其余六人，两个辈分，几乎可以说是一场最严格意义上的同门了。

陈平安和崔东山也就是忙里偷闲片刻，还有一大堆事务等着他们去忙。

李宝瓶说起当年在清风城狐国遇见顾璨的事，陈平安听罢笑着点点头。

有些过往，其实陈平安就算跟刘羡阳都从未提起，比如当窑工学徒的泥瓶巷少年每次从龙窑返回，就会带着小鼻涕虫出去玩，买点小鼻涕虫平时很馋又吃不太起的小零嘴儿。

有一次，陈平安让顾璨坐在他脖子上，顾璨张开双手嚷着"飞啰飞啰"，陈平安就笑着在巷弄中飞奔，结果拐角处突然出现行人，为了躲避对方，陈平安只得歪了下身子，结果顾璨的脑袋就撞到了墙壁。顾璨号啕大哭起来，陈平安连忙把他放下来，看到他的额头上出现了一个红肿大包，还渗着血丝。陈平安脸色惨白，双手颤抖着想要去轻揉几下，结果刚刚碰到伤口，顾璨就哭得越发撕心裂肺。陈平安赶紧去路边找了几种草药碾碎嚼烂，小心翼翼地敷在顾璨的伤口上，再把他的眼泪和鼻涕擦干净，反复问他还疼不疼。之后他们走去胡大娘家的包子铺，陈平安掏钱买了两个肉包子，顾璨一边眼馋，一边下意识拿手揉了揉额头上的红肿处，一皱眉，咬紧牙关没吭声，只是胡乱抹掉快要挂在嘴边的两条鼻涕。陈平安将两个热腾腾的包子都递给了他，他二话不说就还给了陈平安一个，说自己吃不了那么多。

最后，一大一小走在街上，顾璨摇头晃脑地说："好吃好吃贼好吃，天底下最好吃的就是胡大娘家的肉包子嘞。"

陈平安一手牵着他，等他吃完，又把自己手里边的递了过去。顾璨确实没吃饱，就将包子掰成两半，馅多的给陈平安，看着他开始吃才吃起来，一边吃一边含糊不清地说："陈平安，等我以后有钱了，啥好事都分你一半。等着啊，等我长大了，肯定有钱得很。兜里有铜钱算什么，家里的金子银子都一大堆，都给你留一半，说话算数！"

草鞋少年笑着说："好的好的。"

其实根本没有当真，毕竟那会儿的泥瓶巷少年和小鼻涕虫一个只是见过金子，都没真正碰过银子；一个可能都还没见过银子，只是碰过铜钱。

很多年后，他们各自离乡，等到再次重逢，开场白却是一个众目睽睽之下的耳光。被打的小鼻涕虫依旧很开心，但是打人的却很伤心。所以没有人知道，后来离开书简湖的青峡岛账房先生在遇到那个古怪的老先生后，为什么会觉得要是吃上两个池水城的包子，自己就有力气吵架了。

那天吃过包子回到泥瓶巷后，小鼻涕虫见着了娘亲，撒腿飞奔过去，故意打了个激灵，做了个鬼脸，指了指自己敷着草药开始消肿的额头，说是自己乱跑，不小心给墙壁磕了个头。而那个平时最宠儿子的妇人只是看了眼神色局促、欲言又止的草鞋少年，没有任何埋怨，不给少年说话的机会，蹲下身拍了拍儿子身上的尘土，柔声笑着说："没事没事，以后小心，走慢点，别乱跑。"

陈平安收起思绪，低下头，拿起铁钳轻轻拨弄着盆内的炭火。

只是刹那之间，陈平安和崔东山几乎是同时察觉到了祖师堂的异样。下一刻，老秀才就来到了屋外，笑容灿烂，伸手虚按两下："坐，都坐。都好，都很好。"

老秀才大步跨过门槛，摆摆手，示意大家都不用换位置了，老秀才就坐在崔东山身边的长凳上。崔东山嘴唇微动，大概是没能喊出那声"祖师"。

陈平安取出一坛酒和一套十二花神酒杯，都是上次文庙议事顺手牵羊而来，让周米粒帮忙分发酒杯并倒酒。周米粒给文圣老爷倒满酒后，就将酒坛放在文圣老爷身边的长凳上。

老秀才记起一事，从袖子里边掏出一大摞红包，每个红包里都装着两枚雪花钱。虽然钱不多，但红包上边的吉语都是老秀才离开功德林之前专程请人写的。他将红包递给周米粒，笑着提醒："红包别丢了啊，值点小钱，主要是稀罕。以后哪天缺钱花了，就去你们宝瓶洲的观湖书院或是神诰宗，找个识货的买家，开价少于两枚谷雨钱都别卖。"

周米粒双手捧着红包，低头作揖行礼，嗓音清脆喊道："文圣老爷新年好，感谢文圣老爷，祝文圣老爷福如东海，寿比南山，越活越年轻，每天好心情。"

老秀才抚须而笑："好的好的。"

就连陈平安都有一个红包。

陈平安笑道:"先生,我都多大岁数了,就算了吧。"

老秀才摇头道:"在先生这边,你们都是孩子。收下,赶紧收下。"

陈平安只得收下红包,看上边的字迹,都是同一人的手笔。每个红包上的吉语都不同,比如崔东山的写着"新春大吉",陈平安的写着"阖家平安"。既然可以确认不是礼圣和经生熹平的字迹,那就只能是那位至圣先师了。

老秀才抿了一口酒。光阴总是最不讲道理的,陈平安长大了,都是不惑之年了,小宝瓶和裴钱也都长大了,那么文圣一脉现在就剩下君倩的弟子郑又乾还算是个正儿八经的孩子了。所以老秀才转头望向郑又乾,笑呵呵道:"又乾啊,趁着你小师叔还年轻,很年轻,就别着急长大。年纪小,出门在外就不用太懂事嘛,只要是占着理的事就不要怕,吵得过就吵,打得过就打,打不过也不用着急跑路,报上你小师叔的名号,就问对方怕不怕。"

陈平安笑道:"如果报了小师叔的名号不管用,就赶紧报祖师的名号。"

老秀才哈哈笑道:"报了我的名号,小心挨两顿打。"

郑又乾小声道:"师父说我脾气差,让我别跟人打架。"

其实刘十六离开浩然天下之前,确实与郑又乾提过这茬:"如果真被谁欺负了,别麻烦你祖师,就找你小师叔去。"

老秀才埋怨道:"胡说八道,回头我见着君倩,非要说他几句。又乾哪里脾气差了,待人接物彬彬有礼,知书达理得很嘛。"

陈平安微笑道:"君倩师兄又没说错,我们文圣一脉的亲传和再传弟子哪个脾气好了?嗯,可能宝瓶和晴朗稍微好点。"

李宝瓶眯眼而笑:"一般一般。"

曹晴朗笑着不说话。

老秀才举起酒杯吸溜一口:"也对也对。"

崔东山咧嘴一笑。敢当面跟老秀才顶嘴、拆台,还能让老秀才觉得没啥的,真就只有自己先生了。

老秀才问道:"平安,近期有把握重新跻身上五境吗?"

陈平安点头道:"有把握。"

老秀才这才放心,说道:"那我就可以批准通过一封山水邸报的发放了,算是帮你澄清一下,经过托月山一役,你跌境极多,需要闭关多年。"

如今中土文庙对宗门邸报的约束是数千年来最严格的,不仅不许任何山头仙府擅自禀报蛮荒战事的进展,甚至不准妄议这场大战本身。此外,关于任何一位浩然山巅大修士的动态,各家邸报都不可随便提及。只有几个例外,比如刑官豪素斩杀南光照、山海宗私自告知浩然天下剑气长城数位剑仙联袂问剑蛮荒，以及陈平安独自剑开托月山并刻字城头……这还是山海宗逾越规矩擅自行事的缘故，如果不是事后文圣亲自说情，再加上那位名动天下的年轻隐官又是老秀才的关门弟子，文圣既然愿意网开一面，文庙才象征性地罚了山海宗一笔神仙钱，收缴那封邸报的所有收入，将其过失录档，否则山海宗的邸报执笔人如今应该已经在文庙功德林苦读圣贤书了。

"先前听说先生在城头刻字，觉得没戏了。"崔东山啧啧道，"等到这封邸报现世，听说先生如今才元婴境，立马又觉得自己行了。"

至于老秀才为何会多此一举，倒是不难理解，是为了能够少些非议。

既然是剑气长城的末代隐官，为何不去蛮荒天下？

去过了。

但是接下来肯定又会有新的质疑：既然都能在城头刻字了，为何不再去一趟蛮荒天下？

所以这封邸报就是个解释。

崔东山说道："那封邸报上边记得顺嘴提一句，说咱们青萍剑宗的米首席已经破境了。"

老秀才疑惑道："米剑仙终于破境了？"

崔东山没好气道："刚刚破境的。"

老秀才一拍膝盖，大声笑道："这敢情好！"

一座剑道宗门，有个仙人境剑修当金字招牌，就再无树大招风的忧虑了，是别人提心吊胆才对。何况这位大剑仙还是米裕，人的名树的影，米裕在地仙两境赢下的"米拦腰"这个绰号如今在浩然天下还是极有分量的。

老秀才说道："就在刚才，韩夫子作为发起人，我就只是提了个微不足道的小建议，文庙就紧急召开了一场小规模的山神议事，居胥山和九嶷山在内的中土五岳山君都到齐了，还有几十尊大国山君共聚一堂。当然，他们是用了一种类似刘财神、郁胖子今天观礼仙都山的法子，聊得很热闹，尤其是周游、怀涟几个，乘兴而来，乘兴而归，瞧他们的样子，好像还有点意犹未尽。"

礼圣依旧极少露面，亚圣去了蛮荒天下，如今中土文庙真正管事的就是文圣了，所以老秀才才会被一个姓郦的老夫子调侃为管家婆。儒家文庙正副三位教主如今留在文庙的就只有一位副教主，也就是韩夫子，算是文圣的帮手。

这些日子，老秀才忙碌是千真万确的忙碌，日夜不分连轴转。

这次文庙召集山神议事的理由是这样的："水神都有那场押镖了，你们山神总不能作壁上观吧？传出去不好听。多多少少做点实事，人要脸树要皮的，好歹堵住天下悠悠众口，省得腹诽你们这些山神老爷只会袖手旁观享清福。"

只不过中土五岳山君之外的所有高位山神明显都察觉到老秀才好像在故意针对怀涟几个，就连脾气最好的烟支山女山君"苦菜"朱玉仙都给惹急眼了，使劲拍了一次椅把手，直接反驳了文圣几句，让他少阴阳怪气。还让韩夫子放心，说烟支山不会撂挑子，该做什么，文庙事后给出个单子，职责所在，义不容辞，她和烟支山绝对会——照做，但是当下她绝不愿在文庙继续受气。

朱玉仙难得如此疾言厉色，穗山周游站起身来，打算退场，老秀才赶忙站到他身后，双手按住他的肩膀，说："咋个还生上气啦？"眼神却瞥向那位神号天筋的桂山山君，后者刚抬起的屁股就只得重新落回椅子。

陈平安轻声说道："我会在那几个山头吃闭门羹，猜测可能是他们事先得到了至圣先师间接的授意，故意不让我登山的，跟几位山君关系不大。"

老秀才满脸愧疚道："啊，竟然还有这种曲折的隐情？那就是先生误会怀涟他们几个了。没事没事，先生别的本事没有，唯独最不怕误会，下次再见面，打开天窗说亮话，敞开了就是，若是他们几个心里实在有气，大不了先生主动登门赔罪。"

事实上，那场文庙山神议事结束后，在功德林，老秀才就等着周游几个登门拜访。果不其然，五位山君联袂而来，朱玉仙率先致歉，老秀才反而与她道谢，毕竟这位女山君那句"不会撂挑子，——照做"，就是老秀才，或者说文庙想要的那个结果。

有朱玉仙如此带头表态，其余山神就心里有数了，至于议事过程中的些许"吵闹"，如人饮酒的几碟佐酒菜罢了。说句大实话，那些个大王朝的山君，说不定都想代替五岳神君被文圣亲口挖苦几句呢。

只说三教辩论，在老秀才出现之前，几乎一直是西方佛国那些不但精通经律论，而且极其熟稔其余两教学问的三藏法师力压儒家的中土文庙和道家白玉京，文庙和白玉京就算偶有胜绩，也都从未连庄过，尤其是儒家，历来输得最多，故而老秀才的横空出世，连赢两场辩论，让不少被誉为佛子、道种的两教高人直接转投儒家门下，算是一桩破天荒的壮举。如今在文庙临时当差的郦老夫子就曾经说过一句脍炙人口的公道话："老秀才不与你们嬉皮笑脸说怪话，难道跟你们认认真真吵架吗？"

老秀才大概是担心这位关门弟子会多想，会觉得是不是给自己惹麻烦了，笑着解释道："周游其实心里跟明镜似的，跟我又意气相投，简直就是失散多年又重逢的亲兄弟嘛，他跟谁翻脸都翻不到我这边。至于怀涟他们几个，对你印象本来就好。桂山那位天筋道友以前是跟我们文圣一脉有那么点心结，属于旧账难翻篇。天筋道友主要还是觉得面子上有点过不去，你拜访，一来他确实是得了文庙的暗中授意，没敢现身，又不好与你解释半句，只能让庙祝到山脚硬着头皮与你撂狠话；二来，他见你极有礼数，一没闹事二没骂人的，心里边舒坦多了。先生又故意找朋友替桂山宣扬了几句，说那桂山好大的架子，不愧是天筋地骨山脊梁的桂山，竟敢不待客，连面都不见就直接让隐官大人打道回府……所以文庙里边，桂山倍有面儿，年轻人闲暇时每每提起桂山都要竖大拇指，与咱们那位天筋道友由衷赞叹一声'老当益壮真豪杰'。既然面子有了，台阶也有了，这不，议事结束后，在功德林，天筋道友就让我捎话，说欢迎隐官去桂山做客，反正桂山的酒水极好。先生帮你先答应下来了，至于以后去不去，都是很随意的事情。"

陈平安忍不住笑道："真是难为熹平先生和郦老夫子了，还要给先生当传话筒。"

崔东山小声嘀咕道："原来是搁这儿偷偷摸摸显摆人脉呢。"

李宝瓶朝那只大白鹅竖起大拇指，赞叹道："崔师兄的脑壳还是硬朗。"

崔东山笑容尴尬："没得没得。"

周米粒挠挠脸：大白鹅学我说话弄啥子咧？

陈平安从袖中摸出一个小木匣递给曹晴朗，笑道："里边装着一枚很不错的上古剑丸，名为泥丸，你试试能否将其炼化，就当是先生送给你结丹的贺礼了。"

木匣之上所镂刻的图案可谓精美绝伦，有神官跨蛟龙、女仙乘鸾凤、远古真人驾驭龟麟等诸多祥瑞之象。

曹晴朗犹豫了一下，还是站起身，双手接过，规规矩矩与先生作揖致谢。

裴钱翻了个白眼：规矩最多的就数这个曹木头了。

陈平安望向自己的先生，再与曹晴朗说道："当年先生的先生也曾从穗山取回一枚品秩极高的剑丸，只可惜我资质一般，始终未能将其真正炼化为本命物，只能算是一种中炼。"

老秀才抚须而笑。这叫什么？这就叫文脉相承，薪火相传。

陈平安继续介绍道："这枚剑丸曾是紫阳府的镇府之宝，最早是大伏书院的现任山长赠送给嫡长女吴懿，作为她跻身中五境的礼物。吴懿是紫阳府的开山祖师，这么多年来始终不曾打开这个剑匣的全部禁制，估计她本来是准备若以后相中了某个剑仙坯子，作为收徒礼送出去的，这才被我捡了漏。所以剑丸必须早点送出手，免得我以后都不敢见吴懿，怕她万一后悔要讨回去。

"晴朗，不如打开看看，之前先生刚刚得手时就有一连串紫金文字浮现，内容的意思极大，有那'面壁千年无人知，三清只需泥土身'的说法。只是一被打开，文字就如积雪融化了。这等异象颇为罕见，按照吴懿的说法，剑丸大有来头，出自上古时代的中土西岳，由某位得道真人精心铸炼而成，原本是送给一座西岳储君之山的镇山之宝，至于为何会流散到山外，又如何被程山长获得，估计就又是一笔糊涂账了。"

曹晴朗点头道："学生在书上看到过，上古西岳主掌五金之铸造冶炼，兼管天下羽禽飞鸟之属，所以最主要的职责有点类似后世山下朝廷的工部衙门。"

陈平安笑着点头。曹晴朗这番言语，几乎与自己当初在吴懿那边一模一样的说辞。先生学生，读书都杂，都喜欢读杂书。

一旦曹晴朗将来接任宗主位置，不是剑修的身份能否服众倒是不用有任何怀疑，从落魄山到仙都山都不会特别讲究境界、身份，可作为宗主，不是剑修，终究是一桩憾事，尤其曹晴朗又是个打小就心思重的，估计到时候都会主动喝酒了。

大概是从陈平安当年执意要将周米粒纳入雾色峰祖师堂山水谱牒，更一步到位提升为落魄山右护法的那一刻起，所有人都心里有数了：

年轻山主尊重所有人的意愿，确实是什么事都可以商量。但只要是被陈平安视为落魄山真正意义上的大事，就没有任何商量、争执、捣糨糊的余地。

曹晴朗打开木匣后，屋内瞬间剑气森森，陈平安刚要出手阻拦，却又立即停下动作，因为那枚原本死气沉沉的剑丸竟然蓦然化作一柄袖珍飞剑，随后腾空画弧，刹那之间刺中曹晴朗持匣之手。即便曹晴朗是一位金丹修士，依旧没能躲过这场突如其来的"问剑"，最终剑尖处凝聚出一粒血珠，然后消失不见。

剑丸如干渴之人饱饮甘泉，悬停空中，剑尖微颤，嗡嗡作响，这在山上属于通灵之物主动认主，是一种可遇不可求的仙家机缘。简单来说，等于是曹晴朗什么都没做就已经当场中炼了这枚泥丸，这就叫心有灵犀一点通。至于何时成功大炼，无非是耗费光阴的水磨功夫而已，注定不会有任何难关险隘了。

此后，飞剑如鸟雀萦绕枝头，围着主人曹晴朗打转。所有人都齐刷刷望向陈平安，就连小米粒也不例外：莫不是好人山主当真资质一般？

崔东山故意打了个酒嗝帮先生打破尴尬氛围，老秀才忍俊不禁，提起酒杯："喝酒喝酒。"

陈平安喝过了酒，神色自若，面带微笑道："晴朗，我与居胥山的山君怀涟不是特别熟，但是如今那边有位被誉为青牛道士的封君故地重游。我与老前辈在夜航船上初次相逢时便极其投缘，凑巧他刚好是上古西岳那三位陆地常驻的老真人之一，治所就在居胥山副山之一的鸟举山，下次你游历中土神洲，可以去与老前辈虚心讨教一下这枚剑丸的真正来历。"

曹晴朗笑着点头："好的，学生必须要走一趟居胥山和鸟举山了。"

陈平安突然问道："先生，那位斩龙之人？"

老秀才笑道："虽然这位山上前辈不能算是狭义上的十四境纯粹剑修，但是千万别小觑。"

崔东山撇撇嘴："当然厉害啊，'吾有屠龙技，请君看剑光'嘛。何况那家伙还是郑居中的师父。"

郑居中这种人是丝毫不介意欺师灭祖的，可问题在于，外人如果胆敢跟他的师父不对付，那么如同封山的中土铁树山就是最好的例子。

老秀才点点头："确实很厉害，后世练气士只能通过些口口相传的事迹大致揣测此人的剑术,事实上都被陈清流的斩龙一役给蒙蔽了最关键的真相。约莫在三千年前,陈清流的出现本就是个孤例,不光是蛟龙之属,对于整座天下……还是不太准确,应该说是对数座天下的整个人间,所有的水裔、水仙,都是一种无形的大道压制。当年陈清流一人仗剑,对蛟龙赶尽杀绝,任你坐镇小天地,面对此人依旧等于是先跌一境。没法子,总有些人有些事,好像全然没有道理可讲。

"此外,文庙的秘档显示……对了,关于这件事,你们听过就算了,千万别泄露出去,否则干系不小。陈清流除了那把佩剑,还拥有两把本命飞剑,光听名字你们就知道厉害之处了,一把叫水源,另一把叫火灵。如此一来,顺带着所有修行水法尤其是主修水法的练气士,只要遇到陈清流,被问剑的下场可想而知。"

"再多说个小故事好了,先前阻拦仰止通过归墟退回蛮荒的修士是从青冥天下重返浩然的柳七。其实文庙对蛮荒大妖都是有些针对性布局的,如果不是绯妃逃得够快,其实当时陈清流已经在赶去堵截的路上了,一旦被陈清流找到行踪,绯妃的下场估计都不如仰止。"

陈平安欲言又止,是想询问陈清流为何要斩龙。

老秀才犹豫了一下,仰头喝了一杯酒,用了一个很含蓄的说法:"这也是邹子独自忧天的理由之一。先生这么说,能不能理解?"

剑修行事,自有理由。有大自由,毫无拘束。那么一位纯粹剑修酣畅递剑过后的人间苍生呢?

陈平安笑着点头。

老秀才欣慰笑道:"恩怨分明大丈夫,倒是不用因此就太过束手束脚,如果走向另外一个极端,就不善了。"

一个心里边装着很多人的人,就容易心肠软,看待世界的目光就会太温柔。

"天下剑术,追本溯源,其实也就是那么几条根本脉络而已。"老秀才顺着话题说道,"这就类似声不过五,宫商角徵羽,只是五声之变无穷尽,不可胜听也。剑术亦然。"

说到这里,老秀才转头看着崔东山,崔东山一脸茫然,伸手晃了晃酒坛:"干吗呢,这不是还有酒吗?"

老秀才伸手拧住白衣少年的耳朵:"喜欢装傻是吧,无法无天了。"

崔东山歪着脖子叫苦不迭:"疼疼疼,到底是咋个了嘛,能不能给句准话?"

老秀才说道:"当年在那口水井底下挨了你家先生当头两剑,被你吃掉了?!"

崔东山歪着脑袋,满脸生无可恋的表情,抽了抽鼻子,抬起一只袖子抹了抹脸,委屈极了。

陈平安原本一头雾水,听到先生的说法后,心中立即了然,说不定当初那盘桓在自己气府内的三缕剑气就是某种意义上的三脉……远古剑道,至少也能算是三条主脉的重要旁支，结果其中两缕剑气都打赏给了当年躲在水井底下不肯冒头的崔东山。

先生与学生，果然从一开始就情深义重。

陈平安笑道："先生，那两缕剑气的归属让东山自行安排就是了，可以当作我送给青萍剑宗的贺礼。"

老秀才松开手，点点头："就是气不过他得了便宜还卖乖，总觉得所有人都是傻子。"

崔东山揉着耳朵，愤懑不已："我是有长远用处的，又不会假公济私。"

老秀才双指弯曲，一个栗暴砸在崔东山脑袋上，沉声教训道："一个人知识上的充沛会给自身带来一个巨大陷阱，计算力和智力上的优越感，那种习惯性居高临下看待所有人的眼光，迟早要出问题，大问题！"

崔东山晃着身子开始撒泼耍赖，干号道："干吗就只教训我一个人啊，只凶我一个人干吗？宝瓶呢？大师姐呢？曹晴朗呢？"

陈平安咳嗽一声，崔东山立即端正坐好，正色道："祖师爷教训的是，回头我就一字不落记在纸上。"

周米粒转头看了眼书桌，轻声问道："崔宗主，要帮忙拿纸笔吗？"

连跟自己最亲的小米粒都开始胳膊肘往外拐了……崔东山先是呆滞无言，然后又开始干号，周米粒连忙递过去一捧瓜子，崔东山这才笑逐颜开。

陈平安也不管这家伙，换了个话题，笑道："先前在大骊京城碰到赵繇，咱们这位侍郎大人说了个想法，打算重新凑齐那把仙剑，将已经一分为四的太白归拢为一，应该是想着以后再见到那位白先生，能够物归原主。"

老秀才点头道："很有心了。想法是好的，就是做起来太难，实在太难。"

崔东山怒道："赵侍郎真是吃了熊心豹子胆，他难道不知道先生就占据四把仙剑之一？以后见面，休想我喊他一声赵师兄！"

太白除了剑鞘犹存，剑身当年一分为四，各认其主，分别是陈平安、赵繇、斐然、刘材。而赵繇因为当初在那座孤悬海外的岛屿上与一位读书人求学多年，所以在某种意义上其实可以算是白也的半个学生。

想要重新聚拢太白，意味着赵繇至少要与其余三人问剑，而且都必须成功。所以先前在大骊京城，有过一场关于这把仙剑的对话。

赵繇率先开口，不过是直呼其名："陈平安。"

陈平安立即提醒："不像话了啊，得喊小师叔。"

然后就冷场了。

毕竟双方是聊正事，陈平安就笑着开口道："要是问剑赢过小师叔，就可以拿走夜游。当然，问拳也可以。"

赵繇这个师侄很贼,笑着问道:"治学呢?"

陈平安亦笑:"学问?你还差得远。"

赵繇笑着不说话,脸上写满四个字:不以为然。

陈平安说道:"齐先生说过,道理在书上,做人却在书外。"

赵繇想了想,点点头:"如此说来,我与小师叔确实差得远。"

李宝瓶疑惑道:"赵繇是剑修吗?"

陈平安摇头道:"不是剑修,至少暂时还不是。大概他是想与白先生走同样一条修行道路吧。"

李宝瓶说道:"赵繇比较认死理,人还是很聪明的。"

因为是同乡,更是同窗,所以知根知底。

不过对于当年的赵繇来说,每每想起那个风风火火的红棉袄小姑娘,或多或少都会有几分心理阴影。赵繇刚去学塾那会儿,因为不小心欺负了一个羊角辫小姑娘,被李宝瓶拿着树枝追了一路。等到了家门口,赵家长辈问李宝瓶为什么要动手,小姑娘回了一句:"好好跟他讲道理不管用啊,不认错,还嘴上服气心不服的,骗不了我。"

都是街坊邻居,又是孩子之间的打闹,赵家长辈也没法说什么,结果第二天赵繇下课回家,就浑身都是脚印了。原来放学路上,赵繇虽然已经故意弯来绕去,仍是被小姑娘逮了个正着,跳起来就是一通飞踹:"喜欢告状是吧?我不动手,动脚总行了吧?"谁知为了能够保证只动脚不动手,小姑娘撞到墙壁上好几次,最后还崴脚了。即便如此,她也坚持要陪赵繇一起回家。

第三天,赵繇刚出门就发现李宝瓶蹲在外边,又怕又委屈,一下子悲从中来,蹲在地上抱着脑袋号啕大哭起来。一瘸一拐的小姑娘走到他身边问他认不认错,满脸鼻涕眼泪的赵繇仍是不愿,就开始满地打滚。小姑娘转身就走,肩头一高一低地走出去十几步后突然停步,转头看着那个坐在地上已经停下哭声的同龄人,用眼神示意对方:等着,到了学塾附近,咱俩再一较高下。

赵繇尚且如此,林守一和董水井他们这拨人就更别提了,恐怕都要掬一把辛酸泪。所以曾经的小镇学塾,经常是先生在前边授课,红棉袄小姑娘手心挨了板子罚站在后边或窗外,偷偷金鸡独立,双臂环胸生闷气。

老秀才喝了差不多半壶酒就已经满脸通红,起身笑道:"得回了,还有一大堆事务等着呢。"

崔东山难得没有掰扯什么。真不是老秀才矫情,忙是真忙,天下事务一肩挑,不是什么玩笑话。虽说也不是不可以忙里偷闲片刻,但是一些个文庙决策可能只是快慢片刻之别,在蛮荒天下呈现出来的最终结果就是云泥之别。

屋内众人都站起身跟着老秀才来到屋外,老秀才本想跨过门槛就一步缩地山河径直返回功德林,只是走着走着就走到了宅子大门外边,再走着走着就走到了密雪峰一座崖畔凉亭前。老秀才这才停下脚步,抬头看了眼匾额——拿云亭。他并未拾级而上,只是看着陈平安他们几个笑道:"别送了,都回吧。"

老人一年一年老,少年也难再年少。

老秀才看着他们,既自豪得意,又难免有几分伤感;既想要自家晚辈能够跟着书上道理一起长大,又不愿孩子们过早长大。这种极为矛盾的心思,大概只有等到为人父为人师了才能真正体会几分。

老人强忍着把一肚子言语都放回肚子,只是笑道:"以后有机会,你们一起去文庙功德林做客,有想要看的书,事先列好书单,都不成问题。"

陈平安带头作揖拜别,老秀才笑着点点头,一步跨洲重返文庙。

天上皎皎明月光,人间匆匆少年郎,脚步最匆匆。

第二章
陌上又花开

明月夜中,遍地月光如水,一行人离开拿云亭,裴钱拉着李宝瓶返回自己住处。她们久别重逢,可以聊的事情实在太多了。

陈平安和崔东山先后确认了曹晴朗的情况,并未发现任何隐患。不过崔东山还是建议曹晴朗先不用着急正式炼剑,等到金丹境稳固后再去景星峰闭关,曹晴朗对此当然没有任何异议。

曹晴朗带着郑又乾一起离开,双方住处距离很近。走在夜深人静的山路上,郑又乾试探着问道:"曹师兄,能不能跟你说个小小的心事?"

主要还是觉得小师叔的这个学生温文尔雅,一看就是个读书极有本事的。也对,曹师兄是大骊王朝的探花郎嘛,师父每次提起此事,也是相当高兴的。

郑又乾感觉崔宗主是个奇怪的人,至于裴师姐,郑又乾也怕啊,咋个能不怕嘛。

曹晴朗笑道:"是因为自己的出身,遇见了我先生,还有我们这些师兄师姐,心里总觉得有点小小的别扭?"

郑又乾使劲点头:"是啊,愁呢。本来没觉得算个啥,因为某个朋友总喜欢拿这个说事,我再不多想也要多想了。唉,越想越生自己的气,确实挺没出息的。"

曹晴朗笑道:"那你明儿就得与谈瀛洲诚心诚意道声谢啰。"

郑又乾一头雾水:"啊? 我觉得不生她的气就已经很有大丈夫气度了呢,为什么还要跟她道谢啊?"

曹晴朗缓缓说道:"有些事,我只是说有些事,看似大家都故意不说,其实反而就是一直故意在说了。这样的好心好意当然是很好的,不过长此以往,兴许也是一种负担,还不如挑明了。不躲着它,它就自己跑开了;躲着它,它就跟我们的影子一样。他人看待我们的眼神,我们以为的那些私底下的议论,就像人生路上的……日光和月色,让我们心里边最放不下的某件事如影随形。当然,这种另类的陪伴不一定全是坏事,只不过这里边的好与坏,以及具体的大小、比例,对我们心境的不同影响,我如今也不敢说太多,以后要是有了心得,可以再与你说说看。谈瀛洲年纪不大,却是个心细的,她是故意在你面前当恶人,好让你早点适应这种别扭,就像一场开卷考。"

郑又乾恍然道:"明白了,还是曹师兄学问大!"

曹晴朗微笑道:"比起先生和崔师兄,我差得远了。"

郑又乾说道:"那也只是跟小师叔和崔宗主比较,不能说明曹师兄的学问就不大。"

曹晴朗一时间无言以对。这口气真像自家先生,难怪先生这么喜欢郑又乾。

不知不觉走到了宅子门口,郑又乾轻轻推门,没推开,加重力道再推了一次,还是不成——竟然闩门了。这个谈瀛洲,说了别闩门,咋个就是记不住呢,忘性大,难怪总是丢三落四。

曹晴朗抬了抬下巴,满脸笑意,示意郑又乾翻墙。

门内突然响起一声怒喝:"门外是哪个小毛贼?!速速报上名来,若是那行凶的歹人,定教你有来无回!"

郑又乾挠挠头。被曹师兄撞见这一幕,就挺难为情的。他冲屋内喊道:"我。"

谈瀛洲怒道:"何方神圣,名字如此古怪,竟然叫'我'?劝你赶紧拿出一点诚意来,既然都是走夜路混饭吃的江湖人,行不更名坐不改姓的,画出道来与姑奶奶比试一场,问拳问剑都无妨!"

曹晴朗向前走几步,轻声笑道:"是我,曹晴朗。"

谈瀛洲赶紧开门,挤出笑脸,神色腼腆道:"见过曹仙师。"

曹晴朗笑着点头:"打搅。我就不进去了,回头再找龙门前辈请教那幅《黄河奔流图》的真伪。"

谈瀛洲使劲点头:"小事小事,不在话下。"师父说过,这个曹先生修行路上后劲很足,以后的成就半点不输同门师姐裴钱。

谈瀛洲眼角余光发现杵在一旁的郑又乾目不斜视,绷着脸没啥表情,小姑娘这才心里好受点。

告别了二人,曹晴朗独自夜行,却没有直接返回住处,而是原路折返,回到拿云亭,踢了靴子,盘腿而坐。

曹晴朗的道场在绸缪山景星峰,按照曹晴朗的设想,既不应豪奢,也不至于太过简陋,毕竟那些珍本、善本、字画都比较金贵。如此,就必须要有一座专门用来藏书的两层小楼,而文人书斋一般都会有个名号,先前围炉而坐,曹晴朗就请先生帮忙取个名字。先生好像早有腹稿,不假思索就给出了建议:豁然斋。

若是单独将"豁"这个字拎出来,其实不属于"美字",因为无论是作为动词还是名字,皆寓意不佳,其中就有说是野草和庄稼混长在一起。但是"豁"一旦与"然"字凑堆为邻,意思就一下子截然不同了。比如读书治学一道,豁然意解,仿佛沉疴顿愈。而最常用的豁然开朗,既可以用来形容一个人的视野,也可以说是某种心境。此外,曹晴朗的名字里边本就带个"朗"字。

这么好的书斋名,曹晴朗却从先生眼中看到了一种相当陌生却也不算第一次见到的小心翼翼,那最深处蕴藏着的是愧疚,好像这种寄予厚望就会让先生觉得愧疚。为什么呢?

曹晴朗终于知道某个答案了。当年在家乡藕花福地,还不是先生的陈先生送自己去学塾上课的路上,在街巷拐角处停下脚步,几次欲言又止,最终还是沉默,带着自己继续赶路。

先生是过来人,明明知道如何让一个孩子渡过心关,熬过苦难,但是那会儿依旧不敢开口,大概是觉得对一个孩子来说,早早懂得某个哪怕明明极好的道理,是一种残忍。因为当年曹晴朗的祖宅里边住着两个同龄人,所以陈先生不愿意让一个他觉得已经很懂事的可怜孩子去为了一个不懂事的可怜孩子变得更懂事,天底下没有这样的道理。

曹晴朗背靠着亭柱,可惜自己没有随身携带酒水的习惯。

这么好的先生,怎么就被自己找到了呢?

周米粒离开大白鹅的宅子后又悄悄返回,发现好人山主坐在院子里,脚边堆满了长短不一的青竹管。她看出端倪了,知道是好人山主在打造竹箱呢,于是轻声问道:"好人山主,能给我也做一只书箱吗?"

陈平安微笑道:"当然没问题啊。"

当年去大隋山崖书院的游学路上给宝瓶打造的那只竹箱已经太小了。

周米粒说道:"我的可以放在最后做,就用剩余的竹子就行,小小的也没得关系。"

陈平安笑道:"这堆竹子,做三只竹箱,怎么都够了。"

宝瓶、又乾,再加上小米粒的,没任何问题。

崔东山在屋内书桌边嚷嚷道:"先生!"

陈平安头也不抬:"滚。"

崔东山立即笑容灿烂道:"好嘞!"

果然,先生还是跟自己这个得意学生最不见外,天气冷,但是学生心里暖啊。

大师姐、曹师弟,你们挨过先生的骂吗?别说挨骂了,咱可是挨过打的。

大白鹅继续埋头算账，一手提笔书写账目，一手打算盘噼啪作响。

自家青萍剑宗的账簿上边，因为观礼道贺一事，一下子就多出了好几笔谷雨钱。

大泉王朝礼部尚书李锡龄带来八十枚谷雨钱，对于如今捉襟见肘的大泉户部来说，真可谓雪上加霜了。

玉圭宗给了八百枚谷雨钱，财大气粗，不愧是咱们桐叶洲的头把交椅！

姜氏云窟福地的黄鹤矶与砚山，按照往年的入账，抛开成本，平均下来，每年有七八十枚谷雨钱的收益。不多吗？很多了！何况是足足五百年的长远收益。周首席不出手则已，一出手就从不让人失望。

本来崔宗主都想顺应民心，写封密信到蛮荒天下某座渡口，好好劝已经是半个外人的周首席一句："如果没事就别来青萍剑宗做客了，我们都担心小陌误会。"

现在看来，这封信还是要写的，只是就不写这句话了，伤感情，不合适，而是要多与周首席叙旧，嘘寒问暖一番。落魄山的首席供奉，既然是仙都山的半个外人，那就也是半个自家人嘛，我们青萍剑宗必须欢迎周首席回家。

其实裴钱先前背着师父，已经偷偷将那件咫尺物交给了崔东山，再加上一千枚谷雨钱，算是她借给曹晴朗和青萍剑宗的，不收利息。

崔东山当然不敢收，明摆着要被先生骂的，但是当时看着大师姐的架势，就从不敢收变成了不敢不收。毕竟，被先生当面训几句，总好过被大师姐记账本吧？

他娘的，得找个机会把白玄的那部英雄谱供出去，看能不能让大师姐将自己的全部债务一笔勾销。

老真人梁爽他们几个贵客的贺礼加在一起也不到二十枚谷雨钱，可毕竟是货真价实的谷雨钱哪，如果折算成雪花钱，就是好大一堆了。

还有那艘桐荫渡船，这会儿已经停靠在青衫渡，跟风鸢一大一小当邻居呢。

陈平安问道："大泉王朝六十年内大概能找到几个剑仙坯子？"

崔东山想了想："桐叶洲的剑道气运实在是让人……一言难尽，按照常理，甲子之内，就算挖地三尺也只能找到两三个。不过今时不同往日，有先生坐镇，再加上大泉姚氏自身就能够吸纳一洲气运，数量大概能翻一番。"

陈平安说道："大泉也不容易，百废待兴，处处都需要用钱，还要维持与桐叶洲第一王朝地位相符的边军兵力。我们就假设有五名剑修来仙都山修行好了，规矩还是那么个规矩，他们炼剑所消耗的天材地宝，你就打个对折报过去。甲子之后，如果大泉王朝彻底缓过来了，就不用打折了，该多少就多少。"

崔东山嗯了一声："听先生的。"

蒲山送出的两张地契至少价值五六百枚谷雨钱，其中一座山头早已荒废多年，但是占地广，而且自古就有银矿，要不是属于蒲山云草堂的私人地盘，那个最新恢复国祚的王朝早就吭哧吭哧开山去了。

另外一处飞地因为算不得什么风水宝地，在那场战事中反而得以逃过一劫，当下有几十号流离失所的谱牒修士聚在一起抱团取暖，给天目书院报备过，算是正儿八经开山立派了。初代掌门是个龙门境老修士，因为与蒲山有点香火情，蒲山又是一贯大度的，所以就只是意思意思，收下对方砸锅卖铁凑出来的几枚小暑钱，便将山头租赁出去了，先前种秋说此地能够做金丹地仙的道场，并非溢美之词。

崔东山笑道："裴供奉好眼力，刚好留下了最值钱的三样龙宫旧藏，否则就不是估价六百枚谷雨钱了，贺礼怎么都能翻一番。"

陈平安忍不住笑骂道："那是裴嬷嬷留给胡楚菱的，胡楚菱还是你的嫡传弟子，你还有脸说这个？"

他转头望向周米粒："对吧，小米粒？"

周米粒挠挠脸："是不太应该哈。"

崔东山之所以打算盘记账，主要是在仔细记录青同道友的那些镇妖楼旧藏，实在是数量太多，光是那些孤本的书目就可以单独成书了，各色宝贝就这么积少成多，总价自然特别可观。

先前种夫子在青萍峰祖师堂内说值一千二百枚谷雨钱，不能说谎报，但确实是早年的行情，在如今灵器、法宝多多益善的桐叶洲是可以有极大溢价的，根本不愁销路。此外还有胖子姑苏的几成家底，可能这才是真正的大头，毕竟是扶摇洲帝王出身的飞升境鬼物。

陈平安说道："庚谨的那些家当，除了已经还回去的，其余四成先留着。"

以后开凿大渎一事可能需要庚谨帮忙，到时候找机会将这些本就属于他的家底一一还回去就是了。

崔东山满脸讶异，啊了一声："先生，仙都山这边只留下了三成。"

陈平安立即站起身，就要去清查账目，崔东山连忙合上账簿，哈哈笑道："记错了记错了，是四成。"

陈平安坐回竹椅，继续打造竹箱："光是实打实的谷雨钱就有多少枚了，你们青萍剑宗还跟不跟我哭穷了？"

崔东山如遭雷击，伤心欲绝道："小米粒，你听听，先生说的是'你们'青萍剑宗，像话吗？你说伤人不伤人？"

周米粒摇头晃脑做个鬼脸："你们青萍剑宗，你们青萍剑宗。我们落魄山，我们落魄山。"

崔东山靠着椅子，一边双腿乱踹，一边挥动袖子："这日子没法过了，连右护法都开始欺负人了。"

周米粒赶忙跑进屋子,踮起脚尖,用手挡住嘴,与侧身趴在椅把手的大白鹅窃窃私语。

虽然典礼已经结束,但密雪峰各处都有客人登门拜访。比如张山峰就找到了太徽剑宗的年轻宗主,劈头盖脸就是一句:"刘宗主,我酒量不行。"把白首笑得肚子疼。

刘景龙笑道:"没事,我不劝酒。"

他给张山峰和白首的碗里都倒上酒,然后举碗与张山峰轻轻碰一下,张山峰便问了一个好奇已久的问题:"刘宗主是喜欢喝酒,还是天生酒量好?"

刘景龙笑着解释道:"我当然不喜欢喝酒,但是那些被某人怂恿来找我喝酒的人,既然是他的朋友,我觉得肯定值得认识。"

张山峰喝了一大口酒水,笑道:"说实话,能够跟刘宗主同桌喝酒,搁在二十年前,是我想都不敢想的事情。"

刘景龙笑道:"这种话,信的人肯定不多,我算一个。"

白首突然感叹道:"那位人间最得意,还有蛮荒天下那位,以及咱们俱芦洲北边的白裳,再加上我白首,啧啧,'白'在山上可真是大姓啊!"

张山峰开始认真琢磨姓张的山巅修士有哪些了,刘景龙则倍感无奈。

白首抿了一口酒,自顾自点头道:"听说那个斩龙之人姓陈,再加上婆娑洲那位肩挑日月的醇儒,以及我的好兄弟陈平安,姓陈的排在第二好了。"

裴渌带着胡楚菱去拜会旧玉芝岗淑仪楼三位修士,长命则带着纳兰玉牒,跟贾晟一起找到了吴钩和萧幔影这对道侣。贾老神仙竟然主动当起了厨子,系上围裙,亲自炒了几个佐酒菜,让吴萧二人受宠若惊。主要是他俩尚未真正适应青萍剑宗的门风,相信很快就不会大惊小怪了。

刘聚宝和郁泮水主动去找了玉圭宗,路上郁泮水笑道:"即便是'宗'字头的庆典收贺礼,一口气收下这么多枚谷雨钱的,也为数不多吧?"

刘聚宝点头道:"上一次可能是韦赦跻身上五境,再上一次大概是于玄再次创建下宗。"

一旦某个宗门的下宗再有下宗,那么它就可以顺势升为"正宗",或是被尊称为"祖庭"了。这在浩然历史上,称得上是屈指可数。

钟魁带着胖子去找姚老将军闲聊,刚好蒲山三人也在。

庚谨发现一件怪事:钟魁瞧见了那位黄衣芸,竟然还有几分腼腆神色,说话嗓音都不一样了,咬文嚼字的,在那儿装斯文呢。想他姑苏堂堂血性男儿,真心看不惯钟魁这等做派,腻歪!

喝过酒,离开宅子后,钟魁发现身边这个胖子鼻子不是鼻子眼睛不是眼睛的,就说了崔东山愿意归还六成家当一事。庾谨立即弯曲膝盖,双手抓住钟魁的胳膊,热泪盈眶,带着哭腔和颤音喊道:"钟魁兄! 这等大恩大德,无以回报,让小弟如何是好哇!"

钟魁抖了抖手腕,嗤笑道:"下次再有酒局,就你这种酒品,跟狗喝去。"

庾谨眼神哀怨道:"我这不是怕在酒桌上抢了钟兄弟的风头嘛。"

钟魁一把推开他的脑袋,他压低嗓音问道:"钟兄弟,你是看上黄衣芸了? 好巧,咱哥俩眼光差不多。罢了,为了兄弟,忍痛割爱又何妨,需不需要我帮忙牵线搭桥? 对付女子,尤其是这种极其出彩的女子,小弟还是很有点天赋的。"

钟魁笑道:"想啥呢,就是年少时很仰慕叶山主,喜欢当然是喜欢,但是跟那种男女之情的喜欢没什么关系。"

庾谨感叹不已:"我就佩服钟魁兄这种言语坦率、光明磊落的正人君子!"

一说到女子,庾谨就气得直跺脚:这个陈平安,当自己是整座百花福地的太上客卿吗?! 只是再一想:摸着良心说话,这小子如此年轻有为,又有那么点担当,我要是他,横着走都算我姑苏不讲排场。

钟魁双手笼袖,缓缓而行,抬头望天。多少人来看明月,谁知倒被明月看。

种秋找到了邵坡仙、蒙珑、石湫转告两事:一是黄庭国境内的紫阳府吴懿极有可能在近期正式落脚桐叶洲,愿意主动担任他们在燐河畔立国后的护国真人。蒙珑如今在山水谱牒上边的名字是独孤蒙珑,邵坡仙笑望向她,她笑着点头。既然公子都没意见,她当然是乐见其成的。

种秋之后拿出两幅画卷,一幅是整个桐叶洲中部的形势图,一幅是燐河某段河流的,说燐河会成为未来一条崭新大渎的主河道之一。邵坡仙盯着两幅画卷思量片刻,道:"我们未来五岳的选择可能就要稍作改动了。"

一旦立国,除了京城选址,还需要封禅五岳山君,以及邀请水神开府、聚拢离散的流民等等,而这些大大小小的事情都需要仰仗青萍剑宗。

道号龙门的果然已经答应黄庭做太平山的记名供奉,所以再过两天,下山之后,果然就会带着弟子谈瀛洲跟随黄庭和护山供奉于负山一起去往太平山旧址。

这位仙人已经飞剑传信一封回了铁树山,告诉如今主持宗门事务的师姐,自己准备在桐叶洲多待个一年半载的。对于上五境修士来说,出门游历一趟,耗费数年甚至数十年光阴都是很平常的事情。

除此之外,果然还动用私人关系给中土神洲寄出数封密信,邀请几个同样是妖族出身的机关师和山上的营造大家来桐叶洲游历。

米裕、崔嵬、小陌难得聚在一起,外加一个在仙都山好像跟谁都不熟,又好像跟小陌比较熟却不愿与之熟的青同。他们还喊上了先前破例参与祖师堂议事的何辜和于斜回。

荣升为青萍剑宗首席供奉的米裕与嫡传弟子何辜的道场、府邸会建造在仙都山的云上峰。掌律崔嵬和弟子于斜回的道场则建造在仙都山天边峰的仙人掌。

这两位剑修在家乡剑气长城时都不曾收徒,所以当下这两个孩子是他们真正意义上的开山大弟子。

小陌在青萍剑宗的临时道场最为朴素,只是在仙都山山脚落宝滩上搭了间茅屋。

几人坐在大火盆边,米裕弯腰伸手烤火取暖,抬头笑道:"你们俩都不笨,知道隐官大人为何把你们拉过去旁听议事了吧?"

何辜不乐意理睬这个在家乡声名狼藉的师父,何况还是一句没啥意思的明知故问,就闷不吭声。于斜回便点头道:"知道,因为我们两个的本命飞剑是可以给隐官大人帮上一点小忙的,反正既等于炼剑,又能游山玩水,何乐而不为。"

小陌笑道:"是青萍剑宗。"

于斜回说道:"又没啥两样。"

崔嵬也没说什么,确实没什么两样。

也就是在青萍剑宗了,否则在别家山头,这里边的差别,大了去。

浩然天下历史上,下宗宗主跟上宗祖师堂闹翻或是关系弄得很僵,虽说不算太常见,却也不是没有。最夸张的一次,是流霞洲某座大山头选址建造在金甲洲的下宗不知为何直接就宣布脱离上宗,还通过山水邸报昭告天下,虽说最后没成,但也闹得沸沸扬扬,至今还是山上笑谈。那座宗门经过这场内讧,没过几年,从下宗宗主到掌律、首席供奉、客卿全部换了人,上下宗貌合神离,很快都走上了下坡路。

建立下宗殊为不易,人心散了再聚更是难上加难。

米裕笑道:"不是祖师堂成员却能够破例参与议事,不光是在青萍剑宗,在落魄山都是头一遭的事情,所以你们两个确实可以引以为傲了。"

于斜回撇撇嘴,学陈平安双手笼袖:"这算什么真本事,虚头巴脑的。"

何辜点头附和。

在九个剑仙坯子当中,何辜是个头最高的,本命飞剑飞来峰也极其玄妙,一旦祭出,好像天然就拥有一种能够敕令山岳的天赋神通。当然,这些山脉的规模会与何辜的境界直接挂钩。

飞来峰在剑气长城并不如何出类拔萃，若是按照避暑行宫的品秩评定标准，最多只能列为乙下等，可是到了浩然天下，就完全可以跻身乙上之列。而且将来到斜回境界攀升，只要与人问剑能够拣选适宜战场，几乎等于大修士坐镇小天地，杀力暴涨。

何家的宅子不在太象街或玉笏街，但是底蕴深厚，而何家祖辈历代剑修都出自刑官一脉，所以何辜腰间悬挂的那把祖传短剑读书婢的品秩不低。

至于于斜回的本命飞剑破字令，不但是在浩然天下带有一种禁忌意味，就连在剑气长城和避暑行宫，也根本没有被记录在册。因为一旦于斜回能够成长为上五境剑修，尤其是大剑仙，那么对妖族练气士，尤其是那些真名泄露的上五境妖修而言，简直就是一场死伤都不知道从何而来的无妄之灾。

如果给个不那么恰当的比喻，就是从某种意义上来说，将来能够参加城头议事的大剑仙于斜回就如同一个……小白泽。被于斜回知晓妖族真名者，同境修士，领剑即伤；境界低于于斜回者，接剑即死。

崔嵬说道："以后在仙都山要好好炼剑。"

何辜差点没忍住就要说一句"你个元婴境好意思跟我说这些有的没的"，只是不知为何，斜眼看着名义上的师父那张一年到头不变的面瘫脸孔，兴许是在火光映照下显得稍微柔和了几分，何辜还是点了点头。

米裕揉了揉下巴，只得跟上一句："斜回啊，你也一样。"

结果于斜回直接顶了回去："别学隐官大人说话，老子炼剑关你屁事。"

何辜哈哈大笑，瞥了眼那个面瘫。崔嵬扯动嘴角，难得笑了笑。

小陌低头弯腰给搁在铁网上边的那几只粽子翻面——烤得金黄才好吃。

青同心情复杂：自己不喜欢剑修，果然是很有道理的事情。

第二天天刚蒙蒙亮，就由白玄带头，又拉上周米粒她们几个，一起去找邱植。

其实邱植昨天就已经给了白玄九弈峰的收信剑房地址，双方约好了以后经常飞剑联系。白玄当然没忘记偷偷暗示邱植如今自己兜里没几个钱，手头不宽裕，金山银山一样的家底全部都放在落魄山了。邱植就说没事，等他回了九弈峰就会往这边寄几枚神仙钱。白玄便拍了拍邱植的肩膀："年纪不大，灵光得很嘛，以后跟着我一起闯荡江湖，咱俩双剑合璧，所向披靡，砍谁不是砍？对了，在九弈峰或是其他山头，如果你有看不顺眼又打不过的人，就与我打声招呼，再告诉我对方下山游历的大致路线。反正过不了几天我的境界就会嗖嗖上去了，到时候我就随便跟隐官大人找个由头，好单独出门去路上堵他，帮你把那家伙给那个了……嗯，懂吧？"

邱植听得头皮发麻，赶紧摇头道："没有没有，九弈峰里里外外对我都很好。"

他都有点后悔在那本英雄谱上边画押盖手印了。

邱植跟着白玄他们一起逛荡游览密雪峰,那个名叫柴芜的小姑娘突然问邱植九弈峰那边有啥酒水,邱植便照实说九弈峰不产仙家酒酿,因为韦宗主不太喜欢喝酒,柴芜也就不再说什么了。邱植很快补上一句:"但是画眉峰的滴翠酒和云窟福地那边的几种酒水在我们桐叶洲都是极有名的。"

柴芜眼睛一亮,点点头,说她以后如果有机会出门游历,可能会去九弈峰做客。

不过小姑娘觉得近期悬了,怎么都得几十年才能下山吧。

唉,谁让自己资质太差,传授剑术和仙法一事,就连陈山主都知难而退了。

愁人,是真愁人。

听米大剑仙说,以前剑气长城那边有个姓董的跟陈山主是好朋友,出门就从不带钱,随便喝酒。

羡慕,是真羡慕。

周米粒从棉布挎包里边掏出仅剩的瓜子,都给了邱植,说就是从山下市井买的,让他别嫌弃——主要是昨夜回了自己宅子后就光顾着背那只崭新竹箱,都忘记招兵买马了,大清早又被白玄拉来这边。

这个叫周米粒的黑衣小姑娘又是绿竹杖又是金扁担的,话不多,但是身份可不简单。最早在青萍峰祖师堂里边得知她竟然是落魄山的护山供奉之后,邱植确实被吓了一大跳。此刻邱植接过瓜子,连忙说:"不会不会。"

周米粒抿嘴而笑。

邱植看了眼那个叫孙春王的同龄人。

孙春王好像总是这样,冷冷看着他,一脸嫌弃。

邱植就有点郁闷,一下子变得不是那么开心了。

玉圭宗修士会在今日正午离开,陈平安和崔东山带着米裕、崔嵬、种秋找了过来,一起御风下山去往青衫渡。

那场议事已经结束,却还如此郑重其事待客,只说在面子上,玉圭宗已经挑不出任何毛病。

到了玉圭宗那艘渡船旁,陈平安开门见山道:"在商言商,先前议事,很多话我和崔宗主只能刻意说得比较生硬,若有得罪之处,还望海涵。"

姜蘅笑着抱拳还礼,开口说了句不算违心的言语:"能够理解。"

张丰谷坦诚说道:"若是我们双方都能在开凿大渎的烦琐事务中真正认可对方的门风,到时候再来正式缔结盟约就算水到渠成了,我个人当然很期待那一天的到来。"

王霄是个暴脾气,先前不是没有半点怨言,觉得青萍剑宗太过端架子,简直就是半点面子都不给玉圭宗。结盟明摆着就是双方得利的好事,对方在矫情什么?只是昨夜经由张丰谷详细解释过后,也就很快气顺了,只是难免感慨一句:"在江湖上,一见投缘,可托生死。你们山上,真不咋的。"

张丰谷只能苦笑:"大概如那江河在陆地上弯弯绕绕,终究是奔流到海的。"

王霁默然点头:希望如此,不然如果玉圭宗和青萍剑宗闹掰了,后果不堪设想,家乡桐叶洲实在是经不起这种内斗了。

崔东山抱拳笑呵呵道:"不怨先生,都得怪我。"

陈平安有意无意与王霁并肩而行,以心声说道:"清节先生,可能我们青萍剑宗在这件事上边的作为确实是不那么痛快爽利,就当是好事多磨?以后我们若能结盟,我再与清节先生好好喝顿酒。万一不成,在这桐叶洲,山河如此辽阔,也不走独木桥。"

王霁一愣,爽朗笑道:"这话,爽利!"

崔东山笑了笑。不管先生与这位清节先生说了什么,同样的话,自己来说可能没屁用,但是先生来说就会被人相信。

自己何德何能,找到这样的先生。要不是有外人在,非得哭给先生看。

崔东山双手抱住后脑勺,环顾四周。在这座被自己取名为青衫的渡口,以后会一点一点变得陌上花开,草木丰茂,四季如春。

曾经的先生,在回乡路上,牵着一匹瘦马,随水转,转山斜,斜阳古道,道旁孤村三两家。山瘦水也瘦,马瘦人更瘦。

日月驱光阴,江湖动客心。新年春风里,陌上又花开。

下一次先生再出门远游,再返乡回家,肯定不会满怀忧愁了。

龙新浦愣愣看着那个戴虎头帽的清秀少年:莫非,难道,竟然是?

他一时间只觉得头晕目眩:绝对,肯定,必须不能是!

要知道,即便是在青冥天下,崇拜、仰慕和神往那位人间最得意的道官茫茫多,而龙新浦就是其中之一。何况这位龙师还有个道上朋友,更是将白也的数百诗篇"缝"在身上。要是那家伙见着眼前这位,估计要当场失心疯。

龙新浦赶紧掏出一壶酒,仰头一饮而尽。缓缓,他得缓缓。

当下来到菰蒲湖的,是孙怀中、白也、晏琢。因为方才孙怀中让那俩弟子与春社那三位萍水相逢即是缘分的道友好好相处,难得出门一趟,多聊几句,理由是多几个山上朋友,就在道观之外的天地间多几条路可走。

孙怀中伸手挥了挥,啧啧称奇道:"别样靓妆,香艳流溢,扑鼻而来,都快可以羞杀蕊珠宫女愧见人了。"

晏琢听得头皮发麻。老观主这话说得都快要"天下无笋"了。

眼前这位龙师曾经同时兼任永州数国的相国、首辅或是护国真人,绝无分身乏术之忧虑。几百年前，突然在一天之内都一并辞去了，再次开始了漂泊不定的浪荡生涯，在兵解山之外开辟了大小道场十几个，听说最近一个在那密州的鸳河之畔，结庐三楹。

龙新浦满口浓重的永州乡音，唏嘘不已："尚有一把铁琴，今在真州，未曾携来，不能为君奏矣。"

双方各说各的，鸡同鸭讲。

"又来喂鱼了？"

"可不能这么说，两顿下酒菜都有了。"

孙怀中讥笑道："本就是拾人唾余的勾当，还要招摇过市，装神弄鬼，丢人都丢到别的天下去了，一大把年纪也不害臊。"

龙新浦微笑道："话可不能这么说。在那边的某地好歹是个玉璞境，怎么能算是装神弄鬼？再说了，要不是老观主一口一个陈小道友，我也不至于不辞辛苦远游一趟。"

孙怀中瞥了眼龙新浦："怎么受的伤？是自家宗门名字没取好的缘故？兵解之前，需不需要贫道帮忙护道一程？"

龙新浦虽然喜欢在山下作妖，但是在山上的口碑其实还凑合，勉强能算是广结善缘，朋友遍天下。真要计较起来，一个练气士，能够让孙道长离开蕲州，主动找上门，确实罕见。

龙新浦苦笑不已，也不计较孙怀中的调侃："怪我自己，怨不得别人，太过托大了。"

"哦，怎么讲？"孙怀中笑问，"是偷偷摸摸跟道老二干架啦？你当自己是宝鳞道友吗，哪怕是与真无敌问剑，能够次次立于不死之地。"

龙新浦自动忽略孙怀中的那些怪话，问道："此地适合聊天？"

孙怀中点头道："可以随便聊。"

龙新浦由衷赞叹道："如今的老观主真是让人羡慕。"

之后龙新浦没有任何隐瞒，不过孙怀中有意让晏琢无法听见此人心声。

原来先前这位大名鼎鼎的龙师曾经循着蛛丝马迹去闰月峰找辛苦拜山头。不曾登山，也不需要登山，结果在山脚做了万全准备的龙新浦就只是说了四个字便直接伤及大道根本，跌了一境不说，还当场呕出一大口鲜血来，如一团乱麻，丝丝缕缕紧密裹缠，颜色各异，紫色、黄色、赤色、青色。

因为龙新浦的那四字谶语实在是太过大逆不道："大厦将倾。"

孙怀中听过龙新浦讲述大致过程，很快恢复平常神色，讥笑道："你们一个个的还能不能讲一点宗师气度、前辈风范了？总不能逮住辛苦一人就往死里薅羊毛吧，不地道了啊。"

龙新浦眼神怪异。毕竟，继道祖、陆沉之后第三个登上闰月峰的修道之人，就是眼前这位老观主。

孙怀中一下子看穿了对方的心思，没好气道："贫道跟你们能一样？贫道当年那是即将离乡远游了才去闰月峰与辛苦小友道声离别。"

"辛苦小友""自家儿孙王原箓""那小鬼头"，以及最新的"陈小道友"，都是孙怀中对山上年轻晚辈的一些昵称。

孙怀中看在龙新浦跌境的分上，打算对他好一点，少说几句肺腑之言："也就是道祖气量大，不然一根手指头碾死你。"

在青冥天下的山巅修士当中，关于这个簪花男子、兵解山的老祖师，流传着一个响当当的说法：三跌两飞升。

不是说与那雅相姚清一般，成功斩三尸斩出了什么尸解仙，而是曾经三次跌境，第一次是从仙人跌为玉璞，之后两次更是从飞升境跌境，结果又都被他重新跻身飞升境。

这也怨不得别人，要怨就怨他自己，江山易改禀性难移，一般不惹事，每次惹事都是大事。

"玉璞、仙人、玉璞、仙人、飞升、仙人、飞升、仙人。"孙怀中掰指头算了算，"一只手都数不过来，不愧是永州龙师，跌境破境再跌境，闹着玩呢。"

龙新浦冷不丁冒出一番没头没脑的言语："昔年不为五斗米折腰，如今可为六斗米低头。诸君听我姑妄言，请君珍惜歧路灯，为己抒发胸臆，替人辩冤白谤，是第一天理。"

孙怀中神色不悦，冷笑道："就这么想去贫道的玄都观做客？安排你去扫茅厕如何，以后陆老三来了你还能帮忙待客。"

晏琢佩服万分。这种话别人说了，听着就只是骂人，老观主说出口，竟然……别有韵味。

龙新浦没来由说道："当年文圣神像被搬出中土文庙，我是极力反对的。"

晏琢突然发现这家伙挨老观主骂不是没有理由的。

龙新浦这句话显然是对那个虎头帽少年说的，是学孙怀中。主动示好要赶早，不然等到那些年轻人变成了开宗立派的大修士，再想要套近乎，就太费工钱了，耗时耗力也未必能讨好。

白也这一世的崛起势不可当是瞎子都看得出来的既定事实，天时地利人和，都在"剑修白也"身上了。

罢了罢了，就当此人是真的白也好了。

白也闻言与之点头致意，算是帮老秀才领这个情了。

孙怀中笑道："你倒是能算一根葱。"

喜欢下山游历，到处乱逛，半点不闲着，不是散布谶语就是编撰童谣。据好事者估算，两千年来，包括永州在内，三州之地的谶语、歌谣，半出其口。

孙怀中问道："接下来是准备去雍州？"

鱼符王朝的小丫头朱璇是个天不怕地不怕的,很对胃口,不枉贫道当年暗中帮她护道一场。

龙新浦也不遮掩什么,大大方方承认道:"那必须的,我素来是最喜欢凑热闹的,岂可错过那场普天大醮,那可是雍州好几百年都碰不着一场的盛事。"

既然道法不济,比不得陆沉、高孤之流,那么有些人事,仅仅作壁上观,是掐断手指头都算不出来的,只能是先入局再上岸,才能有所收获。

"相信老观主已经看出来我时日不多了,就想着最后见她一次。帮忙开个门,别拦着我去找她,至于到了里边能不能见着她,就看我自己的能耐了。咋样,这个要求总不过分吧?"

"不过分是不过分。"然后就没了下文。

龙新浦无奈道:"这话说得没劲了,怎么都给句准话。"

孙怀中突然满脸疑惑起来:"贫道就想不明白了,你和兵解山都跟白玉京没啥仇怨,何况你们山头如今还有个符泉。那孩子先天根骨雄健,修道资质那么好,否则也不会有'张风海第二''永州姚清'这类绰号。当初玄都观也就是没争过你们,否则符泉这孩子如今早就在玄都观修行了。你说你瞎蹦跶个什么劲儿,细胳膊细腿的,今天找到你的得亏是贫道,哪天被真无敌撞见了,两根手指头随便一拧,还不得跟扯蚂蚱似的?"

兵解山那个当得起天才称号的年轻修士名叫符泉,道号玄蝉,是当代兵解山山主的关门弟子。如果不是刚好过了岁数,数座天下年轻十人和候补十人肯定会有他的一席之地。

龙新浦以心声笑道:"正阳山。"

孙怀中愣了愣:"啥玩意儿?"

龙新浦说道:"宝瓶洲有座山头名为正阳山,是个刚刚跻身'宗'字头的门派。"

孙怀中笑道:"真是变着法子想要去玄都观扫地了,贫道让你遂愿便是。"

贫道前不久才游历过浩然天下,能不知道那个"剑仙如云"的正阳山?

玄都观,桃花烂漫。

道号空山的王孙坐在一棵桃树下,双手叠放,闭目养神。

桃林闲坐,摘剑横膝前。

溪月疏淡,山桃艳如血。

龙新浦见着了心心念念的同乡,竟然有几分腼腆神色,嗓门也不大:"好久不见。"

眉是聚愁峰,眼是折柳渡。她还是一如当年,怎么看怎么美。

心仪女子之美总是这般动人,教人装得下日月的双眼都装不下她,得搬去心扉,余在心头。

王孙抬头望向那个名气很大还是同乡的龙师,点点头,嗓音清脆道:"好像是有很久了。"

旧人旧识,重逢最怕可以聊的旧事寥寥,寒暄客套几句便无话可说。

王孙似乎是觉得坐着说话太没有诚意了,刚要起身,龙新浦便一屁股坐在地上,将脚边几瓣桃花轻轻丢远,轻声问道:"空山道友,我能不能喝酒?"

王孙笑道:"这是什么问题。"

龙新浦取出一只碧绿琉璃材质的袖珍酒壶,仰头抿了一口。

初见时,她姗姗然从我心头路过,荒芜之地就开满了花。

惨绿少年春游遍,罗绮百花成丛,就中堪人属意,最是王孙,还是王孙,只是王孙。

九岁与卿初相识,再见卿时吾九十。少年骑竹马,转身白头翁。

明明有千言万语,偏偏都不知从何说起,沉默许久,龙新浦就只是自嘲一句:"我资质不好,你看不上眼,实属正常。"

王孙微微皱眉道:"根本就不是这么档子事。"

龙新浦壮起胆子反驳道:"其实就是这么回事。试想一下,如果我有那位真无敌的剑术,或是陆掌教的道法,你岂会不多看几眼,耐心多听几句关于我的事情?"

王孙想了想:"好像还真是这么回事。"

可其实龙师很清楚,其实根本就不是这么档子事。自己的境界高了,名气大了,无非就是让王孙多看几眼、多听几句而已,终究还是与喜欢无关。他之所以如此胡搅蛮缠,就是想要跟她多说几句,不至于冷场,相顾无言,目瞪口呆。

若只是尴尬倒也没什么,就怕她觉得尴尬,无话可说,便只是客套一两句,然后转头就走。

天底下单相思的痴情,好像便都是这般一文不值的。可若是值钱,又何必相思呢?

龙新浦小心翼翼说道:"劝说白也担任都讲或是殿主一事,我可以试试看,能帮上你……们的忙是最好,帮不上,你们玄都观也没啥损失。"

王孙似乎小有意外,点点头,毫不犹豫道:"不管成不成,先行谢过。"

龙新浦沉默下来。没话找话这种勾当,其实并不轻松。

王孙说道:"两次跻身飞升境,是件很了不起的事情。"

龙新浦自嘲道:"还好吧。"

王孙一挑眉头,龙新浦立即改口:"确实很好!"

关于那份新鲜出炉的天下十人榜单,龙新浦欲言又止,忧心忡忡。

他本就是这个行当的祖师爷,最清楚这里边藏着的门道和凶险。如果不是因为这份莫名其妙就散布天下的榜单,他也不会来见王孙。

青冥天下最新的天下十人,准确说来是十一人,分别是余斗、陆沉、碧霄洞主、吾洲、孙怀中、林江仙、吴霜降、高孤、姚清、王孙和辛苦。

其实在这之前，数座天下的好事者不管怎么给出自己心目中的榜单，十人就是十人。结果因为上次那数座天下的年轻和候补十人开了个头，十人榜单偏偏是十一人，好像就此形成了一个传统。

龙新浦笑容干涩，说道："空山道友，那天下十人……"

王孙直截了当道："按道法高低、杀力大小论，我就不该在十人之列，最多就是被丢到候补名单里。"

龙新浦重重叹息一声。

候补人选极多，足足有二十一个，除了僧人姜休被明确定义为"天下第十一"，其余二十人的排名不分高低——确实是没办法将这些大修士、武学宗师分出个高下，可能很多人相互间都没碰过头，况且不少山巅修士在最近千年或是数百年内根本就不曾与谁有过道法或剑术的切磋。

白玉京五城十二楼有三位道官登榜候补：南华城第一副城主、紫虚元君魏夫人，紫气楼楼主姜照磨，以及碧云楼内镇岳宫宫主黄界首。

魏夫人被青冥天下黄庭观一脉共同尊奉为第一代祖师，收徒颇多，其中有位嫡传弟子司职天下百花，有那"分付群花莫出山"的仙迹。

黄界首道号权衡，又号玄黄，除了坐镇镇岳宫烟霞洞，还要负责看管那件品秩极高的甲胄。老真人腰间常年悬挂一串好几斤重的钥匙，来自名为不教一日闲过楼的藏书楼。据说他之所以会自号玄黄，缘于道祖曾经亲自赐下"玄"字作为藏书楼的文房匾，大概也是道祖对黄界首寄予厚望的一种表现。

碧云楼的上代楼主和现任楼主是老真人的弟子和再传弟子，因为黄界首与灵宝城城主、道号虚心的庞鼎是差不多岁数的得道之人。按照山上的算法，甲子或是百年为一辈，此外又有千年一辈的说法，算是一个大辈分。黄界首和庞鼎这两位同辈老道士的修道岁月其实要比余斗和陆沉这两位白玉京掌教的更加漫长。若是只说道龄，不谈身份，除了大掌教寇名之外，其余天仙道官都是他们的山上晚辈。

如果再加上如今在白玉京神霄城内修行的那位飞升剑修，剑气长城末代刑官豪素，那么白玉京就等于拥有四位候补。至于其余候补，则是白藕、朱某人、宝鳞、白落、朝歌、聂碧霞、雷雨、白骨真人、元唤仙、王姓、杨倾、武玺、罗移、陈同幸、徐棉和许婴咛。

候补总计二十一人，其中女修占了九人，除魏夫人外，便是并州青神王朝国师白藕，止境武夫，天下武道第三人。

兖州聂碧霞三千年云水生涯，四处漂泊不定，失踪已久，但传闻她那盏搁放在地肺山华阳宫内的本命灯千年以来始终不曾熄灭。

关于聂碧霞的下落始终是众说纷纭，有说她其实早已去往天外炼剑，也有说她可能在天外天用化外天魔砥砺剑道，甚至还有说她去了西方佛国的。

宝鳞是散修，更是一位飞升境剑修，最负盛名的一件事就是跟真无敌的那段恩怨情仇，当然，与男女情爱无关。

朝歌是两京山的开山祖师，道号复裁。

青冥天下除了十四州，其实还有"小四州"一说，是位于大湖之中的四座岛屿，其中最大的一座，面积不输雍州。雷雨就是这座巨湖名义上的两位湖主之一，妖族出身，真身为虺。

女冠杨倾道号魇楼，出身幽州弘农杨氏，也是守山阁那座海山仙馆的主人。

徐棉和许婴咛是孪生姐妹，分别随父母姓，一个姿容极美，一个却是相貌狰狞可怖。她们分别是梳妆女官和卷帘红酥手这旁门两脉的祖师、青泥洞天和天壤福地的主人。因为双方道脉不被视为正统，她们几乎不与外界往来，此次双双登榜候补，实属惊骇天下心神。

其余候补中，汝州山上第一人朱某人最新道号绿萍，是昔年板上钉钉的天下第十一，只不过如今被一个横空出世的姜休抢占了位置。

翕州青词宫祖师爷元唤仙是当代宫主的师伯，精通符箓之道，曾经创造出数种大符。他道号南阳鱼，别号赤子词人，但是最著名的一个道号却是不知怎么就流传开来的百凶。传闻元唤仙身负两州文运，极有希望凭此跻身十四境。

又据说，陆沉对岁除宫守岁人白落的评价极高：看似被高估，其实还是被低估。可惜白落几乎从来没有与人切磋问道过。

道号太夷的山阴羽客王姓喜欢养鹅，跟雷雨一样，是巨湖的另一位湖主。

罗移是密州衡阳王朝的开国皇帝，道号火官，武玺则是沛州右山国的遮荫侯。至于陈同幸，他是兖州弘福寺的僧人，法号唯识。

龙新浦苦笑道："这两份榜单，其实就是一篇檄文。"

王孙点点头："小孙也是这么说的。"

玄都观孙怀中、王孙，岁除宫吴霜降、白落，地肺山华阳宫高孤。

姜休和陈同幸是僧人，而僧人与寺庙在青冥天下的处境可想而知。

此外，吕碧霞、宝鳞、杨倾、徐棉和许婴咛因为各自的人生际遇、家族出身和道脉待遇，都是与白玉京不对付的。

以往的评选，当然有那事先与仙杖派打招呼，主动要求不上榜不登评的世外高人，免得被盛名所累，惹来不必要的人情往来或是无缘无故的道法切磋。更多的还是些沽名钓誉之辈，或是出于自身利益考虑，削尖脑袋去争夺一席之地的。比如王朝皇帝，或是垫底道观、宗门的祖师爷。前者是为了招徕各州英才、豪杰，后者则是为了能够吸纳更多的山外仙材。

但这一次又不是仙杖派的手笔,还怎么打招呼? 许多可能根本不愿意登榜的都登榜了,其他想要登评的却提着猪头也找不到庙。

此前在剑气长城的城头之上,陆沉与小陌聊到青冥天下时随口提的那十几位高人大多登评。由此可见,陆掌教经常站在白玉京最高处的栏杆上不是晒太阳就是赏月色的,一座天下的风土人情确实没白看。

姜休领衔的二十一人全部都只在候补行列,偏偏将玄都观王孙放进了前边的十人榜单,又偏偏天下第十是两人并列。

王孙排第十一不行吗? 当然可以。甚至在龙新浦眼中,只要王孙一天不曾跻身十四境,最多就是候补之一,完全没办法去跟姜休争第十一。别人不清楚姜休的底细和剑术,龙新浦却是心知肚明,这等于是故意将玄都观放在火上烤了。

一宗之内拥有两位天下前十,除了白玉京,在青冥天下历史上是从未有过的。

关键玄都观又是出了名的与白玉京不对付。它与地肺山华阳宫还不太一样,后者至少还能与白玉京维持面子上的过得去,但玄都观因为孙怀中的缘故,是天下公认胆敢与白玉京掰手腕的头把交椅,然后才是岁除宫和吴霜降。

如果是那仙杖派的手笔,龙新浦绝对不会让王孙登榜,甚至连候补都不上。毕竟兵解山与仙杖派是同在永州境内的老邻居,而龙新浦又是兵解山辈分最高的修士,跟仙杖派的几个老祖师都极为熟稔,是有私谊的。

玄都观之所以会与白玉京结下死仇,准确说来是与掌教余斗有那不共戴天之仇,就在于玄都观的一对师徒:黄柑、宋茅庐。

这对师徒,一个道号青李,一个被尊称为宋师。可前者在世时连候补都没有进入,后者倒是登评过一次候补,据说是仙杖派故意让他未能跻身天下十人,免得树大招风。可即便如此,最终还是有了那场惨绝人寰的永州平仓一役,从此青冥天下就多出了流散四方的米贼一脉。而那黄柑,更是死在余斗手上,死在玄都观内!

所以在去往雍州之前,龙新浦打算绕路回家乡走一趟仙杖派,评选出一份更加服众的天下十人榜单。简单说来,除了要有说服力,还需要有更大的噱头,能够吸引更多的眼光,引起更大的话题,覆盖先前榜单带来的影响力。

以王孙的脾气,哪怕"天下第十"的身份名不副实,她也绝对不会拱手让人。哪怕明知道此间杀机重重,王孙也只会坦然受之,无非是慨然出剑。

王孙说道:"没事,等我跻身了十四境,看笑话的人就笑不出来了。"

龙新浦惨然道:"我倒希望你不要跻身十四境。"

王孙难得沉默,酝酿半晌才道:"换个人喜欢。"

龙新浦饮尽壶中酒,洒然笑道:"难,比让王孙喜欢我更难。"

王孙默不作声。

龙新浦抬起头，轻声呢喃："又要下雪了。"

这场雪，会很大。

如果撇开他的私心不谈，那幅已经缓缓展露一角的山河画卷一定会很壮观。

龙新浦起身告辞，缓缓走出桃林，不御风，不缩地山河，就只是一步一步离开背后那个女子的视野。

孙怀中来到师姐身边，看着黯然离去的龙新浦。这种事情，外人也没法说什么。

王孙突然说道："要是宋茅庐生在浩然天下，会不会更好些？"

孙怀中点点头："肯定。"

犹豫片刻，他微微苦涩道："要是这孩子一早就去了白玉京，说不定如今就是名副其实的宋掌教了。"

王孙说道："道理不能这么讲就是了。我相信，宋茅庐可能会怨恨玄都观、你、我，但不会后悔在玄都观修行。"

孙怀中嗯了一声："显而易见，毋庸置疑。"

王孙说道："既然明知他不后悔，我们这些当长辈的就得更加愧疚。"

孙怀中说道："总不能每天自己甩自己耳光吧？"

王孙说道："你可以把脸伸过来，我有两只手，腾出一只手有何难？"

孙怀中哑然失笑。师姐还是这么有想法。

墙里开花墙外香，小师弟黄柑的关门弟子，师侄宋茅庐在那与蕲州并不接壤的永州自立门户，道脉之兴盛，声势之浩大，当得起"空前绝后"四字。

永州平仓一役，玄都观不知为何选择袖手旁观，据说是孙怀中亲自下的法旨，任何人都不得离开道观赶赴永州驰援宋茅庐。故而宋茅庐的那拨嫡传弟子死的死逃的逃，最后只剩下寥寥数人，颠沛流离，形若丧家之犬，在永州、蕲州之外的数州之地艰难站稳脚跟，为师祖黄柑与师尊宋茅庐这一脉传下了几条香火凋零的道统法脉。

因此，这几条难成气候的道脉修士对玄都观的恨意半点不少于白玉京，尤其是经历过那场战事的老人，始终无法释怀。

永州诸国，无一例外，共尊国师。

当年宋茅庐虽无立教称祖之名，却已有一教教主之实。

这是一桩堪称前无古人后无来者的壮举，类似林江仙被人尊称为林师，宋茅庐当年也被山上敬称一声宋师，而不称呼其道号。

宋茅庐与白玉京那位绰号小掌教的张海峰曾被誉为天下双璧，在外界看来，永州这一脉道士虽败犹荣，作为掌教的宋茅庐虽死犹荣，宁可身死道消也不愿苟延残喘地被拘押在白玉京镇岳宫烟霞洞。

据说宋茅庐曾言："贫道真要去白玉京，既不做客人，也不当阶下囚，只能是与你们问剑。"

孙怀中还曾主动去往青神王朝，找到那个出身米贼一脉的王原箓，开玩笑说是王原箓的老祖宗，其实在某种意义上，还真就全是玩笑。

只是如今的米贼一脉其实与当年的永州道士已经大不相同，浑水摸鱼者居多，私箓驳杂。再加上此事是白玉京的禁忌，不被道观和官家史书记录在册，岁月一久，以至于如今的米贼一脉年轻道士根本就不知道自家法脉明明修行的是道门正宗正法，为何就是"米贼"了。

相传玄都观有条不成文的祖师堂规矩，只是代代口传，不会记录在册，告诫观内学道之士哪天在路上遇到了那几条道脉的旧同门，要打不还手骂不还口，也算是独一份的怪事了。

玄都观孙怀中敢骂白玉京，敢骂天下人，唯有这几条道脉的十数座宫观、道院里哪怕是个刚入门的道童都敢骂孙怀中。

而兵解山作为昔年与宋茅庐公开结盟的唯一顶尖大宗，虽说好像是事先得到了宋茅庐的提醒，临时单方面撕毁盟约，故而并未元气大伤，但是兵解山除了龙新浦之外，对孙怀中和玄都观的观感都很差：你孙观主修道数千载，剑术通神，除了不痛不痒骂几句白玉京，又做了什么？又敢做什么？

孙怀中说道："师姐，那件事，还是算了吧。"

见王孙不说话，他继续道："师弟是师弟，我这边，詹晴与狄元封两个，再加上你那边的两个，就都各是各人了。我相信小师弟也不愿意我们如此大费周章，如果师姐没忘记的话，当初我们几个同门曾经专门讨论过此事，只有小师弟的想法最为特殊，跟我们的见解距离最远。"

王孙背靠一棵桃树，双臂环胸，微微抬头，直愣愣盯着孙怀中，好像在说：老娘辛辛苦苦忙活了千多年，事到临头，你跟我说算了？小孙你是欠揍还是找打啊，来，给句准话。

孙怀中硬着头皮说道："师姐，听我一句。"

王孙还是默不作声，孙怀中叹了口气："师姐，我们做的事情可能会让小师弟更加不甘心，不值当，不痛快。"

王孙收回视线，轻轻嗯了一声，这下轮到孙怀中吃不准了，小心翼翼问道："师姐真能放得下？"

"也没啥。"王孙喃喃，"就是突然发现，好像都快要记不清黄柑的样子了，有点伤心。"

就是这么一句话，让孙怀中立即转过头去，不敢再看师姐。

王孙挥挥手："别打搅我修行，一边凉快去。"

孙怀中默默点头，来到一间没有主人已多年的书斋，其内悬挂有一副对联，是小师弟亲笔：

琵琶黄柑青李，孤鹤一冲上南天，当行万古伦类中所当做之事。

蓬莱瀛洲方壶，仙真乘风下北山，要做千秋天地间不可少的人。

故人故事，说书人都已经不再年轻，更何况是那些书中人。

孙怀中拿起墙角的扫帚和簸箕，开始打扫一尘不染的书房，之后去了白也的茅屋，也不跟白也客气，竟然给自己煮了一锅鸡蛋。他剥了一颗，一口囫囵吞下，含糊不清笑道："当年就数小师弟读书最多，可能把整个青冥天下的佛家典籍都给看遍了，当然，也跟咱们这儿佛家典籍不多有关系。"他又拿起一颗水煮蛋，笑了笑，"破无明壳，竭烦恼河，解脱一切生老病死、忧悲苦恼。"

白也只是坐在桌对面。

孙怀中吃了三颗水煮蛋，拍了拍手："一己之私，牵扯天下，非我所愿。"

老人神色淡然，停顿片刻，继续说道："可如果势不可免，那就只能这样了。"

白也说道："既然已经想了那么多，还想那么多做什么？"

老道长会心一笑，点头道："有道理。"

当行万古伦类中所当做之事，要做千秋天地间不可少的人。

如果所当做之事与不可少的人必须二中取一，那就取前舍后。

市井儿童都玩过老鹰捉小鸡的游戏，尾巴上的孩子就像门派里师父的关门弟子、师兄师姐们的小师弟。

黄柑、宋茅庐这对师徒一个是上任观主的关门弟子，一个是前者的关门弟子。

偌大一座玄都观都未能保护好两人，就算有苦衷，却也不算什么理由。

这么多年来，玄都观在孙怀中手上，其实相较于师尊清源道长，底蕴深厚许多。

种了一棵可以让后人乘凉的参天大树，或是凿出一口水井，建了一座供人歇脚的行亭，不管是什么，总得做点什么，留下点什么。

孙怀中笑道："喝点酒？"

白也说道："我只喝一杯，孙道长可以随意。"

孙怀中说道："一杯足够了。"

老人取出一只酒壶和两只酒杯，都是老旧之物，就连酒水都是，一直不舍得喝，珍藏多年了。

白也扶了扶虎头帽，喝着酒，结果一下子就满脸通红。

孙怀中笑得不行：这还是那位人间最得意的白也吗？

他很快就喝完了一杯酒，转头望向屋外。

少年远游，仿佛背过烈日，总是满肩月光。

好像少年们的每个今日，一双眼睛总是望向前方，憧憬着明天，希冀着后天。

好像所有的过往，都可以全部统称为昨日。

梦回少年丛中，吾亦是少年。

桌对面的白也，可能这位昔年浩然天下的人间最得意自己都不知道，也无法预料，自己的某些诗篇就像是为自己而写。

比如，对于家乡天下而言，曾经将道场建造在孤悬海外的一座岛屿上的最得意，是那海客乘天风，譬如云中鸟，一去渺然无踪迹。

又比如，对于异乡青冥天下来说，会是剑花秋莲光出匣。

老人眯眼而笑，神色从容。

饮尽一杯酒，问剑白玉京。

第三章
再见道士

书上说，天下没有不散的筵席，但是不要怕，书上还说了，人生何处不相逢。

观礼客人陆陆续续离开密雪峰，人数最多的那拨浩浩荡荡要乘坐那艘刚刚被青萍剑宗得手的桐荫渡船去太平山。

除了太平山毫无悬念的新任山主黄庭，还有护山供奉于负山，记名供奉果然，弟子谈瀛洲、郑又乾。因为张山峰要继续游历桐叶洲，刚好可以跟打算去驱山渡看看的李宝瓶同行，裴钱就要跟着宝瓶姐姐一起。她们都是背竹箱、持竹杖的远游装束，打算先去趟太平山，再游历蒲山云草堂。如此一来，叶芸芸就干脆让檀溶和薛怀先回山门，她也去太平山旧址看看。结果钟魁和庾谨也要跟着，钟魁还是大伏书院君子的时候，本就与太平山极其熟稔，至于那个胖子，自有正当理由：当护花使者。袁灵殿看这架势这阵仗，知道小师弟是完全不用自己护道了，就先行离开桐叶洲，却不是返回趴地峰，而是径直御风去往海上，通过归墟去往蛮荒天下找师父火龙真人。

桐荫渡船缓缓升空，在穿过层层云海后，倏忽远游，疾若青鸟。

一袭青衫走在青衫渡，与眉心一点红痣的白衣少年商量着未来渡口的商铺设置，讨论要不要主动与世间包袱斋的祖师爷打声招呼，让来这边落个脚。

两人身边跟着个黑衣小姑娘，手持绿竹杖，肩扛金扁担，斜挎棉布包，今天还背了一只青翠欲滴的崭新小书箱。

陈平安原本是打算陪着李宝瓶和裴钱同去太平山的，但是刚刚收到了一封密信，来自一位坐镇天幕的儒家圣贤，这让陈平安必须立即重返落魄山，而且还得喊上小陌一起。

至于暂时还停靠在青衫渡的风鸢渡船,下次南游,除了最南边的渝州驱山渡,就要多出一座仙家渡口停靠了,正是玉圭宗山门附近的碧城渡。毕竟云窟福地的黄鹤矶和砚山两地,按照约定,未来五百年的收益都会落入青萍剑宗账房的钱袋子。

尤其砚山出产研制水龙砚的仙家石材,玉圭宗和姜氏匠人断断续续开采数千年也远远没有耗竭迹象。崔东山准备派摸鱼儿、挑山工这类符箓傀儡先去摸个底,仔细勘探一番,确定石材储量。做这种事情,根本不用藏藏掖掖的,一来师出有名,按照约定,五百年内砚山的开采权都归青萍剑宗所有,二来先生答应帮忙给董水井和大骊户部牵线搭桥,再加上云窟福地姜氏,有可能是四方势力合伙做这桩砚台买卖,唯一的美中不足,是先生准备将所有收益与姜氏五五分账。

崔东山笑嘻嘻问道:"先生,你觉得刘幽州这个人咋样?"

陈平安不假思索道:"很好啊,有想法,有担当,为人还大方,也没有什么富家公子习气,听郁先生说,刘幽州还有一手丹青妙笔,尤其是他的书房里边,如今挂着一幅价值连城的传世名画,让我下次去皑皑洲刘氏做客,一定要欣赏欣赏。"

崔东山小心翼翼道:"我总觉得刘幽州看大师姐的眼神有点那个啥。"

陈平安微笑道:"窈窕淑女,君子好逑,这没什么。"

崔东山忍了又忍,还是没忍住:"那先生为啥在青萍峰看着刘幽州的时候,笑得那么……不真诚,怪瘆人的。"

陈平安双手笼袖,转头看着崔东山,用一种极其没有诚意的脸色和语气说道:"有吗? 我觉得自己很和善啊。"

崔东山立即小鸡啄米起来:"和善,很和善,特别平易近人!"

陈平安难得叹了口气,伸出双手揉了揉脸。其实崔东山没说错,要不是刘幽州还算得体,否则就别怪自己这个皑皑洲刘氏的不记名客卿不那么客气了。

崔东山又问周米粒:"右护法,背了新书箱,开心不开心?"

周米粒咧嘴笑哈哈:"开心,开心。"

崔东山再问:"负笈游学晓得不? 哪有你这样背着书箱只在家门口晃荡的,你看看武林盟主和裴总舵主,都是出门远游才背竹箱的嘛。"

周米粒肩头一晃一晃:"个儿小官儿小,胆子碗口大,远游不得,近游近游。"

崔东山原本还要调侃逗乐几句,结果就挨了先生一巴掌。他突然搓起手,满脸难为情道:"可能还要跟先生与上宗借用两个人。"

陈平安转头笑眯眯问道:"几个? 没听清楚,再说一遍,二十?"

崔东山干笑道:"那哪能啊,如今落魄山才几个谱牒成员,二十个也太多了。"

上次落魄山建立宗门庆典,雾色峰祖师堂内敬香的有四十三位谱牒成员,这其中还得算上俱芦洲披麻宗的杜文思和庞兰溪。而虞青章和贺乡亭这两个孩子如今也脱离了霁色峰谱牒，跟随老剑修于樾远游别洲，结果还是被崔东山一口气直接挖走了十几个。如果不谈人数，只说这种比例，在整个浩然天下的历史上确实是不常见的。

陈平安一脚踹过去，大白鹅立即一个横向蹦跳。

陈平安黑着脸冷笑道："先说说看，是哪两个。"

崔东山小心翼翼道："泓下，云子。"

陈平安笑眯眯道："老厨子要不要？"

崔东山羞赧道："有的话，当然是最好了。"

陈平安一抬脚，崔东山就赶紧绕到周米粒身侧，周米粒挠挠脸，提醒道："小师兄，说好了啊，有借有还，再借不难。可不能像老厨子说的那样，跟人借钱的时候装孙子，被人登门讨债了就摇身一变成祖宗。"

崔东山板着脸说道："老厨子说话还是风趣。"

陈平安说道："我马上要带着小陌回落魄山，小米粒就先留在这边，下次跟着风鸢渡船一起回家。"

周米粒用绿竹杖轻敲地面，点头道："得令！"

之后陈平安走去落宝滩找到小陌，再在青萍峰山门口看过那副楹联，一行人跨过牌坊楼，拾级而上，打算走一趟安置在密雪峰的长春洞天。此地曾经做过陈平安的短暂道场，如此正式闭关，除去剑气长城牢狱的那座行亭，算是浩然天下的头一遭了。小洞天是崔东山从田婉手里拿来的，足可支撑一位修士证道飞升。

崔东山显然还是不死心："先生，真不在长春洞天里边闭关破境？"

扛着小锄头挖墙脚，挖来泓下和云子算个锤子，把先生都挖过来那才算真本事。

陈平安摇头道："意思不大，已经不是天地灵气多寡的事情了，可能等我重新跻身玉璞境，再游历归来，才会重新走一趟长春洞天。"

崔东山又问道："等到先生返回宝瓶洲，那我可就要着手准备为柴芜正式传道了。"

陈平安点点头："什么欲速则不达，什么拔苗助长，这些个道理，你比我更懂，就不跟你絮叨了，只说一句，尽量稳当些，即便没办法让柴芜一步登天，直接跻身玉璞境，至少要保证这场修行绝对不会伤及柴芜的大道根本，如果需要有人护关，就拉上米裕好了，还不够的话，我可以再喊来青同。"

崔东山笑道："真心没这个必要，我还是比较有把握的，万无一失这种话，就只是不宜说出口罢了。"

思量片刻，崔东山继续问道："这么个风水宝地，既然先生不愿意独占，闲着不用就太暴殄天物了，除了柴芜，要不要再拉上孙春王和白玄？"

柴芜当然是资质最好的那个，但孙春王和白玄也是一等一的剑仙坯子。

　　其实孙春王的那把本命飞剑在避暑行宫的品秩评定要比白玄的低,与于斜回和何辜的破字令、飞来峰也有一定差距,但是没有谁会觉得孙春王的炼剑资质在九个剑仙坯子里边不是最好的,所以如果没有大意外的话,未来登山路上,能够勉强跟上孙春王脚步的,就只有白玄了。

　　没有废物飞剑,只有废物剑修。可能这个说法有点绝对,但只要撇开那些个例,就是事实了。当然,如果青萍剑宗追求利益最大化,就是将整个长春洞天都交给柴芜一人修行。说不定,一旦柴芜真的可以直接跻身玉璞境,她甚至都有可能成为剑气长城和浩然天下历史上最年轻的仙人境……剑修!

　　事实证明,唯有如此才能获利最大,否则越是在年轻一辈修士身上均摊神仙钱、天材地宝,最终导致的结果就是所有人都越来越庸碌,一步慢步步慢,后劲不足,差距被同龄天才越拉越大。许多二、三流的山上仙府之所以能够一跃升迁为"宗"字头门派,除了那位开宗之祖自身资质绝佳之外,往往就是整座山头不惜倾尽一山之全力,这个说法半点不夸张。

　　陈平安却说道:"除了孙春王和白玄,程朝露、何辜、于斜回近期都搬来此地修行,只等以后遇到关隘了再退出,各找师父问询炼剑瓶颈症结所在。"

　　崔东山问道:"先生是在刻意追求一种平等? 想要让青萍剑宗与落魄山一脉相承?"

　　陈平安摇摇头:"不对,只是'结果看上去是如此'的某种表象。落魄山是落魄山,青萍剑宗是青萍剑宗,立身之本就是剑修,也只能是剑修。

　　"青萍剑宗要让如今已经是剑修的柴芜在保证没有大道隐患的前提下越快破境越好,也要让白玄、孙春王这些来自剑气长城的孩子强行提起一口心气,知道与真正的天才的差距到底在哪里,到底有多大。

　　"剑修有一个症结,可能不怕死,但是怕输。我就想要看看,在他们感到注定会输给柴芜,甚至可能这辈子都追不上之后,各自道心会如何。

　　"此外,柴芜这个小姑娘一旦独自占据长春洞天,然后破境神速,有可能会变得越来越孤独不合群。白玄他们今天见到的是上五境柴芜,兴许再过几年就成了更为陌生的仙人柴芜,就算待在一起也无话可聊,长此以往,只会跟昔日朋友渐行渐远,这种心路上的距离,不是找机会凑近客套几句就可以弥补的,弥补不了的。"

　　崔东山点头道:"先生是对的,修心是一场长久的修行。剑修唯有道心澄澈,剑心粹然,才有万千可能。"

　　陈平安转头望向崔东山,崔东山一头雾水:"先生,真是心里话,我又不是贾老神仙,从不溜须拍马的!"

　　陈平安提醒道:"一涉及钱就故意装傻是吧,故意跟我弯来绕去掰扯一大通。如今青萍剑宗账面上的谷雨钱有多少了？以后维持长春洞天的天地灵气，砸钱就是了，少跟我哭穷，你当我不知道装钱把咫尺物交给你了？"

崔东山感叹道："先生未卜先知，明察秋毫，洞若观火，学生这个青萍剑宗的首任宗主当得战战兢兢。"

周米粒眨了眨眼睛，目视前方，不去看大白鹅："哈，马屁精。"

之后带着那拨孩子一起走入小洞天，安排好各自修行的临时道场，崔东山就从雪白袖子里边掏出一座座仙家府邸，落地生根。

最后，陈平安对还跟在身边的柴芜说道："接下来崔宗主会临时担任你的传道人，放心，是没有师徒名分的那种。你师父魏羡那边，我会帮忙打招呼，他不会有意见的。在这边好好修行，还是老规矩，每天喝酒不要超过半斤，崔宗主会在你的道场里放置专门的酒窖。"

柴芜揪心极了，怯生生道："陈山主，以后我的酒水打对折好了，从两碗变成一碗，每天只喝二两。"

因为小姑娘觉得自己听明白了，陈山主是暗示自己修行资质不好，还是个小酒鬼，可不就是个只花钱不挣钱的赔钱玩意儿？

陈平安愣了愣，摆手笑道："不用不用，每天两碗酒不打紧。"

柴芜闷不吭声。

陈平安问道："柴芜，你知不知道自己的修道资质其实很好？"

柴芜闷闷说道："师父说过，我修行资质跟他的酒量一样好。"

崔东山捧腹大笑。这个魏海量真是脑子进水了，跟柴芜说这种混账话。

陈平安无奈道："真的很好，我没开玩笑。"

柴芜抬头看了眼他，又低下头嗯了一声。

这得是多不好的修道资质才能让脾气那么好的陈山主都有点急眼了呀。

陈平安揉了揉眉心，头疼是真头疼。算了，让崔东山头疼去，自己是真管不了这个小姑娘的修行事，完全没法教。

将柴芜安置妥当后，陈平安登上洞天最高处问道："东山，你的大弟子是不是已经有人选了？"

崔东山眼珠子急转。

陈平安说道："我听林守一说过，之前在大渎附近，你身边跟着个憨厚老实的少年，被你称呼为高老弟？"

崔东山一跺脚，只得抬起袖子使劲一抖，甩出个唇红齿白的木讷少年。

崔东山板起脸教训道："高低，愣着干吗，快点喊祖师爷！"

被崔东山取名为高低的少年神色怯懦地喊了一声，陈平安无言以对，带着小陌和周米粒下山去了,崔东山赶忙追上,以心声问道:"先生,以后桐叶洲祭剑一事?"

陈平安说道:"你才是青萍剑宗的宗主,自己看着办。"

崔东山哦了一声,问道:"先生这就要回落魄山啦?"

陈平安说道:"去那座土地庙敬了香再走。"

崔东山恍然道:"是那导社啊,庙是不大,但是历史久远,一千多年了,香火没断过,在山下很罕见的。我陪先生一起好了。"

一行人在导社敬过香,崔东山就带着周米粒和高低与先生和小陌作别。

陈平安没有着急赶路北归,只是带着小陌散步。土地庙附近有许多柿子树,稍远就是一大片芦苇荡,有白鹭飞掠如劝语,劝人且留下,且留下。想来今年的入秋时分,满树红柿,如果再有夕阳铺水,便是一幅恰似水仙穿着淡红衫的美好画卷吧。

小陌好奇问道:"公子,为何着急返回落魄山?"

"待客。"陈平安神色古怪,"有个远道而来的客人。"

小陌笑道:"来者不善?"

陈平安摇头道:"那倒不会,对方得讲规矩,否则代价太大。"

小陌问道:"是十四境修士,还是飞升境剑修?"

陈平安拍了拍小陌的肩膀,一本正经道:"委屈你了。"

小陌一头雾水,开始盘算:真要问剑一场,肯定得远离落魄山,最好是离开宝瓶洲陆地,去海上。

连同白景在内的远古大妖们相约一起远游曳落河地界,算是一同觐见重返蛮荒的白泽老爷。结果造反不成,还被白泽敲打了一番。

当然,这与白景的临阵倒戈关系……不小,却也不大。白泽若是真想要收拾他们这拨在远古岁月里就极其桀骜不驯的凶悍大妖,跟对方数量多寡确实关系不大。

之前白泽敕令这些散落各方的冬眠者全部醒来,少女姿容的白景——她如今给自己取名为谢狗了,到底是女子,取新名、换道号如换衣裳——加上原先在皓彩明月中养伤,不知怎么就跑去了浩然天下的小陌,他俩都是飞升境剑修,一个巅峰,一个圆满,双方其实就只差半步一步的。

此外,还有一个脸色苍白、嘴唇猩红的美艳女子,衣衫单薄,体态丰腴,只是眼神冷冽,拒人于千里之外,从万年冰川中苏醒过来时就将附近城池的生灵全部打杀殆尽。有一位上五境妖族修士和数位地仙修士都曾对上这实力完全可以升任蛮荒王座的远古大妖,皆毫无还手之力,甚至未能看清楚她的姿容就身死道消了,元神、魂魄,连同满身鲜血,全部沦为她的食物。她如今化名宦乙,道号雪藏,来时路上又找了一个小国,连同京城在内,好好饱餐了一顿。

站在官乙身边的是个总眯着眼笑的青年修士，化名胡涂。

被白泽敕令醒过来后，属于他这一脉的山头是香火断断续续、好不容易维持道脉的"宗"字头门派，结果摊上一个丧心病狂的开山祖师，等到他从祖师堂一幅绘制古战场的山河画像中走出，一条自家道脉、一座宗门，最后只剩下几个资质尚可的下五境修士，其余的全部被他随便打杀了，整座祖师堂如今除了他这位老祖师，已经空无一人。十几把椅子的主人，由于稀里糊涂敬错了香火，都已经沦为老祖师的腹中物了。

一个重瞳少年，化名离垢，道号飞钱，一鼓作气收回了八件仙兵品秩的山上重宝。

要知道，这些昔年遗落蛮荒各处的仙兵，万年以来都已经被各个宗门祖师、上五境野修大炼化为了本命物。故而这位少年一现世，所有仙兵悉数物归原主，瞬间就等于重创了七位上五境蛮荒妖族，外加一位在蛮荒天下小有名气的年轻地仙。这地仙本被视为大道可期的修道天才，只因为承受不住本命物的强行剥离，可谓遭遇了一场飞来横祸，跌境极多，注定此生修行无望了。

少年模样的远古大妖腰系一只黄色乾坤袋和一枚捉妖葫芦，日月磨千古，乾坤寄一庐，曾经炼化过两位同为飞升境的人族修士。

一位竹冠老道人，背剑骑鹿，化名滑稽，竟然是那王尤物，道号倒是不俗，叫山君。

一位云遮雾绕的老妪，化名古豪，身形佝偻，时时刻刻都在聚拢天地造化灵气。大修士细看之下，矮小老妪气象巍峨如山岳，山分五色，犹有无数条金色雷霆遍布山头。

还有一个身材矮小的精悍汉子，好像还没睡醒，一直打哈欠。他除了是一位飞升境圆满大修士，还是一名纯粹武夫，止境神到一层。他与离垢关系极好，在远古岁月里，双方经常结伴游历天下，亲手打杀道士、书生后，就随手丢入离垢的乾坤袋里。

谢狗这辈子只有三件憾事，其一是未能兼修武学，其二则是读不进书，其三嘛……谢狗揉了揉头上的貂帽。嘿嘿，怪难为情的。

除了小陌缺席，当下站在白泽眼前的，有谢狗、官乙、胡涂、离垢、王尤物、古豪，以及那个从无化名，甚至至今可能都没有妖族真名的汉子，所以谢狗就帮他取了个不是名字的名字：无名氏。

白泽望向离垢，说道："青冥天下有个道号太阴的女冠散仙，名叫吾洲，与你算是同道而行，不过她已经率先一步跻身十四境了。"

离垢只是木然点头，看不出半点道心涟漪。

飞升境圆满修士想要跻身十四境，就怕独木桥上已经有了个前行者。一般来说，碰到这种天堑，要么是像皑皑洲的韦赦那样，因为始终找不到其他出路，就此意志消沉。不然就是如柳七这般，还有心气去另求他法，在那部姻缘簿子上找天机，为此不惜跨越两座天下。

谢狗斜瞥离垢，发出一连串啧啧之声，幸灾乐祸道："惨兮兮。"

她越说越起劲:"怨不得别人嘛,谁让你当年吃饱了撑的非要跟那个书生较劲,不然哪有那个道姑啥事,你早早就十四境了,我在路上见着你,都得绕着走。"

那个与离垢打过一架的书生可是至圣先师的得意学生,甚至可以说是至圣先师最喜欢的一个,都没有之一,此人的打架本事能低到哪里去? 倒也不能说是离垢输太多,输是肯定输了,不过最终结果反正是两败俱伤,双方都未能跻身十四境。尤其是离垢,当年在一小撮妖族修士里边,资质算是最拔尖的了,脑子还灵光,身上值钱宝贝又多,怎么看都极有可能更进一步,可以与托月山大祖、白泽几个在人间之巅并肩而立。

离垢同样斜视她,她眨了眨眼睛:"嗯?"

小不点,给你一个好好说话的机会。

这个离垢,当年就极其喜欢读书,以至于有个"蠹鱼吃书者"的绰号。据说他还想打造出一个"书城不夜"的道场,故而他的三件法袍之下布满文身。

在远古岁月里,离垢甚至当过一段时日的半吊子书生,但是不知怎么回事,跟那拨读书人里边的一个账房先生好像闹得不太愉快,就分道扬镳了,然后又跟那个手持至圣先师佩剑的书生大打出手了一场。惨兮兮,咋就不惨兮兮啦?

离垢依旧默然。

谢狗得寸进尺,没有见好就收,反而挪动脚步,来到离垢面前,直愣愣对视。

这拨资历极老、辈分极高的蛮荒大妖其实相互间都知根知底,各自手段如何,会哪些压箱底的神通术法,本命物为何,都无法隐瞒。

论杀力,无名氏、谢狗、小陌;论防御,离垢、谢狗、小陌。

王尤物只得出面劝架:"别内讧。"

谢狗反而上前一步,与离垢离得更近,然而离垢却始终纹丝不动。

突然,谢狗拿头一磕离垢额头,只是力道不大,离垢的脑袋微微晃荡了一下后,终于开口说话:"差不多得了。"

头戴貂帽、脸颊两坨红的少女蓦然笑容灿烂起来:你一个飞升境,又不是剑修,杀力不够高的小废物,跟我横个啥?

一瞬间,离垢何止是被大卸八块,简直是被切割成了数以万计的碎块。只不过刹那之后,他的身躯就又重新拼凑起来,然后再被瞬间搅碎,再恢复原貌,如此往复。他根本没有运用灵气,也没有祭出本命物便自行兵解,避开了千丝万缕的细密剑气。

白泽说道:"可以了。"

谢狗这才收手,将那些剑气瞬间归拢起来。她也没动用飞剑嘛。

他们这拨如今等于无家可归的可怜虫,共同的追求当然是那个看似一步之隔、实则虚无缥缈的十四境了。此外,他们又各有所求,比如王尤物就想要找师父。

咋个找嘛? 退一万步说,真找到了,当年那道士不承认你是弟子,万年之后就会回心转意啦？不过话说回来，如果对方如今身份有变，境界不够高，那么可就不是什么拜师学艺了——吃掉呗，还能如何？

白泽让其余大妖都去城内找落脚点，回头再议事，只带着谢狗一起在曳落河边散步。唯独无名氏不识趣，非要当拖油瓶。谢狗回头看了他一眼，咧嘴一笑。

亏得自己身边是白泽，不然换成某个谁，就得认后边这个无名氏当儿子了。

谢狗收回视线，说道："白泽老爷，我打算先走一趟俱芦洲，再南下去宝瓶洲。你看可行不可行？"可惜自己打个盹的工夫，剑气长城就已经没了，所幸还有被誉为剑修如云的俱芦洲。

"没什么不可行的。"白泽笑道，"到了宝瓶洲要小心小心再小心，不要随便泄露行踪，更不可任性妄为，否则一着不慎被谁抓起来，隔着一座天下，我可帮不上忙，肯定救不了你。"

谢狗微微皱眉：被谁抓？

他们身后，无名氏笑问道："难道那个姓陈的末代隐官依旧没有归还十四境道法？"如果真是有借无还，敢赖白玉京三掌教陆沉的账，倒也有趣。

不同于谢狗、离垢这拨大妖，他其实一直处于似睡非睡的玄妙状态，万年以来，除了一魂一魄留在真身，其余魂魄如同经历了一场漂泊不定、历史久远的外出游历，不断更换住处而已。因为他是一名兵家修士，坐享其成，所以白泽此次将他喊来，他属于不得不来。即便他没有妖族真名，但是面对作为昔年"天下十豪"四位候补之一的白泽，还是毫无胜算——既然打不过，就乖乖认怂。

白泽笑着摇头："跟境界高低有些关系，又关系不大。"

谢狗啧啧称奇道："白老爷说得好玄乎，学问，都是学问。"

白泽调侃道："那就预祝白景道友此行遂愿。"

谢狗哈哈大笑，身形化虹而去，顺着白泽给出的一条光阴长河道路破开天幕，直奔浩然天下。

俱芦洲北方，一位坐镇天幕的陪祀圣贤微微皱眉，看着那个来自蛮荒天下的不速之客。

文庙给了个说法，准许这少女在规矩之内游历浩然诸洲山河。只见她头戴一顶破旧貂帽，脸上两坨腮红，毫无修士气象，如果不是现身此地，简直就是个最寻常的村野少女。

老夫子神色肃穆，沉声问道："听得懂中土雅言吗？"

谢狗咧嘴一笑："我是有备而来嘛，当然听得懂人话。"她拍了拍挎包，"里边都是书，从蛮荒天下各地……买来的！边走边看，这就叫行万里路，读万卷书哈。"

老夫子点点头:"不可犯禁。"

谢狗大手一挥:"必须的,必须的。"

老夫子说道:"按照约定,我们不会时时刻刻盯着你的举动。"

谢狗大为意外:"得空了我肯定要与小夫子道声谢的……哦,如今是礼圣了。"

老夫子置若罔闻,再次提醒道:"不要给文庙出手的机会。"

谢狗点头道:"人在屋檐下,不得不低头嘛,这道理我懂。不敬他人,是不自敬也。血气之怒不可有,义理之怒不可无……"

老夫子叹了口气。这些话,从一个蛮荒大妖嘴里说出来,实在是不适应。

谢狗依旧在那里念念叨叨:"只管放心,说不得我还会行侠仗义。对了,我要是揪出了几个妖族修士,文庙那边,可会按照规矩记账,算我的功劳?"

老夫子一时间哑然。这个"小姑娘",当真是那个万年之前的飞升境巅峰剑修白景?

谢狗笑呵呵,心想:要是在蛮荒天下,你看我好不好说话。

她向老夫子告辞,身形笔直坠落大地,在距离地面还有数丈高时骤停,飘然落地。之后,她还真就开始慢悠悠游历山河,欣赏起了异乡的风土人情。当然,对她来说,蛮荒天下也算不得什么家乡。

那个如今叫小陌的家伙,当年躲去碧霄洞,再走出落宝滩时,就变成了个糟老头模样,唉,让她瞧着怪心疼的。之前皮囊多俊俏,白衣飘飘的,孑然一身仗剑远游,用现在书上的话说,那就是风姿独绝,世无其二。

反正就是各花入各眼,她瞅着就是喜欢。即便小陌当年从不主动招蜂引蝶,还是惹了好些情债。当然了,那些不长眼睛的婆姨都被她找上门谈过心了。

其实也未必真就有多喜欢,但是无聊啊。修行?她需要如何认真修行吗?天高地阔的,总得找点事情做做。

在这之外,她曾经道听途说一事:那个道士,与练气士讲解过"真性"。说修道之士要在登高途中维持本性本心是有诸多窍门、捷径可走的,其中一条,说得通俗点,就是"爱恨"二字,极爱谁,或是极恨谁,皆可。至于练气士为何要维持这类"真性",按照早年那个道士给出的一个模糊说法,是一种"走神"。

谢狗一路隐蔽气机,收敛全部剑气,除了赶路之外,确实就跟个世俗少女一模一样,甚至为了达成那个"到了浩然天下就从头挣钱"的初衷,偶尔还得挖些山中草药之类的去山下集市换点银子。她也不会要价,或者说一开始要得太凶,把顾客都给吓跑了。吃过几次亏后,就让那帮黑心商人自己出价。就这样,她渐渐给自己买了衣裙、锅碗瓢盆、酒水等等。

虽说浩然天下能打的几乎都去了蛮荒天下,就像脚下这座俱芦洲,那个据说作为本地扛把子的火龙真人如今就不在趴地峰。但是谢狗还是拗着性子，坚决不去惹是生非，碰到些个喜欢在鬼门关打转的地痞无赖，也不跟他们一般见识。毕竟听说文庙那边如今管饭呢，仰止那个婆姨不就是前车之鉴？唉，前车之鉴，这个说法好，如今人间的书是真多啊。

不管如何，好歹先找到那个胆小鬼再说。如果不是如今不宜打架，她第一个要去会一会的地头蛇，就是被誉为北地剑修第一人的白裳。当然不是问剑了，跟个都不是飞升境的晚辈问啥剑，欺负人不是？

在一处道教宫观的黄琉璃屋脊上，谢狗隐匿身形，盘腿而坐，就着酱肉喝着小酒，看那几个手持拂尘转圈圈的小道童认认真真步斗。按照几本书上的介绍和解释，现如今的道士茫茫多了，所谓的步罡踏斗也越来越有花头经，道士们步行转折、礼拜星宿、请神降真，宛如踏在罡星斗宿之上，从最早的三步九迹，星纲不断演化，变得越来越复杂，若是步罡再加上掐诀，传闻有一千九百多种呢。

谢狗摸了摸貂帽，摇头嘀咕道："花样越多，意思越小。"

她曾经亲眼见过天下十豪候补之一的某位，身形化鸟为人传道，好像才有了这门术法。那才是真正的老祖宗。

看小道童们步斗没啥意思，之后她悄然跨越大海，来到宝瓶洲，先走了一趟大骊京城，学了些官话，最后站在一条小巷外，好像里边就是那只绣虎的宅子。

小巷口子上边有个螺蛳壳大小的寒酸道场，有对师徒就窝在里边。那个老修士看了她一眼，她假装不知道。老修士可能是年纪大了，有点拎不清，偷偷用心声询问那个明显年纪更小的弟子认不认得巷口外边的小姑娘，有没有啥来头，如果小姑娘走入巷子，需不需要拦上一拦。

谢狗之后还悄悄去看了几眼龙泉剑宗。她听说阮邛是大骊王朝的首席供奉，谁知就只是个玉璞境，不过铸剑本事还算可以。

山中有个吊儿郎当的年轻剑修，境界不高，倒是古怪，竟然察觉到了自己的窥探，双方遥遥对视一眼。谢狗总觉得哪里有点不对劲，但也未深思。

此后，她总算是来到了大骊处州龙泉郡槐黄县城，按照这边的规矩徒步而行，从州城一路往南来到小镇，找了个位于台阶底部的铺子，买了几块糕点吃，再之后就走向落魄山：哈哈，你等着，我来堵门了。

落魄山新任看门人是一个头别木簪的假冒道士，正跷着二郎腿，坐在一把竹椅上鬼鬼祟祟地翻书看。

离山门还有一段路程的貂帽少女抬起手，使劲揉了揉眼睛，早已见怪不怪的她此刻仍然满脸匪夷所思：天底下真有这么巧的事情，怕啥来啥？小陌，真有你的，这就有点过分了啊，当年是躲去落宝滩碧霄洞酿酒，如今倒好，干脆就直接躲到了这个道士身边？

自己的情路可真够坎坷的，心酸心酸。

谢狗撇撇嘴，施展了一门神通，身形一分为二。她突然咦了一声，眯眼环顾四周：莫不是碧霄洞主就在此山中？

我们仙尉道长一贯是个眼观六路耳听八方的，结果发现那个访客靠近山门后，来了又跑了，跑了又来了，把他给整迷糊了。

见那貂帽少女最终好像下定决心了，缓缓走向山门口，仙尉连忙将手中的书收入怀中，站起身来，孰料貂帽少女竟挪步坐在了桌边。

曾经有道士云游天下，除了为人传道解惑，还会在道旁建造歇脚处，有点类似后世的行亭，在墙壁上留下一篇篇道诀文字，有缘者见之，得之，修行之。因为在道士眼中，人间有情众生皆可修道。什么叫替天行道，大概这就是最名副其实的事情了吧？

谢狗坐在桌旁，幽幽叹息一声，收敛心绪，扬起一个笑脸。

仙尉发现对方用一种极为复杂的眼神呆呆看着自己，心想总不至于是找自己认亲戚的吧？问题是自己也没真正阔绰起来啊。当这个落魄山的门房，俸禄是有点的，但是进了兜里的每一枚雪花钱可都是有大用处的。

职责所在，仙尉只得走过去，笑问道："这位道友，喝不喝茶？"

谢狗问道："要不要钱？"

仙尉笑道："不收钱。"

谢狗笑道："那就先来两壶。"

仙尉又给整蒙了。

落魄山上，朱敛坐在院子里边编织箩筐，身边坐着谢狗，后者已经原原本本，与这个好像是落魄山管事、自称朱敛的消瘦老人说了事情缘由，反正也没啥好藏掖的：来自蛮荒天下，妖族剑修，飞升境，曾经化名白景，如今叫谢狗，来找小陌叙旧了，落魄山不用担心她会惹事，她不敢惹白泽老爷和小夫子生气，因为一个都打不过。

朱敛始终神色慈祥，听了谢狗的自我介绍，非但没有任何惊惧，反而笑着点头："过尽千帆皆不是，当时只道是寻常。"

这开场白让谢狗震惊不已，然而老人接下来的一番话又让她既欣慰又心酸："谢姑娘，跨山越海来找心上人，很好啊，唯一需要注意的地方，可能就是别吓到小陌先生。男女情事，谁先动心谁吃亏，越吃亏越难忘，到最后，到底是喜欢对方呢，还是喜欢自己，都搞不清楚了，答案偏偏在对方身上，所以才说，由爱故生忧。"

谢狗揉了揉貂帽：身边这个老人，是高人啊。只是她想了想，还是有点小小的异议，先入乡随俗学浩然天下的说法称呼对方一声"朱老先生"，再道："谈不上情情爱爱的，我可从没有苦大仇深的心境，没什么忧愁可言。我就是觉得小陌长得好看，境界啥的,比我差不了多少,要是在一起,就可以长长久久,而且我们都是剑修,还有话聊。"

朱敛不置可否,笑着问了个谢狗打破脑袋都想不到的问题:"谢姑娘,如果哪天小陌先生真的喜欢你了,你还会喜欢他吗?"

谢狗愣了半天,认真思量一番,说道:"还会喜欢的。"

朱敛又问道:"最早为何喜欢呢?"

谢狗一拍貂帽,有点埋怨道:"朱老先生,我不是说过了吗,小陌贼好看!"

"错啦。"那个坐在竹椅上编箩筐的老人笑着摇摇头,轻声道,"此身原本不知愁,最怕万一见温柔。"

白玉京碧云楼,镇岳宫烟霞洞。

有个年轻容貌的修士盘腿坐在山巅,低头看着一块长条泥板,上边就像用一颗颗铁钉写出了一句谶语。他双手十指血肉模糊,真可谓是名副其实的板上钉钉了。

这修士此时神色凝重,显得心事重重,只因刚刚得到了一个极为古怪的卦象,签文更是吉凶难测:道丧三百年乃得此君。他数次艰辛推衍,"此"一字都死活无法更换成某个姓氏。

此人是谁?前身为谁?将会属于哪条道脉?又何时出山?是那种乱世之初的妖人,还是类似开国之初的奇人?难道说,承平已久的青冥天下即将迎来一场万年未有的变局,注定乱象横生,然后此人会在五百年后现世?抑或正因为此人,才出现了长达五百年的天下乱世?

是那个道号山青的道祖关门弟子?所以属于陆沉未雨绸缪,早有对策?还是说那位大掌教会在五百年后重返白玉京,为青冥天下平定乱局?或者是大潮宗那个鬼修徐隽?又或者是那永州米贼一脉的余孽,并且极有希望成为这一脉驳杂道法的集大成者,那个声名鹊起的晚辈王原箓?

修士抬头望向天幕。可惜自己出不去……也不对,要是出去了,只会瞬间天机紊乱,恐怕一切又做不得准了。

他长呼出一口气,将那些铁钉一一拔出,收入腰间挂的棉布袋,本就血肉模糊的十指可见白骨,只是他却面无异色。

要是在此地之外,这种伤势确实不算什么,可问题在于这里是镇岳宫烟霞洞,管你之前是什么境界的得道之人,没什么道心不道心的,修为不能当饭吃,肉疼却一定是真的疼。

这个能够独占好几个山头的人名为张风海,曾是玉枢城板上钉钉的下任城主。他的两位师兄郭解、邵象当年都将此视为天经地义的事情,而张风海自己也是如此认为。事实上,早年整个白玉京和青冥天下亦是如此。毕竟,他可是个九十岁的飞升境。

按照某个小道消息，这还是玉枢城的老城主故意虚报了关门弟子的年龄，其实张风海打破仙人境瓶颈之时才八十一岁。此外，张风海如果不是得了师尊暗中授意，一直在刻意延缓破境速度，可能四十岁，最多五十岁，就是飞升境修士了。

关键张风海是一个当之无愧的修道全才，符箓、炼丹、阵法、术算样样精通，在那白玉京五城十二楼随便择出一个门类，张风海都是极为出类拔萃的。

好像除了不是一位纯粹剑修，张风海的修道生涯堪称完美无瑕，只可惜碰到了二掌教余斗，最终，扬言要脱离白玉京道籍的张风海未能凭本事走出白玉京，被关押在了专门用来囚禁大修士的镇岳宫烟霞洞。

这是一处名动天下的磨仙窟，类似浩然天下的文庙功德林，西方佛国某一脉的活埋庵。张风海在此将近八百年，既然无法修行，那么勉强可以称为正事的就只有一件：既然道不可道，那么自己就先来确定什么不是道，持之以恒，终究会离那个真正的"道"越来越近。

此外，以观想之术配合推衍之道，营造出一个无中生有的虚无身外身淬炼体魄，首创大符，炼造，斩三尸、再融合、再斩……不过这些都是小事。

要说这是余斗用心良苦，故意磨砺张风海的锋芒，好让这位"小掌教"潜心修道，凭此跻身十四境，然后双方重见之日，摒弃前嫌，相逢一笑泯恩仇……那就太过小觑那位真无敌的道心了，余斗根本不屑为之，而张风海也由衷感激余斗没有如此，不会如此。

张风海举目眺望，扯了扯嘴角。也好，戒酒了。看来想要戒酒也简单，没酒喝就行。

除了他这位曾经被誉为白玉京小掌教的玉枢城道官，在这里悄然而死的，还有昔年白玉京十二楼中的两位副楼主。他们曾经是道侣，同样是因为违反了白玉京的金科玉律，被黄界首亲自领进此地闭门思过。

听说在那赶赴五彩天下的三千道人当中，有个出身符箓派祖庭之一的青词宫元婴境修士南山，与那采收山名为悠然的女修同年同月生，就连时辰都一模一样，简直就是天作之合。这两座顶尖宗门的关系，就像早年的两京山和大潮宗。

在这烟霞洞内，人人都被大道压制，流徙囚禁在此的修士不管在外边是什么修为，境界如何高，全部沦为字面意思上的无境之人，没有一丝一毫的天地灵气，自然就无法炼气修行了。而且所有修士都会被打回原形，曾经在修行路上被天地灵气淬炼过的坚韧身躯、魂魄，在这里都重新变得与凡夫俗子无异，孱弱不堪。唯一的例外，就是偏偏不伤原本命中既定的阳寿。简而言之，就是光阴长河的流逝速度与外界天地截然不同，人之身躯依旧会慢慢腐朽，只是速度放慢了——肯定是道祖的手笔。

在这里待了将近八百年，张风海就守着自己的一亩三分地，从山顶上放眼望去，荞麦青青，一望无垠。

有个老翁这些年一直帮忙照看河边的水车，说是帮忙，其实就是依附张风海，有个靠山，不至于每天被人找乐子。

那个早已忘记在这里待了多少年的老人，每到冬天就会满手冻疮，鲜血直流，苦不堪言。前不久翻耕农田，被他刨出了一截折断的剑尖，就主动送给了张风海，有点佃租的意思，可惜张风海去搜寻，始终未能找到那把剑的其余部分。这种事，得看缘分。

张风海事后听人说，老人找到那截剑尖时，指甲盖里满是泥土的干枯双手使劲攥着这件不知属于谁的老旧之物，坐在田垄上，先是怔怔出神，接着低声呜咽，再反复吟诵一篇五言古诗。之所以反复，是因为经常念到一半就忘记了下文，老人就会腾出一只手使劲捶打脑袋，等到记起一句，再重新来过。可能是最终也没能记起诗文的全篇，又或者正因为记起了整首诗篇，沉默许久的老人突然就扯开沙哑嗓子使劲干号起来，好像比被人拿绳子拴在脖子上当狗遛还伤心——大概是因为老人曾是剑修吧。

至于那篇五言古诗，张风海没有跟那个转述者过问名称，没必要，他都能猜出来。

一名脸色黝黑、身材苗条的女子走到山顶，伸手绕过头顶驱逐几只惹人烦的蝴蝶，沉默许久，终于开口问道："想什么呢？"

这是一个主动要求进入镇岳宫烟霞洞的女子，一开始白玉京根本没理睬，后来她便做了一桩犯禁之举，才被丢入此地。

这位女冠名为师行辕，道号摄云，曾是仙杖派祖师，好像是来这边找人的，既算遂愿了，也不算如愿，因为她要找之人已经是一具枯骨。

在亲手将那尸骸埋葬过后，反正也没有什么后悔药可吃，就当是既来之则安之了，师行辕完全没有要活着离开的念头，安然在此处落了脚。不过为了自保，她就找到了张风海，这些年的身份类似侍女。

在这个地方，老人、女子，准确说来是弱者，下场都会很可怜，想要活下去，尤其是想要活得体面些，就得活得半点都不体面。

张风海神色木然，置若罔闻，师行辕便转移话题，伸手指了指麦田，笑道："看样子，今年的收成要好过往年至少三成。"

张风海闻言跟着笑了起来。两位曾经身份显赫的大修士为了麦田的收成由衷笑着，这在外边是无法想象的事情。

除了师行辕，这里的奇人怪事还有很多。

有个浑身插满古剑的矮小老人不知用了什么法子吊命，得以苟且偷生，年复一年的，竟然熬过了很多很多后进晚辈。他经常被骂作是老畜生，约莫是妖族出身的缘故吧。之所以没人欺辱他，好像是因为他既扛揍，还能打架，曾经用一把古剑卸掉了一个青壮男子的胳膊和大腿，挂在竹竿上晾晒，剩余部分则砍成肉泥。

还有一个年轻容貌的男子，好像是米贼一脉的祖师爷之一，这么多年只喜欢烧制瓷器,经常会被人闯入茅屋打砸一通,委屈得直流泪,哭过又继续埋头烧。

有人精通水性,占据着一大段河水,常年以垂钓、捕鱼为生,拉帮结派,最早是十几号男女聚在一起,而后开始传宗接代,开枝散叶,如今人数已将近半百,据说近期打算建造一座家族祠堂了。

有个狐媚女子前些年才被丢入烟霞洞,曾是羲州那边的止境武夫。在青冥天下,一个止境气盛一层的女武夫并不如何出彩,最多是在一州之地抖抖威风,结果到了此处,一开始她还如履薄冰,等到亲手杀掉找上门的男子后,才欣喜若狂。虽说她的体魄如世俗女子一般无二,且聚拢不起半点纯粹真气,但只要这类能杀人的技击之术的记忆犹在,她就足可自保。

有个白发胡须纠缠成一团的邋遢汉子曾是那喜欢兴风作浪的一字师,又被称为窃字者,擅长神不知鬼不觉地篡改仙府道院的秘藏珍本经书,道官一着不慎,就会误入歧途。山上有那僧不言名道不言寿的讲究,就有了那破戒僧人被称为有名僧。

还有个成天喜欢赤身裸体四处晃荡的魁梧汉子,带着一帮肩扛兵器的狗腿子,见谁不顺眼了就饱以老拳。他除了极少几股势力不敢去招惹,其余的,用他的话说,就是"一群废物,都不是三招之敌"。要知道,在家乡,他也就只是个半桶水的玉璞境,被丢进来的第一个念头竟然是觉得自己高攀了烟霞洞。唯一能够拿出来说道说道的,就是他追杀过朱某人。可问题是,赢过天下第十一人的朱某人,有什么好值得吹嘘的?汝州朱某人在山上打架就一次没赢过,都是一直在逃,只是会故意逃得慢些。

也有人喜欢收集那些遗落在地的仙家重宝,往往品秩都不低,法宝起步,半仙兵都有十几件。只是除了当摆设,意义何在?带得出去?

也不是没有与白玉京不对付的修士来找张风海的麻烦,结果所有胆敢上山的都死了。就连那个跳走如飞的狐媚女子,一直觊觎张风海的美色,几次都只敢在山脚徘徊,放弃了登山的念头。

师行辕坐在一块石头上笑道:"我觉得你是唯一一个有希望活着离开这里的人。"

张风海依旧没有回应,他不太喜欢说话,师行辕习以为常了,自顾自说道:"不是因为你的身份,而是因为你的道心可能才是最契合天心的。"

张风海终于开口道:"我要不是有点武技傍身,如今境遇可想而知。"

师行辕双手十指交缠,绕过头顶到身后,随口问道:"如果哪天真能出去了,最想做什么?跟余斗打一架?"

张风海想了想,说道:"洗个澡,换上一身干净衣服。出去的时候,外边最好是个大冬天,找个僻静地方挖笋去,因为冬笋的滋味要比春笋更厚。大雪封山,来个围炉煮笋,大块冬笋煮大块咸肉,大碗大碗喝那家乡土酿的杨梅烧酒,酒足饭饱,醉倒了事,呼呼大睡,鼾声如雷,谁都管不着老子。"

师行辕咽了口唾沫，抹了抹嘴："早知道不问了。"

她抬头看了眼天幕，弯腰捡起一块石头，再随手丢到崖外，说道："我道龄不够，只是听山上前辈提起过几句，说那场战役是余斗真正成名的一役，只是没有任何史书记载，你以前在玉枢城，看过相关内容的秘档吗？"

"没看过，"张风海摇摇头，停顿片刻，拿起泥土涂抹双手伤口，缓缓道，"但是亲眼见过。是用一种类似'走神'的远游，比起阴神出窍远游要更稳当，早就失传了，是我自己看书琢磨出来的门道，然后旁观了那场战事的全部过程。"

最早青冥天下既不是名义上的十四州，也不是山下俗称的十九州，而是十五州。

余斗率领白玉京所有道官，再召集天下道官，赶赴那一州战场。规模之大，影响之深远，战事之惨烈，后世的永州平仓一役都远远无法与之媲美。

一州边境，层层叠叠的云海之上，刚好将一州之地围起，无数道官身穿青色法袍，如青鹤成群。最终的结果，就是真正意义上的一州陆沉，造就出了如今的巨大湖泊。

相传，此后就有某句谶语流传开来：一州丧道，方有陆沉。后来，等于少去一州版图的青冥天下就真来了个名叫陆沉的外乡道士，被大掌教寇名亲自带入白玉京，最终成为道祖弟子，担任三掌教。在那之后，陆沉又建造了一座南华城。

与身边女子大致说过那幅战场画卷，张风海解释道："之所以打得如此惨烈，是因为一州之内皆一人了。准确说来，是那位据说可以视为十五境的化外天魔，不知怎么从天外天成功流窜到了青冥天下，一州生灵，连同山根水脉，境内所有死物，皆是它。"

师行辕听得心惊胆战，突然皱眉道："道祖呢？"

张风海说道："好像是去了天外，道祖在道上求道。"

师行辕神色古怪道："原来我这么厉害啊。"

张风海站起身，打了个道门稽首："恭迎道祖。"

一个少年道士凭空现身，笑着点头，转头望向师行辕，很快就有一个面容模糊、身形缥缈的修士飘荡而出。

道祖微笑道："张风海，你去参加本次的三教辩论。赢了，就准许你脱离白玉京道籍；输了，就继续吃你的冬笋炖肉，喝你的杨梅烧酒。"

张风海再次稽首："谨遵法旨。"

师行辕看着那个少年道士，竟是嘴唇颤抖，没办法说出一个字来。

道祖笑道："行了，吕碧霞，别躲了，你跟着张风海，还有师行辕一并离开此地，即刻起恢复自由身。"

师行辕只觉得头痛欲裂，片刻后，眼神泛着熠熠光彩，问道："代价呢？"

道祖说道："你在跟谁说话呢？"

下一刻，青冥天下候补之一的散仙吕碧霞——借住在师行辕魂魄中的飞升境巅峰修士就莫名其妙摔出了镇岳宫烟霞洞，摔在了白玉京边界线上，包裹在尘土里，竟是长久无法起身。刹那之间，张风海与师行辕就站在了吕碧霞身边。

原先山巅，那只化外天魔唏嘘不已："还是你更厉害。"

道祖蹲下身，轻轻翻过那块泥板。其上没了钉子，犹有钉痕。他后又站起身，泥板化作一团齑粉，道："可惜又晚了。"

化外天魔瞥了一眼，讥笑道："上次是我，这次又是被那只绣虎骗过了天下人，之后我得好好推演一番，看看是怎么做到的。"

不是什么道丧三百年而得此君，而是道丧五百年乃得陈君。

张风海到底还是年轻，道行不够，不过也殊为不易了，毕竟能够算出个七七八八。

道祖淡然道："好笑吗？"

化外天魔立即战战兢兢，然后蓦然猖狂大笑，随即恢复平静，最后唏嘘不已："道上求道何其难。你是打算违背你们三个的契约，事到临头再出手一次，还是就此散道，彻底不管天下事了？"

道祖微笑道："余斗又不是没见过大场面。"

化外大魔点点头："确实。"

与天下为敌又如何，如棋局猜先时，余斗坐在棋盘前，只捏起了一枚黑子。

第四章
桌上火锅桌外雪

汝州一个边境小国,颍川郡境内一个僻远小县,有座名为灵境的陈旧道观,很有些年头了,建造在一个小山头上,这小山头其实就是个稍微大点的土包。

前些年,此处下了一场百年难遇的鹅毛大雪,愣是将经久失修的道观给压塌了几间屋子。观主洪淼求爷爷告奶奶四方筹钱,重建完屋舍后发现手头还有点余钱,干脆就将道观里里外外全部修缮了一遍,再给供奉的两位祖师爷的泥塑神像贴上金箔。这让洪淼颇为自得,几乎每天都要专门去山脚看看道观全貌,只觉得好个气派道场,古木成荫,新建祠庙镌古篆,小道两边种老槐。

这座灵境观并无半点出奇之处,想要找出个攀亲戚的道教老神仙都很困难,以至于只有洪淼是唯一拥有道士度牒的正式道官,而洪老观主还是个外乡人。事实上,往前推个三百年,历代观主就都是外乡道士了,只要任期一到,就会毫不犹豫离此地。实在是这地方的天地灵气太过稀薄,就不是个适宜修行之所。

想要成为道官,以及之后如何升迁,说简单也简单:一靠境界,成为练气士;二靠学问,也能够授箓;三靠家世,只要肯花钱,终究是有门路可走的。那么,一座道观也是差不多的光景,故而各郡道观往往是大道观越来越规模宏大、香火鼎盛,小道观越来越香火冷落、难以为继,而这灵境观就是个三不靠的……靠山倒是靠山,只是在这平原地界,可怜道观就杵在一个孤零零的小山包上,走个几十步就能登顶。

次一等的科举也是差不多的年景,别说进士老爷了,最近两三百年,就连举人都没有一个。至于到底是两百年还是三百年,谁还去记这个呢,反正又不是什么值得炫耀的事。甭管是道官还是科举,也不晓得到底哪天才能破了天荒。

其实洪淼年纪不小了,虽说看着不过甲子岁数,实则将近百岁高龄,却还只是个候补道官。只是这种事情,家丑不可外扬,自己心里有数就是了。一般俗称为观主的住持道士是不论大小,每座道观都会有的。但是方丈却不是常设职务,而且有些方丈会兼任数座道观,必然都是一国之内的得道高真了,那种能够瞧见皇帝陛下的高人。

按照道观老人们的某个老说法,道教宫观庙庵皆有,唯独不称寺。此外,道观的方丈老爷与那西方佛国是通用的,就像那十方丛林与子孙丛林的说法差不多,僧道都有差不多的规矩。当然,方丈一说还是在僧人那边更为流传,但是有什么关系呢?他们不也争来了道士这个称呼?可要说道观里边有年轻人刨根问底:"道士?咱们不是一开始就是道士了吗?"那么就肯定要挨句怒斥了:"你知道什么,这等秘事内幕,以后等你家祖坟冒青烟,当了道官老爷,自然就晓得了。"

而所谓的灵境观老人们,其实就是两人,当然都是没有道牒的,一个是兼差的庙祝,据说是因为祖上拿出几亩良田给了道观,才来这里领份薪水,毕竟蚊子肉也是肉。外加一个典客道士,也是兼了知客的。至于洪老观主,更是能者多劳,就连账房执事的打算盘差事,也都是老观主亲力亲为。

一国诸郡,大小道观,几乎都是官方建造,能够比拼的其实就三件事:其一,是否敕建,唯有帝王御赐,山门匾额上才有"敕建"二字;其二,道官数量多寡,以及供养,也就是香火旺不旺,大香客多不多,善男信女多不多。在青冥天下,丛林庙要更为规模宏大,道官众多,因为名义上属于天下所有道众共有,并无私产。从某种意义上说,可以理解为全部归属白玉京就是了。

今天一大早,洪老观主就又去山下散步了。山外积雪深重,风景倒是不错的,老道士双手负后,转了一圈,又开始缓缓登山。此时的他已是满脸愁容,不时长吁短叹。

穷乡僻壤,出个正儿八经的道官老爷实在是比登天还难哪。道观小到只要推开大门就能瞧见主殿,除了钟楼鼓楼,连个两层建筑都没有。实在是穷啊,富人有千百种好活法,穷人唯有一种苦过法。

颍川郡下辖五个县,官府建造的道观总计三座,照理说,灵境观再不济,也不该只有这么点香火,问题在于人比人气死人,货比货就得丢。只说隔壁县的那座道观,运道好,祖上阔过,建了一座邱祖殿,据说珍藏供奉着朝廷御制刊刻的一部道藏,所以本县香客宁可走远路,都要去那边烧香。

洪老观主最近几年一直心心念念的就是哪天能够帮灵境观建造出一座财神殿,道观里边的年轻人听说老观主睡觉说梦话都在挂念着这么件事呢。

连同洪淼在内,这里的常住道人总共就只有六个,名义上顶着个庙祝身份的刘方并不住在山上。

洪焱走入道观，发现只有管着灶房的典客常庚，至于其余几个，不日上三竿是绝不起床的。常庚先前敲过了晨钟，估摸着是闲着没事做，就开始扫地，见着了老观主，怀抱扫帚打过招呼，轻轻跺着脚，低头搓手呵气。

常庚年轻时候是灵境观为数不多的大香客，翻账簿一算，给了道观差不多三百多两银子，还赠了道观不少书籍。当然，常庚坚持说是借给道观的，最少值个七八十两银子。就这么一笔前任观主留下的烂摊子糊涂账，使得后来家道中落了的常庚得以带着个穷亲戚来这儿混口饭吃，不然捞个每月可以领薪水的"常住道人"身份也不是什么简单的事，一县之内，想要托关系进入灵境观的人不在少数。

洪焱与常庚点头致意，去主殿里边转了一圈，又跨出门槛，去道观大门口站了一会儿，返回院内，常庚一张皱巴巴的脸庞硬生生挤出个笑脸，问道："洪观主，是在等人呢？"

洪焱笑着摇头，开始在院内步斗，常庚就拖着扫帚站到一旁去。陆陆续续地，从一边屋子里走出三个年轻人，双手都插在棉布道袍里边，缩着肩膀，打着哆嗦，呼出大口大口的雾气，看着观主瞎逛，看多了，着实没啥兴趣，就各忙各的去了。

山上开辟出了几块不相邻的菜园子，至于私产田地，道观倒是有个十几亩，大半都是县衙划拨出来的——终究是辖境内的一棵独苗，总不能眼睁睁看着断了香火。

最后一个走出屋子的是个睡眼蒙眬的少年，模样只能算是端正，一样是低头哈腰，双手插袖。少年先与常庚喊了声常伯，老人笑着点头致意。其实扫地和晨钟暮鼓本都是少年的差事。

等到洪焱步斗完毕，名叫陈丛的少年这才喊了声洪观主，洪焱还是只点了点头。平时他对这一老一少也没什么好脸色，好吃懒做谈不上，但是他们俩跟其余几个一般德行，能偷懒就绝不主动揽活，实在是让洪焱喜欢不起来。

除了陈丛，另外三个年轻人分别名叫马重、土膏、林撼。其中马重跟庙祝刘方又是亲戚，因为私底下刘方承诺再过个几年，愿意再给灵境观两亩田地。至于几年到底是几年，洪焱也懒得追问了，反正自己卸任之前，如果刘方还是没跟道观交割地契，就一起卷铺盖滚蛋。

马重这家伙早就想好自己的道号了。他年少时上过学塾，喜欢看书，但课业马虎，经常偷摸去隔壁道观的庙会，就为了看路边摊上的杂书，什么连环画、志怪传奇、公案小说、烟粉灵怪之类的，都舍得花钱。约莫是看书把脑子给看傻了，马重一直怀揣着某个痴人说梦的妄想，时不时就问洪焱是不是书上说的那种世外高人。

至于林撼，光是看他的名字，就知道家里有点本钱了，一般穷苦人家，取名不会用这么生僻的字。外人习惯性称呼他为林虎，道观这边就跟着喊了，林撼也懒得计较。林撼家在县城开了好几间店铺，也算家底殷实，因为爹娘嫌他总喜欢惹是生非，就花钱托县太爷……下边的工房攒点帮忙，交给洪老神仙"严加管束，劝导向善"。

只有土膏是靠真本事考进灵境观的,等于是在此求学,因为有个奇怪的姓氏、罕见的名字,就一直坚信自己是个大有来历的,其实也就是个乡野村民出身。

马重总是活在自己的世界里。林撼每天嘻嘻哈哈,热情开朗,好像与谁都能称兄道弟,还经常翻脸,事后又跟个没事人一样了。土膏最喜欢对陈丛摆脸色,而陈丛也是个焉儿坏的,次次不吃亏,即便这里亏了,也总能从别处找补回来。他们几个里,真正打过架的,其实是马重跟林撼,就在屋子里边。那会儿土膏眼神游移不定,谁都不敢得罪,而陈丛则自顾自躺在靠窗边的炕上,手上翻转着一枚铜钱。

出家、入道十五年,是一道极其重要的分水岭,有不小的门槛,跨过去了,或者说熬过去了,哪怕依旧无法考取道士度牒,或是无法找到某位道官担任自己的度师授箓,没办法有个正式的道统法脉,就可以去县衙领份差事,比如在户房当个管着鱼鳞册户籍的攒点,身份地位是要比一般胥吏高出一大截的,就算是县太爷和县尉这样的官员,在县衙见了面,都有可能愿意停步闲聊几句。

马重和林撼就都在等这个,在道观熬满至少十五年就有机会去衙署任职,也算有个铁饭碗了。胥吏也分三六九等,在道观镀金过的,总能捞到一些既清闲又有油水,还可以在街坊邻居那边不讨骂的好差事,起码要比某些胥吏更像个官老爷。比如仵作,还是个世代相传的官职呢,是个好差事吗?当然算不上。虽说是个不可或缺的位置,而且更加是铁饭碗,但是总会让老百姓觉得不自在。

早课结束时,典客常庚也在厨房忙完,可以吃饭了。之后休息半个时辰,就又有课业等着了。洪淼坐在蒲团上浪费口水,其余几个就像陪着老道士一起空耗光阴。

只有土膏偶尔可以去洪淼屋内翻看那几本珍藏多年的书籍,不过土膏发现不少老观主所谓的私家藏书都钤印有一枚相同的藏书印,土膏用屁股想都知道是那个典客常庚的家藏旧书,很多次都想着帮老观主撕掉那些盖章的书页,那不就等于是销赃了嘛,只是终究没敢下手。

飒飒松风,一天天地,就这么撞罢晨钟又暮鼓,每天做完课业吃完饭,睡觉醒来又是一天,光阴如水悠悠过。

昨夜又下了一场大雪,天地如人披狐裘。离道观约莫两里路之处有条河,河上有座木桥,陈丛经常一个人下山去那儿闲逛。今天他换上了一双皮质旧靴,在木桥上使劲蹦了几下,桥上积雪便如白银撒落在冰面上。

少年记性极好,过目不忘,灵境观里边屈指可数的那些藏书,他只是翻过一遍,就有诸多自己的见解,这让他百思不得其解,简直就像……上辈子早就看过这些书一样。

而且陈丛发现自己好像总会有些莫名的感伤或是喜悦之情,所以最终他得出了一个完全讲得通的结论:他娘的,我该不会是书上说的修道天才吧!

陈丛咧嘴一笑,蹲下身,抓起一捧积雪拍在脸上:冷静,要冷静,要克制啊。

听说前不久,府城有从别处流窜过来的鬼物作祟,坏了好几条性命。很快,朝廷就派了一拨道官下来。然后,老观主洪淼好像一夜之间就又老了十岁,经常站在道观门口,好像在等人。再之后,道观里边就来了两个陌生面孔,一男一女,都没有穿道袍。

彼时他们几个都蹲在檐下排成一排晒太阳,那个男子好像多看了土膏几眼,面容冷清的年轻女子倒是打量了所有人,最终视线在马重身上短暂逗留,只是都不算太过上心。她与一旁的洪淼不易察觉地微微摇头,洪淼微微叹息一声,似乎有些失望,又不至于太过失落,大概早就有心理准备了。

委实是巧妇难为无米之炊,这几个孩子已经是他这些年在一县之地能够找到的最好的道官坯子了。

如今这拨孩子其实还不清楚一事:想要担任一座官府道观的住持道士,除非是那种学问极深的饱学之士,否则修为必须是洞府境起步,而洪淼就属于后者。洪淼修行不错,唯独在读书上不太开窍,而授箓一事,许多考试是绕不过去的,所以一直卡在候补道官身份。洪淼之所以依旧能够补缺灵境观,就是靠着观海境修为,当然,这跟灵境观与肥缺半点不沾边也有不小的关系。

为了拦阻那只过境的凶悍鬼物,洪淼其实已经受了重伤,虽然跌境了,却是有功劳的,会被府城衙门记录在册,如果不出意外,还会赐下一颗保命的延寿仙丹,极为珍稀,是花钱都买不着的好东西,但却无法继续担任这座道观的观主了,说得简单点,就是可以去府城某个清水衙门养老了。

对这几个孩子,洪淼是有自己的打算的。

马重资质最好,被洪淼寄予厚望,当然,比起那些大道观里边的修道俊彦,还是差距很大。

林摅就是个混日子的富家子,不去谈了,道观香火很大程度上靠他家的银子救济。洪淼自己好不容易攒下的那点家底家当几乎都拿来炼化为那点可怜巴巴的天地灵气了,结果在道观殿内,洪淼几次暗中观察,那几个小王八蛋不是打瞌睡就是懵懂不觉,就没一个能够察觉那份气机涟漪的。其实这就已经说明问题了,连同马重在内,以后能否修行,不好妄下定论,但是至少可以肯定,没有天生适宜修道的那种真正天才。

土膏筋骨强健,有可能习武,此外还是最有希望凭读书考取候补道官的一个。

至于陈丛,记性不错,勉强能算个读书种子,在道观里读点书,打好底子,以后去参加科举就是了,不奢望考中举人,将来有个秀才功名,成家立业总不是难事。

而这两位江湖上的奇人异士是府城的旧友,男子叫宋拓,女子名谈薮。

宋拓是位五境武夫,好歹跻身炼气第二层了,又是走内家拳的路数,那么再打熬十几二十年的体魄,跻身六境都是可以想一想的。只要跻身了六境,在任何一座府城都可以赚个不低的官身了,哪怕开馆收徒、开山立派都毫无问题。何况宋拓与赤金王朝的鸦山某位七境宗师都是好友,这位金身境武夫听说是那位林师某个嫡传弟子的再传弟子。在汝州,有没有一个或几个鸦山的江湖朋友,是一种身份的象征,山下武夫、山上修士、衙门道官,概不能免。

谈薮则是走私箓路途的练气士,极为年轻的洞府境,毕竟她不到四十岁就是个中五境神仙了。而且谈薮家学深厚,是有私人法坛的,简单说来,就是有资格做私箓买卖,官府不会扶持,却也不至于明令禁止。据说她最早名籔,后来不知怎的,大概是"籔"这个字实在是太过生僻,就改成了相对简单的"薮"。

进了屋子,关上门后,洪淼苦笑道:"可惜不是春季,否则不敢说拦下那龙门境鬼物,多阻拦片刻,总归不是奢望。"

按照巍巍白玉京订立的金科玉律,度师唯一,决定了一位道官这辈子的法统道脉,极难更换,但是道官修习别家术法并无拘束,几乎没有什么禁忌,多多益善。洪淼就掌握了一手旁门雷法,是年轻时跟一位奇人学来的压箱底本领。

按照道书所言,元气氤氲聚而成物,其中一点真灵彻底涣散者,是为野鬼游魂。而天地间的春雷声对那些邪秽阴物而言好似催命鼓。只可惜洪淼受限于自身根骨,学道不精,只能通过年复一年在那金秋时节正午时分炼化、凝聚出三两重的吹魄风,再配合那一手雷法,可惜对付一只龙门境鬼物根本不够看。

洪淼从袖中摸出一串坠有黄穗的九帝钱自嘲:"这场架打得,真是亏到姥姥家了。"

这是当年洪淼担任灵境观住持后,朝廷按例赐下的一件珍贵法器。汝州各国朝廷赏赐各有不同,降妖镜、捉妖葫芦、符箓等等,种类繁多。

宋拓脸色凝重:"我可以把你引荐给白雨帮,我跟帮主刘息的关系一向不错。"

洪淼摆手道:"咱哥俩谁跟谁,你就别打肿脸充胖子了。白雨帮作为鸦山的藩属门派,门槛很高的,何况整个鸦山尤其不喜欢跟别国道官往来,刘宗师可能愿意白送你宋拓一个白雨帮的客卿身份,但是朋友的朋友就难说了,换成贫道,多半是不会点这个头的,你何必与刘息伤了感情,这点人情世故,贫道还能不懂?"

他随即叹了口气:"朝廷刑部那边,加上府城衙门里的供奉,估计很快就会派人来勘验此事的详细过程,算是走个过场吧。然后贫道就要打道回府了,原本心存侥幸,以为在这儿会有点作为,道官也好,进士也罢,只要能够帮着颍川郡出这么一个人物,就可以凭借这桩功德打破观海境瓶颈了,结果倒好,还跌境了,偷鸡不成蚀把米,不过如此。现在就只求前人栽树,能够有个后人乘凉了,自个儿落不着半点实惠,总还是能落个心安。就是不晓得在贫道闭眼之前,还能不能等到这一天的到来。"

这就是老道士的最大私心了。主动要求担任灵境观住持,就是图个"万一"。万一这边冒出了个本土道官,那自己可是有一桩功德在身的。

当然,不是只有洪淼看到了这一点,事实上,想来这里碰运气的那些个前任道观住持,十有八九都是奔着这个来的,至于那十之一二,当然是官场混得不如意,被上司或同僚排挤,给打发来坐冷板凳的。

修士跌境之所以后患无穷,除了修为大跌,诸多压箱底的神通术法难以施展外,最大的问题还是阳寿一事。洪淼光靠那颗丹药是不顶事的,就算砸锅卖铁也要去那些仙家渡口或是相熟的山上仙府买来几颗续命的灵丹妙药才行,钱不钱的,还计较什么?

宋拓憋了半天也只能憋出一句"好心有好报这种事,还是要信上一信的",于是洪淼笑着点头:"也对。"

老道士望向窗外,有些惆怅,也有些茫然。他也曾有过高远的志向,有那道法造诣,成为一个被道书誉为人心方寸天心方丈无杂念者的得道高真;或者受满初真、中极、天仙三坛大戒,得到朝廷敕建宫观内某位律师真人的传法授箓;又或者是在那汝州首屈一指的某个丛林宫观内举行升座仪式,担任方丈;甚至是成为一位结金丹的地仙,陆地常驻,当个最名副其实的神仙老爷。当然,他最大的奢望,都不太敢经常想,是梦游白玉京五城十二楼!

谈薮说道:"洪道长,要是不觉得屈尊,可以去我家担任清客,一直缺个西席。"

洪淼即便跌境,也还是个洞府境修士,何况老道士的香火人脉和一肚子学问还在。不算是个多划算的买卖,但是家族大体上能够保证不亏本,毕竟除了俸禄,肯定还要给出一两颗延寿丹药的。

洪淼笑着摆手:"何必做些双方都没啥赚头的买卖,贫道要是个闲人,以后去你们河间府谈家做客,还能喝杯不花钱的好酒,可要是每天大眼瞪小眼的,就贫道这种本事不大脾气不小的臭德行,迟早要与你们处得不愉快,到时候各自心生怨言,何苦来哉?"

谈薮刚想说话,只是很快就将到了嘴边的言语咽回肚子。

洪淼转头望向窗外:"总算来了。"

屋檐下廊道上并排蹲着的几个,陈丛只是微微抬了抬眼皮子,继续双手笼袖,打了个哈欠。至于马重,已经摸到墙根偷听三人对话了,不过好像没能听见什么。

三道身形在灵境观山脚就落下,选择徒步上山。这不是看得起这座寂寂无名的小道观,只是不敢不把白玉京规矩当回事。

马重第一个转头,看着那三个走入道观大门的外乡人,赶紧站起身,大气都不敢喘。来的可是正儿八经的朝廷道官老爷,真的神仙!

土膏拿手肘撞了一下陈丛,抬了抬下巴,示意赶紧瞧瞧那几位贵客。

陈丛先是转头望向土膏,然后茫然抬头,愣了愣,最后蓦然眼睛一亮,充满了好奇、羡慕、自卑以及憧憬。

只见那三位道官神仙,一个年轻男子背了一把铜钱剑,一个老人腰悬一只淡金色捉妖葫芦,还有一个少女模样的女冠。

其实三人都很疑惑,怎么一向太平无事的颍川郡内会突然冒出个流窜作祟的鬼物,而且境界还不低?所以从朝廷庙堂到府城都不敢掉以轻心,尤其是后者,始终紧绷着一根心弦。事实上,所谓的害了几条性命是夸大其词的小道消息,只是两座县城衙署都被那胆大包天的鬼物戏耍胡闹了一通,其中有两个有道官身份的,一个被魇,成天魔怔,傻笑不已,另一个不是练气士的道官下场也好不到哪里去,被扒光衣服,赤条条丢到了大街上——这鬼物简直就是在挑衅一郡甚至是举国道官。

边境上已经有道官展开严密搜索,而他们三人的负责范围是这方圆数百里之内。他们担心鬼物狡诈,就躲在灵境观附近,才来此搜寻。除了勘验过程,更要确定鬼物是否躲藏在小山周边地界。

三人进了道观后,不等洪淼客套寒暄,那个背着铜钱古剑的年轻道官就手托一面照妖镜御风而起,光芒照耀四方。他缓缓移动手中铜镜,就连灵境观内的钟楼鼓楼也没有放过,最后身形飘落回院中。作为观主的洪淼隐约露出一抹怒容,但是从头到尾都没有出声。

在洪淼屋内,一番盘问过后,三位道官将内容记录在册,就此离去,徒步下山后,御风远游。他们还留给洪淼一份府城公文,老道士等于即刻起就不再是观主了,返回府城后,另有任用。

之后洪淼便喊来常庚,将道观账簿交给他,让他们耐心等着下任住持赴任,财物、账簿和书籍之类的交接都不用他们担心,反正账房也就只剩下几十两银子。老道士还说自己在道观几处都张贴了符篆,千万别随便揭下,可以驱鬼避邪的。结果之后几天,道观里边人人自危,所幸也没见着啥鬼祟。庙祝刘方一听说此事,本来还想趁着新观主没来,去洪淼的屋子里睡几晚,结果一听说洪淼在道观里边张贴符篆了,吓得掉头就走,打定主意几个月内坚决不上山,反正有无庙祝,道观都没差。

道观后边邻近一块菜园子,有口早已干涸多年的水井,除了落叶和积雪,什么都没有。早年林摅经常吓唬其余几个,故意说那里边其实有投井自尽的女鬼,结果被洪淼无意间听了去,把林摅骂了个狗血淋头。

土膏发现马重这家伙最近就像变了个人,原先几个人分工明确,谁都不乐意多做半点,但是马重却主动包揽下了菜园子的所有活计,而且经常起夜,很久才返回屋子。久而久之,就连林摅都察觉到了不对劲,只是乐见其成:拦着别人勤快做事做什么?

陈从被土膏提醒后,也觉得确实奇怪,想了想,就与土膏约好,晚上不睡觉,去看看马重到底在做什么。结果陈从睡得像头猪,土膏强撑着眼皮子,明明听到了马重开门关门的细微动静,可终究是胆子小,也怕冷,想了想,还是睡觉了。

那口水井内壁如挂画,是个身穿鲜红嫁衣的美艳女子,真是名副其实的美人如画了,这也是她之前能够躲过照妖镜的原因。当时光线如火流入水井,确实让这鬼物觉得焦灼难忍。只是奇了怪哉，她最近总觉得小道观里边有那么点惹人心烦的细微痕迹，便趁着小道观暂无道官坐镇的空当，凭借一道独门秘术，仔仔细细勘察了一遍道观各处角落。原来是那个名叫谈薮的小丫头片子动了手脚，境界不高，却暗中留下了一张家传符箓，就张贴在洪淼屋内的书桌底下。

杀手锏？确实能算是心思缜密了，运气好，再过几十年，或者一两百年，说不定老娘还会忌惮几分。呵呵，现在跟老娘玩心计，小姑娘你还嫩得很。

至于马重，确实是被她魇了，五迷三道的。但其实她更清楚，如果不是马重自己不靠谱，不会如此顺利。

不管如何，她打算在此长久修行了。

南河国京城，护国真人夜观天象，收回视线后，坐在蒲团上幽幽叹息一声，哪敢将心中某个猜测告诉外人，连皇帝陛下都不敢多嘴半句：如今边境线那边有一处占地不大的隐蔽山水，极有可能是某位大修士在某种特殊情况下的……道化痕迹。比如一位得道之士山中幽居的道场，闭关途中无法抑制自身道气流散，怎么都该是仙人境起步。或者说是某位大修士悄无声息兵解离世，一身道气彻底流散天地间。

不管如何，老真人更不敢将此事禀告白玉京。归根结底，这处古怪地盘只是来历不明，若是论影响，说破天去，终究还是件小事——不过就是多出一只龙门境鬼物罢了。一旦惊动白玉京，可就不是什么小事了，一个不小心就会变成天大的事情，别说是他，就连皇帝陛下和整个朝廷都承受不起那个后果。

要是白玉京大掌教还在，或是陆掌教管着天下事，倒是问题不大。说不定运气极好，还能让那位喜好游戏人间的陆掌教大驾光临南河国京城一趟呢。可如今是那位余掌教掌管天下事务……既然不是什么大事，一只最多就是个金丹境的鬼物袭扰，也没闹出什么大麻烦，那就小事化了，只要抓住女鬼就行。

闰月峰山巅，辛苦停下走桩，微微心动，下意识转头望向一个方向。

只是最近这段时日，辛苦实在是见到了太多的古怪，就不去深究了。尤其是那个林江仙的出现，之后又有碧霄洞主，之前则有那位莫名其妙算了一卦就口吐鲜血的永州龙师……

颍川郡小县城郊外，山上灵境观内，深夜时分，马重又去了水井边，径直跳下去，落在井底，见到了那幅美人壁画。

林掳睡得很踏实，鼾声如雷。土膏翻来覆去，还是没能壮起胆子跟踪马重，犹豫着要不要告知老观主此事。只是他突然发现，地址都没有一个，怎么找嘛。

陈丛躺在距离窗口最近的位置,右手贴着腹部,左手轻轻握拳,手背贴着右手心,攥着一枚作为装饰物的瓷片。可能是做了什么美梦的缘故,他嘴角微翘,面带微笑。

似睡非睡,似醒非醒,这个皮肤微黑、模样周正的少年只在心中念念有词:道之在我者就是德。宛转其中不能出离无明窟宅。

现在未来,种种厄难,不如意事,悉皆消除,身心自在,平安吉祥。

众善奉行,诸恶莫作。拨雪寻春,烧灯续昼。

这次跨海北归,大致算准了那位落魄山访客的南下速度,所以并不是特别着急赶路,陈平安便一路上演练那门剑术遁法,身形一次次化作十数道剑光,在碧波之上以一种近乎无视光阴长河的遁法悠游人间。准确说来,是所有剑光能够循着光阴长河的某些细微水脉,形若"走水",在天地间如无境之人入无人之境。

陈平安经过数以万计的反复研习,终于跟宁姚第一次施展这门遁术时有差不多的火候,大概这就叫勤能补拙?

在一座临近宝瓶洲陆地的海中岛屿暂作休歇,陈平安蹲在树枝上施展水法,双手掌心水流如泉淙淙涌出,他就着水洗了把脸。

小陌坐在一旁,绿竹杖横放在膝,说道:"公子好资质。"

陈平安气笑道:"少说几句昧良心的话,溜须拍马对我没用。"

小陌神色认真道:"天下剑术,不同剑修施展出来的姿态,高低有别是常理,之所以如此,无非是受限于剑修当下的境界。按照那位传授小陌剑术的前辈的话来谈,能够从不同剑术当中汲取最多道法真意者,即是一种隐性的天才,如此修行,就叫破障。"

陈平安若有所思,抹了把脸上的水迹,抖了抖手:"多聊几句。"

小陌继续说道:"剑修资质的好坏,不能光看初始阶段学剑的快慢,那只是一般意义上的天才、庸人之别,认知还是太浅。比如小陌施展这门剑术,自然轻松惬意,但是于自身剑术则毫无精进,对人身小天地亦并无神益;公子则不然,这就是剑术天下的另外一种深层意义所在,剑术终究是死的,持剑者却是活人。打个比方,小陌陪公子一路北游,使用这门剑术,无非是以自身灵气作为酒水,好似在自饮自酌,不会增加丝毫粹然剑意,反而是一种消耗灵气的举动;公子施展开来,却是从天地外饮水,淬炼自身体魄、增长剑意,剑修的后劲便是从此而来。公子你,还有剑气长城的宗垣,可能就都属于这种剑修,韧性十足,厚积薄发,随着岁月推移,越往后,道越无漏路越宽。"

陈平安点头笑道:"这个说法,很解渴。"

看来小陌跟贾老神仙在聊闲天这件事上看似是不同的路数,实则属于大道殊途同归。

小陌沉默片刻,伸手轻轻摩挲着绿竹杖,感慨道:"很多所谓显性的修道天才,学得越快，反而会错过越多。也许可以用更多的剑术、神通来弥补和遮掩，但是终究有一天，站在门外时，每一个修道之人的人身小天地所能够容纳的道法还是有定数的，那么最终瓶颈一来，就是登天之难，就要四处碰壁，要吃大苦头了。

"这也是包括小陌在内，连同白景、仰止、朱厌几个，为何当初跻身飞升境如此顺遂，又为何打破飞升境瓶颈如此之难的原因。我们在登高途中行走太快，太过追求看得见摸得着的境界，而忽略了虚无缥缈的道意汲取，错过了太多本该多加留心的事情，因为我们从骨子里就不信这个，或者说，我们其实只相信剑术、道法，不肯相信自己。"

利弊皆有。好处是蛮荒天下的飞升境修士是数座天下公认杀力最高的，坏处就是妖族修士跻身十四境的数量相较于其余三座天下的人族修士，始终处于下风。

陈平安说道："最后这句话，意思就很大了。"

小陌说道："故而我们如今施展剑术也好，抖搂仙法神通也罢，都是一种回忆和追溯。公子与宗垣却并非如此，是一种每一步都脚踏实地的登高眺望，既看更高处的前行道路，也看来时路。当然，比起白景跟我，朱厌和仰止的修道资质又要逊色一筹。"

陈平安说道："你的这些个修行心得，回头我让崔东山转告柴芜、孙春王他们几个，相信会很有用处。"

小陌微笑道："先前在风鸢渡船上，我已经与柴芜几个孩子说过此事了，看样子都已经听进去。只不过这类空泛道理，恐怕还要结合他们自身的修行关隘，有了诸多切身体会，事理相互验证，才能真正嚼碎、吃透。"

陈平安点头道："概莫能外。"

老话说得好，欲知上山路，需问下山人。他娘的，果然只有天才跟天才才有话聊。

陈平安看似随意笑道："说不定你很快就可以与仰止故友重逢了，因为仰止与我做了桩大买卖，得以在文庙恢复自由身，会参与桐叶洲大渎开凿一事。"

小陌跟青同其实算不得什么故友，只是遥遥打过照面，但是小陌跟仰止却是真正意义上的老朋友了。

小陌闻言转头看了眼自家公子，却看不出什么表情和道心涟漪，就压下心中疑惑。

陈平安突然心神微动，立即从袖中摸出一张符箓，一下子就笑容灿烂起来，整个人的气息浑然一变，判若两人，这让小陌如释重负。

陈平安手上这张大符的符纸得自夜航船吴霜降，当时吴霜降赠送给崔东山和姜尚真总计四张降真青绿箓，价值连城，曾是浩然天下类似神诰宗这些道门用来请下白玉京掌教的专用符箓，珍稀程度可想而知。画符之法则是崔东山取法于符箓于玄，名为显符，只需两人各持一张，但是如果双方距离太过遥远，比如一旦跨洲，便如同枯笔淡墨，文字内容就会变得极其模糊。此外，这种家书，寄信和收信存在着不小的滞后性。而符箓呈现出来的文字是一种崔东山独创的鬼画符，如今只有陈平安看过那本册子，所以就算这张符箓落入别人之手，也是看天书。

陈平安收起那张符箓，起身笑道："小陌，我得返回仙都山一趟了，需要见一位长辈，着急赶路，要用上三山符，你先回落魄山等我就是了。"

先前一起离开镇妖楼，青同就发现了端倪，陈平安手持三山符远渡山河，却能不消耗自身阴德。是出自《丹书真迹》的三山符不假，只不过画符之人却是与老秀才送出红包上边的吉语作者一样。陈平安上次返回仙都山后就有了个大致估算，如果不跨洲，能够使用八次；若是跨洲，最多三次。而小陌学会了三山符，不宜早早用完三次，所以陈平安打算独自返回青萍剑宗。

小陌神色犹豫，说道："还是让我陪公子一起吧？"

陈平安笑道："总计不过三炷香的工夫，路过的又是熟悉的太平山和蒲山，能出什么问题？不用担心。之后回落魄山，我还是会使用三山符，估计跟你差不多时候到达槐黄县。"我不担心自己，我是在担心你啊，小陌！

小陌略作思量，点头道："我会在此停步，登高远观桐叶洲两山附近，若有些许意外，公子只需祭出飞剑，剑光一起，我就会立即赶到，等到三炷香工夫过后，我再继续赶路，抓紧返回落魄山。公子其实也不必太过匆忙赶路，有朱先生在山上，公子稍晚返回，想必问题不大。"

陈平安使劲点头："肯定没问题。"

小陌好奇问道："是哪位前辈做客青萍剑宗，值得公子如此郑重其事？"

因为不管是上次落魄山建立宗门庆典，还是此次青萍剑宗下宗创立，真正能够让山主陈平安亲自现身待客的人其实很少很少，即便是龙虎山外姓大天师梁爽这样的山上老神仙，或是蒲山叶芸芸这种拳镇半洲的武学大宗师，陈平安都没有刻意表现得如何热络，故而大泉王朝的老将军姚镇可能是唯一的例外，之前陈平安专程离开仙都山，找到了那艘北游的大泉渡船。至于刘景龙、钟魁、张山峰他们几个，与陈平安关系太好，又算同辈，相互间都不计较这些。

陈平安笑道："是宝瓶洲竟陵山祠庙的那位宋前辈。"

小陌恍然大悟：原来如此，难怪公子会如此兴师动众，甚至不惜直接消耗掉两次三山符。通过耳报神小米粒得知，公子第一次赶赴剑气长城途中曾经结识了一位喜欢吃火锅、出门翻皇历的江湖前辈。

符箓之上，崔东山寄来的这封书信内容很简单：梳水国宋雨烧造访青萍剑宗，听说先生不在山上，来了就走，不曾自报身份。

山上神仙的证道长生不朽，驻颜有术，甚至可以在仙人境时返老还童，选择与某个岁数匹配的容貌。但是江湖故人的老去却是不可逆的，年轻人下次下山，再走江湖，某些老人可能就不在江湖了。

原本陈平安打算这次返回宝瓶洲招待完白景之后就去三个地方：竟陵山、仙游县、洪州豫章郡采伐院。而且前两个地方都打算待久点，再不那么来去匆忙。

陈平安手持三山符，径直出现在太平山的山门口。

山巅祖师堂遗址处长久亮着一道璀璨剑光，剑气冲霄。这就是黄庭的行事风格，等于是以此昭告一洲北方诸多山头仙府，谁再敢打太平山的主意，就是与她问剑。

陈平安按照规矩，在山脚点燃三炷山香，礼敬那位素未谋面的三山九侯先生。

先前在镇妖楼，青同泄露过天机：远古天下十豪，候补只有四位，其中就有作为天下符箓开山鼻祖的三山九侯先生。

陈平安抬头瞥了眼天幕，那里有一把古剑悬空，剑气如纤细雪白的瀑布垂挂空中，倾泻在太平山之巅，凝聚不散。

若是黄庭祭出一把本命飞剑，想要营造出同等规模的气象，就太过消耗她的心神了，注定支撑不了太久。

此物好像是黄庭从五彩天下带回的远古剑仙遗物，按照黄庭的说法，是从一处不知名的山水秘境里边随便捡来的，属于仙兵有灵，主动认主，黄庭当时原本就只是凑个热闹，结果这把仙兵品秩的古剑就专门往黄庭跟前凑，她不收都不行。

这跟陈平安当年在俱芦洲仙府遗址"背井离乡"当然是截然不同的场景，难怪姜尚真的狗屎运、黄庭的福缘深厚会被誉为桐叶洲两大奇事。

何况黄庭在五彩天下收取的弟子，也是她的开山弟子，还是在崭新天下诞生的第一个本土人氏。黄庭的一个无心之举，却是崔东山，以及某些阴阳家早有预谋之辈辛苦寻觅求而不得的事情。

太平山当下只有山主黄庭和两名供奉：于负山、道号龙门的果然。就连谈瀛洲都已经撇下师父，选择跟郑又乾一起乘坐桐荫渡船，跟随叶芸芸他们一起去往蒲山游历。

陈平安徒步走到山巅，发现多出了一栋通体白玉质地的仙家宅院，二进院落，应该是仙人果然的手笔了。于负山坐在门口台阶上，瞧见了那一袭青衫，只是笑着抱拳而已，陈平安抱拳还礼，跨过门槛，发现黄庭和果然在屋内忙碌，一张古色古香的桌案上边都是黄庭从一件咫尺物中取出的众多档案、卷宗，还有祖师堂的山水谱牒的副本。

黄庭当年几乎是被老天君和太平山上任山主强压着离开桐叶洲去往五彩天下的，这次重返家乡，需要她去重新厘清太平山地界那些个昔年山水地契属于太平山的藩属山头，如今哪些已经自立门户，与恢复国祚的当地朝廷重新交割了地契，哪些又花落别家，换上了一拨拨开山立派、创建自家祖师堂的仙府门派。

陈平安就站在门口，黄庭一抬头，没好气道："我是青萍剑宗的首席客卿，你也很快就是我们太平山的记名供奉了，又不是外人，忌讳个什么？"

陈平安这才自己搬了把圈椅坐在果然身边，双方投缘，也无须客套寒暄，点头致意而已。

黄庭靠着椅背，双手揉着太阳穴，头疼道："要不是有果然帮忙，我得抓瞎，不晓得猴年马月才能真正重建祖师堂。我们门口那位护山供奉也是个吃干饭的。"

于负山也不以为意，哈哈笑道："有心无力，惭愧惭愧。"黄庭那么好看，一颦一笑俱是风流，她说啥都是对的。

陈平安笑道："能者多劳，有龙门前辈坐镇，太平山重续香火指日可待。"

黄庭笑呵呵望向他，意思是：同样是记名供奉，陈山主你不得表示表示？

陈平安识趣道："我已经撰写了一本册子，只是还有许多细节需要让崔东山帮忙补充，相信过几天就可以寄来。"

黄庭点点头。事到临头才知愁，千头万绪都需要她亲力亲为，才知道想要当个称职的山主，难度到底有多大。

陈平安拿起桌上一本账簿，随手翻阅开来，随口问道："黄庭，我还是之前那个说法，如果需要神仙钱，落魄山账目上还趴着不少现成的谷雨钱，可以借给你，算利息的，不白借。"

按照姜尚真的估算，太平山想要恢复昔年巅峰气象的三成，哪怕只是三成，填补千里山河天地灵气的窟窿就大概需要三四千枚谷雨钱。落魄山财库一口气拿出一千五百枚左右的谷雨钱问题不大，也能帮太平山解一解眼前的燃眉之急。

黄庭摇摇头，指了指桌上那件咫尺物，笑道："借钱就算了，钱好还，人情债难还。这件咫尺物里边有些天材地宝，你先打开瞧瞧，过过眼，都是我从五彩天下四处搜刮来的，乱七八糟什么都有。我并不精通宝物鉴别，收不收，只看眼缘，如果早知道能够这么早返回浩然天下，我就多拿些了，回头来看，简直就是白走了两处远古秘境，此事怪我自己。你下山时干脆带上它，帮忙看着卖就是了，如今桐叶、宝瓶、扶摇三洲之地反正都缺这个，紧俏货嘛，陈山主又是出了名的山上朋友多，事后全部收益，九成归我，一成归你，如何？要是在商言商，分账不是不可以商量，比如两成？反正如何杀猪找冤大头我都不管，卖出去的价格越高，陈山主的分成就越多。"

陈平安也没什么可矫情的，将那件咫尺物收入袖中："那就说定了，一成归我。只管放心，我会帮忙开高价。事成之后，归还此物，九一分账。"

于负山调侃道："陈隐官这是打算杀熟？"

陈平安站起身，抖了抖袖子，将那把圈椅搬回原位，笑道："我跟负山道友就很熟。"

于负山立即闭嘴。

陈平安抱拳告辞，果然突然站起身："想跟陈先生闲聊几句。"

黄庭独自看着桌上的卷宗档案，哀叹一声。得赶紧找个合适的宗主候补人选了，自己是真不擅长处理这些事务。

陈平安拉上于负山一起散步,陈平安说道:"负山道友,接下来桐叶洲中部开凿大渎一事可能需要你从百忙之中抽身,牵引诸多江河支流改道了。作为报酬,以后负山道友凭借崭新大渎走水就名正言顺了,不会有任何异议。"

于负山虽然不谙庶务,但是人情世故还是懂得的,说道:"我忙不忙,隐官大人难道没看见吗?太平山是开凿大渎的发起人之一,于情于理我都不会推托半点,之后走江化蛟,这份天大的香火情,劳烦你折算出个价格,是几枚神仙钱就是几枚,也别跟我客气。在这类事情上边,我与黄庭是一个脾气,欠钱可以,只是别欠人情。丑话说在前头,我如今没什么家底,到时候能还上多少是多少,剩下的,有劳你先帮忙垫着,将来补上。反正都算我个人欠你们青萍剑宗的,不算在太平山头上。"

陈平安笑着点头:"出山帮忙开凿大渎,负山道友也算是以工抵债,这笔账,我会算清楚的。此外,负山道友能够提前熟悉大渎主河道的沿途山水,一举两得。"

于负山问道:"这是隐官早就算计好的?"

陈平安埋怨道:"怎么可以说是算计,既显得我居心不良,负山道友也有被杀熟的嫌疑。"

不料于负山用了个杀敌一千自损八百的损招,道:"我要是脑子灵光点,这些年岂会为了避难窝在个小地方,守着个店铺混吃等死?被老谋深算的陈隐官杀次猪,半点不奇怪。"

于负山根本不给陈平安拿怪话埋汰自己的机会,正事聊完,赶紧告辞离去。

夕阳西下,就像有人在天边放了一把大火,烧得云海鲜红。

湖光山色有无中,人生行乐须年少。

仙人果然,少年姿容,头别一支桃符木簪,身穿一件墨色法袍。

陈平安笑道:"辛苦龙门前辈了。"

果然微笑道:"只是略尽绵薄之力,不值一提。对待太平山重建一事,陈先生用心之深,起念之大,不是我可以媲美的。"不知为何,总觉得这位据说当年从未登上太平山的陈先生早就将自己当作半个太平山修士了。

陈平安玩笑道:"与龙门前辈都是记名供奉,那么下次游历中土神洲铁树山,想必不会吃闭门羹了。"

果然说道:"我可能会在这边多待几年,不过会与师姐书信一封,届时扫榻相迎,虚左以待。"

千里之地,杳无人烟,在此登高望远,满眼俱是孤寂之意。

有斜阳处,最怕登高楼。

果然说道:"有点事情可忙,其实对黄庭来说反而是好事,可以分心。"

所以果然会故意在很多并非关键问题的细枝末节上让黄庭拿主意,不单单因为黄庭是山主、他是供奉那么简单。他是有意为之,让黄庭为难。

陈平安轻声道:"等到忙完了,又会稍稍安心几分。"

吴霜降的岁除宫被青冥天下称为少年窟,这座太平山又何尝不是?

陈平安打算在太平山祖师堂建成时送出《丹书真迹》。按照之前陆沉的那个说法,此书材质本身就属上乘,如果再加上一千二百多个文字,炼化之后,刚好可以支撑起一场罗天大醮,作为太平山的护山阵法。只是因为此书是李希圣赠送给自己的,陈平安当然需要问过李希圣,所以还让陆沉帮忙捎话。赶巧,李宝瓶此次做客青萍峰,就主动提及此事,说她哥好像知晓了,无妨,还说以后只要时机合适,她哥一定会来太平山。

而这个暂时还是儒家门生的李希圣,作为白玉京大掌教寇名的一气化三清之一,正好是太平山道士一脉的掌教祖师。太平山上任山主当初跻身天君之时,焚香请神降真,结果未能见到大掌教寇名莅临祖师堂,引以为憾。

陈平安与果然道别,接下来要去一趟蒲山。

果然抱拳笑道:"陈先生是真正的粹然醇儒,论道讲理,只是实实落落,有真学问,绝不怪怪奇奇。"

陈平安神色尴尬道:"委实当不起龙门前辈的这个赞誉。"

蒲山掌律檀溶的千金万石斋在桐叶洲山上山下极负盛名。

浩然天下的渡船管家之间有几座属于自己的小山头,都是相熟又投缘的老修士偶尔通过一场私人的镜花水月谈闲天,此外还能够互通有无,一来二去,往往就是凭空多出的几条财路了。之前檀溶与两个外乡跨洲渡船的管事约好,帮忙皑皑洲某个宗门重金购买那两本印谱,虽然肯定不是极为珍贵、如今已经被炒出天价的初版初刻,也算补上一个缺憾了,但今天檀掌律主动开启镜花水月时已经闭口不提此事了。他端坐在一张几案之后,空落落的几案上边搁放着两方刚刚得手的崭新印章,很扎眼,檀溶却不主动提及,只等某些眼尖之人开口询问。

扯了很久的闲天,终于有识货的人问道:"檀溶,桌上摆的是新刻的对章? 拿起来瞅瞅印文,让我看看你小子如今治印功力是涨了还是退了。"

檀溶便笑着将印章拧转方向,给出边款和落款,不着急给看底款。

一时间,镜花水月陷入长久的沉默,因为落款人是那"落魄山陈平安"。

结果有人率先开口便是言之凿凿的语气:"假的!"

另有人附和道:"老檀啊,何必呢?"

有人唏嘘不已,啧啧出声:"檀溶啊檀溶,为了点虚名,真是半点脸皮都不要了,犯不着。大家都知根知底的,打肿脸充胖子的勾当没啥意思。"

这把檀溶给气得火冒三丈,不过老掌律瞥了眼门口,很快就抚须而笑,再无半点郁气:好个来得早不如来得巧!

一个参加过倒悬山春幡斋首次议事的跨洲渡船老管事揉碎多枚雪花钱丢入镜花水月,沉声道:"檀溶,这种事情,真心别做了,犯忌讳。我也就是晓得你的人品和蒲山的门风,否则以我跟新任隐官非同寻常的交情,下次瞧见了新任隐官,酒桌摆起来,几杯酒水下肚,非要将此事说道说道。你当我不晓得新任隐官的笔迹吗,这两方印章的边款刻字软绵无力,分明柔媚有余,雄健不足,你骗谁呢? 有机会我以后带你去城头好好看看隐官大人所刻之字……咦,隐官大人?!"

当初这位元婴境老管事曾经与一位金丹境女修的晚辈船主领了一份额外的小差事,得以在春幡斋落笔记录双方议事内容。

一袭青衫长褂的年轻人蓦然出现在镜花水月中,站在檀溶身边,拱手抱拳,晃了晃,笑眯眯道:"听声音,是凫钟渡船的刘禹刘管事?"

即便隔着一个镜花水月,那位老管事依旧觉得头皮发麻,背脊生寒,又不敢装聋作哑,只得颤声道:"正是正是。"

随即又有一名女修连忙砸钱,怯生生开口道:"霓裳船主柳深见过隐官大人。"

陈平安双手笼袖,笑着点头。

檀溶结束这场镜花水月之前,陈平安拱手笑道:"在这里与诸位拜个晚年,新年大吉,顺风顺水,预祝大家在新的一年里都财源广进。"

镜花水月里热热闹闹响起十数个嗓音,纷纷与年轻隐官还礼。

李宝瓶他们已经离开蒲山继续南游,会按照蒲山给出的游历路线,先沿着沛江入海,去往一座海上岛屿的仙府遗迹,再登岸。有裴钱、钟魁和庾谨在,在这桐叶洲,就算对上那个占据三山福地的万瑶宗,都丝毫不怵。

不过如今蒲山祖师堂多出了个嫡传弟子,被认为是个托关系走后门的家伙,名叫崔万斩,其实是崔东山的阳神身外身,只是陈平安暂时不宜与之碰头。

先前青萍剑宗的青衫渡来了一个青衫老者,独自远游至此,听说陈山主不在山中,便不再逗留,继续游历去了。就像一个家里的长辈,明明心里很在意,偏要假装不在意。难得开口,说话也总是轻描淡写,晚辈稍不留心就会错过老人们很多藏在平淡脸色、眼神、言语中的意思。

陈平安离开蒲山,来到密雪峰,崔东山委屈极了:我也不能绑着宋老前辈不让走吧,我敢吗? 就宋雨烧那倔脾气,仙都山如果非要留客,到时候惹得老前辈不痛快了,先生你还不得把气撒在学生头上?

陈平安问道:"宋前辈游历到哪里了?"

崔东山笑道:"看样子,宋前辈一开始就没打算怎么游历桐叶洲,故而离开青衫渡后就径直往北走去了,这会儿约莫走到了旧大渊王朝的某座旧城,极有可能就是先生和钟魁见面的那个地方。其余沿途座座鬼城也没什么可瞧的了,那边好歹还有个好似新任城隍的古丘在忙活,以宋前辈的脾气,肯定愿意停步多看几眼。"

陈平安点头道:"你忙去,我自己去找宋前辈。"

崔东山嘿嘿笑道:"先生,与你报个喜,柴芜已经是玉璞境了,小陌赠送的那把本命飞剑也已经被柴芜炼化完毕,所以咱们青萍剑宗又多出了一位玉璞境剑修。"

陈平安一时无言。

崔东山说道:"我也没有刻意藏掖什么,所以得知此事后,孙春王、白玄他们几个铆足了劲,越发认真炼剑了。孙春王还好些,白玄最可怜,就跟被雷劈了一样,连说不可能不可能,蹲在地上抱着脑袋,就差没有躺在地上打滚了。被白玄这么一闹,何晕、于斜回也都心里好受了点。不过大体上,谁都没有嫉妒柴芜的一步登天。到底是剑气长城的本土剑修,眼界宽,见过大世面,道心底子好。不服气是肯定会有的,就像白玄,所谓的不可能,是这个大爷想不明白天底下怎么可能会有比他资质更好的同龄人。最近几天白玄稍微缓过来了,不过肯定还会继续纠结这件事,至少个把月吧。"

陈平安无奈道:"真是个大爷。"

突然,他又接连问了两个没头没脑的问题,竟然让崔东山额头渗出汗水,数次欲言又止:"趴在田垄边垂钓过鳝鱼吗?《管子·白心》篇有言,名满于天下,不若其已也。东山,你觉得呢?"

崔东山刚要说话,先生身形已经化作十数道剑光,刹那之间就已掠过仙都山。

崔东山呆滞无言,喃喃道:"先生真要与文庙规矩为敌吗? 如此一来,先生招惹的,可是礼圣啊。"

崔东山不愿意说先生的半句不是,就只好跳脚,破口大骂仰止那个婆姨。

第一次,崔东山觉得自己先生的境界不够高是好事情了。

只是一个没忍住,崔东山又开始骂那仰止又是蠢货,这就咬饵,自投罗网了? 这不是自己跳上砧板是什么? 还是说,倚仗着文庙规矩,以及脱离战场之外,便笃定先生不敢出手? 难道说,礼圣是有意为之,是与邹子的一个赌局?

旧大渊王朝境内,一处原本鬼气森森的战场遗址如今已经变得天清气朗。

暮色里,一个斜挎棉布包裹的青衫老人缓缓走入城门。此地是州郡治所同城,老人视野所及,还是与先前所到之处景象无异,断壁残垣,了无生气。老人望向城隍庙遗址,小有意外:莫不是城内已经有了新任城隍爷? 就打算去看看。

老人这辈子一直在走江湖,直到金盆洗手的那天,好像也没走太远。

前不久,老人找到孙子宋凤山和孙媳柳倩,说自己想要去南边的桐叶洲瞧瞧。宋凤山和柳倩怎么劝说也不管用，只得由着老人单独一人跨洲游历。

至于老人为何突然有此意，他们俩心知肚明：得怨那个山神祠建在分水岭的韦蔚。这位山神娘娘寄了一封密信到竟陵山祠庙，与自认为是她闺中好友的柳倩主动说起了那位陈剑仙的落魄山将为下宗选址桐叶洲一事，反正就是一封飞剑传信的小事，还能白得一份人情，柳倩再怎么说如今也是朝廷正统封正、纳入礼部山水谱牒的同僚。

其实夫妇二人很清楚，爷爷曾经真正想要去游历的是北边的俱芦洲，以及拥有渝州的西北流霞洲。前者是年轻时候就想去，那会儿的梳水国武学宗师总觉得江湖剑客与山上剑修没什么两样，如果真有区别，一去便知；后者是老了之后想去。反正两个地方都很想去，又都始终不曾去过。

宋凤山当然不放心爷爷去桐叶洲。浩然九洲，就数此地昔年被蛮荒天下妖族糟蹋得最狠，如今山上山下最不太平。

上次陈平安已经带着道侣宁姚主动拜访竟陵山了，还喝了顿酒，只是要着急赶路去往彩衣国，就没住下。宋雨烧也没脸挽留年轻人，仗着年纪大，倚老卖老，要不得。年轻人肯忙事业，忙大事，很好，游手好闲就不像话了。至于这次落魄山下宗庆典没有邀请自己，宋雨烧也没觉得有什么。那些山上的风光，一介江湖武夫有什么好掺和的，况且那小子的下宗还不在宝瓶洲，山水迢遥，多半是嫌自己老了嘛，走不动道了，吃不得辣喝不动酒了。臭小子，下次见面，别想我有好脸色。

如今城内，活人有十几个。为首的是个披甲佩刀的壮汉，假装是五境的六境武夫，叫洪稠，与汪幔梦是一对露水鸳鸯。汪幔梦是山泽野修出身，个子很矮，但姿容狐媚，肌肤白皙，穿一身束腰的短打夜行衣，踩一双绣鞋。

这十几个野修和江湖武夫本来是想来捞偏门财的，毕竟马无夜草不肥，人无横财不富嘛。事实上，也确实差点就被他们挣着一大笔钱了。结果好死不死，遇到了一个姓钟的读书人，身边带着个胖子扈从。一帮做惯了捞偏门营生的家伙在这座鬼城之内竟然开始被逼着做起了好事：先是当起了木匠，打造了一辆辆木板车，小心翼翼归拢散落城内的尸骸；再当那出钱又出力的大善人，打造出义庄停灵处；又寻龙点穴，找出风水好的阴宅，开辟建造出坟地；还要辨认那些尸骨的生前身份，这就得去城内两座州郡衙署的户房仔细查阅档案和地方志。他们这辈子都不曾如此用心读书、翻书、抄录名字，敢情是练字呢。此外，每夜还要临时充当鬼差，陪同古丘一起夜审众多孤魂野鬼，仔细检点生平事迹。那几个不是练气士的江湖武夫早已经麻木了，估计这辈子走夜路都不会怕鬼了。

只是最近，这伙人出现了分歧。

古丘在立春那天清晨突然说如今城内事了，其他人按规矩得了钱就可以各回各家了。除了辛辛苦苦挖地三尺得来的那些黄白之物，其他古董字画、奇珍善本有古丘帮忙掌眼估价,都折算成神仙钱或是真金白银,倒也清清爽爽。

以汪幔梦为首的一拨人觉得留在城内跟着古丘厮混说不定是一条平步青云的路子,但她的姘头洪稠却觉得窝在城内无甚意思,还不如大伙儿抱团找个地儿开山立派,等到有了本钱,再被朝廷招安,卖予帝王家,也能有个更好的价格。

双方争执不休,又都觉得就此散伙确实不如聚拢在一起,所以就一直拖着,分别住在两座相邻的昔年州城高官宅院,各有一座藏书楼,名为七千卷和八千卷。

此刻,一排人蹲在破败城头上,就像在晒……夕阳。

他们实在是无事可做了,争来争去也没争出个能让双方都认可的路子。

他们瞧见了一个青衫长褂的老者,看脚步和气势,像是个练家子。

一个瘦猴似的年轻汉子笑道:"老先生,来这么个鸟不拉屎的地儿,干吗呢?"

见那老人不搭话,瘦汉故意危言耸听:"这里可是一处厉鬼横行、满是凶煞的鬼蜮之地,看天色马上就要入夜了,老先生小心些,切莫托大,仗着一点武技就觉得可以横着走了,小心阴沟里翻船,那些鬼物作祟的魔人手段古怪得很,不是江湖人可以对付的。"

老人闻言笑了笑,点头道:"我是远游至此的外乡人,桐叶洲雅言说得蹩脚,只能听个大致意思,你的好意我心领了。"

瘦汉好奇问道:"外乡?怎么个外乡法?"

老人说道:"来自宝瓶洲。"

一行人顿时觉得后背直冒冷气。

惹谁都别惹宝瓶洲的人,如今几乎是桐叶洲山上山下的共识了。没法子,那边确实出人才啊。比如那位剑气长城的末代隐官,可不就是出身宝瓶洲?

那个叫姑苏的胖子离开鬼城之前就曾信誓旦旦地说自己与年轻隐官是相逢莫逆的至交好友,说那位陈剑仙身高一丈,膀大腰圆,相貌狰狞,光凭那副尊荣就能震慑凶邪鬼祟了,还建议他们这拨不是练气士的江湖兄弟走夜路时直呼年轻隐官的名讳。

他们当然不信:就凭你这个每天对着汪幔梦流口水的胖子,也能与那位远在天边、高高在上的隐官称兄道弟?只是再不信,嘴上也得捧着对方。没辙,还不是因为在对方手上吃过苦头,不是被吊起来就是被绑在梁上当君子。这都没什么,主要是那个梁上君子刚打盹就猛然惊醒,发现自己身边突然坐着个七窍流血的女子在梳头发,等到吓晕过去再醒来,就发现自己依偎在女鬼怀中,与之对视一眼后,就又昏死了过去……度日如年,这段时日在城内的惨淡经历,出去以后都可以写本志怪小说了。

宋雨烧径直走去那座旧城隍庙。

一地风水如何,走惯了江湖的老人还是能够看个真切的。只说这座城内不见任何一具白骨尸骸,就已经很能说明问题了,多半是本地出了一个相当不错的城隍爷。

古丘,鬼城真正的主人,如今坐镇旧州城隍庙。

婢女小舫，金丹境假鬼，常年住在一座桃花小院里。

古丘出身旧大渊王朝的一个郡望名门，父亲曾是一国织造局主官，先帝心腹，古丘自己也是货真价实的两榜进士出身，弱冠之龄就外放补缺，担任州城辖下一个大县的县尉，政绩斐然。

钟魁离开前说可以在大渊新君面前帮古丘引荐一番，说不定可以让古丘获得朝廷封正，正式担任一州城隍。按功升迁，没什么好矫情的，只是古丘还是有点犹豫。实在是先前那位主持水陆法会的大渊武将敷衍了事，为了交差，让众多骸骨在搬运途中碎了至少半数，古丘前去劝说，结果差点陷入围攻，这让古丘彻底寒了心。何况在古丘看来，那位新君得位不正，不算继承正统，结果被那个胖子讥讽了一通："年纪轻轻的就有一身旧文人习气，不想着力挽狂澜，总想着遇到一位雄才伟略的明君才出山，才可以施展抱负，姑苏大哥我要是小当皇帝的，也不稀罕你这种清流名士。"

古丘当然清楚这是姑苏的激将法，不过思量过后，确有几分道理。

钟魁曾经一语道破天机："之所以会坐不稳一座城隍庙，翻不动一本功德簿，是有原因的，得多想想有心为善与无心为恶两事。"

城隍庙内，小舫与古丘轻声提醒道："刚刚来了个老先生，自称来自宝瓶洲，好像是个六境武夫。"

古丘点头道："不用管，由着老先生随便逛就是了。"他早已看出对方是一位正身直行的江湖老人。

果不其然，那位老先生也没有走入城隍庙，只是在门外遥遥抱拳就转去别处。

老人原本想着下次见面一定要摆点臭脸给年轻人瞧瞧，只是当老人真的看到街上那一袭青衫时，还是没能绷住脸色，笑了起来。

宋雨烧双手负后，快步向前，笑问道："不是没在山中吗，怎么找到这里了？"

陈平安笑容灿烂道："下山没走远，又得了学生的飞剑传信，就赶过来了，反正没几步路。"

宋雨烧问道："找个地方，整个火锅，小酌一番？"

陈平安微笑道："前辈毕竟年纪大了，想要小酌就小酌，我可要放开喝了。火锅就酒，天下我有。"

宋雨烧笑骂道："哪壶不开提哪壶，瓜皮跟谁学来的怪话。"

两人并肩而行，老人转头看着青衫背剑的年轻人，点点头："不孬。"

陈平安想了想，说道："有件事，可能得跟前辈讨教。"

宋雨烧点头道："上了酒桌再说。"

陈平安在现身街道之前，就已经劳烦古丘和小舫找火锅食材去了，至于酒水是不用找了，陈平安自己就有。

一栋收拾得干干净净的宅子里,桌上已经摆好了一口热腾腾的铜锅,各色切好的荤素食材、菜碟、剁椒酱料俱全。

陈平安与小舫抱拳致谢,少女嫣然一笑,摆手让他不用这么客气,施了个万福,姗姗离去。

因为要与宋前辈喝过酒再聊点事情,陈平安就没有邀请她和古丘一起。

小舫跨过门槛后,突然停下脚步,好奇问道:"能不能问问公子姓甚名谁?"

毕竟是钟先生的山上好友,而且上次对方出现在城内时是极有高人气势的,一下子就震慑住了所有人。

陈平安笑道:"姓陈名平安,平平安安的平安。"

小舫愣了愣,忍住笑,说道:"好巧。"竟然与那位年轻隐官同名同姓哩。

陈平安笑着点头:"好巧。"

那些趴在墙头的看客哄堂大笑,口哨声四起,汪幔梦尤其乐不可支:俊俏后生好大胆,姐姐就喜欢这种满身书卷气的读书人。

小舫狠狠瞪了他们一眼,开始挥手赶人。陈公子与年轻隐官同名咋了,那个陈平安管得着吗?

陈平安取出两壶酒和两只白碗。喝酒用酒杯,那是刘酒仙和魏海量才干得出来的事情。

宋雨烧瞥了眼陈平安手边的佐料碟子,干辣椒和新鲜剁椒还不到一半。陈平安察觉到老人的视线,只得又夹了两筷子。

宋雨烧给自己倒满一碗酒,但是没有着急喝,开口说道:"违心的事情不要做,发自本心但有违江湖道义的事情也不要做。今日做不成、未来有望做成的事情,切不可为达目的不择手段,不要着急去做。"

陈平安沉默片刻,提起酒碗,笑道:"那晚辈就没有问题要问了。"

宋雨烧端起酒碗,犹豫再三,终是忍不住轻声问道:"咋了,是对宁姑娘之外的女子动心了?"

陈平安目瞪口呆:前辈你怎么回事,竟然会问这种问题。也就是前辈你,不然谁说这话都没完。陈平安举起酒碗,闷闷道:"前辈,别废话,都干了。"

宋雨烧怒道:"真被我说中了啊,你个瓜卵倒是出息了,如今半点不尿了,喝个屁的酒,讨骂不是?!"

陈平安无奈道:"前辈你自己说说看,这种事情,可能吗?借我胆啊?"

我在剑气长城时,每次出门喝酒后都得先震散一身酒气才敢敲门。当然,不至于被关在门外一宿,不至于。

宋雨烧神色舒展,点点头:"倒也是。这碗酒,我随意,你干了。"

陈平安一饮而尽，嘴上说随意的老人其实并没有随意，也直接喝完了一大碗酒。陈平安见状便有点后悔，早知道拿出剑气长城自家酒铺的"大碗"了。

桌上都不劝酒，宋雨烧喝着烧酒，突然问道："你小子怎么都有白头发了？"不多，但是既然扫几眼就看得出来，说明年轻人的白头发也不算太少。

陈平安愣了愣，笑道："可能是跌境的缘故。无所谓了，显老点，挺好的。"

这件事自己不曾留心，想必身边那些早有留心的人因为各种各样的原因都选择不道破。大概这种事，只有一个早已须发皆白的长辈才会说得不忌讳。

老人也不问为何跌境，只是笑道："只有少年才会一门心思想着白发显老亦无妨。"

陈平安嘿了一声。

屋外墙根处先前蹲着个白衣少年，墙头汪幔梦一拨人被赶走后，终于无事一身轻的少年就跟着他们一起离开了，不去打扰自家先生与那位三言两语就改变了一桩变天大事的老前辈好好喝酒叙旧。

汪幔梦扭头看着那个两只雪白袖子甩得飞起、心情似是极好的俊美少年，越看越觉得屋内桌旁那个青衫客相貌不咋的，很不咋的。她拧转着纤细腰肢，神色妖媚地笑道："哪家少年郎跑这儿来耍，天黑了，怕不怕走夜路啊？紧紧跟在姐姐身边就是了。漆黑一片，伸手不见五指的，不小心撞着摸着什么也是常有的事哩，姐姐不会怪罪的。"

崔东山此刻心情好，就不跟她一般见识了，只是抬起头，发现初春时节，下雪了。

见那一身雪白的俊美少年始终不搭话，汪幔梦便也觉得无趣。她并未伸手去捏少年的脸颊，不是怕打翻醋坛子，只是鬼使神差地觉得这个眉心一点红痣的少年好看得就像自己还是少女时，在某个大雪纷飞的日子里，在家乡村野桥边见到的数枝梅。

雪渐渐下大了，崔东山双手笼袖，缓缓走在街上，回过神来，蓦然而笑："这位姐姐，我叫崔东山，是先生的学生。"

桌上火锅桌外雪，三千世界雪花中。

第五章
不是第二个余斗

雪月两相宜，少年更清绝。

加上这个自称崔东山的家伙，总计六人，一同走向那座拥有七千卷藏书楼的高门大宅。大堂里的值钱物件早就被搬空，只剩下一块楠木匾额，却不是挂在梁上，而是随便放在了靠墙的桌子底下。崔东山扫了几眼，也确实没剩下点什么，就撅着屁股钻到桌子底下，伸手抹去匾额上的灰尘，露出其上"天长人寿"四字。他将匾额放到桌上，打算搬回密雪峰书房去。

屋内摆着两只火盆，木炭都是他们自己烧出来的，干瘦汉子手脚勤快，又去给火盆添了些木炭，还不忘拨弄了些炭灰覆在火红木炭上边，免得木炭燃烧太快，一看就是个勤俭持家的主。

门外大雪纷飞，六人围着火盆而坐。约莫是多出一个陌生少年的缘故，他们交谈不多，气氛冷清。

火盆内木炭爆裂，如爆竹声响，偶尔会有火星飞溅，数次溅到干瘦汉子裤管上，干瘦汉子好像担心被那点火星烧穿裤管，总会拍打几下。

崔东山弯腰拈起火盆边缘的一块木炭，轻轻捻碎些许，笑道："是白炭吧，可比一般的黑炭金贵多了。幔梦姐姐，你们可以啊，小日子过得这么讲究。"

汪幔梦抬了抬下巴，斜瞥坐在崔东山对面的汉子，妩媚一笑："我哪里懂什么白炭黑炭，是钱猴儿的独门手艺，正经本事没有，灶房当厨子、砍柴烧炭、锄头刨地、打造木车，都是一把好手。"

那个钱猴儿原本正前倾着身子，低着头，伸出双手烤火取暖，顺便用眼角余光打量着美妇人的绣花鞋，此刻闻言抬起头，搓手笑道："崔兄弟好眼光，确是白炭，可不是黑炭能比的，耐烧不冒烟，不呛人。当然，好东西都费钱，寻常百姓家确实用不起这种白炭。"

崔东山脱下一双被雪水浸透的靴子，致歉一声，然后一手拎一只，凑近火盆烘烤，笑问道："你家乡那边，百斤炭能卖一两几钱银子？"

钱猴儿笑道："我家乡那边靠山吃山，山上有几种硬木很适合烧白炭，名气相当不小了，府志上边都有记载的。烧木炭的窑口都叫青鲤窑，至于名字怎么来的，也有说头：一处山脚河边有座鲤鱼娘娘庙，后来离乡远了，才晓得那叫淫祠。名字怪难听的，也不知道朝廷和读书人是咋想的，都不改个说法。我离开家乡之前，记得鲤鱼娘娘庙的香火一直很好，我小时候也常去烧香磕头。

"要是碰到今儿这种大雪天气，天寒地冻得厉害了，老天爷赏饭吃，木炭的价格就上去了，能卖二两四五钱银子呢，要是有州郡富贵人家账房门房的门路，价格还能翻一番。崔兄弟一看就是大家门户里边出来的有钱人，又是山上修道的神仙，怎么也晓得木炭行当的市价行情？"

汪幔梦其实几次想打岔，只是见那白衣少年听得认真，便等着钱猴儿扯完了一大通才笑着埋怨："崔郎只是跟你问个价，瞎扯这么多作甚，马尿灌多了口水就多？"

钱猴儿脸色悻悻然。其实他平时话不多，没法子，只是一个会点江湖武把式的三境武夫，嗓门能大到哪里去？只是一聊到烧炭这门手艺活，又跟家乡有关系，还好不容易碰到了个识货的，他一时间情难自禁，就没能管住嘴。

崔东山笑道："我先生以前也烧过木炭，他才是行家里手，我就是听了几耳朵。要是我先生在这儿，肯定要跟你多聊几句。"又问："你们来这儿多久了，挣了多少银子？"

汪幔梦娇滴滴道："回崔郎话，去年入夏时分来到城内，一晃就大半年过去了。至于挣了多少嘛，财不外露，就不谈了，不好说是满载而归，反正不算白忙活一趟，比起在外边给各国朝廷当马前卒小喽啰的日子总是要好过不少。

"崔郎有没有兴趣跟我们一起走江湖？洪稠有个与带兵武将有点关系的拜把子兄弟消息灵通，去年末捎话过来，说大渊王朝最近两三年内估摸着还是照顾不到这些个早被榨干了油水的鬼城，那位皇帝老爷忙得很呢。"

去年冬末，在碰到钟馗和姑苏之前，按照古丘的估价，满打满算，他们已经赚了差不多一枚谷雨钱，要是均摊，每人能得十枚雪花钱呢。只是账不是这么算的，按照约定俗成的道上规矩，还得是自称五境武夫、实则六境的洪稠，与自称是观海境、实则是洞府境的汪幔梦占大头，毕竟这支队伍都是他们俩东拼西凑拉起来的，洪稠的刀子又是连那飘来荡去的凶鬼都杀得的，也没谁敢有异议。之后他们好像行了大运，竟然又挣了七八枚小暑钱，现在两拨人就看汪幔梦与洪稠怎么谈了。

崔东山笑问："来这种地儿拿命挣钱，就没死人？"

汪幔梦笑道："没呢，实在是运道好，不枉我入城第一件事就是去城隍庙烧香许愿，钱猴儿又有手艺，帮着烧了两大簸箕的纸钱。"

钱猴儿得了句夸，好像骨头都轻了几两，坐在那儿咧嘴傻笑。

确实难得，十二人一起入城，有惊无险，挣了不少钱不说，还能人人全须全尾，都没谁缺胳膊少腿。别城的同行们可就没这福气了，去年秋冬时节经常传出消息，那些州郡城内时不时有人暴毙，甚至有被鬼物附身或是魔了的，突然就自相残杀起来。

传闻其中有座曾经战事惨烈的鬼城，由于阴气太重，都冒出了一只地仙鬼物，聚拢起了周边大几千阴兵的气象。洪稠那会儿忧心忡忡，怕那金丹鬼仙往南边走，想要撤出城去，阴兵过境可不是闹着玩的。只是不知为何，先是临近年关，座座鬼城就像界线分明起来，再无那种每晚野鬼成群结队，如同有英灵鬼物将帅在调兵的迹象，等到了大年三十，后半夜又大闹了一场，古丘冒着被大渊朝廷，甚至是被儒家书院问责的风险，首次穿上了城隍爷的官袍，坐镇城隍庙。在那之后，所有鬼物好像就都烟消云散了，钱猴儿信誓旦旦地说是老天爷开眼，收了那些孤魂野鬼，让它们都有了个归处，在阳间铺出了一条黄泉路，鬼物们走过奈何桥、喝过孟婆汤，便可以投胎去了。

汪幔梦是地地道道的练气士，所见所知都不是钱猴儿听来几句乡俗老话可以媲美的，却也犯迷糊。当时她察觉到天地异象，赶紧御风到城头，只觉得好像整个人间都多出了一股说不清道不明的气象。她看着那些星星点点的灯火慢慢聚拢在一起，浩浩荡荡离开鬼城。队伍中，有那身穿官袍的文士，有那披甲的士卒，走最后一程阴冥山水路也还在帮着维持秩序。还有那脸色惨白却面带笑意的稚童，在长辈的带领下，向城头上那个帮忙收拢尸骸、建造义庄的妇人弯腰致谢……

汪幔梦回过神来后，伸出拇指擦了擦脸庞。那一瞬间，她没来由记起了一句从不当真的言语：天地正气，浩然长存。只是这个想法，等她下了城头就淡了，天亮之后更是彻底没了，思来想去的还是自己以后的出路。

汪幔梦看着那个将靴子放在火盆边，开始捏着鼻子烤一双雪白袜子的白衣少年，妖媚问道："崔郎，你是做什么的？看样子，是哪座新山头的谱牒修士下山游历呢，师门长辈就不跟着护道？"

不太像是新大渊朝廷的供奉修士，没架子，简单来说，就是看旁人的眼神确实是在看人。这点眼力见儿，汪幔梦作为被逐出师门的散修，四处漂泊半百年，还是不缺的。

崔东山一手捏鼻子，一手晃了晃两只绸缎质地的袜子，微笑道："我啊，如今是一宗之主。"

汪幔梦一手掩嘴娇笑，再轻轻一拍少年胳膊："崔郎真爱说笑。"

火盆那边有个青壮刀客笑道："宗主？咋不直接当个教主呢？"

山下门派不称宗、山上仙府不称教历来是规矩,不过相对来说,对前者的约束要宽松许多,一个江湖门派真要自称某某宗,只要当地朝廷不过问,也不算太大的事情。如果这个姓崔的不是说笑,既然是宗主,那就肯定不是山上仙府了,毕竟如今桐叶洲才几个宗门?

不承想这个小白脸年纪轻轻的也是个混江湖的,大伙儿都是老江湖了,一下子气氛便热络起来,再不那么拘谨。

崔东山笑道:"真就差点当上副教主了。我家山头暂时人手不多,管着不到一万人的谱牒修士。"

汪幔梦捧腹大笑:"崔郎,那你看姐姐能不能去你那边当个首席供奉?当掌律祖师或是管钱也行啊,姐姐顶会过日子的。"

崔东山揉了揉下巴,神色认真道:"那姐姐得分别问过一位仙人境剑修、一位元婴境剑修和一位九境武夫,看他们仨答不答应为姐姐腾位置了。"

众人面面相觑,随即哄堂大笑。

崔东山突然问道:"姐姐就这么想要确定我是不是谱牒修士?怎么,跟山上神仙有仇,还是那种双方见了面就得躺下一个的不共戴天之仇?"

汪幔梦笑得合不拢嘴,道:"这个猜测好没道理,崔郎这般疑神疑鬼,倒是像我们这些山泽野修。"

崔东山也笑了笑:"不用紧张,就是随口一问,肯定是我误会了,总觉得有杀气。"

汪幔梦咬了咬嘴唇:"姐姐哪敢杀人,无依无靠的,只有被欺负的份。"

崔东山一笑置之,重新穿上袜子和靴子。他娘的,要不是先生就在附近吃火锅,看我与你们是怎么个宾主相宜。

屋外,一个披挂甲胄、腰间佩刀的魁梧汉子闻讯赶来,正是洪稠,一个深藏不露的六境武夫。在如今的桐叶洲,有这份武学境界,不管是在各国朝廷里捞个实权武将当当,还是给那些风声鹤唳的将相公卿当个保护家宅平安的客卿,都半点不难。

钱猴儿赶紧起身给洪稠让座。

洪稠摘下腰间佩刀,眯眼问道:"小兄弟,哪里混?"

崔东山抖了抖袖子,两只手掌互搓,哈了一口气,笑呵呵道:"离这里不远的一座山头名叫仙都山,如今山上人手不多,我这不就得想着招兵买马嘛。你跟我家先生已经打过照面了。"

洪稠皱眉道:"哪个?"

崔东山笑道:"我家先生如今正在小舫姑娘的院子里陪一位江湖前辈喝酒吃火锅。"

汪幔梦恍然大悟,嫣然笑道:"就是那个青衫长褂穿布鞋的公子哥,清清爽爽的,多书生气，一看就跟咱们不是一个路数的。"她指了指天花板，"当时好像是从天上来的，事后你与我说过，此人只是瞧着年轻，约莫是个驻颜有术的陆地神仙，招惹不起，如果不是个金丹，就是金身境武夫，反正肯定是个两金之一的硬点子。"

洪稠的气焰一下子就降了下去。当时那厮突兀现身，坐在椅子上的洪稠都没敢拔刀出鞘。洪稠皱眉问道："你那先生是纯粹武夫？"

崔东山嘿嘿笑道："我家先生当然是纯粹武夫，不过一直以剑客自居。"

洪稠试探性问道："是几境？金身境？"

他也没想着对方会给出答案，见那白衣少年伸出手，便奇怪问道："这是何意？"

崔东山笑道："我家先生是武夫几境，你就打赏给我几枚小暑钱，如何？"

洪稠哑然失笑：脑子有坑吧？看来老天爷还是很公平的，给了一副好皮囊，又给了一颗拎不清的脑袋。

崔东山笑道："那咱们换个赌法。你来猜我先生的境界，可以猜三次，第一次一枚雪花钱，第二次一枚小暑钱，第三次一枚谷雨钱，如果你猜中了，我就翻倍给你。只要你点头答应，我立即砸锅卖铁，掏出六枚神仙钱交给汪姐姐保管。"

洪稠嗤笑道："你这门赌术难道是跟钱猴儿学的？"

崔东山说道："我可以事先把答案写在一张纸上，同样交给汪姐姐保管。洪兄，稳赚不赔的买卖，赌不赌？敢不敢挣个盆满钵满？"

洪稠说道："你要是随便写个一境二境，老子能猜得到答案？"

崔东山摇摇头："汪姐姐看过纸上的答案后，我准许她与你使两个眼色，一个是提醒你要不要赌，一个是暗示我的答案靠不靠谱。当然，得事先说好，你们俩不许用心声言语，或是聚音成线。嗯，换一个对洪兄更有利的赌法好了，三次押注，用什么神仙钱可以由你决定，唯一的要求，就是上了赌桌，咱俩必须赌完三次……算了算了，要是觉得押一枚谷雨钱不算小赌怡情，可以只押两次。"

钱猴儿觉得可以赌，金身境、远游境、山巅境，一个一个来，总能蒙中吧？天下武夫的武学境界，除了六境小宗师，所谓炼神三境的大宗师反正就这么多。

洪稠有点为难，因为他知道，山巅境之上，还有个传说中的止境。那个青衫年轻人肯定不是六境武夫，对方既然能够从天而降，再从远处一跃而至，要么是金身境武夫，要么就是可以覆地远游的羽化境，那么三种神仙钱就得押四种可能性了。如果没有止境，确实是稳赚不赔。

洪稠笑道："赌了！"

崔东山从袖中摸出一张纸，使劲摇晃起来："钱猴儿，赶紧地，笔墨伺候！崔老弟我要是挣了钱，分你一枚雪花钱。"

钱猴儿赶忙起身去自己暂住的屋子里拿笔墨，嘴上念叨："不用不用。"

崔东山讶异道："啊，不用？那就算了。对了，记得帮忙蘸墨。"

钱猴儿神色僵硬，恨不得甩自己一个大嘴巴。

崔东山从袖中摸出六枚神仙钱紧紧攥在手里："姐姐，这可是我的全部家当，千万拿稳了！"

洪稠眯起眼：这厮还真有两枚谷雨钱！

汪幔梦伸出白皙水嫩的手掌："姐姐管钱，大可放心。"

崔东山这才松开手。

钱猴儿拿来一支蘸满墨汁的竹管毛笔，崔东山背转过身，整个人蜷缩起来，写了几个字后，再将白纸揉成一团，攥在手心，递给汪幔梦的时候，提醒道："姐姐摊开纸张的时候，记得学我转过身去，可别被洪老哥瞧见了。"

汪幔梦背转过身去，小心翼翼地摊开纸张。瞧见上边的内容时，她愣了愣，深吸一口气，重新将纸揉成一团，神色古怪地冲洪稠使了个眼色，再点点头，示意洪稠可以赌，那个少年没瞎写。

崔东山蓦然轻喝一声，眼神哀怨、无比委屈地道："我的好姐姐，你再这样胳膊肘往外拐，可要伤人心了啊。"

汪幔梦脸色尴尬，只得收起某个自认细微不可察觉的小动作。

万一赌输了，要是洪稠翻脸不认账，她也是为难。如果洪稠见财起意，那个几乎等于是一州城隍爷的古丘，还有女鬼小舫，肯定不会坐视不管。洪稠就是个六境武夫，当然不敢暴起杀人，将那六枚神仙钱全部黑掉。何况不谈崔东山的先生，仅仅是那个自称来自宝瓶洲的老人就不简单，所以即便洪稠大闹一场，最多就是讨要回三枚神仙钱。说实话，经过那一场场城隍庙夜审过后，汪幔梦这拨亡命之徒做事情是真不太敢那么百无禁忌了。

崔东山突然望向钱猴儿他们，笑道："都可以赌，两次、三次，都用雪花钱，咋样？"

钱猴儿没啥兴趣，赔着笑不说话，倒是其余几个跃跃欲试，只是被洪稠转头冷冷看了一眼就都消停了。

洪稠摸出一枚雪花钱抛给崔东山，崔东山双手握住，高高举过头顶，开始念念有词，估摸着是在祈求老天爷保佑。

洪稠沉声道："金身境。"

崔东山作满脸惊恐状，洪稠愣了愣：这就猜中了？

汪幔梦下意识想要有所表示，却发现白衣少年已经死死盯住自己，只得板着脸摇摇头："不是金身境。"

洪稠再拿出一枚珍藏多年的小暑钱，再不是故作豪迈地随便抛给少年，而是递过去。

崔东山双手搓动小暑钱,哈哈大笑:"赚了赚了。"然后又高高举起,来回晃动,"啧啧,头回瞧见小暑钱哩,开心开心真开心。"

钱猴儿一帮人都无语了:没你这么睁眼说瞎话的。

洪稠额头渗出细密汗水,说道:"羽化境。"

崔东山抬起一只雪白袖子,将小暑钱往里一丢,嬉皮笑脸道:"收入囊中,落袋为安。"

汪幔梦叹了口气,说道:"不是远游境。"

洪稠瞪着她,隐约有些怒容:他娘的,该不会是这个婆娘与一个外人合伙坑自己吧?

汪幔梦气不打一处来,翻了个白眼。

崔东山双臂环胸,嘿嘿笑道:"洪兄,还要不要赌第三次?赌大赚大,我辈赌客,挣钱之心不凶不成啊,搏一搏,几亩宅子变山头!"

洪稠说道:"我身上没有谷雨钱。"

崔东山笑道:"不用马上给,先欠着,明早我再来查账,洪兄可以与汪姐姐他们几个借钱凑一凑嘛,折算成一枚谷雨钱而已,毛毛雨的小事。"

洪稠顿时陷入两难境地。万一输了,这大半年就要彻彻底底白忙活了。可要是万一赢了呢?

崔东山跷起二郎腿,踩在火盆边沿的靴子抬起又落下:"汪姐姐,拣出那两枚谷雨钱,马上就要进洪老哥的口袋了。"

洪稠猛然间站起身,冷哼一声,大步离去。钱猴儿他们几个都愣在当场:不就是只剩下个山巅境吗,这都不敢押注?洪稠来时路上是不是脑子被门板夹到了?

众人发现等洪稠一跨过门槛,白衣少年就霎时间汗如雨下,一边抬起袖子擦汗一边解释:"热,天气有点热。"

洪稠脚步停滞些许,犹豫了一下,仍是大步离开了。

从汪幔梦处取回纸团和六枚神仙钱,崔东山语重心长道:"诸位兄弟,听老弟一句劝,大赌小赌,赢来输去,都是偏门出入的钱财,守不住的,玩玩就好。当然了,如果偏门财进了家,舍得从正门送出去,就是好事了。所谓善财难舍,能舍得善财出门的,便是在积攒一家门户的祖荫福报了。"

汪幔梦听不得这些毫不值钱的空泛道理,烦得很,只是脸色依旧妩媚动人:"崔郎好赌术。"

崔东山赞叹道:"这个洪稠还是有点定力的。"

汪幔梦笑道:"财帛动人心,就不怕洪稠……"

崔东山说道:"鬼都不怕,怕人作甚?"

汪幔梦笑了笑。

钱猴儿跑去门外，蹲在台阶上将毛笔轻轻甩了几下，又来回在积雪上抹，再双指捏住笔锋挤掉墨汁，如同洗笔。他回到自己屋子，掏出火折子点燃桌上一盏油灯，将那支清洗干净的毛笔轻轻悬在笔架上边，然后蓦然发现白衣少年跟个鬼似的斜靠屋门，双手笼袖，正笑眯眯望向自己。钱猴儿心一紧：莫不是拣软柿子拿捏，打家劫舍来了？

崔东山伸手出袖，将一枚雪花钱弹给他："不烫手，拿着吧，够你买一堆笔洗了。"

钱猴儿一时间摸不着头脑，攥着那枚其实很烫手的雪花钱不知如何是好。收下，事后走漏了风声，很容易被洪稠记仇；不收下，好像眼前这一关就难过。

崔东山走入屋内，发现桌上有本册子，拿起来一看，乐了。原来是钱猴儿用炭笔绘制出的桌案、椅凳、花几、梁柱斗拱样式，有百余种之多。

崔东山翻了几页，笑道："有这门手艺，饿不死人，怎么就想着来这儿？要不是运气好，没碰着凶鬼，就你这点江湖把式……"

钱猴儿拽了些酸文："马无夜草不肥，书上说了嘛，富贵险中求。靠手艺谋生，一年到头能挣几个钱？来钱太慢，熬不出头。"

崔东山翻着书页："他们是光挣钱，只有你是讨生活。"

钱猴儿听得迷糊。有啥两样？兜里没钱，能叫过日子吗？

崔东山抬起头，微笑道："钱猴儿，想不想去我家山头混？不敢说大富大贵，总好过在这些鬼城日夜飘荡，把脑袋拴在裤腰带上挣买命钱，朝不保夕，太辛苦，何况攒了钱给谁花都两说。"

钱猴儿都没如何思索，将这番话稍微过过脑子便咧嘴笑了起来，毫不犹豫说道："还是算了吧，这辈子都习惯了在外边晃荡，凶险是凶险，可是更自在些，让我窝在一个地方享清福，还是算了吧。"

有些日子的过法是想都不敢想的事情。

崔东山搬了把老旧官帽椅坐下，跷起二郎腿，这让钱猴儿心里越发打鼓：这是闹哪样？

崔东山笑道："如今我那山头很缺人手，你要是去了，会有用武之地的，每月俸禄是一枚雪花钱，如何？刚才那枚就当定金了。"

趁着先生还没回落魄山，得赶紧抓几个壮丁回去，先在先生面前混个脸熟，将来先生闭关、远游再还乡、来青萍剑宗，如今的新人就自然而然成了半生不熟的旧人，与先生见了面，先生肯定愿意多聊几句。因为崔东山心知肚明，不光是仙都山，落魄山也一样，往后数百年，先生与上山修行、习武的新人们可能就不会那么有的聊了。何况眼前这个钱猴儿还是烧炭出身，青鲤窑正儿八经的窑工，可不就跟先生天然亲近？

钱猴儿讪笑道："崔仙师就别要小的逗乐了。"一个三境武夫，做点打杂活计之外，除了给人当替死鬼,还能做什么?

崔东山笑了笑:"不着急,省得你疑神疑鬼。反正等你哪天自己想通了,或是遇到过不去的坎了,就去一个叫仙都山的地方找我,山门牌坊上写着青萍剑宗,你肯定认得这几个字。仙都山离这儿不算远,一直往南走有座仙家渡口,名为青衫渡,以后多关注山水邸报就是了。"

钱猴儿等到那个白衣少年离开屋子,还是觉得莫名其妙。

崔东山回了大堂火盆原位坐着,隔壁几个已经各回各屋睡觉去了,只剩下汪幔梦还等在那儿。她笑问道:"崔郎,你先生真是一位山巅境大宗师?"

"不是。"

汪幔梦抛了个媚眼:"还骗鬼呢?"

崔东山笑道:"其实我先生是止境,但是我觉得洪老哥挣钱辛苦,而且都是极难得的正门钱财,按辈分,他还是我的半个姐夫呢,在城内做了这么多好事,打算送点钱给他花,结果他不领情,非要送钱给我这半个小舅子,我有啥办法?"

汪幔梦其实也懒得去猜那个青衫客的真实境界,甭管是炼神几境,都是自个儿踩在梯子上都够不着的天边人物,不招惹,不攀附,敬而远之即可。如果不是眼前这个白衣少年赖着不走,汪幔梦其实也不愿意待在此人身边,小心翼翼揣摩他的每一句话,甚至是每一个脸色和眼神。洪稠不就吃了苦头?

"你知道洪稠为什么不敢赌吗?"

"怎么说?"

"因为洪稠跟你一样,不相信好人有好报。"

汪幔梦笑容苦涩:"可能吧。"

崔东山转过身,看着大雪纷纷落在院中,积雪越发厚了:"可能曾经相信,后来就不信了。"

沉默片刻,崔东山继续说道:"没法子,好像这个世道,越相信好人有好报的人就越过不上好日子,不是滥好人就是穷好人。就像把阳关大道让出来,只能自个儿走独木桥,辛苦攒下点钱,都还给了日子,最后只攒了一肚子苦水,又不愿意说给身边亲人、朋友、晚辈听。"

原本觉得对方是站着说话不腰疼,听了最后这番话,汪幔梦眉头舒展起来,挤出一个笑脸,轻声道:"谁说不是呢?"

崔东山微笑道:"最恨谱牒仙师的不一定是山泽野修,往往是谱牒仙师,因为前者早就摸出了一条相处之道,后者则不然。"

汪幔梦自嘲一笑:"崔东山,别试探了,虽然不清楚你到底为何如此阴魂不散,缠上我们这些蝼蚁,但是说实话,我真心不觉得我们这拨无根浮萍似的废物值得你这种人浪费时间。两枚谷雨钱很多吗？对我们来说，当然很多，十几号人忙活了大半年才挣了这么多，像钱猴儿他们几个，可能这辈子还是第一次见着谷雨钱。但是对你来说，两枚，甚至是二十枚谷雨钱，又算什么呢？"

"钱猴儿他们几个不是什么'可能'，他们就是第一次见谷雨钱，因为跟你和洪稠都不一样，他们见着了谷雨钱，第一印象不是奇怪我为何可以拿出来，而是疑惑，猜测第三种神仙钱到底是不是真的。"崔东山低头弯腰，摊开手掌，靠近炭火，"你刚才说'你这种人'，怎么讲？怎么就觉得我跟你们不是一种人啦？"

汪幔梦说道："说不上具体理由，就是这么觉得。"

崔东山问道："那你觉得我先生跟你们是不是一种人？"

汪幔梦无奈道："可能吗？"

崔东山默不作声，炭火光亮映照得那张俊美脸庞越发白皙。他轻轻翻转手掌烤火，掌心朝上。

汪幔梦问道："你是怎么知道我曾经有过谱牒身份？"

崔东山笑道："因为你就像半个吊死鬼，解不开脖子上边的绳索，手摸不着房梁，脚踩不着地面，没死透，又活不过来，不上不下的，瞧着可怜。"

汪幔梦笑道："怎么就可怜了？我自己可不觉得。"

崔东山搓手道："没力气去自怨自艾的可怜才可怜，是无可奈何，是没法子。还能如何？就这样。"

汪幔梦默然，学那白衣少年低头弯腰，靠近火盆，搓手取暖。

有些书，滋味太苦，不忍卒读。

汪幔梦出身桐叶洲北方的一个小国，宗主国是那堪称庞然大物的虞氏王朝，曾经是当之无愧的桐叶洲北部强国，如今恢复国祚，虽说元气大伤，可还是瘦死的骆驼比马大。她的师门是桐叶洲一个不入流的山上门派，连旁门左道都算不上，说是歪门邪道半点不委屈，只不过披了层光鲜亮丽的外衣，在虞氏王朝的藩属国境内也能作威作福，加上许多师门前辈、同辈师姐妹都是一国公卿的妻妾，除了掌门人是位龙门境的老神仙，相传还有一位闭关多年的金丹老祖坐镇，所以她当年上山之初是很憧憬的，而且充满了骄傲。但之后才发现，师门前辈传授的多是房中术，正经道书没几本，春宫图倒是一大堆。很多明明没有修行资质的少女，只要相貌好，是美人坯子，都收。

据说自家门派真正的靠山是虞氏王朝那个作为山上仙家领袖的青篆派，其中一位管钱的通天人物是个女子，叫苗鱼，是青篆派高掌门的半个道侣，没有名分而已。

有些人，历经坎坷总能峰回路转、柳暗花明，但有些人，如船搁浅，水道提纲如一线，进不得，退不得，原地鬼打墙。好像做多错多，就只能破罐子破摔，就像被眼前这个白衣少年一语中的，说来说去，无非是"就这样"三个字。

她曾经与几个同门师姐妹,还有一拨别家仙府的女修并排站在一座仙家渡口的神仙宅邸里,被一拨神色倨傲的谱牒仙师并几个锦衣玉食的世族子弟指指点点,对此,她早已麻木了,只想着只要跻身洞府境就可以脱离苦海了。但是,直到那场导致一洲陆沉的惊天变故来临,汪幔梦也不曾跻身洞府境。她与那些仓皇失措如同丧家犬的师门祖师不一样,她觉得没什么,甚至还有几分解脱意味的轻松。而且,直到那时她才知道,自家门派其实根本就没有什么金丹祖师。她不愿跟随同门躲入青篆派避难,就找到机会一走了之。在她看来,作为女子,真正的活法,大概是太平山黄庭那样的。大泉王朝女帝姚近之也不差,都能篡位登基,自己当皇帝了。

崔东山看着她,微笑道:"想不想以后亲眼见一见黄庭和姚近之,近距离看一看她们到底是怎么个活法?"

汪幔梦回过神,悚然一惊,脸色惨白,颤声道:"你怎么知道我心中所想?!"

显然是勾起了妇人道心中的最大阴霾。这些个"家学深厚"的谱牒修士,玩弄人心和糟践人的手段,实在是让她心有余悸。再者,一个能够聆听旁人心声的修士,必然是传说中的地仙起步了。

崔东山说道:"你其实也知道山上的谱牒修士不全是手段歹毒、狼心狗肺之辈,只是跟洪稠如出一辙,赌输了两次,就不敢赌第三次了。你的第一次小赌是赌自己的传道人不会对你见死不救,赌输了;第二次是赌自己的心智、手段,女修身份,暂时的委曲求全、忍辱偷生,相信总有改善局面的一天,结果还是输了,看不着半点希望,不得不认命。

"有些话呢,在先生面前,我是绝对绝对不敢说的,在你面前就没啥忌讳了。自古隆冬大雪冻不死半个有钱人,但是前些年那场帝王将相、达官显贵和谱牒仙师无一幸免的浩劫就不一样了,好人坏人,富人穷人,都遭殃了,冻死了很多早就该死,但在我们看来恶人无恶报、'天不收'的人。

"也对,还是有很多人在散修汪幔梦的眼中是享尽了福才去死的,这辈子在阳间作孽,即便死了,不管是怎么个死法,好像都不亏。所以你还是觉得有几分憋屈,不够痛快。但你不用太担心,到了下边,他们会叫天天不应叫地地不灵的。还债一事,历来报应不爽。"

汪幔梦抿起嘴唇。

一个每天把无所谓摆在脸上的人,可能才是真正有所谓的。就像汪幔梦由衷仰慕太平山,去游历时都不敢去山门口,好像被她看一眼牌坊上的"太平山"三个字,都是一种对太平山的亵渎。

崔东山笑道:"我跟太平山不熟,但是我先生与新任山主黄庭是很要好的朋友。当然,别误会,不是你想的那种男女关系。唉,你以后真得改改,别把天下事都往男女事上边靠。如今我家先生还是太平山的记名供奉,所以你要是愿意去太平山修行,我可以请先生帮忙引荐给黄庭。你放心,我可是先生的得意学生,而我的那位先生,只要是他点头答应下来的事情,就没有做不到的。"

汪幔梦都快被这个白衣少年给弄疯了,无力地道:"崔东山,你到底在想什么,又是怎么想的?"

崔东山再次翻转手掌,自嘲道:"我确实一直在想我们为何会想,以及如何想。这两个问题,困扰我多年。"

崔瀺曾经在杨家铺子,与那个曾经被先生称呼为"杨爷爷"的老人有过一番开诚布公的对话。杨老头询问那件事如何了,很凑巧,差不多刚好就是今夜汪幔梦误打误撞问出口的问题。

当初崔瀺神魂分离,崔瀺观看崔东山的心念,一天之内,念头最少是两个,最多有七万余。崔东山反观崔瀺,最少三个念头,最多八万。两人各有优劣,比少只差一个,比多相差一万。

要知道,这种起念可不是道家所谓的离境坐忘,也不是佛门的打坐参禅,否则练气士的闭关、心神沉浸、收束心念并不难。至于凡夫俗子,如果误以为睡觉就可以不起念头,大谬矣。

崔东山微笑道:"睡觉睡觉,是睡且觉,睡的是形骸体魄,这种休歇,是三魂七魄中七魄的一种休养,觉的便是神思,便是三魂,只是许多人清醒过后记得诸多模糊的梦境,有些人则误以为自己是无梦而寐。就像许多人在梦境中会有坠崖之感,其实就是一种轻微的魂魄相激。而人族之所以能够成为万灵之首,究其根本,就在于有梦,相较于妖族修士,这就是一种梦寐以求的天生开窍;相较于我们人族练气士,妖族的坚韧真身既是它们在大地之上生存的倚仗,又何尝不是一个坚固的牢笼?"

崔东山是有打算的,未来九个亲传弟子,比如瓷人高低、谢谢、胡楚菱、蒋去他们几个,他会因材施教,精心栽培。之后再收九个名义上的嫡传弟子,只看缘分和心情好坏。当然可以是钱猴儿,也可以是眼前这个八十岁高龄才是洞府境修为的汪幔梦,甚至可以是年近半百的六境武夫洪稠。相对而言,洪稠的武学资质不算太差,只是没遇到明师指点,否则跻身七境不难,毕竟天底下任何一个金身境武夫,甭管是不是纸糊竹篾,都可以跟武运沾边了。

汪幔梦根本听不懂对方在说什么,突然问了一个看似离题万里的古怪问题:"那么多的死人,当真管得过来吗?"

崔东山笑道:"管得过来,而且几乎没什么错漏。"

汪幔梦摇摇头,显然不信:"地府酆都难不成有几十上百万冥官、胥吏、鬼差?"就像城隍庙,一国之内,从都城隍到州、郡、县三级城隍,加在一起,拢共才几座?

崔东山微笑道:"各地城隍庙主要功用还是接引为主,只是一审,更多是将功过得失记录在册,类似阳间衙门掌管鱼鳞册的户房而已。至于酆都,各类鬼差数量,哪怕加上一些临时设置的官职,有点类似阳间朝廷新科进士在各部衙门的行走吧,总数确实不少,但是远远没到几百万那么夸张,也确实不用那么多。

"至于具体是如何运转的,说简单也简单,一座一座衙门就等于阳间人过日子,一个年关一个年关地过;说复杂也很复杂,如果细究,这里边的规矩繁复且缜密,大致说来,就是用那几条根本的、底层的、不可动摇的规矩撑起了千百条界线分明的细微规矩,前者允许后者有小幅度的摆动,如此一来,归功于主干分明、脉络清晰,所以万年以降,那边始终井然有序,赏罚分明。

"当然,这里边有些真正属于盖棺论定的功过,在阳间人看来,还是有诸多无法理解之处的。汪幔梦,你要是真对这些感兴趣,可以去问古丘,他如今是州城隍候补,以后说不定还有希望入主新大渊王朝的京城都城隍庙。"

汪幔梦将信将疑,问道:"你怎么会了解这些内幕?从哪本冷僻的志怪书上看来的?"

崔东山笑道:"因为我去过酆都啊。"

府县城隍、州城隍、京城都城隍,各级城隍庙内,文武判官、诸司神灵,再加上牛马将军、日夜游神、枷锁将军,这些是城隍庙的常设官职,就像阳间朝廷的清流官身,其余就都是胥吏、鬼差了。一座城隍庙的大小,主要还是看诸司衙署的数量多寡,少的只有三司、六司,多的如这座州城隍庙,多达十二司。各国京城的城隍庙,要么是廿四司,如大泉王朝、虞氏王朝这样的大国,都城隍庙甚至还有卅六司的。而中土神洲灵芝王朝境内有座天下第一的城隍庙,更是多达七十二司。那位神位品秩与中土五岳和四海水君相同的城隍爷姓周,名方隅,周正之周,四方四隅之方隅,负责坐镇中土神洲,庇佑一洲方隅安宁。麾下四员神将,分别姓甘、柳、范、谢。

汪幔梦忍俊不禁:"崔郎又说大话。"

崔东山一笑置之。同样的话语,若是先生说出口,谁不信?果然做人不能太阿良。

崔东山冷不丁说道:"洪稠本就不该从这儿带走一枚谷雨钱。"

汪幔梦战战兢兢问道:"那我呢?"

崔东山笑道:"你无妨。"

汪幔梦幽幽叹息一声。明儿要不要提醒洪稠一句?还是算了吧,这笔神仙钱,不出意外,会是他以后在新大渊王朝的立身之本,官场进阶的敲门砖。要是她真开口了,估计只会被洪稠骂个狗血淋头,怀疑她是不是见异思迁,傍上个小白脸了,说不定这会儿就已经在对面的宅子里边生闷气,怀疑到底是不是她与崔东山合伙设局骗他的钱。

崔东山瞥了眼汪幔梦,笑道:"对了,我所谓的'带走',跟你想的,出入很大。"

汪幔梦掩嘴娇笑不已，抛了一记媚眼。

崔东山笑骂："他娘的，想啥呢，你跟我们家的老厨子和大风兄弟要是见了面，有的聊，肯定很有的聊！"

汪幔梦双手十指交错举过头顶，伸了个懒腰。

"当好人难，见过了坏人，想要有样学样，结果发现，坏又坏不到哪里去，这就叫两难。"崔东山说过了道理，随即打趣，"好姐姐，少皱眉头少叹气，一个人愁眉苦脸多了，容易苦相，所以每天要多笑。既然卿本佳人，为何蛾眉憔悴？没道理嘛。"

汪幔梦说道："崔郎学问是高，却真心不适合安慰人。"

崔东山点头道："确实。"他眨了眨眼睛："汪幔梦，不如我们玩个游戏？"

汪幔梦心一紧，嘴上不饶人："神仙打架吗？"

崔东山翻白眼道："总这么说话就没劲了。"要是你敢这么跟我先生说话，才算真正有胆识！

随即，崔东山笑嘻嘻地从袖中拈出一枚小暑钱，刚刚从洪稠手上赢来的："有钱拿的，至少一枚小暑钱，等于白送给姐姐。游戏的规则很简单，你什么都不用说，就是想一想过往之人，在脑海中过一遍，也别管对方的身份，见过几面，只要能够想起来，记忆再模糊都无所谓。想得多，挣得多，超过一百人，就可以拿走这枚小暑钱，超过五百人，我再给你一枚，过了一千人，又是一枚。如何，是不是一桩无本万利的好买卖？如果超过三千人，不算之前的，我还可以再送姐姐一枚谷雨钱。"

言语之际，崔东山拧转手腕，手中多出了两只空白棋罐。收回手后，棋罐悬停空中，崔东山用眼神示意汪幔梦可以开工挣钱了。

汪幔梦满脸迟疑神色，沉默片刻，道："就这么简单？"

崔东山置若罔闻，懒得搭话，只是双指并拢如拈子状，指尖很快就凝聚出数颗雪白棋子，依次丢入一只棋罐当中。显然，汪幔梦在沉默之际，不由自主想起了几位故人，然后被崔东山撷取，显化为一颗颗棋子。

有个老王八蛋曾经有过一个猜想，灵感来自天外天的化外天魔，既能化身亿万，又能合拢为一。于是崔瀺就假设，天下所有有灵众生的思想源头都位于同一座水池，所有念头就是一朵朵跃出水面的火花。

汪幔梦思量片刻，也不觉得自己的胡思乱想能够影响到当下的处境，说不得还真能白赚三枚小暑钱？

在这之后，棋罐里边的白子越来越多，但是也开始陆续出现黑子，被崔东山丢入另外一只棋罐。

汪幔梦已经顾不得如何震惊，无所谓了，今天已经见识过太多匪夷所思的事，见怪不怪，习惯就好。因为每当她间歇记起一个模糊不清的人物时，在那白衣少年指尖凝聚出来的棋子就会是黑色。

大堂之内,只有双方脚下的那只火盆偶尔响起木炭的爆裂声,屋外的雪越下越大,院内积雪肯定可以没过脚踝了。

崔东山盘腿坐在椅子上,汪幔梦开始竭力思索那些人生道路上的过客:有过数面之缘的、擦肩而过却不小心因为某个鲜明特征而记住面容的、摇着蒲扇纳凉的家乡老人、肩膀处缝有厚棉布的挑米工、年少尚未登山时经常偷偷打量她的同龄人……

棋罐内堆积的棋子越来越多,但汪幔梦的思绪也越来越滞缓。崔东山便靠着椅把手,单手托腮,一手伸出始终悬空。

汪幔梦伸手揉了揉眉心,问道:"多少颗了?"

崔东山微笑道:"三枚小暑钱已经到手了,就是那枚额外的谷雨钱属实有点难挣,数量差距不小。不如再好好想想?"

汪幔梦无奈道:"想不出更多人了。"

崔东山笑道:"挂像、书上人物,也算在内。"

汪幔梦如同开窍一般,又想出了数百画像人物。

崔东山瞥了眼棋罐,说道:"可以再加上你听说过的名字,帝王将相、修士道号,都是可以的。当然,别胡编乱造,随便想个名字糊弄我,否则就要减一颗棋子了。"

汪幔梦便又开始绞尽脑汁想那些听说过的人,浩然天下的山巅修士、文庙圣贤,桐叶洲大宗门的历代祖师、供奉客卿,山下各国达官显贵、名动四方的纯粹武夫,甚至是那些蛮荒天下的大妖……

崔东山笑了笑,飞快晃动手腕,将一颗颗棋子随手丢入棋罐内。

这种赌局,不能跟先生赌,更不能跟大师姐赌,大师姐估计能让他直接哭穷。

汪幔梦已经满头汗水,明明是一个洞府境修士,现下竟是有些头晕目眩了。她颤声问道:"凑够了吗?"

崔东山笑道:"够了,早就够了。"

汪幔梦目瞪口呆。

崔东山掏出一枚谷雨钱和四枚小暑钱,一起丢给汪幔梦,笑道:"多出的那枚小暑钱,算我送姐姐的。"

汪幔梦颓然靠着椅背,实在是心神疲惫。

崔东山笑道:"要不然再算上天下大渎、山岳、仙府门派的名称?只要凑足八千颗棋子,我就再送给姐姐一枚谷雨钱。"

汪幔梦脸色微白,摇摇头:"想不动了。"

崔东山笑呵呵道:"比神仙打架累多了?"

汪幔梦擦了擦额头汗水,有气无力,勉强挤出一个笑脸,都已经不想开口说话了。

崔东山挥了挥袖子，两罐棋子都凭空消失。

汪幔梦挣了不少，他崔东山也一样，这些棋子承载的内容，等到将来开凿大渎，是有用处的。

要说潜入他人心扉和心湖，仔细翻检他人记忆，崔东山当然信手拈来，熟门熟路，只是不如汪幔梦这般主动和盘托出，如竹筒倒豆子一般，哗啦啦倒入棋罐中来得完整。

崔东山双手笼袖："汪幔梦，以后要多读书啊，指不定什么时候就可以折算成实打实的真金白银了。"

汪幔梦摊开手掌，怔怔看着那五枚神仙钱，抬起头，嗓音沙哑问道："崔东山，你是谱牒修士，对吧?"

崔东山点头道："早就说了啊，我是一宗之主。"

他多给那枚小暑钱，只是因为汪幔梦无意间提到了自家先生，当学生的，贼高兴，很开心。

汪幔梦攥紧手，问道："你不会要回去吧?"

崔东山倒吸一口冷气。好问题！要不是先生就在附近，他还真不介意全部收回去。他摆摆手："赶紧收起来，省得我反悔。"

汪幔梦喃喃道："今夜就像做梦一般。"

崔东山转身靠着椅把手，望向屋外大雪，轻声道："一个人如果连做梦都不敢了，得多苦啊。昔去花如雪，今来雪如花，良辰美景总不虚设，如何安顿无限心。可能我们都与这个世界有过情人一般的缠绵、互为仇寇一般的怒目相向、聋子与瞎子一般的自说自话、无话可说之人与不可言说之人的相对而视哑口无言。"

汪幔梦闻言唯有默然。

崔东山沉默片刻，转过头，埋怨道："唉，都不晓得喝个彩、鼓个掌啊，哪怕点个头呢?半点不捧场。"

汪幔梦刚想说句心里话，崔东山已经伸长脖子往外边一瞧，咦了一声："群贤毕至。这么热闹?"他赶紧站起身，将雪白袖子甩得噼啪作响，"姐姐，我们走，喊上钱猴儿，一起抄家伙，干老本行，拦路打劫去！"

汪幔梦只得咽下那句到了嘴边的肺腑之言，无奈道："便是钱猴儿，都不曾做过这种勾当。"

"不曾做过，有啥关系?"崔东山抖了抖袖子，"以后跟着东山混，每天吃九顿!"

汪幔梦站起身，突然说道："崔东山，我想起一句诗。"

崔东山笑道："是城斋先生的那句'最爱东山晴后雪'?"

汪幔梦满脸无奈。在他这儿，她好像就跟没穿衣服似的。

崔东山双手抱住后脑勺，晃晃悠悠走向屋外："好诗好诗。最爱东山晴后雪，东山最爱晴后雪。"

汪幔梦跟在他身后,他一个双脚并拢,跳出屋外,随口问道:"汪幔梦,你家乡有没有这么个习俗,说待字闺中的女子,要在春风三月里,每朝晨起梳头一两百下?"

汪幔梦摇头道:"没有。"

崔东山啧啧道:"惜哉惜哉。"又蓦然大喝:"钱猴儿,别看那几幅被你翻烂的春宫图了!有什么意思?"

钱猴儿飞快从屋中跑出,赧颜道:"哪有哪有,没有的事。"

崔东山朝屋内抬了抬下巴,钱猴儿愣了片刻,很快心领神会,咧嘴一笑,就去火盆边拿铁钳拨炭灰覆住炭火。

汪幔梦转头看了一眼,不知为何,突然觉得他又可怜又可敬。她晃了晃脑袋,也笑了起来,就是丑了点。

崔东山伸手去接雪花,再让汪幔梦去喊其余几个,美其名曰人多势众,可以壮胆。

汪幔梦走在雪地里,钱猴儿蹲在火盆边,崔东山站在台阶上。

就在刚才,崔东山仿佛又得到了一把开门的钥匙,想起了一些被封禁起来的往事,跟自己有关,或者说跟那个老王八蛋有关。

还是在那座书简湖畔的高楼内,崔瀺问他:

"治学修身做学问,能够像齐静春吗?有可能立教称祖吗?

"练剑,百年之内,破境之快,剑术之高,能够学左右吗?

"习武练拳,要花费多久工夫才能勉强赶得上君倩?"

崔东山当时躺在地上,崔瀺便给出了答案:

"不出意外,谁都像一点,结果撑死了就是个四不像。

"我就是要让他彻底做不成齐静春,早早死了这条心。"

崔东山问他:"难道就只有这条路可走吗?"

崔瀺根本不屑回答这个问题。

其实崔东山心知肚明,不这样,就会来不及。先生来不及在文圣一脉那个老秀才以及诸位师兄的庇护下,以浩然儒生身份慢悠悠游历天下;来不及与万古壮丽山河、千奇百怪之人事逐渐完善心中的诸多道理;来不及由着一个曾经的草鞋少年慢慢成长,凭借一颗金色文胆、一本本圣贤书籍、一个个书上道理,去炼出本命字,凭借初一、十五两把飞剑大炼为本命物,剑术、武学兼修,步步稳当,渐次登高,结金丹,陆地神仙,上五境,飞升境,证道……

于是当时的崔东山问了最后一个问题:"就不怕他成为第二个余斗吗?"

崔瀺第一次沉默,没有给出答案。大概以当时的情形来看,说是与否,以及是与否的各自好与坏,可能都为时过早。因为昔年与余斗横行天下的四位挚友中,有两人恰好都死在余斗手上。这就是说，类似书简湖这样的问心局，余斗曾经走过，只需要走过一次，再走一次，以及以后无数次，其实都是一样的结果了。

如今青冥天下评选出来的天下候补十人之中，有飞升境女剑仙宝鳞，她最名动天下的不是境界，不是纯粹剑修身份，而是她曾数次问剑白玉京二掌教，那个被称为真无敌的余斗。

而宝鳞与余斗问剑的理由天下皆知：她就是当初的四人之一，而她的道侣更是被余斗亲手仗剑斩杀。故而宝鳞第一次与余斗问剑，理由就是整个天下谁都可以杀他，但只有余斗不行！因此，哪怕是玄都观的孙道长在论及余斗有无私心之时都不得不承认，余斗无私心。

青冥天下，一切违禁之辈，不论身份，不论境界，不论缘由，可杀可不杀之人，从无例外，皆死。而就这样死了的道官、修士和凡夫俗子，数千年以来，青冥天下十四州内到底有多少，从无人去具体统计，因为面对余斗，这一切都毫无意义，也没有任何用处。

这不是一个对错是非的问题，这只是一个人心的问题。那些死了的人，身边的所有活人，他们曾经到底是怎么想的，如何感受的，在历史眼中，不是一个个问号，而已经是一个个句号。在本就惜字如金的史书上，更是没有一个文字的内容。死了的人，和当时死人身边的活人，他们就像那些文字间隙的空白，天底下所有的翻书人，谁会注意书页上边的空白？所以崔瀺在赌，赌陈平安不会成为第二个余斗。

崔东山伸出一只手掌，念念有词，好像在甩谁的耳光，反复念叨着一句"老王八蛋"："护道护道，就你护道的路数最别开生面。绣虎绣虎，有本事多活几年，去青冥天下要威风去啊。"

刹那之间，崔东山突然打了个激灵，赶紧收手，迅速伸手抵住眉心，因为方才没来由蹦出了个念头，其实就只是个词语：长庚。

崔东山皱紧眉头，双手插袖，犹豫了一下，还是没有去推衍。

长庚？星辰之名，稍微读过几本书的都很清楚，自古就有"东有启明，西有长庚"的说法，《天官书》有言："长庚，如一匹布著天，此星见，兵起。"

若是一座天下长庚常明呢？天下道丧三百年、五百年？

崔东山伸出手，学周米粒挠脸。之前先生从镇妖楼返回仙都山，说想到了一个将来去青冥天下的化名，就叫陈旧。但是先生又说，好像有过一个更好的化名，只是已经忘了。

风雪夜里，一行五人，在漫天风雪中走向城门。

一洲山河，多是这种破败不堪无人烟的鬼城，就像一具具尚未腐朽的枯骨尸骸，风掠过，如吹骨笛。

清瘦少年,眉眼极长,神情冷峻,腋下夹着一把刀,手里边有个被捏得极为结实的雪球,被他来回抛着。

老人身材魁梧,脚步沉稳,只是不停咳嗽,好像不耐风寒。

一个身穿棉袍的中年人,佩剑。

另外还有两人走得近些,一个身材结实的汉子,古朴形貌,斜挎包裹。女子身材高挑,姿容不算出彩,但是英气勃勃,腰悬一把乌鞘长刀,白杨木柄。

少年轻声问道:"那人当真就在这儿?曾先生,你说他会不会早就发现我们的行踪了?"

一身厚实青色棉袍的男人点头笑道:"早就知道了。"

老人咳嗽几声。天地间落雪纷纷,但落到他四周就会自行消融,白雾茫茫,热气腾腾。

上山修行的得道之士就是占便宜,可以远远望气,或是掌观山河,还可以通过天地灵气的涟漪变化甚至算卦来判断他人行踪。纯粹武夫,哪怕老人是一位止境大宗师,在这种事上,也不占优势。

中土神洲的裴杯、金甲洲的韩光虎、桐叶洲的吴殳、皑皑洲的沛阿香都是毫无悬念的一洲武夫魁首,简单来说,就是第一人打第二人,后者没有还手之力。宝瓶洲那边如今有两个止境武夫,都出自大骊王朝,但宋长镜跟那个年轻隐官没打过。至于俱芦洲,据说有个不知道从哪个旮旯里蹦出来的狮子峰李二跟老匹夫王赴愬私底下有过一场问拳。传闻王赴愬在鸳鸯渚钓鱼的时候,言语之中对李二的拳脚很不以为然。

这个看上去疾病缠身的老人就是金甲洲武道的头把交椅,绰号韩万斩,还曾在一百多年里陆续辅佐、废立过六任皇帝。他曾与大剑仙徐獬联手拦下了完颜老景,因此跌境。也曾受文庙邀请,却没有参加那场议事,这与许多上杆子跑去文庙抛头露面的山上神仙截然相反。

老人是觉得到了那边也没什么可聊的,反正没几个熟人。他与经常跑到金甲洲境内垂钓的张条霞倒是认识,不过双方也不算如何投缘。张条霞太过野逸,一年到头云里来雾里去的,韩光虎却是常年与公文案牍为伍。

不过最重要的原因,还是老人不愿意跟宋长镜见面,若无跌境,倒是可以问拳一场,跌了境,矮人一头,说话都不硬气,只会落个浑身不自在。

这一行五人,是先在虞氏王朝的青篆派碰头,再去了一趟大泉王朝,然后北游,一路走得不急,更像是游山玩水。

除了韩光虎,还有简明、曾先生、道号松脂的洛阳木客、中土朣胧郡人氏秦不疑。

简明出身宝瓶洲石毫国,给自己取了个道号叫越人歌。他曾经无意间从一具衣衫华贵的无头尸体身上捡到一块玉佩,正反两面分别篆刻"云霞山"三字和一篇如同诗歌的仙家道诀。此后，他被曾先生相中资质根骨，走上了修行路。

秦不疑笑道："桐叶洲这场雪下得古怪。"

松脂点点头："蕴藉灵气颇多，下雪等于下钱。"

曾先生说道："估计还是归功于先前那场声势浩大的夜游，涣散人心重新汇聚几分，才有了这么一场天人感应的落雪。"

秦不疑说道："前无古人。"难不成是文庙某位教主的手笔？礼圣授意，文庙奉行？只可惜她与文庙圣贤、儒家书院素无往来。

曾先生轻轻嗯了一声，道："多半也是后无来者的事情了。我辈有幸恰逢其会，实属不易。"

一个白衣少年手持绿竹杖，带着一帮江湖豪侠和修道神仙拦在大街道路中央，朗声道："此门是我开，此树是我栽，若想从此过，留下买路财。"

之前在夜航船上，那位财大气粗的岁除宫吴先生大手一挥，眼睛都不眨一下就送出了两份临别赠礼，其中周首席得了一把剑鞘，可以拿来温养一截柳叶，崔东山就拿到了一根"行气铭"绿竹杖。不过很快就不属于他了，因为崔东山打算送给柴芜作为破境的贺礼。

从练气士第三境的柳筋境一步跨越多个境界，直接跻身上五境，数千年以来，放眼数座天下，做成这桩壮举的修士屈指可数，柳七是第一个，周密可能是第二个，最近一个，还是柳七在青冥天下诗余福地的那个嫡传弟子，在这之间可能还有几个隐藏极深的修士，只是不显山不露水。

崔东山身边汪幔梦、钱猴儿几个被强行拉过来拦路打劫的壮丁本就不情不愿，这会儿都觉得挺丢人现眼的。

简明笑了起来。这帮人胆儿真肥，剪径剪到自己这拨人头上了，算是庙小妖风大，池浅王八多吗？

崔东山看见那个斜挎包裹的汉子，眼睛一亮：可以可以，极好极好，送枕头来了。前不久还跟先生讨论要如何邀请包袱斋祖师爷落脚青衫渡，这就来了个与包袱斋祖师爷出身一脉的洛阳木客。

洛阳木客是个统称，属于一群躲在深山中的隐世野民，有个代代相传的古老规矩：双手不可以沾钱，偶尔下山见人，喜欢以物易物。而开创浩然包袱斋这个行当的老祖师就是洛阳木客出身，但是因为打破了祖训，被祠堂除名。双方算是同脉不同流了，就是不知道那个刘琰与眼前这个木讷汉子在祠堂谱牒上边的山中辈分是怎么算的。

至于那个佩刀女子也是极有来历的，与白也是同乡，在山上算同年同辈，白也还曾为她写过一首脍炙人口的赞颂诗篇。

数座天下年轻候补十人之一，竹海洞天的少女纯青，小姑娘的技击之术，就学自秦不疑。

秦不疑和松脂都曾跟随婆娑洲醇儒陈氏出身的陈容去过槐黄县城,当时负责为落魄山待客的是贾老神仙和陈灵均。

崔东山一本正经道:"汪姐姐、钱猴儿,你们几个都先撤退,点子很硬,扎手!我琢磨着,对方兵强马壮的,咱们只可智取,不可力敌。先容我探一探对方的深浅,要是一言不合就干起架来,你们也别管我会不会被人欺辱,赶紧去找我先生,速速搬救兵来替我解围。事先说好,你们可别撂挑子当缩头乌龟啊,只管放心,天底下没有我先生找不回来的场子!"

简明哑然失笑。还想智取?

曾先生以心声提醒道:"简明,如果我此次不是有事相商,是绝对不愿意主动招惹他的,见了面只会绕道走。"

简明疑惑道:"是那种看似玩世不恭、喜欢嬉戏人间的世外高人?"

曾先生刚要说话,就听简明继续道:"肯定是了,我的这位祖师爷,何等玉树临风,年轻有为……"

曾先生脸色微变,瞬间伸出手按住简明的肩膀,再双指弯曲,在少年后颈处接连敲击数下,最后以拇指抵住简明后脑勺,盯着那个白衣少年,以心声说道:"崔宗主,如此作为,是不是有失身份了?"

简明只是奇怪为何曾先生有这一连串动作,他丝毫不觉得自己的言语有任何不对劲的地方。因为处于一种浑然不觉的玄妙境地,他尚在走神,并未回神。

崔东山一脸茫然。

我不认账,你能奈我何?有本事就来打我啊,来一场问拳啊,三拳过后,老子满地打滚,你得求我别死……结果后脑勺就挨了一巴掌,崔东山立即收起这点小伎俩。

陈平安站在了崔东山身边,崔东山连忙将功补过,以心声岔开话题,说道:"先生,这个家伙,除了赊刀人的身份,还有可能是那位历史上的徙木者。"

陈平安微微讶异,问道:"在那个'徙木立信'的典故中寂寂无名的徙木之人?"

徙木者,当然是两个人,一个是为何要徙木立信之人,以及一个字面意思上的搬运长木之人。前者名垂青史,后者谁去管。

崔东山点头道:"差不离了。"

陈平安问道:"是飞升境修士,还是一位鬼仙?"

崔东山笑道:"是后者。"他双手插袖,朝那女子抬了抬下巴,"还有这个秦不疑,是竹海洞天纯青的教拳师父。当年潜入洛京,割走虞氏皇帝一颗头颅的刺客,是符南华身边侍女青桃的师父,也是秦不疑的师妹。只是这拨人行踪不定,藏藏掖掖,喜欢自称洗冤人,算是一个极为松散的山头,相互间不经常碰头,都不愿意待在山上当神仙,就喜欢在山下跑，行事风格类似墨家，但也只是类似而已。"

在陈平安和崔东山打量一行五人的时候，对方也在打量那两青一白，两个武夫一个修士，三人刚好是老人、年轻人、少年。

陈平安遥遥抱拳笑道："曾先生，多年未见，风采依旧。"

曾先生抱拳还礼："无本朽木而已，当不起'风采'二字，陈山主好记性。"

简明犹豫了一下，壮起胆子问道："你就是陈平安？"

眼前这位青衫客跟简明想象中的年轻隐官不太一样。这一路行来，曾先生偶尔会聊几句关于剑气长城的事迹。曾先生还卖了个关子，只说自己欠了此人一笔债，将来有机会得还上。但是如何欠下的，曾先生没有细说。

不过当年得知年轻隐官是宝瓶洲人氏，简明还是颇为高兴的。能够与陈平安扯上点关系，即便是还债，简明也没觉得有什么。

陈平安点点头，笑道："小兄弟是曾先生的高徒？"

简明咧嘴一笑，没有说话。行走江湖，交浅言深，这点道理还是得有的。

简明与身边这位曾先生虽然有师徒名分，但少年还是按照约定，称呼对方为曾先生。

之前简明秘密走了一趟大泉王朝的屦景城，从一个学武不精的妇道人家手里成功偷来了这把名为名泉的宝刀。只是按照曾先生的说法，这种不告自取的行径，不算偷窃，而是一种归还。因为是大泉李氏欠他的，既然注定无力偿还利息了，本金总得拿回来。

陈平安笑道："听口音，你是宝瓶洲石毫国人氏？"

简明愣了愣，微皱眉头。自己不过是用蹩脚的桐叶洲雅言说了几个字，就能猜出自己的家乡？

曾先生面带微笑，为少年一语道破天机："先前风雪兼程赶路，曾有飞剑暗中护送。"

崔东山小声嘀咕道："先生，这个曾先生很会说话啊。"

韩光虎在满地积雪中前行一步，先望向站在陈平安身边的宋雨烧，双方点头致意，然后再偏移视线，看着这个名动数座天下的年轻人，笑问："你就是郑钱的师父？"

陈平安点头道："我就是裴钱的师父，前辈是？"

这么个开场白，老人又是一位止境武夫，肯定是金甲洲韩光虎无疑了。不过看样子，当年金甲洲北部战场与徐獬共同拦阻完颜老景一役，老人明显伤及了脏腑，跌境带来的一连串后遗症始终没能得到妥善解决。

陈平安再次瞥了眼简明，他腋下所夹之刀好像正是姚岭之丢的那把。如此说来，少年此次出手盗窃，多半是那位赊刀人曾先生的授意了，就是不知道这笔债有无结清。如果大泉李氏没有偿还债务，会不会记在大泉姚氏头上？

老人自报名号:"老夫姓韩名光虎,来自金甲洲。"

陈平安拱手抱拳:"落魄山陈平安,见过韩宗师。"

韩光虎依旧双手负后,开门见山道:"不忙着说客套话,我这趟出门游历,除了找郑钱喝酒叙旧,更想与她的教拳师父,也就是陈宗师你讨教一二,切磋切磋。"

当年倒悬山师刀房的那堵影壁上边贴满了五花八门的张榜悬赏单子,其中有一张署名金甲洲韩万斩,悬赏金额高达五百枚谷雨钱,要与天下各路豪杰买下一场问拳,只要打赢了宝瓶洲大骊武夫宋长镜就可以领取。其实他与宋长镜无冤无仇,见都没见过,只是那会儿韩万斩对小小宝瓶洲嗤之以鼻,对于刚刚跻身止境的大骊藩王宋长镜更是不屑一顾:一个屁大地方,也配拥有一位止境武夫坐镇山河?这也是老人先前在青篆派自称被宝瓶洲打了好几个耳光的由来。

桐叶洲如今的第一大王朝是大泉姚氏,韩光虎此次桐叶洲之行就为还债。没办法,只要与赊刀人沾上关系,就逃不过此事。

这个神出鬼没的曾先生等秦不疑和松脂赶来,总算不再藏藏掖掖,与韩光虎和盘托出,竟然是要让后者去大泉王朝担任首辅,辅佐女帝姚近之,帮助姚氏稳固家业,在桐叶洲版图上开创出一份国祚绵延的千秋大业。

家乡还有一大摊子事情等着韩光虎去处理,何况给一个小丫头片子打下手,韩光虎还真不觉得自己能够适应。当时曾先生看出了韩光虎的为难,只是笑言一句:"欠债要还,是天经地义的事情,如果铁了心不还,也没什么,留给下辈子再还好了,无非是多一笔额外的利息。"

既不是威胁,也不是玩笑,曾先生只是在陈述一个事实。韩光虎一时间难以决断,就说先走一趟大泉王朝,所以一行人就去了趟桃花渡和蜃景城,亲眼看了些大泉王朝的风土人情。

陈平安婉拒道:"晚辈当不起宗师称呼,至于问拳就算了,前辈要是不介意,我们可以雪夜煮酒。"

韩光虎也没有强人所难,对方不愿意接拳,总不能按着脑袋非要人家打一架。武夫切磋,自古不是小事,老人便换了个话题,说道:"我找郑钱,叙旧之外,还想让她跟我拜师学拳,就是不知道陈宗师舍不舍得割爱,能不能答应此事?"

陈平安笑道:"前辈说笑了。"

崔东山啧啧道:"韩光虎,韩万斩,韩前辈,韩老宗师!你知不知我大师姐如今是啥境界?止境了!既然同境,大师姐跟前辈拜师,能学什么拳?"

崔东山转头就开始告刁状:"先生!不能忍,绝对不能忍,抢徒弟抢到家门口了,搁我就要先骂为敬了!"

陈平安说道:"学一学周俊臣。"

崔东山立即伸出手,并拢双指在嘴边一抹,缝上了!

韩光虎根本无视他的阴阳怪气,只是盯着陈平安。同龄人曹慈当然也很出挑,只是在蛮荒天下到底不如当隐官的陈平安出名。

老人笑道:"我有几手压箱底的拳法,不算俗气,相信教谁都没问题。何况郑钱当年在金甲洲与我经常闲聊,小姑娘说过,她师父教拳不多。我当时听了就奇怪,天底下竟然有这么一号人物,舍得放着这么好的苗子不去用心栽培,到底是自身拳法不精的原因,早已无拳可教,还是眼光太高,觉得郑钱这样资质的弟子都不值得用心教拳。"

其实那会儿裴钱的意思是师父教拳不多,所以我境界不高,出拳不够分量,要是闹了笑话,你们笑我便是,与师父无关。只是韩光虎哪里管这些,为了收郑钱当关门弟子,一张老脸都是可以不要的。

崔东山听得傻乐,恨不得赶紧掏出一本账簿。风水轮流转,得给大师姐记一笔。只是再一琢磨,好像自己记账这事本身就会被大师姐记账?崔东山揉着下巴,怎么觉得这笔买卖不划算啊?

陈平安瞥了眼崔东山。巧不巧,又来了个挖墙脚的,你还好意思拱火?

崔东山立即眼观鼻鼻观心,很用心低头赏雪。

韩光虎抬起手,虚握拳头挡在嘴边,轻轻咳嗽几声。

崔东山关心道:"韩老前辈,我有治咳嗽的药,要不要?"

韩光虎一时语噎。这个白衣少年郎从头到尾就不会好好说话,陈平安怎么教出了这么个不靠谱的弟子,跟那个知书达理、礼数周到的小姑娘差别也太大了点。

韩光虎不与崔东山搭腔,径直说道:"郑钱拜师我收徒一事,既然陈宗师不太情愿,那我就自己去找郑钱谈,如果说服了郑钱,还希望陈宗师不要阻拦。"

崔东山怀抱行山杖,咳嗽几声,脑袋凑到先生身边,压低嗓音说道:"先生先生,万一大师姐真如韩老前辈所说,来个回心转意,咋个办?"

陈平安一把推开崔东山的脑袋,与韩光虎对视,笑道:"点到即止的切磋而已,不成问题,就当是开门扫雪了。"

没见过我这个当师父的,你去裴钱那边再次碰壁,不算什么。可既然见着了我陈平安,还这么光明正大挖墙脚,就有点不讲江湖道义了。

秦不疑眼神闪着熠熠光彩:年轻隐官这是终于要出拳了?

崔东山辛苦绷着脸,瞧着就像在咬牙切齿,好不容易才不让自己笑出声。

落魄山上,裴钱、周米粒、陈暖树,她们三个就算再借给崔东山几个胆子,都是绝对不敢挖墙脚的。在谪仙峰扫花台,黄衣芸是怎么跻身的止境归真一层?是被先生"怜香惜玉"打出来的!

韩光虎轻轻拧转手腕,环顾四周,收回视线后,问道:"你是止境几层?归真?"

如果没有跻身归真,不可能与曹慈问拳一场。

陈平安说道:"与前辈一样,都曾跻身止境归真,又小跌一层,重回气盛。"

言下之意,既然双方都在止境同一层,就谁都不欺负谁。

韩光虎笑道:"老夫的归真一层当年是摸着神到一层门槛的,如今即便跌境,底子也不薄,如果听了几声咳嗽就觉得老夫是个病秧子,小心吃亏。"

那份榜单显示,陈平安独守剑气长城那会儿还是个山巅境武夫,岂不是说,返回浩然天下没几年,这个四十来岁的年轻人就又接连破境两次?好家伙,难怪能在文庙功德林跟曹慈打得有来有回。听说那场"青白之争",眼前这位年轻大宗师出拳刁钻得很,下三滥的手段层出不穷,以致都把曹慈的脸打肿了。

宋雨烧轻声说道:"不可掉以轻心,也不可自视过高。"

看似是一个说法,其实有两层意思。同境问拳,不能不当回事,敬重他人之拳,就是敬重自己之拳,同时也是提醒陈平安,接下来出拳别太轻了。

陈平安点头道:"有数。"

崔东山有点羡慕。能够教先生做事的人,其实不多啊。照理说,宋老前辈与自家先生的武学境界其实差得有点远了,但是老前辈没觉得有任何别扭,先生听着也不觉得不妥,大概这就是先生的江湖。

好个雪中多是豪杰,古今江湖多少事,城内更夫城外渔唱共起三更。

古丘带着侍女小舫默默出现在街巷拐角处。

古丘神色凝重。这拨过江龙境界极高,即便是那个腋下夹刀、少年模样的练气士也是个金丹地仙,真实年龄也就三十来岁。至于其余四人,古丘根本看不出道行深浅。既然看不出,就已经很能说明问题了。

小舫神色惨白,赶紧挪步躲在了古丘身后。那个高大老人拳意浑厚,一身阳气极重,落在她这种鬼物眼中,就像一轮撕裂夜幕的骄阳在大地之上熊熊燃烧,好像只要多看几眼就会灼伤眼睛。

古丘因为身份,并不如何忌惮纯粹武夫的阳刚拳意,所以等到察觉小舫的异样,便可以大致确定那位老者至少是一位山巅境大宗师——难道是那个被桐叶洲尊称为武圣的吴殳?

汪幔梦扬起拳头轻轻晃动,为那位风度翩翩的陈公子加油鼓劲。

实在是与崔东山处久了,又开始觉得那位气态温和的青衫俊哥儿越发可亲可爱了,让人如沐春风。

崔东山跺脚道:"你们咋个回事嘛,一个个的,痴心妄想,都想当我的师娘?!"

汪幔梦掩嘴而笑。

陈平安刚想说这笔账让裴钱记上,就蓦然抬头,望向远方。

秦不疑神色微动：此人竟然比自己更早感知到城外异象。

随后便有一道璀璨剑光破空而至，夜幕中响起一连串震耳欲聋的雷鸣声。

只见那位剑仙一袭白衣，在城头御剑悬空，阴柔俊美，眉眼如画，让人不免心生感叹：不独是女子才称美人。

对方只是御剑赶路，在此停步，就让简明道心震颤，必须屏气凝神，才能压下一阵阵心湖涟漪。

崔东山跳脚骂道："米首席，放肆至极，就不怕盖过我先生的风头吗？"

陈平安面带微笑。回头再收拾这个得意学生。

米裕立即从城头飘落，伸手接过那把画弧而至的长剑，轻轻放归鞘内，以手心抵住剑柄，在雪地里潇洒前行。

崔东山满脸嫌弃道："米首席，这边没你啥事，仙都山得有剑仙坐镇，赶紧回去，回去吧。"

还真不是一句玩笑话，大师姐如今不在青萍剑宗，长命道友空有境界，打架不济事，得有个能打的震慑宵小之徒才行。

米裕点头微笑道："好的。"

脚尖一点，米裕身形倒掠向城门，长剑再次出鞘。米裕一个转身，踩在剑身之上，剑光拖出一道白虹，重返仙都山。

来也匆匆去也匆匆，在简明看来简直莫名其妙：几句话就被打发了，天底下还有这么儿戏的剑仙？！

古丘因为是这座城池的候补城隍，所以当那位白衣剑仙破空而至之际，只觉得一尊金身连同整座城池都开始震动摇晃起来，这还是对方临近城头就已经刻意收敛剑气了。

秦不疑可以确定，这个来自剑气长城的米裕如今是仙人境剑修无疑了。

因为他们这拨洗冤人当中有出自西山剑隐一脉的，故而对于剑气长城的消息一向比较关注。就像这次游历桐叶洲，就是她的师兄刘桃枝想要让她出面邀请陈平安担任西山剑隐一脉的客卿，有机会的话，陈平安说不定可以直接升任那个空悬已久的太上客卿。

他们这一派人数不多，门槛极高，大体上分成三脉，各自收徒传承香火，相互间几乎从不联络，故而很多洗冤人可能多年见面都不识。因为剑气长城的本土剑修几乎都去了五彩天下，留在浩然天下的米裕、纳兰彩焕等人就成了西山剑隐一脉的重点关注对象。至于齐廷济，免了，这位在城头刻字的老剑仙他们高攀不起。陆芝性情太过孤僻，而且对浩然天下没什么好感，估计也悬，冒冒失失找上门去，怕是不讨喜。

崔东山试探性问道："先生，要不要我带着麾下爱将一起撤远点？"

陈平安说道:"不用。"

崔东山感叹道:"可惜小师妹不在场,那个骑龙巷杂役弟子也不在,不然这会儿气势肯定就起来了。"

陈平安置若罔闻,缓缓前行,单掌递出:"有请前辈出拳。"

老人笑道:"既然你我同境,按照江湖规矩,年纪小的可以先递拳。"

崔东山扬起手臂,高呼道:"让三招!"

第六章
江湖不止剑客

秦不疑总觉得此人有点眼熟，只是她仔细检索一番心湖记忆，偏偏没有谁对得上号。

崔东山与她挤出个大大的灿烂笑容，然后压低嗓音，恳请宋老前辈挪步，随他稍远观战，免得两位止境武夫的这场山巅问拳施展不开手脚。

崔东山带着汪嫚梦他们远离城门，打算挑选一座高门大宅的屋顶作为观战场地。只是今夜雪大风饕，视线受阻，钱猴儿几个境界太低，是注定看不清双方出拳了。先前先生与韩万斩的那番对话，崔东山动了点手脚，汪嫚梦都未能听得真切，等到将来知道了今夜问拳双方的身份，悔死他们。

问拳双方在大街上遥遥对峙，都并不着急出手。

韩光虎站在原地，只是提了提靴子，再次落脚之时，整条积雪厚达一尺有余的大街就像被滚烫热水一冲而过，雾气升腾。等到老武夫放缓呼吸站定，如铺设出一条地龙，道路干燥异常，落雪不等洒落地面就自行消融，最终只有陈平安脚边四周依旧留有积雪。

宋雨烧跟着崔东山撤出街道，于拐角处回看一眼，笑了笑。谁说我辈武夫不神仙？

崔东山很清楚先生为何要领拳，当然跟那位韩万斩做事情不地道有关系，但是除此之外，又有一份私心，想让宋前辈放心。

如何放心？很简单，老人只需亲眼看过昔年背剑少年如今的拳法，就可以真正放心。

宋雨烧犹豫了一下，聚音成线，问身边白衣少年："崔宗主，你家先生能不能赢？"

先前吃火锅，听陈平安说过几个学生、弟子，崔东山如今已经是青萍剑宗的首任宗主了。

老人与陈平安单独相处，从来言语无忌，直呼其名算什么？但是在崔东山面前，宋雨烧却是更换了称呼。

一个晚辈，学业有成，能写几副春联，能说几句圣贤道理，或是金榜题名、光耀门楣，老人肯定会欣慰，却未必能够彻底放心。宦海沉浮，仕途云谲波诡，公门修行钩心斗角……同样的道理，行走江湖，人心险恶，尤其拳高者与善恶无关，而且不得不承认，越是恪守江湖道义的年轻人越是容易吃亏。

宋雨烧是老江湖不假，却不迂腐死板，所以看待陈平安脚下的江湖路就更加为难，既希望陈平安大道直行，登高顺遂，又希望这个自己寄予厚望的年轻人不至于因为信奉道义、循规蹈矩而受伤……大概这种矛盾心理，有了晚辈的长辈才会有。

"宋前辈喊我东山即可。"崔东山再皮实，敢在韩万斩面前胡说八道，都不是暗戳戳恶心人，而是明晃晃挑衅对方，却也不敢在宋雨烧面前嬉皮笑脸，"先生不会输的。哪怕是跟曹慈问拳，表面上看，确实是连输四场，可我家先生有自己的想法，无非是输拳在外，赢拳在己。只是这种心境不足为外人道也，曹慈明白就可以了。当然，宋老前辈也肯定是心里有数了。"

宋雨烧说道："我是担心这场突如其来的切磋，你家先生既要堂而皇之赢拳，还需掌握好分寸和火候，难上加难，太吃亏。"

外行看热闹，内行看门道，宋雨烧的武学境界是不高，但是这辈子走惯了江湖，与三教九流打交道，熟谙人情世故，故而此中三昧，了然于胸。

崔东山低头搓手笑道："没事。宋老前辈你还不知道吧，先前在仙都山谪仙峰，先生曾经为桐叶洲黄衣芸教拳一场，打着打着，她就打破了十境气盛一层的瓶颈。先生出拳极有分寸，非但没有伤了和气，如今蒲山云草堂反是与青萍剑宗正式缔结盟约的山上盟友了，再过个一两百年，两家谱牒子弟相互往来频繁，大概就算是世交了。"

当年宋雨烧金盆洗手，那位在松溪国声名鹊起的青竹剑仙苏琅不依不饶，坏了江湖规矩，执意要与宋雨烧比试，刚刚跻身金身境就急不可耐地登门拜访，打算踩着梳水国剑圣的肩膀坐实自己宝瓶洲中部数国剑术第一人的名头，结果被一位货真价实的年轻剑仙一招打回小镇。之后，陈平安为了取回那把竹黄剑鞘，在文庙议事途中找到了马瓟仙，更是大打出手，不惜与女武神裴杯一脉和中土大端王朝交恶。

可惜陈平安先后两次出手，宋雨烧都不曾亲眼见过。老人相信自己看人的眼光，当年在家乡与背剑少年初次相逢，早就肯定陈平安未来的武学之路走得不会慢，更不会差。但是宋雨烧如何都没有想到，这一天会来得这么快，这么早，这么……先声夺人。

街上,陈平安环顾四周。一座空城,看客寥寥。

昔年在剑气长城,每逢二掌柜与人问拳,都是很热闹的。

韩光虎提醒道:"老夫还是那个意思,动手别藏私,否则这场问拳,陈宗师就是打人又打脸了。"

陈平安微笑道:"早点打完这一架,晚辈就请前辈喝酒。"

韩光虎哑然失笑。年轻人倒是会说客气话。

秦不疑一行人纷纷御风去往城头,简明从腋下抽出法刀名泉,拨去身边城墙上的积雪,咧咧嘴:"无冤无仇的,又不算狭路相逢,才刚见面,这就打起来啦?"难道所有上了境界的纯粹武夫都是喜欢见面就干架的武痴吗?

简明难免担忧几分:韩老儿不会有事吧?江湖上都说拳怕少壮,乱拳打死老师傅,何况韩老儿如今跌了境,落了病根,每天都咳嗽,随身携带的那几瓶来自山上的灵丹妙药始终治标不治本,要不是曾先生提醒自己不可任性妄为,自己都想要去清境山青虎宫偷几颗羽衣丸了。反观那位年轻隐官,青壮岁数,崛起极快,又是见过大场面的,如今可是正值如日中天的光景,气象、境界、体魄、气势都在巅峰。韩老儿真会挑对手,这怎么打?

松脂说道:"不用担心,双方杀气不重,会点到即止。遇见了,机会难得,武学宗师的切磋不比仙师斗法,后者很难查漏补缺,武夫问拳,只要不下狠手,不一门心思奔着分生死去,即便受伤,长远来看,裨益不小。"

一洲版图才几个止境宗师?像那武运稀薄的皑皑洲就只有雷公庙沛阿香一人是武道十境,沛阿香想要切磋拳法,就得跨洲远游,俱芦洲是肯定不会去的,有王赴愬这个嘴巴极臭的老匹夫,偏偏流霞洲的武学第一人又是女子,再加上沛阿香本人不太远游,喜欢清净,故而跻身止境后出拳次数寥寥,导致沛阿香至今未能跻身归真一层。

曾先生笑道:"这是因为两人都无杀心,至于他们身上那股杀气,是各自拳罡过于浓郁使然,在门外汉眼中,就成了杀意。"

皆无杀心,这一点毋庸置疑。广义而言,他俩都能算是并肩而立的战友,说不定双方内心深处多少会有点惺惺相惜,只是韩老儿脸皮薄,说不出口罢了。毕竟,若非蛮荒妖族大军在剑气长城被阻滞多年,尤其是比起最早推衍结果的那个预期,蛮荒妖族被拦在剑气长城之外的时间要多出至少两到三年,这就等于让中土文庙和金甲洲山上山下多出了两三年的准备时间,否则金甲洲伤亡只会更加惨重,动辄多死几千万人。不过,两位止境问拳到底不是儿戏,只要有一方想着分出个明明白白的胜负,就什么意外都有可能发生,况且韩老儿那几手压箱底的拳法的确分量不轻。

秦不疑耐心解释道:"简明,武夫练拳,淬炼体魄,之所以要不断与人问拳,就在于他山之石可以攻玉。人身小天地，筋骨如山川龙脉，血气似大渎江河，一场好的问拳，如同搬山徙水，破而后立，开辟坦途，能够让一口纯粹真气流转更快。浩然历史上据说曾有几位武学造诣极其深厚的大宗师，除了自身拳法之外，为人教拳喂拳更是绝顶，不但能够为晚辈搬山倒海，甚至可以帮人养伤。当然，只是传闻。"

曾先生说道："秦道友所谓的这种高人，我倒是有幸见过两位。"

简明好奇问道："哪两位？"

曾先生缓缓道："中土神洲张条霞，宝瓶洲崔诚。"

简明说道："我当然听说过张条霞，裴杯之前的天下武学第一人，谁人不知谁人不晓，只是这崔诚又是何方神圣？竟然还是宝瓶洲本土武夫，为何没什么名气？"

曾先生说道："山下武夫不是山上修士，寿命有限，断头路本就不是修道之人刻意贬低武夫的措辞，故而往往百年光阴一过，人与事迹就是些可以称为掌故的老皇历了。再加上此人一直以读书人自居，后来还有过一场家族变故，都被家族祠堂谱牒除名了，如今你们宝瓶洲的年轻人不曾听说这个名字并不奇怪。"

秦不疑恍然道："张师兄当年曾经偶遇一位游历中土神洲的外乡儒衫文士，当时老人显得失魂落魄，只是自称姓崔，不愿吐露真名，而且时而清醒时而疯癫，好像有点走火入魔的迹象。一场萍水相逢，因为相见投缘，师兄便也不愿探究对方身份，只是专程为此人护送了一段山水路程，每当此人清醒时，便谈吐不俗，学问醇厚，其中一语让张师兄至今记忆犹新。此人曾说，大丈夫为人处世，言语要真，待人要诚，立身要正，治学要严谨，出拳要有理。"

曾先生笑着点头道："崔诚毕生所求，其实说来也简单，不过是'行之有道'。"

秦不疑看了眼一身青色棉袍的男人：难不成此人境遇坎坷，也是你们赊刀人的手笔？

洗冤人三脉在浩然八洲都有不同程度的布局，唯独在宝瓶洲，好像由于西山剑隐一脉碰过壁，吃过一次大苦头，很快就全部退出去了，秦不疑的那位师兄据说之所以能够带着几位嫡传弟子一同活着离开宝瓶洲，还是某人念旧情，破例放了他们一马。

曾先生以心声笑道："我胆子再大也不敢与崔诚赊刀买卖，否则就是活腻歪了，注定走不出宝瓶洲的。"

即将出拳之际，陈平安猛然抬头望向城头，挥了挥手。

韩光虎不明就里，出拳也不是，收拳也不对，又不能傻乎乎转头望去，要是陈平安借此机会突然出手，自己岂不是被几拳撂倒的下场？陈平安这家伙的问拳名声如今在浩然山顶一小撮止境武夫当中广为流传，可不太好。

崔东山幽幽叹了口气，立即顺着先生的视线望去，瞧见了一位站在城头上的高大女子，无声无息出现，孤零零站在风雪中，正眯眼而笑。只要她不愿人知，便是崔东山这种自认可以一只手随便打两个仙人境的仙人也是毫无察觉的。

她对自家先生是一如既往的好啊，只是她怎么从天外返回人间了？

宋雨烧也瞧见了女子的身形，疑惑道："这位是？"

崔东山小心翼翼说道："算是先生的剑侍。"

宋雨烧笑道："只要不是那种关系就好。"

崔东山好似冻成一只鹌鹑，绝对不敢搭话。

秦不疑下意识按住刀柄，如临大敌，转头望向那位不速之客。没有先前大剑仙米裕的排场，却让秦不疑觉得这位女修就是……天地本身。

松脂转身，想要挪步前行，尽量护住所有人，却惊骇地发现自己如同深陷泥淖，竟是连抬脚都难。刹那之间，这位洛阳木客发现自己已是道心凝结，灵气冰冻，一身可谓驳杂的术法神通就像暂时悉数归还给了前来讨债的老天爷。

曾先生依旧保持原先眺望大街的姿势纹丝不动，不转身不挪步，甚至强行让自己不起念。

白衣女子从城头飘落，与韩光虎擦肩而过。韩光虎心中忽然升起一种没有半点道理可讲的错觉：若是此时不出拳，必将终生遗憾，以后再想重返归真一层就是痴人说梦。除此之外，他在冥冥之中犹有一种莫名其妙的大道压胜之感，宿命死敌、天生大敌在此，当为天下武夫递出此拳！

陈平安不易察觉地微微摇头示意，然后笑问："怎么来了？"

白衣女子笑道："等得有点无聊。"

好像等到双方一开口叙旧，整个风雪天地就恢复了正常的大道运转。

白衣女子路过韩光虎身边的时候，故意放缓脚步，转头看着那个想要出拳的老武夫，没有开口言语，但是韩光虎心湖中已经激荡起惊涛骇浪，可以清晰地听到她的清冷嗓音，略带讥讽之意："还是有点能耐的，小小年纪就能够体察武道顶点的那道破碎敕令，可惜受限于庸碌资质和命理阳寿，注定登顶不成了，地上俗子见不到真神。"

"你，是……"

"铆足劲说句全乎话，我就告诉你答案。"

韩光虎竟然再无法多说一个字。

陈平安笑着与韩光虎介绍道："韩宗师，她是我家中长辈。"

白衣女子转过身，倒退而走，在陈平安身边停步，盯着韩光虎，笑容温柔，纠正道："错啦错啦，身边这位是我的主人。"又道："那个陆沉，难杀是有点难杀了，不过只需狠狠心，不是不可以杀的。"

万年以来，一条浩浩荡荡的光阴长河当中，其实存在着几道不为人知的分水岭，对她来说，就是渡口，有实力出现在这几座古老渡口的道士屈指可数。这还只是说能够现身渡口的修道之人不足双手之数,那么,能够拦下剑光的只会更少。

当然,她也不愿意占这个先天便宜,欺负陆沉或是余斗这些年轻修士。她一旦如此行事,牵扯太广,很容易让光阴长河凭空出现一两条支流。岔路一起,前途难料,实在是没有必要。齐静春在生前就曾两次溯流而上,凭借两座光阴渡口,一次是作为旁观者亲眼看过了那场"天下道官青鹤成群,联袂共斩化外天魔"的一洲陆沉之役,一次是在所有世人的当下,只是他跟道祖的两百年前,在那莲花小洞天的道场,与道祖有过一场别开生面的问道。

陈平安摇摇头,白衣女子就点点头。

确实,甲子光阴,甚至三五百年,对她来说确实可有可无,完全可以忽略不计。待在天外再无聊,耐心等着就是了。

作为持剑者,在昔年天道犹存的巅峰时曾经一剑斩却三百年光阴,导致整条光阴长河出现一截断流,皆化为虚无。万年之前的远古天庭五至高,除了那一位,其余四尊神灵便是如此各行其道,不然也不会有那场天塌地陷的水火之争了。

白衣女子笑眯眯道:"年轻人,以后跟我主人说话,客气点。"

韩光虎别扭至极,既不言语,也不点头。打不过,风骨还是得有的。

白衣女子伸了个懒腰:"回了回了,主人记得早些去天外。炼剑一事,宜早不宜迟,不能再耽搁了。"

不等陈平安说什么,下一刻,城内光阴长河就出现了倒流之势,除了街上两人如中流砥柱,不被流水袭扰,就只有屋顶崔东山、城头曾先生同样成为例外,其余众人就像从头到尾根本没有见过那位白衣女子一般。她已经重返天外,来去匆匆,无迹可寻。

陈平安神色尴尬道:"韩宗师,咱俩继续?"

韩光虎抖了抖袖子,没好气道:"还打个屁。"老夫被一个娘儿们口口声声称年轻人,关键还不敢还嘴,跟你这个她的主人还打什么打?他娘的,这辈子不曾如此憋屈过。

一个恍惚工夫,陈平安只见那韩光虎就变得满脸呆滞,继而朝自己竖起大拇指,说了句让陈平安摸不着头脑的言语:"是我误会你了,等我们各自重返归真,再好好问拳一场,今天先喝酒,陈山主请客!"

崔东山站起身,可惜自己为韩万斩准备了好些金句,什么"好个用脸接拳,再不出拳就要赢了"之类,都派不上用场了。

宋雨烧皱眉问道:"怎么回事?"

崔东山胡诌了个自己都不信的蹩脚理由:"韩万斩与我家先生看似站着不动,其实文斗了一场,韩老儿甘拜下风。"

宋雨烧当然不信,只是一笑置之,也不去打破砂锅问到底。

崔东山带头领路,来到汪幔梦落脚的宅子,再使唤钱猴儿几个搬来了两张桌子,备好酒水,不忘让钱猴儿好好表现,去灶房炒几个拿手好菜。

简明在来时路上以心声问道:"韩老儿,怎么不打了?"

韩光虎神色无奈道:"临时翻了翻皇历,今日不宜问拳,只宜喝酒吃菜。"

简明问道:"明天呢?"

韩光虎瞪眼道:"自个儿翻皇历去!"

简明不再继续开玩笑了。不打好,韩老儿你老胳膊老腿的,逞什么威风打什么架,上了岁数的老江湖,一场架打输了,可能一辈子辛苦积攒下来的名声就搭进去了。

秦不疑心事重重,松脂更是百思不得其解,只有曾先生笑容如常。

崔东山拍手笑道:"屋外大雪中,座上皆豪客。好好好,不打不相识,以后就是朋友了,大块吃肉,大碗喝酒!"

韩光虎绷着脸,自顾自干了一碗酒。

陈平安双手持碗,与众人先干为敬。

简明放下酒碗后,忍不住问:"陈平安,剑气长城的剑仙真有外界传闻的那么多吗?"

"简明,不可对陈山主直呼其名。"曾先生笑着提醒徒弟一句,然后与陈平安问道,"陈先生如今可有字、自号、道号?"

陈平安不以为意,摇头笑道:"并无这些。只有几个行走江湖的化名,不提也罢。没事,你们直呼其名就好了。"

在家乡,年幼时,好像被人喊个名字都不容易。自己逗留最久,以至于渐渐就成了半个家乡的剑气长城,除了避暑行宫,其实在酒铺那边,也经常被直呼其名,不是喊陈平安,就是戏谑一声二掌柜。

崔东山一本正经说道:"剑气长城那边,要说上五境剑修的人数,其实也没有外界传闻说得那么夸张,可如果按照浩然天下的规矩,金丹、元婴两境也算剑仙,那就还真有不少。但是,若将剑气长城视为一座屹立万年的剑道宗门,假如每一位上五境剑修都能在祠堂里边挂像,那么祠堂得很大才行,巨屋高墙。"

陈平安轻轻点头。崔东山的这个说法,其实没有半点夸张。

简明说道:"以后一定要去五彩天下的飞升城看看。"

陈平安笑道:"好好修行,有机会的。"

简明忍不住说道:"陈平安,如果没记错,我们岁数差不多的,你这说话口气怎么跟我长辈差不多?"

陈平安打趣道:"看来这个好为人师的习惯不太好,是要改改。"

简明咧嘴一笑:"听说你跟大泉女帝关系很好?"

陈平安无奈道:"那些以讹传讹的小道消息,听过就算了。"

崔东山如小鸡啄米道："谁当真谁就是傻子。"

秦不疑直截了当问道："陈先生，可曾听说洗冤人三脉中的西山剑隐一脉？"

陈平安笑道："惭愧，是刚听学生说起，之前不曾耳闻。"

秦不疑看着这位气韵温和的青衫男子，很难想象之前就是此人用下三滥的拳脚手段打得曹慈鼻青脸肿离开文庙。

宝瓶洲的陈平安一直寂寂无名，剑气长城的末代隐官却是名动天下，都不是什么墙里开花墙外香了，而是墙外开花。所以落魄山和陈平安与宝瓶洲大骊王朝的关系这些年一直让有心的外人捉摸不透，好像雾里看花。

秦不疑依旧快人快语，毫不藏掖底细根脚，径直说道："我的师兄刘桃枝是一位仙人境剑修，与我和松脂一般，亦是鬼仙之流。他希望陈先生能够担任西山剑隐一脉的首席客卿，如果陈先生愿意担任总堂的太上客卿当然是更好，我会与刘师兄尽力促成此事。"

"洗冤人三脉分别是散修、武将、剑客，数量都不多，曾遍布浩然九洲，在其余天下亦有死士。"曾先生转头看了眼屋外的大雪纷飞，轻声笑道，"沉冤得雪。"

崔东山憋了半天，等到这个赊刀人插话，终于有机会开口："应景应景。"

陈平安问道："前辈可知虞氏王朝先帝的那颗脑袋是被谁割走的？"

秦不疑神色淡然道："是我师妹做的。"

崔东山高高举起手臂，就要一巴掌狠狠拍在桌子上：你们有完没完，韩万斩是来挖我大师姐的，秦姑娘你倒好，直接挖我家先生来啦?!

察觉到先生的视线，崔东山虽气势做足，最终也只是轻轻抹了抹桌子，说道："秦仙师，别劝了，我先生不会答应的，事情茫茫多，这类纯属身外物的虚衔不要也罢。"

秦不疑笑道："陈先生可以慢慢考虑，不着急，我与师兄慢慢等着消息就是了。"

崔东山又开始打岔，转头望向那个闷葫芦汉子："松脂道友，你与那个真名叫张直的家伙熟不熟？"

松脂摇摇头："不熟，张直下山早，早年在山中只是打过照面，印象不深。"

"祠堂辈分怎么算？"

"他喊我师伯。"

崔东山点点头，恍然道："一个村子的，沾亲带故，穷人辈分高。"

松脂点头道："差不多是这个理儿。"

"松脂道友，你们是打算出山了？"

松脂也爽快，嗯了一声，竟是将洛阳木客一脉的打算和盘托出："老祖师闭关前回心转意了，撂下话来，说总躲在山里不像话，让我们下山找三个落脚点，除了中土神洲已经确定选址，其余两洲待定，需要实地考察。我负责宝瓶、桐叶二洲，你们宝瓶洲中部那条大渎附近，还有最南边的老龙城，都是不错的选择。桐叶洲这边，大泉厣景城外的桃花渡、最南边的驱山渡、北边的清境山都是我心目中的候补选址。其余浩然六洲也有六拨洛阳木客正在游历，这也是我们内部的一场竞争，谁赢了，就相当于可以开山立派。"

崔东山笑问道："是谁说服你们那位老祖师的？张直这个叛徒胆子这么大了？难道是如今腰缠万贯财大气粗的缘故？"

松脂摇头道："张直不敢回山，是范先生的建议。"

崔东山也不觉得意外。这位商家老祖师前途远大啊。现在的天下修士还没有意识到一点，先前文庙议事，按照礼圣的授意，封禁一开，诸子百家老祖师们的各自大道登高可就再无顾虑和禁忌了。

崔东山问道："松脂老哥，你觉得我们青衫渡如何？"

松脂依旧直言直语："不如何。"

之前遥遥看过几眼仙都山，地盘太小，底子太薄，主要还是一看那青萍剑宗就不像是个愿意把宗门搞得喧闹纷杂的门派，天下剑道宗门一向如此。再者，剑修作为山上四大难缠鬼之首，谁愿意靠近？只要起了冲突，明摆着要吃亏的。钱财往来，清清爽爽为上，做买卖就怕碰到蛮不讲理的货色。

崔东山赶紧抬起两只手掌晃荡起来："松脂兄，眼光看得长远些，把胸襟打开来，这才是开门迎客做买卖应有的气度。"

松脂直截了当道："你就算说破天去我也不选青衫渡。我们山上有规矩，其余两处选址，不管在哪个洲，都不得靠近顶尖仙府，尤其是剑道宗门。"

崔东山试探性说道："桐叶洲有个历史悠久、人才辈出、民风淳朴的山上仙府，名为灵璧山，算不得顶尖门派。他家附近又有座仙家渡口，叫野云渡。你说巧不巧，算不算缘分？又是山又是野的，山客野民，跟你们可不就是王八瞪绿豆，相互间一下子就瞧上眼了？"

松脂皱眉道："灵璧山野云渡？具体在什么方位？"

不等崔东山继续坑蒙拐骗，陈平安已经开口说道："松脂道友别选此地，即便愿意砸钱扩建渡口，停靠一艘跨洲渡船就很吃力了。"

松脂点点头，提起酒碗一饮而尽。选址，必须最少可以同时停靠三艘跨洲渡船。

崔东山说道："那么燐河畔呢？"

松脂想了想："燐河那边勉强可以，两岸地界广袤，但还是不如大泉王朝的桃叶渡和南边的驱山渡。"

崔东山嘿嘿笑道："那就先不着急，拭目以待便是。"

陈平安端起酒碗，轻轻摇晃，顿时愣住，以心声说道："就知道。"

下一刻，陈平安就坐在了一座金色长桥的栏杆上，手中依旧端着那碗酒水。

白衣女子微笑道："无聊嘛。"

陈平安环顾四周："不是真的吧？"

白衣女子摇头道："万年之前的光景，只是我心中所想。大概就像后世人间书上所说，风雪旧曾谙，登门又翻书，明月常团圆，故人难重逢。对了，想不想去看看郑大风、范峻茂他们的前身？与他们聊几句都是可以的，真真假假，不好说的。"

陈平安摇摇头，想了想，好奇问道："两座飞升台距离此地远不远？"

白衣女子笑道："路途距离是后世给的说法，心之所向，剑光所及。"

陈平安喝完酒水，提了提手中白碗，身体前倾，问道："我要是将酒碗丢下，中途若无任何阻碍，白碗触地之际，约莫是多少年后的事情了？"

白衣女子笑道："那就试试看？"

陈平安就将手中酒碗轻轻丢出桥外，笑道："碎碎平安一万年，一万年岁岁平安。"

白衣女子伸手揉了揉陈平安的脑袋："希望主人永远是少年。"而后收回手，双手撑住栏杆，"终究是不一样了。"

陈平安双手抱住后脑勺，轻轻摇晃着桥栏外的双腿，轻声笑道："这可不容易。"

沉默片刻，陈平安问出心中最大的疑问："当初为何要天下术法如雨落？"

如果没有那场剑术与神通的大雨滂沱落在大地人间，可能就不会有后来的人族崛起。

白衣女子眨了眨眼睛，道："自问自答。"

陈平安突然说道："我曾经听说过一个匪夷所思的猜想，说我们所处的这个天地世界其实已经循环往复运转了无数次，而且是一种不做任何更改的重复。所有生灵死物都在一劫中，劫起天地生，劫落天地灭，然后重新开始，循环往复，丝毫不差。只是关于这一劫的光阴年数各有说法，有说三万年的，也有说十万年甚至更长的，故而后世就有了'难逃一劫'的说法，先贤早已说破，看不破而已。果真是这样吗？"

白衣女子安安静静听着陈平安的言语，等到后者询问，这才微笑道："想法不错，新颖有趣，不过离题万里，错得离谱了。"

陈平安松了口气，轻声道："不是就好。"否则一个人的言谈举止，整个人生轨迹路数，大到天外浩瀚无垠的星辰运转，小到大地上的草木枯荣，甚至每一片雪花落地的轨迹都是定数，那么所谓的今世今身算怎么回事？

白衣女子笑问："是由'神灵无错'与'造命在天'一说衍生出来的猜测？"

陈平安站起身，走在栏杆上，缓缓出拳，笑道："杞人忧天，都不知道是好是坏。"

停下脚步时，陈平安穷尽目力也未能看到任何一颗天外星辰，只有脚下的金色长桥置身于茫茫云海中。

白衣女子好像看出了陈平安的心中遗憾，一挥雪白袖子，刹那之间，陈平安视野中，璀璨星辰如棋子分布罗列，风景壮阔。众多繁密攒簇在一起的星辰汇聚成一条绚烂长河，如剑光拖曳，另有诸多星辰汇聚如一座座瑰丽宫阙。

陈平安怔怔出神片刻，好奇问道："天下武运流转，好像三教都不管，是因为不好管，还是根本不能管，以致三教祖师早就达成了某种约定，听之任之，静观其变？"

白衣女子反问："主人已经去过某处古怪山巅了吧？"

陈平安心中瞬间了然，疑惑道："此山难道不在地上，而是天外？"

"天外日月无数，洞天福地人人有份，但是某些拥有特殊寓意的星辰就都是一个个孤例了，一旦破碎即再无。当年那场登天一役就曾打碎了很多这类神灵的行宫宅邸，但是也有一些得以保留下来，因为当初道祖与那个首创符箓一道的三山九侯先生曾经有过一番缜密推演，哪些需要留下，是有点讲究的。"

言语之间，白衣女子笑着伸出一根手指，遥遥指向某处太虚境地。

顺着她的指引，陈平安好像临时被授予某种类似佛家无漏尽的天眼通，一眼就看中了一颗其实并不陌生的星辰。它在人间视野中是五行中的金星，每逢天亮时分，唯有此星独明，好像一星逐退群星，故而又名长庚或是启明。根据《天官书》记载，古星长庚一旦运转轨迹出现偏差，就是"变天"，意味着天下兵戎将起。世俗王朝的钦天监都会安排精通天象的天师负责盯着这颗古老星辰在不同节气、时辰的位置和去势。

白衣女子言语略带戏谑，双手轻拍栏杆，缓缓说道："这个下场可怜的兵家初祖，很大程度上还曾为天下武学开辟出一条登天道路，只是走到了一半，未能真正接引天地，如果成了，他的存在本身就相当于第三座飞升台了。这桩功德，人间得认，就又有了三教祖师跟他的那场万年之约，只是秘而不宣，不见记载。如今万年期限将至，人间大大小小的钦天监就有的忙了。

"所以追本溯源，严格意义上来说，武学与术法的区别并不是泾渭分明的，而是同源不同流，看似井水不犯河水，归根结底，还是一脉而生的渊源。为何主人当年明明是纯粹武夫，却能够修行符箓？就在于寇名看到了这一点，然后经过白玉京大掌教的改良，变得适宜武夫修炼，就像取巧，得以从侧门走入一座大宅子。桐叶洲蒲山这样的山头，纯粹武夫可以兼修仙家术法也是同理，之所以无法推广开来，还是因为门槛高了点，对资质要求比较高。所谓的大修士，往往执迷于证道长生不朽，必须心无旁骛，位置越高，越需要割舍外物，自然没必要习武，久而久之，就成了鸡肋。

"可事实上，纯粹武夫脚下的那条武学道路才是最有希望肉身成神、真灵不朽的，就是难走了点，需要在两三百年内跻身十一境。对现在的人来说，稍微有点修行资质的，既然能够走捷径，走坦途，何必涉险走一条像断头路一般的羊肠小道？能够看穿此事的，陆沉得算一个。所以如果我没有猜错的话，这位陆掌教，除了白骨真人，还藏着一个分身，始终在偷偷摸摸修炼武学。他去闰月峰看辛苦，其实没有表面那么简单，说不定白玉京五城十二楼里边,紫气楼姜照磨的武学造诣还不如陆沉,远远不如。"

陈平安眯眼笑道:"原来陆沉也学武?那正好。"

城内大堂的那张酒桌上,陈平安就像只是阴神远游出窍天外,并不妨碍他与秦不疑一行人正常交谈。他看似随意地问道:"秦前辈与西山剑隐一脉对我了解颇多?"

秦不疑摇头道:"不多,也不需要太多,比如当年俱芦洲游历途中,陈山主曾经遇到了一支北燕国骑卒队伍,还藏有几位割鹿山刺客,狭路相逢勇者胜。"

陈平安点点头,没有否认。那是陈平安第一次真正意义上的大开杀戒,即便是少年时第一次出手,那也是与宋雨烧并肩作战,面对一支梳水国精锐骑军。当年陈平安在战场出手也会刻意绕开那些寻常骑卒。

曾先生微笑道:"一叶落而知秋。"

崔东山笑嘻嘻道:"不需要?是不能够吧?宝瓶洲地盘小,就有小的好处,稍有风吹草动,就藏不住龙蛇痕迹。"

秦不疑点头道:"崔宗主此说,确是实情。"

西山剑隐一脉早年确实想在宝瓶洲落地生根,只是后来与绣虎治国理念不合,一行人就都被礼送出境了。说是礼送,其实就是驱逐出境,只不过崔瀺还算给刘师兄留了面子,既没有对外宣扬,也没有动用大骊朝廷修士,从头到尾不曾伤人。

崔东山竖起大拇指,赞叹道:"秦姐姐快人快语,你这个朋友,东山交定了!"

秦不疑一笑置之,问道:"陈山主为何不愿担任大骊国师?"

此话一出,就连简明都竖起了耳朵,等待陈平安给出的答案。既为大骊王朝雪中送炭,又为自己和落魄山锦上添花,何乐而不为?无论是从师承、事迹、名声、实力还是山上香火情等方方面面来看,陈平安都是最合适的人选,没有之一。

陈平安抿了一口酒,笑了笑,没说话。

难不成洗冤人三脉也要与洛阳木客下山一般,打算浮出水面了?莫不是与某些诸子百家的老祖师有了秘密约定,打算共襄盛举,试图在接下来三教祖师的散道之中走出屋外,拎着水桶与天接水?

陈平安不言语,大堂内便陷入略显尴尬的氛围。

崔东山打破沉默:"我要是不开口说话,这不得冷场半个时辰?"

见陈平安不愿意多说,秦不疑就当自己没问。

松脂问道:"崔宗主好像精通各类秘史?"

自家洛阳木客一脉是不入流的避世野民,在山外毫无根基,但是这个少年模样的年轻宗主甚至就连包袱斋祖师爷的真名都可以一语道破。而且看架势,他们不管聊什么,此人都能接得上话。浩然九洲,奇人异士何其多,山野逸闻和仙家事迹更是不计其数,尤其是一些从无邸报记录的秘事,只能是小范围的口口相传,外人想要获悉内幕,无异于大海捞针,偏偏此人好似精于史海钩沉,总能轻而易举如数家珍,就像一个无比熟稔稗官野史的掌故大家,要想做到这点,道龄、境界、人脉,缺一不可。

崔东山双手掌心贴住酒碗,轻轻旋转,笑呵呵道:"田地里边捡麦穗,晒谷场里择豆苗,不务正业,不值一提。"

崔东山试探性说道:"松脂兄,既然都走到仙都山地界了,哪有过门不入的道理,今夜喝完酒,你们接下来可以先去仙都山休歇片刻,回头我亲自带着你们走一趟燐河,看看有无合适的地盘可以开辟出一座规模冠绝桐叶洲的仙家渡口。我今儿就当着自家先生的面把狠话撂在这里,只要松脂兄看上眼了,我就算舍了脸皮不要,豁出性命去,也要为松脂兄谋一个开枝散叶的千秋大业!"

木讷汉子闷声道:"崔宗主,你喊我名字就好了,庞超,脸庞之庞,超然之超。"实在是对方一口一个松脂兄,喊得他浑身起鸡皮疙瘩。

崔东山沉声道:"那不行,互喊道友太生疏,庞老哥要是不喊我一声东山老弟就是瞧不起我,庞老哥瞧不起我我也没关系,反正我是打定主意要高攀庞老哥了。"

自己与庞超称兄道弟,拜了把子,那么以后张直见了自己,可就得喊崔叔了。那可是一个无利不起早、雁过拔毛的王八蛋,如今有了这一层关系在,叔侄相逢,张直你好意思在商言商?

庞超不善言辞,碰到崔东山这种油子,更是不知如何应付,只得默默喝酒,不搭话不接茬。他当然是觉得自己婉拒了对方,只是对方却当他是默认了。

风雪夜里,偶然相逢,酒已喝过,事也聊完,就此分道,各有去路。

曾先生要独自北游,孤云野鹤,习惯了四海为家。

那把简明从姚岭之手边窃来的法刀名泉,韩光虎会转交给姚近之,至于要如何处置这把大泉前朝用来镇压国运的神兵,就是姚近之的事情了。

韩光虎要带简明重返蜃景城。方才在酒桌上,老人已经有了决断,通过密语答应曾先生,承诺自己会去大泉王朝的庙堂寻个职位,倾力辅佐姚近之最少三十年。如此一来,这些年始终缺少一位山巅战力坐镇山河的大泉王朝就等于凭空多出一位止境武夫。何况韩光虎如今虽非武道巅峰状态,但是人的名树的影,一位曾经拳压金甲一洲长达百年光阴的武夫,对如今的桐叶洲来说,就是一种巨大的威慑,而对大泉姚氏而言,就更是名副其实的"新年大吉"了。

秦不疑和庞超无须崔东山领路,动身御风去往密雪峰,然后在青萍剑宗待上一段时间,再跟着崔东山走一趟位于桐叶洲中部的燐河。

宋雨烧就跟着相逢投缘的韩光虎一同南下,打算去看看那座久负盛名的蜃景城,然后就在桃叶渡等着风鸢渡船,先南至桐叶洲驱山渡,再一路北归,跨海至宝瓶洲,在老龙城下船,走过半洲之地,慢悠悠返回梳水国。

陈平安想要将宋雨烧送到城门口,老人摆摆手示意不用,所以陈平安只是送到了宅子门口的街道上。

韩光虎停下脚步,说道:"陈宗师下次来蜃景城,再补上今天欠下的这场切磋。"

陈平安笑道:"压境问拳,晚辈擅长。"

韩光虎一时语噎。年轻人说话就是不中听。

简明挤眉弄眼打趣:"陈平安,这次我跟着韩老儿一起去大泉,肯定能见着某人,你有没有话让我帮忙捎带的?"

陈平安板起脸摆长辈架子:"你小子酒品差了点,以后在酒桌上记得多喝酒,少说话。"

简明吃瘪,曾先生笑着提醒徒弟:"贵人语迟,记着点。"

宋雨烧一行三人在积雪深重的道路上缓缓远去。

简明突然转身,倒退而走,望向一身青布棉袍的曾先生,大声喊道:"师父保重!"

曾先生笑着点头:"各自珍重。"

崔东山蹲在台阶上捏雪球,曾先生与陈平安并肩而立,说道:"陈先生,昔年初次相逢,多有得罪,还望大人不记小人过。"

先前那位白衣女子现身城头,称呼陈平安为主人,再随意逆转光阴长河,连秦不疑和庞超两位鬼仙都毫无察觉。曾先生游历天下数千年,还是见过不少大风大浪的,但这种手笔,他也还是第一次遇到,大开眼界。至于人在屋檐下,说几句低头言语,算不得委屈。

陈平安拱手抱拳:"曾先生言重了,萍水相逢不曾结怨,江湖重逢还能同桌饮酒,谈笑风生,就是善缘。何况简明心性不错,就像曾先生自己说的,一叶落而知秋。"

曾先生会心一笑,抱拳还礼。

陈平安说道:"曾先生,恕不远送,将来有空就去落魄山做客,以后我会在家乡多待。青萍剑宗都是崔东山在打理,我也放心,何况他才是宗主,我不算当那甩手掌柜。"

曾先生笑道:"无须相送,风雪路途,独自游行,别有韵味。"

崔东山双手捧着那颗雪球,眼神幽怨道:"先生何必在学生心口上又洒落一场大雪,寒了众将士的心。"

曾先生笑道:"路上文章已满耳,自然是殊为不易之事,可一个人只要名满天下,往往毁誉同行,极少有例外。"

陈平安说道:"众善奉行,不求人知。诸恶莫作,不怕人知。"

曾先生点头道:"陈先生已在修行路上。"

陈平安转头,抱拳而笑:"那晚辈就与曾先生共勉。"

曾先生手心抵住剑鞘刀柄："身份使然，不得不藏藏掖掖，让陈先生见笑了。"

陈平安摇头说道："江湖不止剑客，但剑客一定是江湖人。"

曾先生笑道："此语堪称祝酒词第一。"

与这位曾是徙木者的墨家赊刀人分别后，陈平安就被崔东山拉着去了宅内一间屋子，说这个钱猴儿有点意思，一定要见一见。

屋内有个小火盆，钱猴儿正在搓手取暖，打着哈欠，有些困意，可又觉得今天遇到的事情太多太怪，舍不得早睡。他突然听到一阵震天响的敲门声，连忙起身跑去开了门，发现门口除了言语风趣的崔仙师，还有那个差点跟人干架的青衫客。正酝酿着措辞，对方已经笑容真诚地主动开口："打搅了。"

钱猴儿一愣：跟崔仙师半点不像啊。

崔东山咳嗽一声，钱猴儿回过神来，赶忙侧身让路，点头哈腰道："请进请进，不打搅，怎么会打搅。"

屋子不大，但是椅子不少，都是喜欢木作的钱猴儿搜集而来，老物件，木工极好。崔东山一手拎着把椅子，再用脚勾来一把，三人围坐火盆："先生，钱猴儿虽然没读过书，但是很好学的，典型的自学成才，还能跟我掰扯道理呢。这不，他前不久在这间屋子里就跟我说过，一日不读书，百事皆荒废。"

陈平安笑着点头："很有见地。"

钱猴儿给整蒙了，怯生生说道："我好像没有说过。"

崔东山斩钉截铁道："你好像说过。"

钱猴儿看了眼满脸严肃的崔东山，赧颜道："崔先生说我说过，那就算我说过了。"

陈平安忍俊不禁。

崔东山可不跟钱猴儿见外，一招手，将桌上那本炭笔绘画册子抓到手中，递给先生："恳请先生过目，看看钱猴儿算不算可造之才。"

陈平安笑望向钱猴儿，钱猴儿赶忙说道："随便看随便看，鬼画符的东西，贻笑大方，只怕污了仙师的眼睛。"

崔东山瞪眼道："没念过书就少文绉绉说话，这不就露马脚了？瞎显摆学问，这才叫台笑大方，是台笑大方。"

钱猴儿将信将疑。他在书上见过这个成语的，还曾专程与小舫姑娘请教过。

陈平安接过册子，说道："钱兄，别听东山胡说八道。"

之后闲聊，陈平安才知道钱猴儿本名钱俊，家乡亦有窑口，算是半个同行，如此一来，就有的聊了。

陈平安知道崔东山的用心，所以就顺水推舟，又邀请钱俊去仙都山看看，如果觉得气味相投,就干脆落个脚,先捞个山上身份,以后再想挪窝,有个底子在,就不愁提着猪头也找不到庙了,毕竟英雄莫问出处这话只能听一半。

钱俊依旧婉拒,心中难免犯嘀咕:行事古怪的崔仙师,再加上这位言行和煦的陈先生,他们家山头得是多缺人才会这么……饥不择食啊,连自己这种货色都瞧得上眼。

见那青衫男子被拒绝也没动怒,钱俊便松了口气。浪荡江湖这么多年,学武练拳的本事稀烂,但是自认看人脸色还是有几分功力的。

之所以如此不识抬举,不是钱俊不想大富大贵,只是亏吃多了就长了记性,也晓得江湖水深的道理,就算真有天上掉馅饼的好事,也肯定落不到自个儿那只小破碗里。归根结底,就是钱俊苦哈哈日子过惯了,已经不信自己命好。要是他钱俊是汪幔梦那样的山上神仙,或是洪稠这种到哪儿都被以礼相待的宗师人物,估摸着方才早就开始与对方讨价还价了:每年给几个供奉钱啊,山中有无备好的私宅?

陈平安带着崔东山告辞离去,跨过门槛后,崔东山转头朝钱俊竖起大拇指:"钱猴儿,能让我家先生主动邀请上山的英雄好汉屈指可数,被邀请了还能拒绝的更是凤毛麟角。厉害,厉害!"

出了宅了,陈平安走在街道上,风雪弥漫,夜幕沉沉,反而没来由想起与此时此景恰好相反的一句话:天地大窑,阳炭烹煮,万物烧熔,人不得免。

最早这句话是刘羡阳从窑口师傅姚老头那儿听来,然后来陈平安跟前"摆阔"的。陈平安跟着姚老头一起寻找瓷土,往返一趟可能都说不上三句话。陈平安在游历俱芦洲途中,身边曾经跟着个拖油瓶隋景澄,她也曾有感而发……

今夜,陈平安缓缓走在雪地里,转头望去。

崔东山跟着转头,疑惑道:"先生,有古怪?"

陈平安笑道:"没什么。"

手腕轻抖,陈平安从袖中滑出一把曹子匕首。它与那把至今尚未弄清楚根脚的短刀都是隋景澄当年帮忙搜刮的战利品,就连刘景龙瞧见了都要忍不住感慨真是好手气。刘景龙认出了这把被正史记载的曹子匕首,另外那把就被陈平安取名为割鹿,总觉得要比刀身铭刻的旧名暮霞更好几分。

不得不承认,取名一事,得靠天赋。

陈平安手腕拧转,耍了一连串雪亮刀花,皆绕过片片雪花。

崔东山不忍心打破先生的祥和心境,只是实在憋不住了,小心翼翼问道:"既然大鱼咬钩了,先生何时提竿?"

陈平安停下动作,重新将匕首收入袖中,没好气道:"明知故问,装什么傻?"

先前是谁听墙根来着,倒是跟刘羡阳一个德行,难怪会以兄弟相称,热乎得很。

崔东山委屈道:"先生心思如海,水深无声,先前与宋老前辈打哑谜似的,没有亲耳听到先生的确切答案,学生不敢放心。"

陈平安说道:"这个谋划事先没有跟你商量,我需要与你道个歉,保证下不为例。"

崔东山越发委屈:"学生又不是客人,先生再说这种客气话,学生就真要伤心了。"

陈平安呵呵一笑,崔东山立即挺直腰杆朗声道:"学生不委屈!"

陈平安低头搓手,轻轻呼出一口雾气。

仰止,王座大妖,当然能算一条自投罗网的大鱼。要不是宋前辈那番话,仰止只要敢来桐叶洲,那就别走了。自己,加上小陌、崔东山、米裕,足够了。

战场之外,诱之以利,请君入瓮,再起网围杀,此举当然有违江湖道义,所以陈平安才会有与宋老前辈的那番对话。

要说境界身份,被文庙禁足在老君炉火山群的仰止与囚禁在功德林一处山水秘境中的刘叉大致相当,都是十四旧王座大妖之一,只是刘叉座位更高。当然,如果刘叉不是被陈淳安阻拦,以十四境剑修身份重返家乡,如今就是蛮荒天下当之无愧的剑道魁首了。而仰止之所以会被陈平安如此惦念,不仅仅在于对方在战场上的大杀四方,手段狠辣,还在于对方曾经在剑气长城的战场上,在众目睽睽之下虐杀了一位剑仙。

崔东山有点破罐子破摔的意思了,好像打定主意非要问出个所以然来,道:"临时收手,改变主意,岂不是前功尽弃,先生心里边会不会长久不痛快?"

陈平安默不作声。刘叉与仰止的囚而不杀,都是中土文庙,准确来说是礼圣的意思。早先在文庙内部本就不是毫无异议,只是礼圣如此决定,也就不再争吵。

崔东山轻轻叹息,不断用脚尖挑起道上积雪。

先生返乡之后,落魄山创建宗门,随后观礼正阳山,闹出了不小的动静。就在所有人猜测接下来会有什么出人意料之举时,先生却选择让落魄山处于一种类似封山的状态,然后仓促选址桐叶洲建立下宗。对此,崔东山早就嗅出了一种不对劲的意味,可能朱敛也有所察觉,只是这老厨子是个人精,故意装傻。

当年仰止调度无方,指挥不力,在甲子帐吃了挂落,需要将功补过,就与黄鸾暂时离开战场,重返蛮荒腹地,负责搜捕、截杀那些隐藏在蛮荒的剑气长城剑修。陈平安当场下令,剑修不许救援,结果仍是有一拨剑修离开城头。而这件事,也是坐镇避暑行宫的年轻隐官最饱受诟病的一点,至今五彩天下飞升城还有不少剑修对此耿耿于怀,觉得陈平安太过冷血功利,即便当得好剑气长城的末代隐官,却依旧不算是纯粹的剑气长城剑修。

陈平安当然不是因为这种非议才对仰止格外生出杀心,才处心积虑专程带着青同去见了仰止,用谈买卖的幌子诱使她主动离开那处禁地。就像先前游历俱芦洲,途中遇到的北燕国骑卒作为。人生总是这么山重水复。

崔东山试探性问道:"贺乡亭和虞青章之所以会离开落魄山,其实是先生暗中授意于樾收徒?"

陈平安摇摇头，终于开口说话："那会儿哪里能想到这么远的事情，只是巧合。也亏得他们跟着樾离开了，不用与仰止碰面，不然这个烂摊子我都不知道怎么收拾。"

孩子就是孩子，所以有些事情，成人不能奢望孩子们去理解，有些道理，就真的只能让孩子们在各自的成长过程中去慢慢体会。

如果说梦想是堆雪人，大概成长就像吃冷饭。一旦仰止在桐叶洲现身，参与中部大渎开凿一事，就算仰止施展了障眼法，长此以往，肯定纸包不住火，早晚都会被那拨来自剑气长城的剑仙坯子知晓内幕。

同样是蛮荒大妖的大道根脚，小陌不一样。他在明月皓彩当中沉睡万年，与剑气长城没有半点瓜葛。再加上昔年巅峰十剑仙里边有个五绝之一的老聋儿，所以剑气长城的本土剑修对待此事还算是比较开明的。

还有跟在李槐身边的蛮荒桃亭，久居十万大山之中，又有老大剑仙与老瞎子的关系，桃亭想要跟剑气长城结怨都难，没胆子。

但仰止不同。被拘押起来是一回事，双方不打照面，老死不相往来，一旦仰止来到桐叶洲，却又不杀，就是另外一回事了。

文庙有自己的考量。有了刘叉和仰止，这些年，不断有未能离开浩然天下的妖族余孽眼见着各洲搜山力度越来越大，就纷纷主动与各洲书院表明身份。比如陈平安上次在功德林，曾专门就此事与经生熹平请教过，算是旁敲侧击，询问那些走投无路又不愿狗急跳墙的妖族修士中，中五境和上五境的数量大致各有多少，得出的答案让陈平安大为意外。

当然，俱芦洲是例外，许多打死也不敢在宝瓶洲露头的妖族修士就跨海秘密远渡俱芦洲，想要去书院寻一张护身符，不管文庙事后如何发落，好歹先保住小命再说，毕竟只要被各洲修士搜出来，真就要杀红眼了。结果仍有不少妖族修士不等看见书院就在半路被截杀了。在扶摇洲和金甲洲，这类事情同样时有发生。

文庙和各洲书院查也查，但是查到什么线索，尤其是各座书院是否真正用心，都是要打一个问号的。至于像鱼凫书院这样的，就不用打问号了。

陈平安问道："如果是崔师兄，会怎么做?"师兄崔瀺的事功学问，自有其酷烈风格。

崔东山说道："不好说，那个老王八蛋做事情，给人给己都不留退路的，可能是物尽其用，比如让仰止来桐叶洲开凿崭新大渎，或是将仰止直接搁在宝瓶洲当那大渎公侯，内心没有半点挂碍，绝对不会像先生这么为难。至于几个孩子的想法，全然不重要，年纪小，不理解是他们的事情，年纪大了，还是不理解的话，也还是他们的事情。也可能是此局先手与先手如出一辙，等到仰止离开中土神洲，就是一条死路，文庙和礼圣怎么想、怎么做，一样与崔瀺无关，想要按规矩走，兴师问罪，来就是了。"

陈平安嗯了一声。

崔东山说道:"撇开仰止不谈,是死是活,以后再说。但是先生有没有想过一点,白玉京大掌教当年不杀神霄城那位道号拟古的老仙君,剑气长城陈清都不杀老聋儿,文庙礼圣不杀刘叉,都是一种思路,一条脉络。"

陈平安说道:"能够理解。"

崔东山咧嘴一笑,结果脑袋上立即挨了一巴掌:"没大没小,敢对老大剑仙直呼其名。"

陈平安收起手,自嘲道:"摊上我这个朋友,也算陆老神仙遇人不淑了,如果可以的话,非要炼出一炉后悔药来。"

先是自己这边,然后是送给蒲山云草堂两炉,接下来恐怕又要被询问清境山何时开炉炼丹了。

崔东山笑道:"先生是打算为韩老儿与青虎宫讨要一炉坐忘丹?"

陈平安点点头:"韩宗师的人品武德有目共睹。"

"先生这算不算以德报怨?"

"韩宗师其实就是找个由头,好有机会掂量掂量我的拳脚斤两。这位老前辈何尝不是心知肚明,裴钱是绝对不会跟他学拳去的。对了,你也别打岔,这次就由你出面与陆老神仙商议。记住了,必须花钱买丹药,再不能被陆老神仙找法子婉拒了,欠下的人情太多,以后都不敢去清境山做客了。"

"先生方才不是说好了乘坐风鸢渡船北归吗,那就肯定会路过清境山青虎宫,学生还要陪着秦姐姐跟庞老哥南游燐河呢,分身乏术。"

"我临时改主意了,打算独自返回落魄山,不能让小陌久等,毕竟让他单独去见白景还是有几分凶险的。"

"先生,这……"

"东山啊,当学生的,不能总可劲儿挖先生的墙脚,眼睛都不带眨一下的吧,太不像话,偶尔也要为先生分分忧,你觉得呢?"

"先生,我觉得……"

"我觉得你是这么觉得的。"

"好吧,先生觉得学生这么觉得,就是了。"崔东山道,"走路回仙都山?"

"天亮以前赶到仙都山就可以了。"

"先生好像不是特别着急赶路。"

"做事情要急缓得当,松弛有度。小陌对上白景,想必不尿。"

"先生的严于律己宽以待人,学生又学到了。"

一青衫一白衣,先生、学生出了城门,百无聊赖的崔东山便滚雪球,半人高、一人高、屋顶高、小山高……白衣少年双手推动巨大的雪球哈哈大笑,一旁的青衫客骂了句幼稚,结果很快就滚了一个差不多大的雪球。

金色拱桥上,白衣女子不知何时已经跳下栏杆站上桥面,与依旧行走在栏杆上练拳的陈平安提议:"主人,不如我们去飞升台瞧瞧?"

陈平安想了想,点头道:"好!"

白衣女子微笑道:"不着急,稍等片刻。"

就在陈平安一头雾水之际,依稀可见极远处缓缓走来五个身影。

白衣女子背靠栏杆,意态慵懒,微笑道:"很是怀念啊。"她伸出手指指点点,"第一任主人,我,前不久被我斩杀的那个家伙,万年以后的阮秀,李柳。"

原来走来的正是曾经的五至高:远古天庭共主,持剑者,披甲者,火神,水神。

大雪满山,地白风寒,密雪峰中,时闻树枝折断,如碎玉声。

在这仙都山,除了宗主崔东山,能够自由出入小洞天道场的只有上宗落魄山的右护法大人周米粒了,就连首席供奉米裕和掌律崔嵬想要进入,都需要报备录档。

今天大清早,白玄依旧给自己泡了一壶枸杞茶,仰头灌了一大口,然后对着坐在桌对面的周米粒说道:"右护法,大爷我心里苦啊。"

周米粒立即道:"那就喝老厨子亲手炒制出来的野山茶,先苦后甜,这就叫有回甘!"

白玄老气横秋地叹了口气:"哪跟哪啊,根本不是一回事。右护法,你的悟性还是差了点,回头我让贾老哥教教你如何说话。"

柴芜这个丫头片子都是玉璞境了,最近把白大爷给愁坏了,喝茶都喝出了酒水滋味。柴芜这娃儿修行得是多用功多勤勉才能蹦出个上五境啊?辛苦辛苦,资质一般,就只能勤能补拙了。

周米粒挠挠脸,站起身,从桌上拿起金扁担和行山杖,说找柴芜玩去了。如今柴芜比较得闲,大白鹅让她的修行缓一缓。

白玄摆摆手,有气无力道:"去吧,记得帮我带句话给柴芜,就说她如今是玉璞境了,好事,既然大家都是朋友,贺礼就免了,矫情,回头我会帮她想几个仙气、霸气、牛气各具风采的道号,以后她下山历练,随便挑一个用。"

周米粒应承下来,一路飞奔,到了柴芜的屋子。

周米粒先前早就帮忙备好了酒壶酒碗,一天半斤酒,对柴芜来说就是两碗的事。

柴芜喜欢看酒花,闻酒香,晃酒碗,眯眼而笑,然后一个抬手提碗,仰头喝完半碗,擦擦嘴,点点头,一气呵成。

周米粒总觉得柴芜对待喝酒远远比修行更认真,更重视。先前柴芜说她是玉璞境了,十一境,右护法是洞府境,六境,那么两个人的境界加在一起,再平均一下,再四舍五入一下,就相当于两个人都是九境了。莫名其妙就当上了金丹地仙,可以可以,柴芜好厉害的算术,不当个账房先生,真是屈才了!

如今白玄他们几个剑修不经常聚在一起,各自闭关的光阴明显久了。比如今早,周米粒就只碰到了白玄,孙春王他们就都在闭关中。

同样一条光阴长河,不同的人蹚水其中就是不一样的观感和境遇,快慢轻重皆有分别。柴芜私底下与周米粒说悄悄话,问自己突然就是玉璞境了,别人会不会有想法,当时周米粒毫不犹豫道:"有啊,当然有的!比如白玄最早听到这个消息,整个人都呆住了,一直在自言自语,说怎么可能有比自己更天才的人物。最后他终于想明白了,以拳击掌,仰天大笑,说什么柴芜不是剑修,修行快一点实属正常。孙春王修行就更勤快了,程朝露练拳更用心了,何辜和于斜回都开始相互骂废物啦,白玄让他们俩下次再与你这个上五境神仙喝酒,得跪在地上喝嘞……

"哈,柴芜,白玄说玩笑话,当不得真哩。何辜当时不服气,满脸涨红,白玄一个斜眼……喏,我学给你看啊,就是这样的……然后白玄说他这个天才带头跪地上,何辜和于斜回俩庸才有啥不服气的,于斜回便冷哼一声,何辜就给气笑了……"

周米粒说得绘声绘色,有模有样,落魄山耳报神果然绝非浪得虚名。

"巡山去!柴芜,我下次再来找你啊。"周米粒很快就起身告辞,只是在桌上又留下了一枚雪花钱。

这是落魄山右护法的老规矩了,柴芜习以为常,趁着周米粒低头肩扛金扁担的间隙便手腕一拧,袖子一抖,桌上雪花钱入袖,换了另外一枚雪花钱,再捏碎那枚属于自己的雪花钱。周米粒抬起头看到这一幕后,咧嘴笑了笑,点点头:"走了走了,巡山去喽。"

柴芜重新端起酒碗轻轻摇晃。酒碗水纹真是漂亮,都要舍不得喝掉最后半碗了。至于白玄说要帮她取道号啥的,柴芜就只是觉得自己更想喝酒了,半斤不太够。

先前听周米粒说过,经过她十分用心猜测推衍得出的一个精准结果:因为她来做客的缘故,道场每次开门都会跑掉些天地灵气,会不小心流散到外边的密雪峰,所以她不能常来看他们,来了也得补上点灵气,按照停留时间长短,留下一到三枚不等的雪花钱,不然可就是假公济私了,传出去不好听,她毕竟是落魄山那边的,在下宗要注意影响。

不过这件事,周米粒只悄悄与柴芜说了,柴芜说会帮忙保密。

周米粒第一次来时,与柴芜聊得开心,走时转过头,皱着眉头,掐指一算,满脸苦兮兮地从棉布挎包里掏出三枚雪花钱,抽着鼻子轻轻放在桌上。她走后没多久,崔东山和米裕就同时现身柴芜桌边。柴芜满脸好奇,只是不知如何询问才算得体,便干脆不说话了。

崔东山低下头,将那三枚雪花钱叠在一起,趴在桌上,笑嘻嘻道:"每次开启道场大门,灵气损耗确实得算神仙钱,不过不是雪花钱,而是谷雨钱。"

米裕没好气道:"有护山大阵在,这边的灵气流溢在外,可又跑不出青萍剑宗地界分毫,崔宗主你也太不仗义了,连小米粒的钱也坑!"

得亏是坑骗小米粒的雪花钱,不然米裕早就当场跟崔东山翻脸了,打架就算了,但少不了要跟隐官大人告一记刁状,这样的学生,真得管管。

崔东山翻了个白眼道:"我这不是帮着右护法存钱嘛,不然这件事情被先生晓得了,咱仨有一个算一个,谁都别想跑。"

米裕气笑道:"崔宗主,劳烦你说清楚点,这件事跟我和柴芜有屁关系,真要拉人垫背,找……找白玄去嘛!"

崔东山伸出手,用手心抵住桌上的雪花钱,笑眯眯道:"柴芜,以后修行路上,不要因小失大。"

柴芜点点头。其实崔宗主不用提醒她这种事,她也不是没心没肺的傻子,周米粒那么好,以后她就只会对周米粒更好。周米粒得知她跻身玉璞境后,除了第一次的登门道贺,之后为何要经常来串门?可不就是担心白玄他们有想法,担心她跟孙春王他们的朋友关系疏远了。

崔东山嗯了一声,到底是个极有慧根的孩子,肯定上辈子没少读书,对话不费劲。他站起身:"行了,废话不多说。柴芜,既然已经一步登天,那就先缓几天,多看那几本我丢给你的杂书,剑谱、道诀、符箓阵法什么的都先翻翻看,之后再来好好修行,再接再厉,哪天成了仙人,你就可以喊上出得来的朋友一起下山耍去了,天高地阔,云宽土厚水长,美不胜收。"

带着米裕离开道场,崔东山站在洞天门口微笑道:"米首席,瞧着小米粒自掏腰包,你心疼归心疼,但是除了不要拦着小米粒,更不要想着找个蹩脚由头帮小米粒把这些雪花钱找补回来。"

米裕疑惑道:"这是为何?"

崔东山拍了拍米裕的肩膀:"米首席你咋个回事嘛,跟你聊天怎么比跟柴芜那么个小姑娘聊天还费劲呢?"

米裕笑了笑:"洗耳恭听,愿闻其详。"

崔东山关上门后,远远看着那个大摇大摆走下密雪峰台阶的黑衣小姑娘:"小米粒这么多年来一直偷偷愧疚,总觉得自己没能给别人帮上忙,做点什么。"

米裕欲言又止。小米粒明明已经做了很多很多,他由衷觉得这个担任落魄山右护法的小姑娘才是最多照看人心的存在,至少也是之一。这个每天都会巡山、兜里永远备好瓜子的小姑娘是在帮着隐官大人和落魄山照顾着米粒大小的细微人心。

崔东山摇摇头:"你想说什么我当然知道,可那只是我们想的,我真正在意的是小米粒自己怎么想。"

米裕沉默片刻,蓦然笑容灿烂,一巴掌重重拍在崔东山的肩膀上:"崔宗主不愧是隐官大人的得意学生!"

"米裕,想不想听自家人关起门来说句话?"

"请说。"

"我要请米裕做好某天被青萍剑宗除名的出剑准备。"

"不知为何,对此既忧心又期待。"

这就意味着米裕一旦倾力出剑,他是仙人境时,剑斩仙人。将来米裕已是飞升境时,那就剑斩飞升境。

在剑气长城,地仙两境的米拦腰,玉璞境的米绣花,其实是两个人。

在浩然天下,青萍剑宗的米首席,与被青萍峰祖师堂剔除名字的米剑仙,又会是两个人。

崔东山嘿嘿笑道:"这只是以防万一,不太可能真有那么一天的。"

他郑重其事提醒:"这种话,以后喝酒再多,也不能跟我先生说漏嘴。"

米裕笑道:"我又不是个傻子。"

崔东山看着米裕,米裕略显尴尬,收起笑意,无奈道:"相较于隐官大人跟崔宗主,我当然是个傻子。"

崔东山突然压低嗓音说道:"米首席,商量个事,小事,真就是手到擒来的小事,对米首席来说,不费吹灰之力。不卖关子了,就是想知道米首席啥时候主动跟那些浩然各洲的仙子姐姐叙叙旧,联络联络感情?"

米裕听得一阵头大,干笑道:"不好吧?"要是被隐官大人听说了这么一档子事,首席位置不保。没当上自然无所谓,可当上了再被摘掉头衔,到底没面子。

崔东山揉了揉下巴:"那就找个折中的法子,比如……开启镜花水月?若有客人来桐叶洲游山玩水,再主动登门拜访米剑仙,咱们总不好拦着吧?"

米裕跟着揉了揉下巴:"身正不怕影子斜,就只是叙旧而已,何必心虚呢?"

两人对视一眼,尽在不言中。

崔东山双手抱住后脑勺:"米裕,其实在我看来,真正最适合担任第二任宗主的人选,不是曹晴朗,而是你。不是说曹晴朗当不好,而是想要当得最好,得看过截然不同两种风格的青萍剑宗,再来担任第三任宗主,火候就足够了。"

"这种话,你跟隐官大人说去啊,隐官大人又不是那种听不进意见的人。"

"我这会儿哪敢说啊,挨骂都是轻的了,讨顿打都不意外。"

米裕幸灾乐祸道:"也对,隐官大人如今正在气头上呢。"

沉默片刻,崔东山眺望着三山围起的那座青衫渡,喃喃低语:"知道什么叫真正的太平世道吗?"

"是有很多人相信好人有好报。"

"呵,傻子才信,偏偏真就有人信。"

说到这里,崔东山蓦然振衣,大袖鼓荡,装满天风,伸手指向山外远处,眉眼飞扬道:"米裕,就让我们一起,让这座桐叶洲,出现更多这样的人吧。"

米裕也被难得严肃的崔东山这番诚挚言语给牵引道心,心神激荡,沉声道:"拭目以待!"

只是崔东山很快就恢复如常,从袖中摸出一张纸:"米首席这话说得轻巧,别光看啊,得踏踏实实做点什么。喏,我有份名单,你拿去瞧瞧,都是去过剑气长城、见过米首席的女子。我这不是担心来了客人,米首席到时候连对方的名字、门派、道号都记不清嘛,温故知新,温故知新。"

米裕轻轻推开崔东山的手,崔东山再递过去,米裕再推开,崔东山就恼了,米裕只得以诚相待:"都记得她们的,岂能忘,怎敢不去长相思?"

崔东山收起名单,呸了一声:"难怪先生要让你和老厨子,加上周首席,将来一起帮忙把把关,免得大师姐给如你们这般道行高深的浪荡子给骗了。"

米裕微笑道:"只要是同行看同行,我只需扫几眼、听几句话,便知道对方成色如何、行走花丛的大致路数和道行深浅。"

崔东山啧啧道:"看把你能耐的。"

米裕伸出双指,拈起鬓角一缕发丝,眯眼笑道:"生平唯三事勉强值得说道,地仙境斩妖,春幡斋看门,醉酒赏美人。"

崔东山点头道:"回头好好捯饬捯饬,把一身行头搞起来,穿一身雪白法袍,佩长剑,头别玉簪,悬养剑葫,手持折扇……"

米裕无奈道:"如此花里胡哨反而是累赘,骗得涉世未深的小姑娘,骗不得有眼界的真正佳人。"

崔东山讥笑道:"骗?"

"骗她走到我的心尖上,谁骗谁还不好说呢。"

崔东山听到这句话,真忍不了了,跳起来对米裕就是一顿劈头盖脸的拳脚,米裕护住脸,稍稍移步。崔东山停下手:他娘的,真欠揍,还是小陌好,小陌好啊。

米裕抖了抖袖子,一本正经道:"崔宗主,年少即须臾,于道各努力。"

崔东山讶异道:"米首席,有点东西啊,大才子啊。"

米裕哈哈笑道:"治学一道,只是与隐官大人学了点皮毛,这不最近刚好在编撰一本集句联的书嘛,现学现用。"

崔东山双手插袖,伸手遮额头,笑道:"请君放眼看,平地构大厦,何曾一日成。"

第七章
不陌生

　　如今的青衫渡只是有了个仙家渡口的雏形，除了渡船停靠处，就只建造出一间负责登记乘客关牒、发放登船玉牌的屋子，在这里临时当差的是裘厹和胡楚菱。这个昵称醋醋的小姑娘如今已经是一宗之主崔东山的嫡传弟子，在山上确实也算得上是一步登天的造化了。

　　按照从落魄山传下的老传统，屋门前摆了一张桌子，其实就是崔东山专门为周米粒准备的，作为每日巡山一趟的休歇处。青萍剑宗暂时还名声不显，也没有与桐叶洲各大山头、渡船签订契约。既然没有渡船，就自然没有修士落脚了，这张桌子就是个摆设。不过周米粒每天都会在这儿坐上个把时辰，与裘老嬷嬷和醋醋姐姐聊聊闲天。裘厹的大道根脚使然，对这个俱芦洲哑巴湖出身的洞府境小水怪天然亲近。

　　但是今天周米粒离开洞天道场后，一路巡山到屋外，将金扁担和绿竹杖都搁在桌上，不劳烦裘嬷嬷，自个儿烧了一壶开水，煮了三碗茶水，先端给老嬷嬷和醋醋姐姐各一碗，再拿着自己那份离开屋子，独自坐在桌边长凳上，两腿悬空轻轻摇晃：好茶好茶，老厨子亲手炒制的茶叶好，自己煮茶的手艺更是炉火纯青哩，相得益彰！

　　周米粒嚼着一片茶叶，揉了揉眼睛：真有客人来访？

　　只见远处来了两人，一个年轻人，背着个竹箱；一个胖乎乎的，随从模样，斜挎包裹，风尘仆仆的，就像两个风餐露宿的行脚商。

　　当年在故乡哑巴湖，周米粒见过很多这样的人，一下子就生出了亲近之心，小脸蛋上两条疏淡微黄的眉毛挂满了喜悦。她赶紧放下茶碗，再将桌上的金扁担和绿竹杖取下,斜靠长凳,快步向前,只是没有跑出屋子太远,站定后,一只手轻轻拽住棉布挎包的绳子,稚声稚气道:"两位贵客从哪里来,到哪里去?我们这儿叫青衫渡,属于青萍剑宗地界,与客人们道个歉,如今渡口建立没多久,尚无供人远游的渡船。"

背着竹箱的年轻男子看着那个斜挎棉布包的小水怪,神色柔和,轻声道:"我叫张直,是个走南闯北的包袱斋,来这边逛逛,不乘坐渡船远游。你们宗门有无需要外人注意的山水忌讳?"

周米粒摇摇头,笑道:"来者是客,无甚忌讳。"

其实话一说出口,小米粒就后悔了。怪自己业务不精啊,只是来巡山,渡口忌讳规矩啥的,得问过裘老嬷嬷和醋醋姐姐才行。完蛋了,完蛋了,如何补救,如何是好?黑衣小姑娘皱着疏淡的两条小眉毛:愁啊,等会儿与两位外乡人寒暄过后,得赶紧找裘老嬷嬷搬救兵去。

张直笑道:"这位小仙师能否容我歇脚片刻?"

周米粒使劲点头,学暖树姐姐的样子与他们施了个万福:"请。"

一起走向桌边,张直身边的胖随从笑着自我介绍道:"小仙师,我叫吴瘦,胖瘦的瘦,道号灵角,空灵之灵,不是吃的那种菱角。"

周米粒赶忙回话:"大仙师,我叫周米粒,碗里米粒的米粒,能吃的那个米粒。"

吴瘦笑着点头,用眼角余光瞥了眼密雪峰,以心声说道:"主人,庞超就在山上瞧着这边,不过看样子,不会主动下山来见主人。"

张直以心声答道:"见了也没什么可聊的,不见好,省得尴尬。吴瘦,如果能够见着那位年轻隐官,你就莫要旧事重提了,不讨喜,别搞得我们像是登门讨债似的。"

吴瘦是昔年宝瓶一洲包袱斋的话事人,其实与落魄山还有点渊源,因为牛角渡最早的那个包袱斋就是吴瘦当初亲自与大骊宋氏打下的基础,只是吴瘦胆子太小,气魄不够,或者说是光盯着可见的财路,结果没做几年生意便早早撤掉了人手,关门大吉,只留下了个空壳子,算是便宜了后边与北岳魏檗一同接手牛角山的落魄山,山头都归人家了,自然就顺便将那些仙家建筑一并收入囊中。但是这么多年,落魄山一直没把那边的渡口生意真正做起来,一开始还是门派的底子薄,手里边没货,后来开辟出了一条俱芦洲东南航线,生意刚刚有点起色就开始打仗了,整座牛角渡被大骊军方征用,商贸运转一事就彻底搁浅了,这些年形势有所好转,但是还缺个会打算盘的主心骨。幽居修道,与跟人做生意,隔行如隔山。

因为吴瘦当年自作主张撤出宝瓶洲绝大部分的包袱斋,与大骊宋氏闹得不太愉快,在那之后,包袱斋等于是彻底失去了宝瓶洲这块地盘,只要大骊宋氏一天不改口,包袱斋就不敢擅自在宝瓶洲开张,哪怕是齐渡以南都已陆续复国,包袱斋还是不敢去触这个霉头。走了个绣虎,来了个隐官,何况这两位还是同门师兄弟。

周米粒等到两位商贾落座后，问道："张先生、吴仙师，要喝茶吗？"

吴瘦瞥了眼桌上的茶碗，茶叶与煮茶之水都不讲究，便摇头笑道："不用了。"

张直却说道："劳烦周仙师给我来一碗热茶。"

周米粒立即站起身笑道："好嘞，张先生稍等片刻。"

吴瘦疑惑道："这只小水怪瞧着脑子不太灵光啊，就只是个洞府境，当真是落魄山的右护法？就不怕外人看笑话？"

张直微微皱眉。

一道白虹贴地长掠而至，飘然落座，招手大声喊道："右护法，别忘了算上先生和我的两碗。"

除此之外，又有一位青衫客站在吴瘦身后，一只手搭在胖子肩膀上："我家周米粒担任落魄山右护法，你一个外人，有意见？"

正是一路慢悠悠返回仙都山的陈平安和崔东山。

吴瘦愣在当场：自己不是以心声言语的吗，怎就被听了去？

吴瘦刚要有所动作，就发现肩膀上的那只手往下一按，他整个人身小天地的灵气运转就随之凝滞，如河水结冰一般。

那人继续笑道："我问你话呢。"

张直抱拳道："陈山主，吴瘦口无遮拦，多有冒犯，我先帮他道个歉……"

陈平安斜眼望向那位包袱斋老祖师，直接打断："这里是青萍剑宗，你帮不了他。"

崔东山绷着脸憋住笑：好好好，这张直真是自家好兄弟，吴瘦更是条铁骨铮铮的硬汉子，敢在青衫渡这么说小米粒，脑壳都给你敲烂。看看，自家先生平时脾气多好，更是一贯礼敬前辈的，这都给你们整生气了。活该活该，千不该万不该，不该说我们小米粒的坏话。

陈平安单手负后，一手搭在吴瘦肩膀上，身体前倾，低头弯腰，微笑道："再这么装聋作哑，我可就要下逐客令了。"

吴瘦颤声道："恕罪，隐官恕罪，无心之语，多有冒犯，是我鬼迷心窍了，脑子犯浑。"

周米粒和胡楚菱一起端来三碗茶水，胡楚菱将两碗茶水轻轻放下，周米粒负责端给张直。她朝好人山主咧嘴一笑：这个张先生是外人哈，礼数要足，双手奉上。

陈平安笑眯起眼，轻轻点头：明白。

崔东山笑道："右护法，你先跟醋醋回屋，外边天寒地冻，不比屋里暖和。"

周米粒皱着眉头：我一只大水怪，怕冷？天大笑话！只是她又灵光乍现：晓得了，好人山主要跟人聊正事，大买卖！

陈平安拍了拍吴瘦的肩膀，坐在余下的一条长凳上。

方才大白鹅见先生起身，就开始拿袖子擦拭身边长凳，白忙活了。

陈平安开门见山说了两句话：

"张先生喝完茶就可以走了，包袱斋在宝瓶洲重新开张一事，免谈。

"就算大骊朝廷点头，哪怕是皇帝宋和答应，一样作不得准，我说不行，就是不行。"

张直笑容如常，喝了一口茶水。

吴瘦苦笑道："陈山主，难道就因为我这句冒失言语，就要与整个包袱斋交恶？"

张直微笑道："这种个人恩怨，别扯上我的包袱斋。"

吴瘦心一紧，使劲点头："是我又说错话了。"剑修的恶劣脾气，这回算是真正领教了！

崔东山哀叹一声："张直啊张直，你真是带了个活祖宗在身边。原本好端端的，柳暗花明又一村的机会，结果给这么一闹，雪上加霜了不是？一下子就少掉两洲生意，搁我是你，这会儿已经先甩自己两个大嘴巴，再甩吴老祖几个耳光了。"

周米粒守在屋门口盯着所有人的茶碗，等会儿一看到谁喝完碗里的茶水，她就可以准备随时添水。至于几人具体聊了啥，她听不清楚，也不会偷听，多半是大白鹅又抖搂了一手术法神通。瞧瞧，大白鹅正朝自己挤眉弄眼呢。唉，如今都是当宗主的人了，也没个正行。再看看好人山主，正跟人谈笑风生呢，估摸着这桩送上门来的生意是十拿九稳了！

又有一位剑修化虹而至，落在桌旁，崔东山看热闹不嫌事大，抽了抽鼻子，眼神幽怨道："米首席，这位吴老祖方才骂我们小米粒脑袋不灵光呢。"

米裕原本还面带微笑，闻言瞬间脸色阴沉，盯着那个满脸呆滞的……吴老祖："哦？那就是元婴的境界、飞升的胆子。聊完事就给自个儿找块地去，挖个坑。"

周米粒瞧见了米裕，悄悄抬起手勾了勾：余米余米，来这儿来这儿，好人山主在跟人谈买卖呢，咱俩不是这块料，都不掺和。

于是米裕的脸色又变了，眼神温柔地走向屋门口，其间转头看了眼张直和吴瘦，张直还好，依旧神色自若，吴瘦只觉得如坠冰窖。

张直喝完碗中茶水，转过身，笑着提起手中白碗，周米粒赶忙拎着火盆上边的炉子飞奔到桌旁，接过茶碗，倒了七八分满，再递还那位张先生，张直就又与小姑娘道了一声谢，笑道："下次煮茶待客，取水需有讲究，我是无所谓，风餐露宿惯了，只要能解渴就是好茶，但是好些山上仙师嘴刁，一喝就能尝出滋味高低，哪怕表面不说，心里却要犯嘀咕，只是将就而已。以后煮茶之水不如从山中清泉汲取，如果我没有记错的话，三座旧山岳中都有不错的水源。"

喝茶有这讲究？真是这样吗？周米粒看了眼好人山主，见陈平安点点头，她立即绽放笑容，与张先生道谢："受教！"

张直喝了一口茶，笑道："落魄山果然不一样。"他双手捧住茶碗，"正式介绍一下，我叫张直，洛阳木客出身，坏了祠堂祖训，就被谱牒除名了，在山下做点小本买卖，积少成多的路数，比不得范先生的深谋远虑和刘财神的家大业大。

"旁边这位，吴瘦，道号灵角，曾是宝瓶洲包袱斋分部的负责人。吴瘦只盯着算盘和账本，从不抬头看长远大势，唯一的功劳就是误打误撞，为牛角渡留下了那些建筑，如今归属落魄山，实属万幸。这么些年，与各洲包袱斋同行碰头，唯独此事可以让吴瘦挺直腰杆说话，吹几句不打草稿的牛皮。"

吴瘦满脸苦涩。主人极少这么与人言语的，何况先前还专门告诫自己不许提及牛角渡一事。

不过张直最后几句倒也不算什么虚情假意的场面话，吴瘦确实经常与同行炫耀此事，只是稍微更改了事实，说自己与那位年轻隐官当年是怎么相识的，如何相逢投缘，称兄道弟。那会儿的陈平安还只是个窑工，但他吴瘦何等眼光，一瞧就看出对方不简单，酒桌上撂下一句"我觉君非池中物"，陈平安那会儿都不信呢，只是与自己敬酒，干了一大碗……说得多了，说到最后，吴瘦自己都快信了。不要觉得这种低劣手段如何滑稽可笑，生意场上，还真就有可能换来真金白银。

陈平安说道："桐叶洲这边，我管不着。"

张直明显松了口气。

吴瘦低下头，擦了擦额头汗水。至于是不是做样子给人看，哑巴吃黄连，有苦自知。

张直也是直爽人，直接问道："敢问陈先生，除了你们青萍剑宗，在这桐叶洲地界，能说上话的势力有几个？"

崔东山晃着白碗："消息这么灵通，是玉圭宗还是大泉王朝户部走漏了风声？"

陈平安喝完茶水，笑道："如今管事的是崔东山，你们聊你们的。"

他起身告辞，走向屋门口，摸了摸周米粒的脑袋，笑道："不用继续帮忙添水了。"

米裕双臂环胸，背靠墙壁，始终盯着吴瘦。

陈平安没好气道："干吗呢，眼神能杀人，我怎么不晓得剑仙这么牛气？"

米裕笑容尴尬。

进了屋子，陈平安与裴渎、胡楚菱笑着打过招呼，坐在屋内一个火盆边，伸手烤火取暖，犹豫了一下，说道："小米粒，刚才有人觉得……嗯，反正说了些不是什么好话的混账话，凑巧被我听着了。"

周米粒挪了挪小板凳，靠近好人山主，伸手挡在嘴边，压低嗓音说道："不是那个张先生，对吧？"

陈平安笑着点头："是那个叫吴瘦的胖子。张先生还是很喜欢你的。"

周米粒一下子眉眼飞扬起来："哈哈，猜中了，我就知道不会是张先生！"

黑衣小姑娘摇头晃脑，肩膀一起一落的，还蛮开心，好像不管吴瘦说了啥，已经被她忽略不计了。

她光顾着开心了,就像她经常一个人在落魄山崖畔看风景,不开心的事儿就随云飘走吧,开心的,如鸟雀停枝头,留下做客吧。

陈平安就要忍不住站起身,这下子反而轮到米裕慌了,咳嗽一声:"隐官大人,实在不行,还是我出手吧。"

周米粒伸手轻轻拽住好人山主的袖子,摇摇头,咧嘴一笑,好像在说,在自己家里呢,怎么可能不开心呢?

小姑娘挠挠脸,又开始与好人山主窃窃私语,说自己与裴钱也会在背地里说岑姐姐是憨憨嘞。

陈平安笑着揉了揉小米粒的脑袋:"右护法说了啥,我怎么没听清楚?不知道,记不住。"

周米粒:"哈!"

陈平安:"哈哈。"

周米粒:"哈哈哈!"

陈平安:"你赢了。"

米裕看着隐官大人,唏嘘不已。也就是隐官大人不拈花惹草,不然自己加上周首席都不是对手吧?

陈平安转头怒骂道:"滚你的蛋。"

米裕愣了愣。奇了怪哉,隐官大人怎么听到自己的心声了?

落魄山一张饭桌旁坐着朱敛、陈暖树、谢狗。

谢狗感叹道:"朱老先生,我还以为以隐官大人的能耐,你们落魄山得有大几千号人马呢。"

剑修几十上百个,练气士来个数百号,纯粹武夫几千人,再加上些外门弟子、杂役、奴婢啥的,年轻隐官一声令下,指哪打哪,有事没事就去大骊京城耀武扬威,逛荡一圈。实在没想到,落魄山上就这么点人。小陌也真是的,半点气力都不肯出,估计还是懒。

他们这拨老不死的,她跟小陌,加上那个名字都没想好的无名氏都是不差的,不过都是独来独往。至于那个满身宝贝的离垢,还有那个大胸婆姨,也都是不喜欢热闹的。但是其余比如王尤物几个,都是肯定会重新开宗立派的。呵,小样儿,杀力不够法宝凑,本事不高喽啰多。

朱敛笑道:"其实还有一座莲藕福地,加上那边,人就多了。"

谢狗毫不掩饰自己的嗤之以鼻,夹了一大筷子菜放入嘴中,含糊不清道:"那也能算人?加在一块儿能顶个玉璞境使唤吗?"

陈暖树闻言，只是默默低头嚼着米饭。

朱敛笑容如常："一方水土养一方人，虽说各有各命，不管怎么说都是命。"

谢狗哦了一声，只是下筷如飞，心不在焉敷衍一句："有理有理。"

之后陈暖树便收拾碗筷，去了灶房。

朱敛笑着提醒道："谢姑娘，以后就不要随便试探人心了。我们落魄山虽说规矩不多，但是为数不多的几条，不管是谁，都得稍稍在意几分。谢姑娘初来乍到，所以我得把这个理儿说清楚。"

谢狗打了个饱嗝，咧嘴笑道："晓得了，入乡随俗，客随主便，道理我懂！"她站起身走出屋子，"散步散步，饭后百步走，活到九十九……呸，是活到九万九！"

朱敛摇摇头，不再说什么。不懂装懂不可怕，就怕懂了却假装自己是在不懂装懂。

归根结底，这个只是来找小陌的白景还是不觉得这座落魄山当真吓人，所以除了小陌，没有什么是值得她真正上心的，哪怕是仙尉，在白景眼中，可能只能算半个人？

谢狗走出宅子后，扯了扯嘴角。可惜了，朱老先生学问再大，到底是读书人，规矩多了点。

之后谢狗就开始闲逛落魄山诸峰，比如会去竹楼，趁着陈暖树打扫一楼屋子的工夫，若无其事地跨过门槛，走进去看几眼。陈暖树见状只是停下了手上的活计，等到谢狗离开屋子也没说什么。

谢狗又去了后山，坐在屋顶上看着俩年轻男女练拳。两人察觉到屋顶上的不速之客，立即停下走桩，满脸疑惑地望来。谢狗只是伸出手，示意他们继续练，当自己不存在就是了。

谢狗就这么晃悠了几天，这天暮色里来到了山下，正巧碰上看门的仙尉。

仙尉一般看门到戌时就准时拎着竹椅回大风兄弟的宅子去，不怠工，但也绝不多待，反正如今落魄山也没啥外来客人。

一寸光阴一寸金，多读一本书，哪怕是多翻几页，都是增长一分学问哪。

仙尉见那头戴貂帽的少女不太开心的样子，便双手插袖站在原地，打算跟这个小姑娘随便聊几句，再回宅子继续看书。等她临近山门口了，就笑着打了一声招呼："这是学岑姑娘练拳呢？"

谢狗揉了揉貂帽，摇摇头："学啥拳，不晓得咋回事，可能是哪句话不小心说错了，这不就惹恼了朱老先生，算是把我赶下山了，发配到骑龙巷的一个店铺当差。"

仙尉大为惊讶：朱老管家那么好的脾气，谢姑娘你是造了多大的孽、作了多大的妖，才能让先生都觉得不顺气？他犹豫了一下，还是忍不住说道："谢姑娘，我们山上一向是言语无忌讳的，到底是怎么回事，我帮你复盘复盘，找到了纰漏所在，大不了我陪你一起上山去与老厨子道个歉认个错，就可以继续留在山上了。"

谢狗直愣愣看着这个身穿棉布道袍的假道士:这厮除了头顶那根木簪,真是怎么看都不是那个道士啊。这要是被那个神出鬼没的王尤物找着了,小陌又不在山上的话,还不得落个嘎嘣脆的下场?

仙尉笑道:"谢姑娘,认个错有多难,千万别觉得丢面儿,不至于。"

谢狗眨了眨眼睛:莫不是个傻子吧? 自己跟小陌在内,他们这一小撮差不多道龄、辈分的,撇开杀力和防御各前三,其余那几个老废物……其实按照一般修士的计算法子,也没有那么废,算是各有擅长吧。比如道号山君的王尤物,术法最杂,保命逃命、潜藏偷袭都是一把好手,之所以背了把剑,是因为王尤物还是个半吊子的剑修,虽说极不纯粹,两把被大炼的飞剑都是半路强抢来的,但剑术勉强还算是剑术。

此外,王尤物的道号不是白取的。所谓山君,可不是说那个老东西在山中就可以学那三教一家的圣人坐镇天地,而是与山下的人和有关。再说得简单点,就是只要世道不好,山下活不下去的人越多,王尤物的道行就越高。书上说了,苛政猛于虎嘛。所以王尤物比起其余醒来的几个是有先天优势的,先前去见白泽,老东西故意绷着脸,一路上偷着乐呢。

王尤物如果早点清醒过来,又能早早潜藏在浩然天下,精心挑选一处隐蔽道场,比如那个曾经战乱不断的扶摇洲,一个不小心,真有希望被那厮跻身十四境,只因为那厮的合道契机就在道号寓意中。但是谢狗一直觉得这个啥都肯学又啥都不是的老东西根本配不上"山君"这个本身极好的道号。

官乙也差不多,如果早点跟随蛮荒甲子帐赶赴浩然天下,每一个厮杀惨烈的战场都由她来收拾残局,再一路吃过去,可能要比那个白莹更有用处。

归根结底,都怨白泽老爷遇到大事就喜欢犯糊涂呗,太迟返回蛮荒,太晚喊醒他们几个。

那个如今化名胡涂的家伙估摸着就是在故意恶心白泽吧。也难怪,当时白泽瞧见他们几个后,视线好像在胡涂身上逗留最久。

傻了吧唧跟白泽老爷抖机灵,找死不是? 亏得如今蛮荒天下缺少顶尖战力,不然就要嗝屁喽。

当年那位小夫子是出了名的讲道理和好脾气,白泽也差不多,好说话。可问题在于,这两位不讲理和不好说话的时候有多可怕,她都是亲眼见识过的。

谢狗哈哈笑道:"知错能改,善莫大焉。粗浅道理,怎么不懂?"

仙尉赔着笑,心中忍不住腹诽一句:怎么瞅着这个小姑娘不像是个实诚人哪,懂个锤子。

谢狗沿着山路往小镇走去,仙尉拎着竹椅去往宅子,打算将大风兄弟的旁白批注单独汇集成册,以后自己的职务高升了,再不当这风吹日晒劳苦功高的看门人,总得给下任留点宝贝。从郑大风起，到自己，再往后，代代相传，前人栽树后人乘凉，也是一桩美谈。

开春时节，雨过群山，青翠如滴。

清晨时分，仙尉缩着身子，正坐在竹椅上打瞌睡，迷迷糊糊的，好像听到有人在喊仙尉道长。好不容易撑开眼皮子，仙尉瞧见了一张熟悉面孔，黄帽青鞋，原来是小陌先生回了。仙尉赶紧坐直身体，伸手轻轻拍了拍脸颊，难为情道："熬夜看书，容易犯困。"

小陌微笑道："眼下正是春困的时候，辛苦仙尉道长了，赶明儿起，我来看门几天，仙尉道长只管养好精神……"

仙尉连忙摆手："不成不成，怎敢让小陌先生看大门，成何体统，小陌先生的好意我心领了，保证看门看书两不误。"

小陌坐在一旁的竹椅上，长呼出一口气。

仙尉问道："小陌先生，陈山主没有一起回来？"

小陌挤出一个笑脸，道："公子在桐叶洲还有点事，稍晚些返回。"

仙尉有些奇怪，试探性问道："是有心事？"

小陌想了想，说道："得去见个人，不太想见，又躲不开，就有些犯愁。"

这个对他纠缠不休的白景，大概能算是小陌的唯一苦手了。

仙尉点点头。人人各有烦心事，很正常，他不觉得自己能够开解什么，双手搭在膝盖上轻轻拍打，沉默许久，哼起一支老家的乡谣：

"山一程，水一程，风一更，雪一更。近路愁，远道愁，南一声，北一声。

"思悠悠，恨悠悠，江水流，河水流。梦难成，意难平，东山青，西山青。"

压岁铺子多出个店伙计，代掌柜石柔当然不会有意见，就是添一副碗筷的小事。周俊臣就不太乐意了，不用想，又来个混子。结果才一天相处下来，那个名字古怪的少女就让周俊臣刮目相看，满是好感。

谢狗对待挣钱一事，竟是比周俊臣更上心，先与石柔借阅了历年积攒下来的账簿，算出每日入账的银两数目，然后开门见山说以后铺子得跟她明算账，超出这笔钱的五成收入归她。石柔无所谓，周俊臣觉得这笔买卖怎么都不亏，就算通过了这项决议。然后谢狗就堵门去了，但凡是去隔壁草头铺子的客人都要被她软磨硬泡拉到压岁铺子来瞧瞧，周俊臣看她的架势，恨不得要去槐黄县城满大街墙壁上张贴告示。

谢狗还与两人合计，说牛角渡那边可以立一块招牌，就当是给压岁铺子的糕点招徕点客人，反正牛角渡也属于自家山头。木牌上边除了写明压岁铺子的具体地址，还要写哪几种糕点被某某剑仙、某某宗主、某国皇帝陛下尝过了，赞不绝口之类，比如阮邛、刘羡阳、祁真、宋睦、杨花……总之宝瓶洲谁名气大谁就登榜。管他们有没有吃过呢,大不了被谁骂上门来,就与他道个歉,再换一块牌子呗——其实都不用换,抹掉个名字就行……

这般生意经,听得石柔目瞪口呆,周俊臣倒是眼前一亮,要不是石柔拦着,小哑巴已经去后院找木板和准备笔墨了。周俊臣见过挣钱凶的,但没见过为了挣钱这么不要脸的。谢狗自有理由:人总不能为了面子,连钱都不挣了。周俊臣一下子就觉得踏实了,在外人面前难得有个笑脸。

谢狗问他:"周俊臣,你既然是陈山主如今唯一一个徒孙辈的,结果一年到头只能苦哈哈在这儿挣点碎银子,混得也太惨了点,不觉得委屈啊?"

在蛮荒天下,开山老祖的亲传、嫡系徒孙,在自家或是外边,不弄出点幺蛾子,都没脸在山上混。

周俊臣咧咧嘴:"我跟陈平安又不熟,这么些年就没见过几次面,拢共没聊几句天,什么祖师徒孙的,反正我跟他,谁都不当真。"

谢狗点点头:"有志气。"

她突然抹了把嘴,嘿嘿笑起来,让周俊臣觉得怪瘆人的。

谢狗走出柜台,扶了扶貂帽,从门口探出头,望向那个走进骑龙巷的家伙,黄帽青鞋绿竹杖,嘿,俊俏!

小陌没有停步,眯眼以心声道:"你来浩然天下做什么?"

谢狗皱着脸。惨啊,造孽啊,小陌这种说辞,跟书上那种背弃花前月下山盟海誓的负心汉有啥两样嘛。

小陌缓缓前行:"别装了,有意思吗?"

谢狗哦了一声,伸了个懒腰,蹦出门槛,站在骑龙巷街道中间,径直说道:"给陈平安当死士,是那个存在的意思?"

小陌点点头。

谢狗怒道:"那你知不知道,如果陈平安在城头刻的不是'萍'字,而是'平'或者'清'字,你的下场是什么?"

小陌还是点头。那位持剑者找到自己的时候,就明白无误说过此事。

与其问剑? 小陌既不敢也不愿意,毕竟自己一身剑术,绝大部分都传自这位远古至高存在之一。

逃? 逃不掉的。

谢狗摇摇头:"都不是我认识的你了。"

小陌冷笑道:"我们本就不熟。"

之前的白景,真正的她,并非如今这般少女姿容,而是极美艳的,充满野性。

谢狗笑呵呵问道:"找个地方,喝点小酒?"

沉睡万年，一觉醒来，她发现如今天下顶尖修士的战力好像变化不大，唯独酿酒技艺高了不少。

小陌摇头道："喝酒误事。走走这条骑龙巷台阶，走到顶部，谈拢了是最好，谈不拢，你我去海外。"

练气士饮酒可以与常人无异，想要喝个痛快自有手段，至于大醉过后想要睡多久，没个准，就看练气士的个人喜好了，反正能够早早敲定醒来的时辰，大修士还能够凭此养神，醉个几年几十年不算什么稀罕事。

谢狗撇撇嘴，说道："陈平安又不在，能误啥事。"

小陌面无表情。

谢狗一跺脚，撒泼一般，双手乱晃："不就是没喊一声陈公子吗，你为了个外人就跟我起杀心？"

喊公子？喊个大爷的公子。自己来了落魄山这么久也没能瞧见对方一面，架子恁大，当自己是白泽还是小夫子啊？

谢狗直截了当说道："陈平安故意撇下你单独见我，这种人，这种脾气，我不喜欢。你跟着他混，我不放心。按照这边的书上说法，这就叫千金之子坐不垂堂嘛。果然是路遥知马力，日久见人心，在剑气长城还敢抛头露面赚点战功，挣点名声，说到底，还是放心背后城头上有陈清都坐镇呗，笃定会护他性命。你瞧瞧，到了这儿就露馅了，还不是怕我杀他，担心你护不住他。"

小陌说道："公子是临时要去见一个人，很重要，一个白景，根本不能比。"

谢狗疑惑道："谁？桐叶洲有这么一号人物？"如果没有记错的话，桐叶洲的顶尖战力是要远远逊色于俱芦洲和婆娑洲的。

两人一起拾级而上，小陌说道："与你无关。"

谢狗说道："真不喝酒？"

小陌犹豫了一下："就在草头铺子喝便是了，贾老神仙那儿有酒，回头我再与他打声招呼借几壶来，贾老神仙不会计较的，都不用我事后补上。"

谢狗翻了个白眼。气死老娘了，喝个酒还有这么多道道，看把你得意的，这就算混出名堂了？当年那个独自仗剑横行天下的小陌呢？那个与落宝滩碧霄洞主一起酿酒的小陌呢？那个曾经差点做掉仰止的剑修呢？！谢狗皱了皱鼻子，好像在说：小陌小陌，你变成这样，我可伤心了。

小陌对此视而不见，径直转身走向草头铺子。

谢狗冷不丁一个饿虎扑羊，结果被小陌按住脑袋："白景！"

刹那之间，小陌和谢狗道心震颤，几乎同时转头望向骑龙巷最高处。

有人坐在那儿，身边站着一个身材高大的白衣女子，双手拄剑，似笑非笑，俯瞰着他们。而那个眼神温柔的男子微笑道："你们先忙，当我们不存在就是了。"

骑龙巷霎时间变成了一座飞升台，顶部依旧是女子挂剑，旁边男子坐在台阶上，双方皆有一双精粹至极的金色眼眸。

谢狗的整副身躯皮囊瞬间如灰尘飘散，继而凝聚为一个姿容崭新的修长女子。

这才是白景的真身真容，白景双手持剑，高高扬起头颅，与顶部那两位对视。

小陌说道："劝你最好收剑。"

白景眯眼笑道："机会难得，刚好舒展舒展手脚筋骨。我还真就不信了，他们真能把我一口气拖拽到万年之前的光阴长河中去。如果本事这么大，就不会有今天了！"

将一位万年之后的飞升境圆满剑修从变成由三教祖师坐镇的天地拽回万年之前的旧山河，十五境都做不到！

台阶顶部，单手托腮的男子满脸笑意，轻声道："我们小陌还是向着白景的，看来有戏。"

白衣女子点头道："患难见真情嘛。"

小陌虽然听不见顶部那两位存在的言语，不过看着那个既面容熟悉又气息陌生的自家公子，总觉得不像是说了什么好话。

陈平安笑眯起眼，朝小陌轻轻挥手作别，微笑道："小陌，悠着点啊，可别被生米煮成熟饭了。"

异象随之消散，小陌和谢狗重新置身于骑龙巷中。

谢狗扶了扶头上貂帽，嗤笑道："假的假的，装神弄鬼，吓我一跳。"

小陌神色尴尬。清清白白的，怎么有种被捉奸在床的错觉？

谢狗埋怨道："小陌，都怪你，那个存在是循着你的剑道脉络找来的，就像在光阴长河的下游守株待兔，把咱们俩给抓了个正着。"

言语之间，谢狗抬手擦了擦额头汗水，小陌看了一眼，谢狗立即解释："就算是假的，也很吓唬人啊。天下就这么点大，抬头不见低头见的，没必要把路走窄了。走，喝酒去，压压惊。"

到了草头铺子，小陌让酒儿帮忙拿来两壶糯米酒，笑着说不用去厨房炒菜了，他们有个地儿光喝酒就行。

谢狗盘腿坐在长凳上，喝了一大碗糯米酒酿，感叹道："挣点辛苦钱真不容易，小陌你是不知道，我来到浩然天下后，为了攒点钱，这一路走得有多辛苦，山上挖草药山下摆摊子，差点被人调戏呢，混得可惨啦。"

小陌喝了口酒："真正挣不着钱的人才有资格说辛苦。"

谢狗气呼呼道："这话说得真像个人。"

小陌放下酒碗，以心声问道："你敢不敢杀飞升境？"

谢狗眨了眨眼睛："你睡傻了？"

有什么不敢的？明明是能不能的事，这儿又不是蛮荒天下。

你就这么想我被小夫子抓起来，在功德林陪刘叉一起吃牢饭啊？也对，如此一来，见不着我，你就可以眼不见心不烦了。负心汉说起混账话来，真是比飞剑戳心窝还厉害。

谢狗抽了抽鼻子，擦了擦眼角，见桌对面的小陌无动于衷，也觉得没啥意思，便换了一种脸色，懒洋洋道："说吧，杀谁？"

小陌说道："曳落河旧主，仰止。"

谢狗恍然道："原来是她啊，逃命本事不差，打架本事不顶，很不顶，白瞎了那份道传，看着就烦她。这婆姨要是没有被文庙留在这儿，如今在蛮荒天下的话，呵。"

仰止的一门本命神通谢狗眼馋很多年了，天生就不适合仰止，可若是被谢狗学到手，掰碎了嚼烂了，刚好能够补全谢狗的某份大道缺漏，一个不小心，就跻身十四境了。

事实上，当初小陌追杀仰止，白景就一直远远跟着，悄无声息，等到搬山老祖袁首出现后，她就跟着现身了。敢打我男人，问过我白景没有？二打二才公平，他们这对神仙眷侣对付一双妍头还不是手到擒来，咋个会输嘛。可惜小陌不愿与自己联手，直接就走了。

"我跟白老爷和文庙可是有约定的。不过嘛……既然是你开口，我可以考虑考虑，前提是你得保证我能活着离开浩然天下。"谢狗伸出一只手掌朝小陌挑了挑眉头，"好处呢？亲兄弟明算账，咱俩要是道侣也就不谈这个了，问题是咱们还不是嘛。"她抹了把嘴，"我如今翻书茫茫多，书上不就都是这么个路数？英雄救美，大恩大德无以报，只好以身相许了。搁咱俩身上，一样的道理！"

小陌正要说话，酒桌一边，陈平安悄然落座，笑道："小陌，千万别答应以身相许啊。"

至于谢狗身后，则又有人伸手按住她的貂帽："刚才不跟你计较，结果还是这么皮？"

谢狗缩了缩脖子，眼神幽怨："小陌小陌，赶紧帮我说句公道话，我胆子小，怕惨了。"

修道之人，神游万里算个锤子，这俩莫不是神游万年而至？

仙都山，青衫渡。

崔东山掰手指开始计数，将几个盟友名号一一报出："大泉姚氏、蒲山云草堂、太平山、玉圭宗、皑皑洲刘氏、中土玄密王朝郁氏，六个。暂时就这么点，有钱的出钱，有力的出力，各司其职，分工明确，相亲相爱，同舟共济。"

张直点点头："是个很好的搭配。"

一般的飞升境修士都拢不起这么个大好局势，这就是剑气长城末代隐官的潜在底蕴了。

吴瘦眼皮微颤，尤其是听到有皑皑洲刘氏就想要打退堂鼓了。如今他算是包袱斋桐叶洲分部的三把手，连二把手都没能捞着，属于降职任用，以观后效，要是再做不出点成绩，可是要被祖师堂秋后算账的。倒不是说皑皑洲刘氏赚钱心狠心黑，而是刘氏一向喜欢完全主导一桩买卖，外人只能从旁辅助，无法插手关键财脉的运转。

包袱斋内，很多买卖光动嘴皮子吹得天花乱坠是没用的，按照祖师堂规矩，谁要是看中了某桩生意，半数钱得自掏腰包。亏了，砸锅卖铁也好，与人借钱也罢，都得乖乖把钱补上；钱不够，立下字据，写张欠条，反正都得优先补上包袱斋的窟窿，绝不是拿了钱就可以大手大脚开销或是中饱私囊的。而且祖师堂会专门派出账房先生，身份有点类似战场监军，想要绕过此人在账目上动手脚，比登天还难。

吴瘦就有个师叔，足足七百年都在为包袱斋还债。遥想当年师叔最风光时，流霞洲天隅洞天都曾与师叔借过一大笔钱，光是每年吃利息就能躺着享福了，富可敌国算什么，可以说是富可敌洲。结果就是心太肥，搅和进了一桩上下宗的内部事务中去，大伤元气，偷鸡不成蚀把米。

崔东山瞥了眼吴瘦微妙的神色变化。精于赚钱，也只知道赚钱，看来是好了伤疤忘了疼。莫非张直这是赶来青衫渡钓鱼，以吴瘦作饵？就像大鱼难钓易脱钩，但是对张直这种老狐狸来说，一次提竿大鱼出水就可以大致推断出自家先生的心性，毕竟张直肯定没那胆子觉得自己可以真的一鼓作气钓起隐官陈平安，和落魄山、青萍剑宗两座新兴宗门。简而言之，张直就是奔着故意让大鱼脱钩来的，只为整个包袱斋作长远计。崔东山比较烦这个，就懒得七弯八拐，以心声直接问道："张直，你这么精明的人，为何要故意带着个吴瘦来这边自讨没趣？"

张直笑道："还是不如崔宗主和你家先生精明。"

"此话怎讲？小心点说话，你可别步吴老祖的后尘。"

"崔宗主何必明知故问。"

"张直啊张直，我装傻自有装傻的本事和底气，可你跟我装傻就是真傻了。奉劝一句，我如今是青萍剑宗的宗主，也可以跟着先生依葫芦画瓢下出第二道逐客令，你们包袱斋在桐叶洲南边的买卖我管不着，那边是玉圭宗的地盘，我跟现任宗主韦滢半点不熟，跟上任姜老宗主也不算太熟，但是北边的买卖，即日起，就别想顺遂了。"

当初宝瓶洲的包袱斋是被绣虎崔瀺驱逐出境的，下场跟刘桃枝的西山剑隐类似，都属于不欢而散，就此结下了梁子。崔瀺绝对不允许有任何外来势力在那场即将到来的战事中出现半点分歧，扯后腿，各行其是。这是因为战事未起，包袱斋就嗅到了危机。不过浩然九洲的包袱斋分部，只有吴瘦的宝瓶洲表现得过于市侩了。

陈平安根本不用去理会其中的弯弯绕绕，所以先前陈平安在桌上所谓的逐客令，就已经把话说得很明白。如今浩然天下和蛮荒天下的这场大战才打了一半，别想着把便宜占尽，既然有本事避害，就别再想着趋利了，至少宝瓶洲就别想了。

而张直故意带着吴瘦登门拜访，何尝不是一种试探？对于这个年轻隐官，张直有三件事需要验证：第一，他会不会担任大骊国师，继承文脉师兄绣虎崔瀺的衣钵；第二，青萍剑宗在这桐叶洲有无担任一洲仙府执牛耳者的野心；第三，陈平安的心性与绣虎有多相似，又有多少差异，他张直和包袱斋才好看菜下碟。

包袱斋在这边到底投入多少本钱，得先看过三个答案才能有个粗略的定论，因为包袱斋真正在意的两座渡口已经不在那个南方诸国恢复极快的宝瓶洲，而在桐叶洲和扶摇洲。天下九洲有仙家渡口处，或明或暗，几乎都有包袱斋的买卖。

崔东山突然笑道："吴瘦的包袱斋当年在宝瓶洲没有做什么见不得光的事情吧？"

张直淡然道："要是有，哪里需要米剑仙提醒吴瘦自己找个地方，我早就帮他挑好了。包袱斋是我一手创建起来的，我是劳碌命，事无巨细都喜欢亲自盯着，所以包袱斋始终就是个一言堂。举个例子，我要是中土大龙湫的宗主，处置小龙湫那几个吃里爬外的孽障，根本无须通过祖师堂议事，一言决之，只需派出龙髯仙君到小龙湫就地处决。做买卖的人有自己的生财之道，自古而然，只是生意人归根结底还是做人，还是要讲一讲底线的。买卖想长久，跟着大势走，可要是亏心事做多了，人不收天收。"

听到这里，崔东山点点头："这才算明白人说了些敞亮话嘛。"

张直说道："当年赶走了包袱斋，崔国师立即为宝瓶洲引入了范先生和商家，就像为后者清场。吃了这个闷亏，我们包袱斋认栽，咎由自取，没什么怨言。

"那就照陈先生说的，关于宝瓶洲重新开张一事，何时天下太平了，包袱斋和落魄山再来好好商议。至于桐叶洲这边，包袱斋诚意如何，底色又如何，我觉得可以用开凿大渎的合作一事作为开端。崔宗主意下如何？"

吴瘦知道自家祖师与白衣少年在以心声交流，他是悔青了肠子。早知道就跟那个小姑娘讨要一碗热茶了，也好过现在干坐着。

不知为何，那位年轻隐官又走出了屋子，身边还跟着那个拎着炉子的黑衣小姑娘。

现在吴瘦再瞧见这个洞府境的小水怪，堂堂元婴境，但凡在座诸位不觉得硌碜，他都恨不得跪地磕头高呼姑奶奶了。

周米粒又给所有人添了茶水，轮到吴瘦时，吴瘦赶忙低头与小姑娘连连道谢，差点热泪盈眶。

崔东山笑道："上个胖子同样走了遭仙都山，还不如你幸运呢。"

陈平安坐在长凳上，周米粒就坐在一旁。

陈平安从袖中摸出一把拢起来的玉竹折扇，轻轻放在桌上，笑道："方才在屋内才记起之前在鸳鸯渚仔细逛过张先生亲自开设的包袱斋，斋名和气。开门做买卖，果然是和气生财,我跟几个朋友大开眼界,好像还欠了张先生一个人情,两张字据。天下事,一码归一码,买卖不成仁义在。"

原来之前在和气斋内,陈平安一眼相中了这把珍贵折扇,只是当时身上没带多少神仙钱,囊中羞涩,不承想斋内很快就有一位符箓美人姗姗而至,主动提出可以让陈平安先行带走扇子,以后在任意一处渡口包袱斋补上钱就是了,事后包袱斋肯定会自行销毁欠条字据。之后李槐瞧上了那块好似盆景的仙山,一位老柳树精就栖息其中,包袱斋开价十枚谷雨钱,陈平安就又代替李槐订立了一张字据。

崔东山伸手拿过折扇,啪一声打开,扇面节录苏子《祈雨帖》,另外一面是谪仙山柳洲草书《龙蛰诗》。扇子本身完全可以视为一件水法重宝了,法宝品秩跑不掉的,资质好一点的剑修,运道好,拣选一个雷电交加大雨滂沱的时日,沐浴更衣之后,打开扇子,一边看草书一边看天候,机缘巧合之下,说不定还能学点昔年剑仙柳洲的些许剑意仙气。

崔东山疑惑道:"先生,当时包袱斋开在鹦鹉洲,好像不在鸳鸯渚。"

陈平安恍然道:"这样吗?那就是我记岔了。"

吴瘦都快崩溃了:隐官大人你说话这么有诚意的吗?

张直从袖中摸出两张字据,落款人都是落魄山陈平安,其中一张欠条是折扇的五十枚谷雨钱,另外一张是仙山盆景的十枚谷雨钱。

崔东山扫了一眼,就以迅雷不及掩耳之势飞快拿出六十枚谷雨钱,打算为先生分忧,把债务还清了,取回欠条。

别销毁啊,得保留下来,以后可以给嫩道人瞅瞅。十枚谷雨钱?傻了吧,那位老柳树精可是与纯阳真人吕喦论过道的,拳头大小的山石上边,"仙山"二字可是吕喦以剑气书写,这等崖刻,可是真迹!

但是张直却以手指按住两张欠条,笑道:"陈先生今天给出六十枚谷雨钱就算结清债务了,按照规矩,这两张欠条需要立即销毁。但是我想要跟陈先生打个商量,我们包袱斋能不能花七十枚谷雨钱,相当于与陈先生买下这两张借据?"

周米粒呆住了:好人山主的字,不过两句"落魄山陈平安"就赚了十枚谷雨钱,这么值钱的吗?!

陈平安笑着摇头:"太不合规矩了,还是钱货两讫比较清爽。"

张直笑道:"并不是专门为陈先生破例,这种事,包袱斋历史上不乏前例。"

崔东山冷笑道:"七十枚谷雨钱,打发叫花子呢?七百枚!"

周米粒又震惊了:大白鹅,不对,可爱可敬的大师兄跟人做买卖,一向喜欢这么狮子大开口吗?不怕被人打啊?

不承想那个张先生立即从袖中摸出只大袋子放在桌上,迅速将两张欠条收回袖中:"那就一言为定,就此钱货两讫!"

"落魄山陈平安"的真迹以后只会越来越值钱,当然很难值钱到十二个字就需要用七百枚谷雨钱去买的份上,那也太夸张了,几十枚谷雨钱是比较恰当、稳妥的价格,以后和气斋碰到千金难买心头好的山上土财主,不愁卖。但这可是两张欠条,意义非凡,尤其还是陈平安参加中土文庙议事之前订立的字据,这就等于多出个意义深远、极有嚼头的历史掌故了,如此一来,七百枚,真心不贵。

吴瘦看到这一幕后,心中佩服不已:不愧是自家包袱斋的老祖师,做买卖足够果决,出手够快够狠。

崔东山小心翼翼地去拽那一大袋子谷雨钱。亏得不是官场,不然这算不算是某种雅贿?唉,运气来了挡都挡不住,天上又掉了七百枚谷雨钱下来,自家账房先生种秋得多高兴啊。

陈平安面带微笑地看着做贼似的崔东山,崔东山只得中途更换路线,将钱袋子推到周米粒跟前,语重心长道:"右护法,此钱归公,记得好好保管啊,回头交给风鸢渡船上的韦账房,不许贪墨啊。"

周米粒双手抱住钱袋子。嘿,真沉!小姑娘挺直腰杆:"得令!"

她突然皱了皱眉头,偷偷看了眼出手阔绰的张先生,挠挠脸,还是没说什么。

她如今可穷了,私房钱零零碎碎攒一起也凑不出一枚谷雨钱,这要是出了纰漏,钱袋里少了一枚谷雨钱,岂不是把自己卖了也还不上债务啊?

张直微笑道:"刚好七百枚,不多不少,小仙师只管放心。"

被看穿心思的周米粒笑容腼腆:张大仙师真是善解人意的好人呢。

陈平安摸了摸周米粒的脑袋,朝张直笑了笑。

张直笑问:"陈先生、崔宗主,能不能冒昧问一句,桐叶洲开凿这条大渎,第一笔神仙钱,大致数目是多少?"

崔东山啧啧道:"还真不是一般的冒昧。"

都是老狐狸。要是被张直知道了这笔谷雨钱的数量,未来那条大渎的规模其实就可以大致估算出来了,一个不小心,以包袱斋的精打细算,甚至可以完全绕开青萍剑宗这些势力早早布局,仔细研究桐叶洲中部堪舆画卷和各国山水形势图,再以两个方向各自入海的大泉埋河和沛江作为推演起始,就有一定把握演算出一条大渎水道走势,再暗中与那些早就穷疯了的王朝皇帝、藩属君主低价购买那些暂时看来完全不值钱的山头、地盘,迅速交割地契,就可以等着大渎找上门去了,财源滚滚,旱涝保收。所以陈平安直截了当摇头道:"恕不奉告。"

张直说道:"包袱斋确实希望通过大渎开凿一事既求利也求名,并且求名更多,可以少挣钱,甚至是完全不挣钱。我们不会也不宜绕开青萍剑宗另起炉灶,同样的错误再犯一次,得不偿失。"

崔东山双臂环胸："你们包袱斋在浩然天下的名声确实真就一般,很一般了,比起皑皑洲刘氏差了何止十万八千里,比起范先生的商家同样差了几十条街。试想一下,千百年后,包袱斋子弟每逢路过桐叶洲,别管是奔波劳碌挣钱还是闲逛山河的,只需看着奔流到海不复回的那条大渎流水,无论是乘船渡水还是站在岸边,或是在仙家渡船上俯瞰那条横贯桐叶洲东西的蜿蜒水龙,都可以问心无愧地与朋友笑言几句,学吴老祖这般吹吹牛皮,说这条大渎有咱们包袱斋一份功劳!"

陈平安微笑道："人过留名,雁过留声。"

撇开一门心思只求证道长生不朽的,那么剑术高的、拳头硬的、有权势的、兜里有钱的,总得给世道留下点什么。

吴瘦叹了口气:你们俩搁这儿唱双簧呢?结果吴瘦就又看到那个眉心有痣的白衣少年直愣愣看着自己,瞬间身体紧绷,心中叫苦不迭,所幸有张直帮忙解围,继续先前的话题："这种泽被苍生功在千秋的事业,确实不可以单纯追求账面上的盈利。"

张直继而笑道："实不相瞒,之所以这次只带吴瘦来碰壁,是因为掌管桐叶洲包袱斋的那对道侣话事人,再加上那个出身包袱斋祖师堂的账房,三人都对隐官大人太过敬仰。他们跟只认钱的吴瘦不一样,以致我都要担心他们过来根本不会讨价还价,见着了隐官大人,一个意气用事,就太不把买卖当买卖了。"

陈平安一笑置之。这种生意场上的客气话,听过就算,不用当回事。

张直旧事重提："那就算上我们一份? 六千枚谷雨钱,桐叶洲包袱斋占一半,我再自掏腰包补上另外一半。"

崔东山问道："谁求谁呢?"

张直笑道："当然是我求你们。"

崔东山转头望向先生。大方向,当然还得先生拿主意。

陈平安点头说道："张先生可以提要求了。东山,在这之前,你给张先生说说大致情况。"

崔东山这才开始拿出些许诚意,与包袱斋说明了第一笔神仙钱的出资情况："青萍剑宗给出三千枚谷雨钱,玉圭宗拿出五千枚,大泉姚氏会与青萍剑宗和玉圭宗分别借一千枚谷雨钱,皑皑洲刘氏和玄密王朝郁各自拿出一万枚和两千枚谷雨钱。这些钱很快就会陆续到账,而这还只是第一阶段的投入。

"想要开凿出一条崭新大渎,工程浩大,牵扯到方方面面,只说大渎沿途各个恢复国祚或是另立正统的新旧朝廷借此机会以工代赈,救济背井离乡的灾民,动辄需要动用数以百计的劳力,各国既能借机收拾旧山河,也能将各地难民聚拢在一起,有朝廷和各地官府集中管理,最少也能保证国境内不至于一遇到荒年就饿殍千里、白骨盈野。

"此外,皑皑洲刘氏承诺会主动提供三百条不同规模的符舟帮忙运送百姓去往崭新大渎河床处,只是这些刘氏私人渡船的灵气消耗、掌控符舟的仙师等一系列人手调度、渡船辗转各地的神仙钱开销,都由沿途各国自行负责。"

张直听过之后,心里大致有数了,刚想开口说话,崔东山就已经加重语气提醒道:"张直,你要知道,刘氏和郁氏出了这么多钱,运作不当,亏了就亏了,就当是打了水漂,绝无怨言,可没有任何欠条字据的。即便将来可以挣钱,大渎一起,不管未来如何盈利,刘聚宝和郁泮水都早已承诺,白纸黑字,都是签订好契约的,两家最多只挣本金的一成。赚到了这笔神仙钱,桐叶洲大渎就等于跟他们没有半枚神仙钱的关系了。"

至于具体的大渎收益从何而来,想必是张直和包袱斋最感兴趣的,只是对不住,得先见着了真金白银才有资格知晓,不然就猜去。

张直说道:"在钱财上算账,我们一样可以学刘财神和郁泮水,亏了认栽,赚了最多收取本金的一成数额。此外,包袱斋额外的,也是唯一的要求,就是大渎沿途所有仙家渡口,不论新旧,都建造包袱斋,各国朝廷不收地租,都算包袱斋花钱买下的,更清爽些,不用扯皮,空耗精力。除非当地王朝更迭,换了国姓,到时候再来另算归属,否则买卖就是一口价。至于渡口各个新建包袱斋的具体价格,我会让吴瘦他们去谈,也算给了各国朝廷一笔额外收益,不至于让诸国君主和户部衙门一谈到钱就觉得捉襟见肘,容易拖延了大渎开凿工程的进展。"

崔东山气笑不已:好家伙,这是明摆着抢地皮来了。

张直笑着解释道:"仙家渡口有无包袱斋,人气还是很不一样的。"

吴瘦终于觉得有机会将功补过了,刚想要卖个人情,说可以率先在青衫渡掏钱,人力物力财力都由桐叶洲包袱斋出,包圆一座仙家渡口该有的各色建筑……只是还没张口,就见张直转过头来,双指并拢,轻轻敲击桌面:"吴瘦,老老实实喝你的茶。"

难得动怒的包袱斋老祖真给气到了。要是有私心,青萍剑宗何必消耗那么多的山上香火情作为大渎开凿的发起人,填补这个好像无底洞一般的窟窿?你吴瘦要是开口给出心中那个建议,就等于昭告一洲山河:不,你们青萍剑宗其实是有私心的。

崔东山笑嘻嘻道:"张先生就不要苛求所有属下都与你一般视野开阔,有个天大格局了,不然如今包袱斋早就将商家取而代之了,自立为祖,或是被范先生青眼有加,请去当个商家三祖。"

张直无奈笑道:"这种话可不能外传。"

确实就如崔东山所说,一个门派里边,行事风格,挣钱方法,不可能全如自己一人。

陈平安站起身,笑着抱拳告辞:"既然方向谈妥,接下来就只是磨细节了,就让东山跟张先生细说,该吵吵该骂骂,不用客气,就都当好事多磨了。"

张直站起身,抱拳相送。

陈平安对吴瘦笑道:"今天咱俩才算真正认识了,以后就别与外人吹嘘一起喝过酒了,反正一起喝过茶是真的。"

吴瘦小鸡啄米,信誓旦旦保证道:"晓得晓得,隐官教诲,铭记在心。"

随后,陈平安就带着周米粒,还有米大剑仙一起离开青衫渡,徒步返回密雪峰。

周米粒问道:"好人山主,一起回家吗?"

陈平安笑着点头:"算是半路吧,等风鸢渡船到了老龙城,我再陪着宋前辈下船走上一段,然后就会独自赶回落魄山,肯定比你早到家。"

周米粒点点头:"这敢情好。"难得好人山主等自己返乡,不是自己等好人山主回家哩。开心开心贼开心,比过年收红包还开心。

米裕回头瞥了眼吴瘦,问道:"隐官大人,真就这么算了?"

陈平安揉了揉周米粒的脑袋:"要不要打他一顿出出气?"

周米粒咧嘴笑道:"又不生气,出啥气? 行走江湖要大气!"

陈平安收起手,笑着点头:"米大剑仙,听见没有? 学着点。"

米裕就想要学隐官大人揉揉周米粒的脑袋,结果被小姑娘伸出手掌拖住手腕,着急道:"余米余米,干吗呢干吗呢,再摸脑袋可真就不长个儿啊!"

米裕犹豫了一下,以心声问道:"隐官大人,你不是一直对那位包袱斋老祖师十分仰慕吗? 就不借此良机多聊几句?"

陈平安笑道:"仰慕是真,不过就像张先生自己说的,跟仰慕的人合伙做买卖,很容易脑子一热就失了分寸。再者,我看着那个心宽体胖的吴老祖就烦啊。"

桌子那边,崔东山开始与张直诉苦。

原来,为了开凿大渎一事,临时组建成一个类似祖师堂的存在,自家青萍剑宗这边会派出种秋和米裕,不可谓不重视。玉圭宗由王霁出面,大泉王朝派的是礼部尚书李锡龄,再加上一位专门为此事离开京城的户部侍郎,也算一种机遇难得的官场镀金了。蒲山云草堂的薛怀,还有太平山那边,来的是护山供奉于负山。皑皑洲刘氏和中土郁氏也都会各自派遣一人赶来桐叶洲,极有可能是那个居心不良被套麻袋的刘幽州,以及与隐官大人和裴钱都是老朋友的郁狷夫。此外,未来那条大渎沿途诸国也可以各自安排人手参与议事,能够在这座"祖师堂"拥有一席之地。

只说青萍剑宗这边,除了会动用崔东山的那拨符箓力士,还有金师、摸鱼儿和挑山工在内的傀儡。种秋担任账房先生,首席供奉米裕亲自带队,陶然陶大剑仙负责护道,何辜、于斜回,再加上老虬裴渎,甚至还会从落魄山挖来元婴境水蛟泓下,以及云子。

当然,还有三位搬山倒海易如反掌的大人物,崔东山暂时没有为包袱斋泄露天机:东海水君王朱、旧王座大妖仰止,和拥有半部《炼山诀》的蛮荒桃亭,如今的嫩道人。

万事俱备。

添加茶水的人换成了胡楚菱。

崔东山喝完最后一碗茶水，叹了口气："张直，真不是我说你啊，我家先生原本对你可是极为敬重仰慕的，你说你瞎试探个啥，这下好了，差点翻脸，亏得我辛苦补救，今日见面才算有个善始善终，又开了个好头。"

张直自嘲道："见面不如闻名。"

崔东山感叹道："千秋万古天下事嘛，总是意外又不意外，生于虑，成于务，失于傲，得于真，归于淡，留于忆，死于忘，活于……张直，我没词了，你来补上。"

张直摇头，以心声道："张某人才疏学浅，不如绣虎真知灼见，当然不敢狗尾续貂。"

崔东山疑惑道："你曾见过我？"

张直更是疑惑，这是个什么问题？只得道："当年在宝瓶洲，不是你自报名号，再亲口让我滚蛋的吗？"

崔东山点点头："那就是我学到了先生的学问精髓之一，不小心记岔了。"

直到张直这天离开青衫渡，密雪峰上的洛阳木客庞超也没有露面与这个山中晚辈叙旧。

风鸢渡船开始起航南下，陈平安和周米粒都登了船，米裕随行。这趟走完，米大剑仙就需要全身心投入到大渎开凿一事当中去了。

密雪峰宅邸书房内，与先生和小米粒道别之后，崔东山返回此地，当下坐在椅子上，一旁站着掌律崔嵬。

墙壁上挂着一张宣纸，以古篆额书"青萍剑宗"，下边写着一些人名木牌和旁注，以不同境界划分。

最高处书写"十四境"三字，空白。

其下飞升境，依旧暂时空缺。

仙人境这一栏，有崔东山，半剑修；米裕，剑修。

下边的玉璞境，有柴芜，半剑修，宣纸上犹有一行蝇头小楷：最多十年，争取五年。

元婴境，有崔嵬，剑修；隋右边，剑修；裴渎，老虬。

金丹境，有曹晴朗，半剑修；陶然，剑修，旁注一句：需要补剑；吴钩，鬼修；萧幔影，鬼修。

崔东山问道："崔嵬，知道浩然宗门的行情吧？"

崔嵬点头道："清楚。"

崔东山说道："所以你身为我们青萍剑宗的掌律祖师，必须要比隋右边更早跻身玉璞境。隋右边不争这个是她的事，她也有资格不着急去打破元婴境瓶颈，但这不是你不抓紧的理由。"

崔嵬说道："先前小陌先生在落宝滩道场传道授业，我曾多次请教剑道，豁然开朗，受益匪浅,三年之内,必定玉璞。"

崔东山嗯了一声:"这可是你自己说的,过了三年不成事,那就别怪我翻脸。"

在浩然天下,一座宗门是否有资格被称为顶尖,有一道门槛,就是当下有无飞升境大修士坐镇。一流宗门则是有无仙人境当金字招牌,其中,祖上出过飞升境的天然高人一等,宗门内拥有两位甚至更多仙人境的又瞧不起只有一位的。二流宗门可能暂时没有仙人境,但是拥有数位玉璞境,或者说其中有闭关多年、有望仙人的玉璞祖师。三流宗门只有一位玉璞境,有些青黄不接的宗门甚至已经没有玉璞境祖师或宗主了。

当然,"宗"字头就是"宗"字头,不是谁都可以不当回事的,在一般谱牒修士和山泽野修眼中,还是高不可攀的庞然大物。

崔东山笑问:"崔大掌律,你知道我为何要选择此地作为青萍剑宗的根基所在吗?"

崔嵬摇头道:"不知。"

崔东山靠着椅子,拧转手腕:"其中一点,是想要找个隐世高人。他生平最不喜欢打架,却偏偏很能打,当年就是他找到了绯妃的撤退路线。不过这位行踪不定的散仙最大的能耐还是铸剑,却不是浩然人氏,来自青冥天下。既然是敌人的敌人,那就是朋友了嘛。"

崔嵬问道:"姓名道号?境界如何?"

崔东山道:"你不用知道这些,只需知道有这么一号人物就行了,迟早能碰面的。"

青冥天下首屈一指的铸剑师徐夫人。他并非女子,只是姓徐名夫人。

"云水悠悠,与君共愁,花下真人道姓徐,唯梦闲人不梦君,一路沽酒到余杭。自言嗜酒见天真,豁得平生俊气无。

"这位称得上是世外高人的修道之人,其实暂时出不出现都无所谓了,反正都需与我仙都山借东风。"

第八章

太平年

一艘风鸢渡船南游桐叶洲，中途停靠在蜃景城外桃叶渡。按照与大泉王朝的约定，渡船会帮忙运送一批物资至玉圭宗碧城渡和最南边的驱山渡售卖。

宋雨烧依旧是青衫长褂布鞋的装束，孑然一身，登上渡船。

没有见到韩光虎和简明随行，米裕神色玩味。

周米粒整个人挂在栏杆上边轻轻踢腿。挺遗憾的，还是没能瞧见裴钱小时候说过长得跟花儿似的大泉皇帝陛下哩。裴钱那会儿还言之凿凿地说那个叫姚近之的水灵姐姐瞧师父的眼神，呵呵，戏可多啦。

等到货物悉数装上渡船，风鸢继续南下。陈平安陪着宋前辈小酌了几杯，宋雨烧说府尹大人最近忙得焦头烂额，实在脱不开身，因为韩宗师愿意主动担任大泉国师一事可谓震惊朝野。

宋雨烧喝着酒，聊过了大泉庙堂的一些事，说道："开凿大渎，事情太大，需要名正言顺，有件事是注定绕不开的，你想好怎么跟那几个书院聊了吗？"

这事得获得中土文庙的许可，跟桐叶洲三座书院也得先通通气，免得节外生枝。

陈平安点头道："文庙那边，先生会帮忙敲定，至于天目、大伏和五溪三座书院，我会一一拜访。中部大伏书院把握最大，我与山长程龙舟是旧识；五溪书院的周山长想来也问题不大，我与副山长王宰还是朋友，王宰肯定会从中斡旋；最大的问题还是天目书院，范山长出身亚圣一脉，治学严谨，行事稳重，也就意味着做事情相对保守。另一变数就是如今担任副山长的君子温煜，此人极有才华，魄力更大，才到书院没多久就直接摆出架势,山上书院事他要管,山外王朝事他更要管,谁不服气就找他温煜嘛,反正都归他管。"

宋雨烧笑道:"连我都听说过这位正人君子,可想而知温煜的名气有多大了。"

温煜不是桐叶洲本土人氏,曾经在婆娑洲战场全权主持一地战事,活活坑死了一个管着某座军帐的仙人境妖族。

陈平安一本正经道:"温山长名气再大,比我还是要略逊一筹的。"

如果没有这趟打道回府,陈平安原本是打算将这些与书院的对接事务交给种夫子的,读书人跟读书人好聊天。

宋雨烧忍俊不禁道:"跟我吹牛皮有啥意思,你小子有本事当面说去。"

陈平安提起酒碗,笑道:"我又不是缺根筋,如此傻了吧唧见面打人脸,也太不江湖老到了。"

既然都说万事开头难,位于南边的五溪书院有周密和王宰一正一副两位山长在,想必可以有个不错的开头。

宋雨烧欲言又止,然后自顾自笑着饮起酒来。

蜃景城内的风言风语可不少,根据一些传得有鼻子有眼的小道消息,好像就连韩宗师担任国师一事都成了一种欲盖弥彰的手段了。市井坊间,还有桃叶渡,大多言之凿凿,说肯定是某人鼎力举荐的结果,否则韩宗师怎么可能来蜃景城?由此看来,那位年轻隐官得是多挂念咱们大泉王朝,才愿意如此拐弯抹角为姚氏出力啊。

陈平安疑惑道:"宋前辈,是先前在蜃景城内听见了什么趣闻,见着了什么奇事,才这么开心?"

宋雨烧笑道:"倒也不算什么奇事趣闻,只是些道听途说的儿女情长,也不晓得真假,反正我在姚府,一个金身境都不是的武夫,很受礼重啊。"

陈平安苦笑道:"喝酒喝酒。"

大泉王朝,埋河畔的水神祠庙香火鼎盛,敬香之人络绎不绝。

祈雨碑前站着一个荆钗布裙、中人姿容的妇人,腰别一把蒲扇。

妇人脚边蹲着个少女模样的河婆小姑娘,也不觉得那块碑文有啥好瞧的。

这对刚刚成为师徒的外乡游客正是从中土神洲跨洲游历桐叶洲的仰止和甘州,如今朝湫河婆是仰止的正式弟子了。

仰止当下化名景行,道号高山,是中土神洲一个小国境内香榧山神祠的记名客卿。至于那件品秩极高的法袍,如今被仰止施展了障眼法,穿在了弟子甘州身上,用来淬炼后者的河婆金身。这本身就是一种千载难逢的修行,破境一事注定势如破竹,毕竟这可是数座天下的十大法袍之一。

仰止轻声问道："穿在身上,还觉得步履蹒跚吗?"

甘州抬头笑道："师父,好多了。"

仰止点头道："什么时候行走间觉得不拖泥带水了,就算大功告成。"

甘州玩笑道："师父,到时候还你啊,可别不收。"

仰止笑道："也没想着送你,别自作多情。"

甘州哈哈笑道："还以为师父会送我呢,我再婉拒一二三次,最终归还师父,师徒情谊越发瓷实了嘛。"

仰止笑了笑。捡了个活宝当弟子,这一路远游倒是不乏味。

甘州蹲在地上,扯了扯法袍领口,问道："师父,这件衣裳老值钱了吧?"

修道之人的法袍穿在山水神灵身上,竟然就相当于淬炼金身了,确实闻所未闻。不过甘州觉得自己也确实没啥见识,这次跟着师父出远门,直接就是跨洲游历,还是大姑娘上花轿——头一遭呢。

仰止点头道："同等品秩的法袍确实不多见。"

在万年之前的远古岁月里,那个昔年一直以少年姿容现世的大妖独占两件,他与白景等大妖失踪后,这两件山上至宝就散落在蛮荒天下两座宗门内,仰止不是不眼馋,实在是不敢轻举妄动。此外,道祖赐给余斗的那件羽衣,并州青山王朝的雅相姚清身上也有一件差不多品秩的,幽州地肺山华阳宫道号巨岳的高孤又有一件。浩然天下这边,符箓于玄的紫气,再加上龙虎山当代天师赵天籁身上那件道脉……所以就有了"天下头等法袍,道门占一半"的说法。

仰止打算先走一趟大泉埋河,再去燐河,以及蒲山附近的沛江。

埋河与沛江蜿蜒入海,可就像练气士的根骨,受先天限制,如果没有人力干预,是绝对没有大渎资质的。一个只有中五境资质的修道坯子想要跻身上五境,只能是靠极多的福运机缘来补。

仰止突然转头望向北边天幕,云海中,大概是蠡景城桃叶渡附近,有艘渡船缓缓落下。她立即收回视线,不敢多看,因为她担心那条渡船上有个万年之前就不对付的剑修,仇人见面分外眼红。

仰止幽幽叹息一声,扯了扯嘴角。其实真正的心腹大患还是白景,与前一位剑修的仇怨只是意气之争,并不涉及非要杀出个你死我活的大道之争,但白景却是觊觎自己的某份传承很多年了。事实上,仰止早年之所以会与真名朱厌的搬山老祖眉来眼去,就是一种逼不得已的结盟,只求不被白景问剑一场,肆意搅乱曳落河。

白景肯定没死,死了谁都不会死了这个难缠至极、阴魂不散的家伙。

如此说来,自己身在浩然天下,远离蛮荒,反而是一种不幸中的万幸?

埋河水神庙附近的碧游宫内,柳柔正在亲自款待客人。对方是一位被俗称为东海妇的自家人,反正都是水神娘娘嘛,虽说两家隔得很远,一东一西,但是对方主动登门做客,柳柔还是很热情的。眼前这位名叫寇渲渠的沛江源头水神是有事相求来了,好说好说,就是想要来埋河走水,小事一桩。

寇渲渠作为沛江水神,又是蛟龙之属的水裔出身,当然不可能在自家沛江走水,所以先前作为邻居又是好友的蒲山叶芸芸就帮寇渲渠跟姚近之牵线搭桥,姚近之再询问埋河碧游宫。其实柳柔那会儿就已经给过答复了,很简单,就俩字:欢迎。

这样就算敲定了寇渲渠来埋河走水一事,唯一美中不足的是,碧游宫的待客之道,寇渲渠好像早有耳闻,一见面就说不饿,她也不善饮酒,喝茶就好。

今天寇渲渠亲手煮茶,是沛江出产的云雾茶。柳柔喝着茶水,客气道:"这茶水好喝,好喝啊。"就是滋味淡了些,跟喝水没啥两样嘛。无妨,喝了个水饱也是饱。

柳柔在想着如何捣鼓出个合适的开场白,好与寇渲渠询问好奇已久的某事,道听途说,捕风捉影,总不如当事人亲口给出答案。

沛江的源尾两地分别祭祀东海妇和青洪君,却都属于不被当地朝廷封正的淫祠,再加上寇渲渠的大道出身,就可以通过走水来提升修为境界了。而且最有意思的地方是两地水神庙内同时有两尊神像,这就像一座土地庙内同时供奉土地公、土地婆了。

只是这种涉及隐私的内幕,柳柔再好奇万分,总不好直不隆咚当面询问,所以柳柔憋了半天也才憋出一个自认得体的问题:"青洪君没有一起来?"

寇渲渠摇头笑道:"没来。水神离开辖境并不容易,何况青洪君还不是正统水神。"

柳柔哦了一声。按照那些志怪幽明小说的记载和渲染,这位家不得归的东海妇其实是东海龙女出身。柳柔是水神,今天见到寇渲渠,第一眼就看出这种说法是无稽之谈。如此才对,真当斩龙一役是闹着玩的? 柳柔偷偷摸摸取出一本书,咳嗽一声,装模作样地放在桌上,很是深思熟虑了一番,结果用了个最蹩脚的理由:"渲渠啊,书上总是喜欢瞎说故事,乱传事迹,对的吧?"

寇渲渠看了眼书名,心中了然,微笑道:"一半是真一半是假。这本书我也翻过,书上说我是东海水域某座龙宫的龙女,喜欢舞文弄墨,幻化成富家千金小姐,带着贴身侍女乘船通过沛江游历内陆,让书生帮忙抄写经书、诗文。其实也不算胡乱编造,因为的确是有这么些事,只不过当时是小姐故意让我扮成她,然后由她来假扮侍女。"

柳柔神采奕奕,两眼放光:"然后真就惹来了一位五岳山君,命令麾下爱将青洪君打翻楼船撞拦去路,结果误打误撞将你强掳回去了,金屋藏娇,在沛江源头为你建造水府私宅,害得你每逢思乡就会泪如雨下,沛江就会发洪水? 如果真是这样,这位山君做事情可就不地道了。你只管放心,回头我与一位小夫子帮你讨要个说法,这位小夫子可了不得,有他出手主持公道,定会还你一个自由身……

"啊？不是这般曲折的？难道是桐叶洲山上仙师讲的另外那种说法，是你家小姐为了逃婚，与早就瞧对眼的青洪君暗结连理，那山君是有意成人之美，当了一回月老？所以自家小姐私奔，你只是个障眼法，算是掩人耳目？如此说来，确实缠绵悱恻，可歌可泣！"

寇渲渠满脸无奈神色，犹豫不决。她实在不愿诓骗这位埋河水神，只得挑选一些但说无妨的内容："这个故事里边，不管是与青洪君，还是与那位宅心仁厚的山君，都不曾牵扯到男女情爱。"

柳柔大失所望，悻悻然收起桌上那本书，轻声埋怨道："读书人不厚道，尤其是写书的，骗人真有一套。"

寇渲渠嫣然而笑。

柳柔哈哈笑道："话不投机半句多，酒逢知己千杯少。渲渠，我们都喝一个，我干了，你随意……哈，是茶水，一样一样。"

埋河附近的海陆交汇处，一行人辟水登岸现身，为首之人正是东海水君，真龙王朱。她带着四个水府扈从，李拔、黄幔、宫艳、溪蛮。

他们几个身份都不简单，能够凑到一起成为同僚，实属难得。

玉道人黄幔是仙人境鬼修，擅长呼风唤雨，只是与昔年浩然武学第一人张条霞有恩怨。

道号烨掌的李拔来自金甲洲，曾是一个已覆灭王朝的国师，执掌青章道院，身份地位有点类似俱芦洲大源王朝崇玄署的国师杨清恐。他与完颜老景也曾是关系莫逆的忘年交。

溪蛮是九境武夫，出身流霞洲，陆地土龙之属，有望跻身止境。

宫艳小名阿妩，扶摇洲本土修士，宗门在那场战事中伤亡惨重，祖师堂和山头都被打没了。宫艳没有当那中兴之祖的心气和能力，只赚钱一道还算擅长，所以这些年唯一能做的就是暗中接济那拨志向远大的宗门晚辈，遇到麻烦时，再与水君王朱打声招呼，看看能否搬出东海水府的招牌帮忙渡过难关。

宫艳倒是与那个姓纳兰的女剑修一直有联系，对方早先自称来自倒悬山水精宫，据说如今已经顺势担任了雨龙宗的新任宗主，挤走了云签，让这个性情柔弱的玉璞境女修转去担任掌律祖师了。

这位身为剑修的雨龙宗新任宗主曾经在山水窟与宫艳合伙挣了一大笔神仙钱，所以念旧情，前不久邀请宫艳担任首席供奉，或者当个白拿钱不干事的首席客卿也成。宫艳也没直接拒绝对方的好意，暂时用了个拖字诀。

王朱开口说道："这次除了去一趟更改年号的虞氏王朝外，还要见个人，不用等也不用找,对方会自己找上门来。"

宫艳妖媚笑道:"只要别是那个大名鼎鼎的年轻隐官,见谁都好说。"

除了陈平安,就他们这一行人,见谁都不怵嘛。寻常飞升境又如何,身边这位东海水君不也是飞升境?谁敢说句重话?

说到这里,宫艳小心翼翼地看了眼王朱的脸色。听见隐官这个称呼,王朱没有丝毫异样,置若罔闻。

宫艳又转头望向队伍最后边一个可怜兮兮的小家伙,他的额头微微隆起,显然炼形成功没几年。主要还是给饿的,一直就没吃饱过。

少年这么多年一直跟在王朱身边,修道小成之后,勉强有了个人样,就被赐姓王,名琼琚,字玉沙,再赏了个道号寒酥,正是泥瓶巷那条经常被宋集薪丢到隔壁又跑回自家,再被稚圭用脚尖踮踮的四脚蛇。

此刻王琼琚身后斜背着一只包浆油亮的紫皮葫芦,是件被主人从大海中捞起的远古遗物,古篆"捉放"二字。

察觉到宫艳的视线,王琼琚腼腆一笑,宫艳就越发好奇那座巴掌大的小镇了,以后有机会,真要去亲自逛一遍。

按照与王朱的约定,等到浩然水神走镖一事彻底结束,他们几个就可以与水府各自解契,是走是留,王朱都随意。

其中李拔和溪蛮打算一起去宝瓶洲大骊陪都投靠藩王宋睦。一个是当过国师的,一个是那岸上土龙出身,都想要碰碰运气,试图扶龙一把,当那从龙之臣。至于黄幔和宫艳,一个身份特殊,不宜抛头露面;一个是悭懒货,除了挣钱,没别的上心的事。所以黄幔打算继续留在王朱身边,靠着笨功夫一点点积攒功德,然后看能否找一块安稳地盘开山立派,至于是不是宗门,黄幔并不看重。

宫艳忍不住问道:"王朱,那座县城小镇真有那么深不见底?"

是王朱自己要求他们不用任何敬称,喊她名字就行的。

王朱点点头,淡然道:"修士境界越高的,越别去瞎逛荡。"

宫艳笑道:"咱们这拨人都还算见过世面的……"

王朱冷笑道:"世面?多大的世面?你们见过几个飞升境和十四境站在眼前?"

道路旁凭空出现一抹白色。只见那人手持一物,再一个金鸡独立,抬手高举照妖镜,朝宫艳一阵晃悠:"呔!妖怪鬼魅哪里跑,还不快快现出原形!"

又来!同一个脑袋进水的白衣少年,最过分的,是连今天的姿势和话语内容都一模一样。

风鸢渡船上,陈平安又陪着宋雨烧喝酒聊闲天,米裕过来敲开门,笑道:"王宰正在赶来的路上,身边还跟着同样悬佩玉牌的儒生,估摸着是位君子。"

宋雨烧挥挥手:"你先忙去,我就不凑热闹了。"

陈平安站起身,跟着米裕去往船头,迎接两位主动找上门的书院贵客。

陈平安率先作揖道:"鸣岐兄,多年不见。"

王宰字鸣岐,他刚想抱拳意思意思,见状只得正儿八经地作揖还礼:"见过陈隐官。"

双方确实是旧识了,相逢于剑气长城,王宰还成了唯一一个拥有酒铺无事牌的书院儒生。

一旁的好友温煜亦是主动作揖:"天目书院温煜,见过陈先生。"

五溪书院山长周密,也就是与文海周密同名而没少被修士笑话的那位,先前担任俱芦洲鱼凫书院山长,要不是脾气太差,公开扬言蛮荒妖族隐匿修士他见一个宰一个,甚至还曾离开书院参与搜山,亲自出手打杀了几个,以致落了个去功德林关禁闭的下场,否则早该顺势升为某座学官的司业了。

儒家七十二书院,一正二副三位山长,其中副山长各有分工,一务虚一务实,温煜就是负责全部庶务的副山长。要知道,如今按照文庙议事的决策,在二十年后,山下王朝各国的礼部尚书都必须是儒家书院出身,这就意味着温煜这种副山长几乎就成了山下各国的太上皇。

陈平安笑着抱拳道:"久闻温山长大名,幸会幸会。"

王宰无奈道:"陈平安,咱俩才是朋友吧。"

陈平安说道:"当年咱俩依依惜别,各道珍重,结果鸣岐兄重返浩然也没能运筹帷幄,做掉一个仙人境妖族修士啊。"

王宰一时语噎,结果被陈平安抓住手臂,笑道:"代替书院兴师问罪也好,只是新朋旧友叙旧互道辛苦也罢,都先喝酒。"

一行人来到米裕屋里,米裕就要关门离去,不承想温煜抱拳笑道:"恳请米剑仙一起留下饮酒。"

米裕一头雾水:你又不是曾经去过剑气长城的女子,有什么理由挽留我?

陈平安笑道:"那就一起喝酒。"

米裕顿时觉得不妙:万一温煜有那沾亲带故的山上仙子,岂不是要坏了隐官大人的大事?此地不宜久留!他硬着头皮说道:"还需要闭关炼剑,我就不作陪了。"

温煜说道:"我曾亲自在战场上拷问过几个妖族修士,其中便有提及米剑仙的,咬牙切齿,恨意极大。"

米裕松了口气:早说啊,吓我一跳。被浩然女子挂念与被蛮荒妖族记恨,本就是人生两大快事。

如此一来,米裕腰杆就硬了,摆手道:"你们聊,以后我与温山长不缺喝酒机会的。"

温煜笑着点头:"那就这么说定了,下次风鸢渡船路过天目书院,我会早早备好酒水恭候米剑仙。"

王宰就很有点胳膊肘往外拐了,以心声与陈平安笑道:"看见没,这家伙与米裕未曾见面就投缘是千真万确的,因为都是狠人。"

陈平安笑答道:"温煜这次拉上你一起找上门,是先有北方小龙湫一事,再有擅自建议开凿大渎一事,打算两罪并罚了?只是天目书院怕我掀桌子,青萍剑宗和天目书院就此闹翻,范山长就让你出山,好从中缓颊,当个和事佬?"

王宰笑道:"那就太小看温煜了。其实温煜在来桐叶洲之前就有凭借开凿一条大渎来救济难民和聚拢人心的想法了,这算不算英雄所见略同?"

陈平安小有意外。既然如此,那就不用藏掖了,都是自己人。他干脆让两位副山长从桌上端起酒碗,再从袖中摸出一支画轴摊开。由于画卷极长,两端差点触碰到窗户和屋门,陈平安便施展了一点小术法,如柱撑屋,撑起了悬空摆放的画卷,再将酒碗放在手边的空中,如一条白鱼浮水中。

陈平安没有废话半句,直接开始细致讲解起这条大渎的路线设想,伸出手指在画卷上缓缓勾勒出一条碧绿色的大渎河道,途经某国某地,何处需要改道,何处需要凿开河床,何处需要搬山迁脉,哪些城池重镇有可能就此沦为水下之城,如何补助百姓,以及大致分到每一个百姓手中的钱财如何计算,当地官府衙门和各国朝廷户部如何与青萍剑宗、玉圭宗等报备录档,后者又如何去勘验,若有官员胆敢中饱私囊,又该如何处置……

当陈平安说到那些官员的处置方案时,温煜终于开口说话:"责罚轻了,直接降为贱籍,子孙三世不得参加科举。朝廷还要敕令这些官员家乡的官府立碑为戒,以此警示后人,胆敢在这种事上贪墨,哪怕只有一两银子,这就是下场,没得商量。哪个户部官员胆敢包庇,一并丢官,沦为贱籍,再立碑家乡,我倒要看看他们还怎么衣锦还乡。哪个皇帝于心不忍,不愿让朝廷失去国之栋梁,我就亲自去找他讲道理,谁不听劝,就换个听劝的明君登基。"

陈平安抬起头望向这位天目书院的副山长。

温煜点头道:"放心,我虽然只是副山长,但我的意思就等同于天目书院的意思。由我们书院开这个头,鸣岐兄的五溪书院、程龙舟的大伏书院就没脸不照做了。"

王宰跟着点头。

陈平安笑道:"那就这么办。"

温煜微笑道:"陈先生,可能你与书院打交道不多,但书院不是官场,也不是仙府门派,陈山主以后有机会多走走,比如我们的天目书院,就相信我今天不是在空口白牙说大话了。"

陈平安点头道："看来以后是要与书院多走动了。"

温煜直截了当问道："陈先生,聊了这么多,有想过你们青萍剑宗怎么赚钱吗?"

除了最早那幅大渎图,桌上还重叠放着将近百余幅各国堪舆图,都是陈平安先前说到哪里,就临时放上去的。

王宰摇摇头："赚钱谈何容易,不亏钱就很难了。只说一路搬山填水等事,何等耗费人力物力,如果没有两三位飞升境大修士出手帮忙,就都只能靠钱砸出河床了。"

天下各洲大渎多是自然形成的水道,以人力开凿崭新大渎,只在数千年前出现过寥寥几次,极为罕见。最近一次是宝瓶洲的齐渎,一国即一洲的大骊王朝以举国之力完成了这个壮举,完全不计代价。

但是桐叶洲这条大渎属于各方势力结盟行事,这就意味着包括青萍剑宗在内的所有盟友没有任何过往的成败经验可以拿来借鉴,各方势力都需要摸石头过河,将来遇到棘手的麻烦事,或是有谁觉得利益不均,昔日盟友反目成仇也不是没有可能。

于是陈平安便顺势提了嫩道人,以及仰止。王宰内心震动,脸上却没有什么异样,温煜却直接开口问道:"仰止?她是如何离开禁地的?"

陈平安说道:"被骗出来的。"

温煜神采奕奕地望向这位年轻隐官,陈平安摇摇头。

温煜点点头:"不急。"

好像两个素未谋面的人都不用如何细说就心照不宣了。

王宰伸出手指了揉眉心,头疼。这俩凑一起,总觉得自己这个五溪书院的副山长当得战战兢兢,说不定哪天就要去功德林陪温煜读书了。

陈平安继续说道:"首先,青萍剑宗、太平山、蒲山可以各自选三到五座不等的藩属下山作为飞地进行长久经营。当然是那种各国朝廷暂时无力修缮或是开辟成仙府的鸡肋地盘,不至于是山水灵气贫瘠之地,也不会是人人疯抢的风水宝地。

"其次,沿途建造仙家渡口、客栈和店铺,也是细水长流的久远买卖。

"再次,开凿大渎期间的一切天材地宝,以及金银铜铁在内诸多矿山,只要是历史上各国未经发现的,都可以与当地王朝、藩属谈定分账事宜;此外,河流改道期间水落石出的各种仙府遗址,以及无意间发现踪迹的破碎秘境,还有类似开掘出一些陆地龙宫旧址,只要运气好,都不是完全没有可能的,后边这些,就不与各国谈买卖了。

"最后,大渎一起,沿途所有仙家渡口都需要优先考虑我们的渡船靠岸,不收任何路费和租金。像仙都山青衫渡的桐荫渡船就在此列,但像我们脚下这艘风鸢一样的跨洲渡船,还是需要按照山上之前的规矩,与各座渡口持有者支付一笔神仙钱。"

大渎一起,在桐叶洲横向开辟出一条完整的商贸路线,像青衫渡桐荫渡船这样的就一下子有了用武之地。

"这些本就是互利互惠的好事,又属于长远买卖,想必中部诸国求之不得。"温煜将最底下的那幅长卷重新抽出放在最上边,抿了一口酒,趴在桌上道,"但是多出的山水神灵席位怎么划分? 想来蒲山附近的沛江一直不曾封正的东海姊和青洪君必然可以顺势跻身书院封正的水神之列,那么一条大渎配备的公、侯、伯这三到四尊高位水神呢,你们几个牵头人是否早就内部瓜分殆尽了? 当然,表面上只是拥有举荐的权利,但是想必文庙和三座书院都不至于太过刁难你们,只要人选合适,说不定就默认了。"

陈平安笑道:"关于此事,确实有过商量,不过青萍剑宗已经主动放弃这份举荐权了,可能大泉王朝和玉圭宗都会各有人选,但是大渎公、侯两个神位大家意见一致,谁都不举荐、不提名,否则吃相就太难看了,所以只是尽量保证两位心仪人选获得大渎伯的神位。"

王宰如释重负。

温煜抬起头,好奇问道:"陈先生为何要主动放弃? 又不是假公济私,举贤不避亲,其实没什么好忌讳的。"

陈平安笑道:"没有合适的人选。"

埋河水神娘娘,碧游宫柳柔,大泉姚氏肯定会不遗余力地举荐她担任大渎水伯。而且柳柔也确实不宜在山水官场连跳数级,直接晋升为公、侯。再者,陈平安甚至怀疑这位水神娘娘都会拒绝担任大渎水伯。

温煜端起酒碗,眼神诚挚道:"不虚此行,我喝完这碗酒就走。不敢保证更多,只说玉圭宗,如果他们以后闹幺蛾子,青萍剑宗只需直接飞剑传书一封至天目书院,我来敲打他们。若宗主还是姜尚真,我还会跟他们客气客气,如今就算了,韦滢只是去了蛮荒天下,暂时也没能如何,我不用卖他们面子。"

各自端碗喝过酒,王宰忍不住打趣道:"好个嚣张跋扈的夫子自道。"

陈平安笑道:"鸣岐兄还是读书人,怎么说话呢,注意措辞,这叫锋芒毕露。"

温煜摇头道:"论功业,论魄力,论胸襟,我都比陈山主差远了,这不是酒桌上的客气话,而是实话实说,此事王宰最清楚,我这个人一贯说不来虚情假意的表面好话。"

之后陈平安陪着两位副山长走向船头,王宰说道:"陈平安,最近咱们温山长正在筹划推广山下义庄一事……"

陈平安眼睛一亮,立即抢话说道:"可是以延续八百多年的范氏义庄作为模本?"

王宰笑道:"是的,不过要更加完善,有七百多条细则,说是锱铢必较,半点不夸张。温煜是打算按着某些人的脑袋去做点好事了。"

温煜好奇道:"陈先生也知道此事?"

陈平安犹豫了一下,从袖中摸出几本厚册子,笑道:"这才算真正的巧合。恰好关于此事,我这边也有个大概框架,只是细则不如你多,只有五百多条,温山长拿去便是了,不用归还,看看能否查漏补缺。"

温煜双手接过册子,在船头停步后,作揖道:"就此拜别陈先生。"

陈平安只得作揖还礼,直腰起身后说道:"温山长,容我说句题外话,学塾先生也好,书院夫子也罢,教书育人,切不可拆分开来,否则不管世道再无事,也不是真正的太平世道。"

温煜大笑道:"理当如此,你我又不谋而合了!"

王宰抱拳笑道:"陈平安,下次喝酒,就得不醉不归了。"

陈平安打趣道:"你的酒量我门儿清,劝你少说几句大话,免得下次酒桌还债,逃都逃不掉。"

两位书院年轻副山长就此御风离去。

渡船下边,大地山川,青青河畔草,绵绵思远道。

山上层层桃李花,层层又叠叠,云下烟火是人家,家家连户户。

旧山河新气象,年年岁岁又新年,共欢同乐,嘉庆与时新。

白玉京最高处,头戴莲花冠的年轻道士趴在栏杆上眯眼而笑。

反正闲着也是闲着,不如静处闲看天下,落在下边五城十二楼的姐姐妹妹们眼中,好歹还能跟仙气儿沾点边。

陆沉望向一座高城宫阙。那边有人领了一道掌教法旨,刚刚动身,奉旨御风前来上清阁觐见陆沉。已经有仙君敏锐察觉到此人的飞升轨迹,颇为羡慕。毕竟能够登上上清阁俯瞰整个五城十二楼是一份殊荣,表明已经入了掌教法眼,大道可期。

陆沉朝那道青色身影招招手,笑道:"杨小天君,这边这边。"

年轻道士轻轻落地,站在廊道中,毕恭毕敬地与陆沉打了个道门稽首:"灵宝城杨凝性,拜见陆掌教。"

陆沉笑眯眯摆手道:"免礼免礼,说了多少遍,喊我师叔即可。既然你与陈平安是称兄道弟的好朋友,那就与我是至交好友了嘛。这里也没外人,客气给谁看,是不是这个理儿?"

杨凝性出身俱芦洲崇玄署云霄宫,通过五彩天下来到青冥天下,结果一步登天,才进白玉京就成了余师兄的记名弟子,而灵宝城又是余师兄的证道之地,所以杨凝性如今就在灵宝城内修行,年纪轻轻的,辈分却高到不能再高了。

杨凝性依旧低头:"不敢。"

陆沉板起脸教训道:"师侄别这样,这样就无趣了,还是那个三番两次算计陈平安的黑衣书生更可爱些啊。"

杨凝性抬起头,犹豫了一下:"不知陆掌教今日召见晚辈所为何事?"

陆沉笑道:"没什么你以为的正经事,就是想带你一起看看风景,尽一尽我这个师叔的职责。"

杨凝性虽然一头雾水,却也不敢多问。

陆沉伸出双指朝杨凝性眉心处屈指一弹,霎时间,后者一双眼眸变成金黄色。

杨凝性只觉得头晕目眩,哪怕竭力压下道心涟漪与整座人身小天地的震动气象,仍是忍不住轻轻晃了晃脑袋,伸出手背抵住额头,再一手按住栏杆,好不容易才稳住身形。

陆沉笑道:"别紧张,帮你暂时开了天眼,能够与白玉京借一点眼力,我看到什么,你就看到什么。"

果然如他所说,杨凝性发现自己当下所见就是自己。

陆沉转过身望向一座高楼,在白玉京有那"天边倚云栽碧桃"的美誉,一群青鸾翱翔在云雾中,道官在林中,面如碧色。

陆沉要看天下风景其实再简单不过,凭借自身境界和坐镇白玉京的地利,足可将天下人物、景象尽收眼底,甚至是纤毫毕现,如同近在咫尺。可要具体到某个人,精准找出对方的行踪,尤其还是那些精通遮蔽天机的得道之人,虽算不上大海捞针,却也相当不易,陆沉又是出了名的懒散。

再者,白玉京有座仰观楼,专门负责盯着一座天下山巅修士的动向。只不过也不是没有出过纰漏,天底下的障眼法委实是层出不穷,玄之又玄。

陆沉先是走了一趟骊珠洞天,在小镇摆摊十余年,前不久又走了一趟剑气长城和蛮荒天下,好像只是打个盹,外加一个眨眼工夫,青冥天下就越发物是人非了。

之后,杨凝性跟随陆沉的视线,快若箭矢,透过层层云海,如疾掠飞鸟俯瞰大地,看到了一洲版图的轮廓,然后是山河绵延如龙蛇蜿蜒,继而是一座龙运浓郁的雄伟城池,最终是一座皇家敕建的青梧观……

"天下,并州,青神王朝,青梧观。天下渐小人渐大。"陆沉视线稍微偏移些许,微笑道,"那拨五陵少年就在这儿,金玉道场道种窟,以后你出门游历,这个地方是一定要去的,米贼王原箓、武夫戚鼓都是从这儿走出去的。不过雅相姚清如今不在京城,去给朝歌、徐隽这对神仙道侣护关去了。青神王朝也是极少数建造寺庙的地方,其中藏着一个剑术很厉害的紫衣僧人,也就是如今声名鹊起的姜休。姜休剑术之高,完全可以跟你师父掰手腕,他此次现身,应运且顺势,大概是要为人间佛法与我们白玉京讨要一个说法。

"这是汝州,赤金王朝,鸦山。赤金王朝就因为有个林师,有座鸦山,武运昌盛,冠绝天下。林江仙来我们青冥天下做客,也不知道想要求个什么。"

听到这里,杨凝性好奇问道:"陆掌教,这位林师会不会是一位练气士?"

来到青冥天下后，即便是在道官颇为自负的灵宝城，只要聊起林江仙，也是敬重有加。

陆沉笑道："只说这一世，林江仙不是练气士，就更不是剑修了，却是……一名剑客。"

"玄都观孙道长那'愧居林师之前'的说法绝非溢美之词，林江仙此人确实能打，很能打！其余几座天下，连同浩然天下的女武神裴杯在内，这三个天下第一，与林江仙的第一，意思是不一样的。青冥天下林师的第一就真的只能是第一了，天下第二跟林江仙的差距就像飞升境跟十五境那么大吧，张条霞与裴杯的差距就远远没这么夸张。"

杨凝性疑惑道："剑客？"

陆沉点点头："因为有无长剑在手，就是两个林江仙。只可惜青冥天下习武之人千千万，从没谁有资格让林江仙用剑罢了。

"再瞧瞧幽州，这儿每次下雪总是格外大，今年也不例外，都快雪花大如拳了。那处古战场遗址瞧见没，煞气重不重？都冲天而起了。若非地肺山华阳宫联手弘农杨氏镇守一方，不惜每千年消磨掉一位飞升境修士的道行，怕是早就出现百万阴兵揭竿而起的动乱。据说前些年杨氏出了一个倾国倾城的绝代佳人，正值二八佳龄……你瞧瞧，水精帘下梳头，她这慵懒坐姿，美，真美。你再瞧瞧贴着春凳的那种饱满弧度，还有那条持镜的胳膊，多白啊……咦，怎么看不真切她的面容？弘农杨氏做事情真不地道，这是防贼呢！"

杨凝性到底做不来这等勾当，已经闭上眼睛，却发现根本没用，陆沉看到什么，他就一样可以看见。

"杨师侄，听师叔作为过来人的一句教诲，以后道法高了，这种勾当不要多做，太伤神，是修道大忌呢。

"我们看看雍州，这是青冥天下版图最小的一个州，类似浩然天下的宝瓶洲，这是不是就很有意思了？这里曾是吾洲早年的道场，如今又多出个鱼符王朝，年轻女帝朱璇正在打造普天大醮。在那水中山脉之巅建造有一座历史悠久的藕神祠，祠内供奉了一件镇国神兵，祠外一株老樟树，可以占卜四州吉凶。

"朱璇真是善变，她年少时还曾与贫道拉钩上吊一百年不许变，说长大以后就嫁给陆哥哥呢，如今确实出落得亭亭玉立了，结果翻脸不认账。唉，莫不是好看的女子都这么说话不算话？

"永州兵解山有个太上祖师龙新浦，最喜欢散布歌谣、谶语，却一直喜欢玄都观的王孙，如此痴情，一点都不像个证道长生的练气士。就是这个永州，曾是米贼一脉的发轫之地，不过那会儿的授箓道官可不会被贬低为什么米贼，声势最为鼎盛时，道官和那些若能按部就班就注定会授箓的候补道官人数多达百万，这还只是台面上的。杨凝性，你知道这个数字意味着什么吗？"

纛州多羽客。

蕲州是陆沉最常去的州，玄都观也是他最常去的道观。

殷州，两京山和大潮宗就这么联姻了，那位道号复勘的朝歌姐姐真是良配啊，为他人作嫁衣裳到了这种地步，舍得一身道法不要，不惜让自己跌境不休，只为了那个可能性，让鬼修出身的道侣徐隽能够有希望在十四境修士当中率先占据一席之地。

大潮宗一处禁制重重的洞窟门口，姚清突然抬头，面带微笑，摇头示意，好像在提醒陆掌教就别偷窥此地了。陆沉愣了愣，顿时气急败坏，跳脚大骂道："天底下奇人异士那么多，难不成就只有贫道会吃饱了撑的吗?!"

幽州境内有个踏雪无痕的紫衣僧人正在大声吟唱："草庵内谈玄玄，蒲团上讲道德，此外万事休提。"

他好似察觉到了蛛丝马迹，转头遥遥笑望向白玉京，随手一划，天地间剑光轰然炸开，将那道视线当场斩断。

陆沉啧啧称奇道："师侄，瞧见没，姜休的剑术很厉害吧，是不是名不虚传？贫道看人的眼光一向很准！你信不信，姜休若是倾力出手，一道剑光可以直达白玉京？"

杨凝性无言以对。

一处僻静山头，白雪压青竹，有个俊秀青年离开了镇岳宫烟霞洞，就挑选此地，正在吃一锅冬笋炖咸肉。桌边坐着两个女子，其中一个肌肤微黑，头别木钗，麻衣草鞋，另外一个就要更符合一般意义上的仙子姿容了，一身碧绿法袍，道气盎然。

陆沉笑着为杨凝性介绍起三人身份："小掌教张风海；吕碧霞，当然也可以说是散仙聂碧霞；还有师行辕。"

张风海突然放下筷子，用拇指擦了擦嘴角，微笑道："陆掌教，多年不见。"

片刻之后，张风海重新拿起筷子。显然，那道视线已经撤离。

杨凝性视野所见最后一幕是岁除宫鹳雀楼。

陆沉微笑道："好个'文学'高平，书生纸上谈兵讲武事，败军之将不敢言勇。"

陆沉叹了口气，随手一抹，撤掉那份暂借杨凝性的神通。

呼吸水光饮山渌，兵气销为日月光。

人间订婚店，天下撮合山，被后世誉为月老牵红线的蔡道煌曾经掌管着一部姻缘簿子。

陆沉在骊珠洞天亲自确定过一件事，那部"说有用毫无用处，说没用极其有用"的姻缘簿子早就不在小镇开喜事铺子的老人手上了，不出意外，此事又是药铺杨老头的手笔。其中半部姻缘簿子早就落在了柳七手上，他之所以与好友曹组联袂远游异乡，从浩然来到青冥，极有可能就是奔着剩余半部来的。是朝歌?

柳七词篇的最大特色本就是为天下所有有情却未能成眷属之人诉苦，那么试图凭借整部姻缘簿子来为天下有情人牵红线也确实契合柳七的大道。

宝瓶洲武夫崔诚一辈子都以读书人自居，最终只收了两个弟子，还都是不记名的那种，结果一不小心就教出了两个止境。

陆沉喟然长叹一声。

非是武夫不自由，早有崔诚立上头。

日升月落，都是剑术。

林江仙，旧名谢新恩，不过一样是个藏头藏尾的化名了。他真正的名字，恐怕就在剑气长城避暑行宫的秘档上写着吧。

旧隐官萧愻，新隐官陈平安。旧刑官豪素，新刑官齐狩。

剑气长城万年以来，三个有官身头衔的剑修之中，唯有至今不知所终也不知死活的祭官始终是旧不换新。

发现陆掌教陷入沉思，杨凝性后退三步，打了个稽首，轻声道："陆掌教，晚辈这就离开此地。"

陆沉回过神，笑道："一起一起。"

单手撑住栏杆，一个翻越，陆沉去向神霄城。

神霄城现任城主已经是那个小道童模样的姜云生，上任城主，道号拟古的姚可久最终未能返乡。

好花如故人，不饮杯自空，可惜故人不似花。

在家乡的城头上，有个名叫方艾的少年剑修捡到了姚可久遗留的拂尘木柄。也只有他和董画符选择留在神霄城，其余七位剑修都散入白玉京其余城楼，很快就成了正式道官，各有师承。

这木柄，算是姚可久的唯一遗物，陆沉见旧物如见故人，所以经常来神霄城找方艾喝酒。

今天酒桌上，方艾倒酒，非要让喝了个满脸微红的陆掌教多喝一碗。

董画符今天也过来蹭酒，陆沉的酒水，值点钱的。

陆沉低头看了眼满满当当的酒碗，哀叹一声，抬头埋怨道："瞧瞧，又给倒满了，下次别再这样了啊，不然下下次我就不来了。"

方艾点头笑道："下不为例。"

刚到神霄城的时候，方艾还是个货真价实的少年郎。

陆沉抿了一口酒水，打了个冷战，一哆嗦，赶紧眯眼而笑："好酒好酒。"

陆沉跷着二郎腿，斜靠石桌，问道："方艾，以后想不想坐上神霄城的头把交椅？"

方艾说道："先当上了副城主再说。"

言下之意，当然想当城主。当了城主，想必就不缺神仙钱了。剑修炼剑公认就是个无底洞,消耗的天材地宝都能堆积成山。

但是姜云生才当上神霄城城主没几年,按照白玉京的旧例,这就意味着短则大几百年、长则数千年都不会更换城主了,倒是副城主还是有点盼头的,一来没城主那么一个萝卜一个坑,何况只要理由足够,能够让两位掌教同时点头,就不是不可以临时添置。

陆沉就喜欢方艾这点,想啥说啥,不矫情,笑道:"贫道有个锦囊妙计,想不想听?"

方艾赶紧敬酒,自己先走一个。

陆沉满脸神秘兮兮,咬紧牙关,只蹦出一个字:"熬!"

方艾扯了扯嘴角:陆掌教你这不是废话吗,我要是能熬出个三五千年的道龄,白玉京五城十二楼哪里当不了城主、楼主。真要有诚意,让我去陆掌教你的南华城当副城主啊,你只要敢这么做,你看我敢不敢当。

陆沉问道:"会想念家乡吗?"

方艾照实说道:"偶尔。"

陆沉似乎小有意外,笑道:"就只是偶尔?"

方艾点头道:"就只是偶尔。"不经常想,但偶尔想起时,就会特别想。

陆沉手掌轻轻拍打桌面:"对的,这种想念,就叫思乡。"

陆沉曾经学那绣虎,为道号山青的小师弟设置过一个类似书简湖的问心局,可惜山青给出的那份答卷在陆沉看来不伦不类,既不像余师兄,也不像陈平安。这让陆沉大失所望,可毕竟是亲自领进白玉京大门的,不好就这么撒手不管,于是山青这位小师弟就被陆沉丢到了五彩天下。

陆沉放下酒碗,一手横在桌上,伸长双腿,两只鞋子轻轻互敲,显得无聊至极。

董画符问道:"陆掌教,城里边都说那个进入候补的白骨真人是你的分身之一?"

陆沉立即坐直身体,抖了抖衣襟,神色肃穆,沉声道:"可不是。"

董画符说道:"那你打得过余斗吗?"

陆沉赶紧端碗抿了口酒,一边连忙摆手:"打不过打不过,余师兄的真无敌又不是吹出来的名号。大家都是混江湖的,既然是江湖中人,就只有取错的名字,绝没有给错的绰号。"

董画符问道:"陆掌教是剑修吗?"

陆沉想了想,都是半个自家人了,就坦言相告,伸手挡在嘴边:"贫道剑术不够纯粹,算不得真正的剑修。"

董画符又问道:"除了白骨真人,二十来个候补之中,还有陆掌教的分身吗?"

陆沉嘿嘿笑道:"你猜。"

他娘的,贫道真不能再有问必答了,再这样被董黑炭询问下去,就要彻底自揭老底了。

就在此时，一个宫装女子姗姗而来，笑语嫣然，一双眼眸却是噙着盈盈泪水，喃喃道："无情郎，负心汉，可还好？"

陆沉瞥了眼女子，跳起身，双手叉腰就开始破口大骂对方太缺德，唾沫四溅的，方才酒水算是白喝了。只不过陆沉的骂人言语都是董画符和方艾听不懂的某种古语。

女子停下脚步，朝陆沉伸出手，满脸哀愁："陆郎，妾身别无所求，只求把心还我。"

陆沉挥了挥袖子："别闹了。"

女子随之变换身形，是一位老道士形容。方艾吓了一跳，好像是……道祖？！他在神霄城祖师堂墙上的挂像上见过。

陆沉翻了个白眼道："不知死活。"

于是老道士又变成一个中年道士，陆沉叹了口气："要打架就随你。"

只是而后陆沉又补了一句："贫道再拉上余师兄。"

最终此人变成了一个木讷的少年，想要去拿酒喝，只是走到石桌方丈之外便好像遇到了一堵无形墙壁。他弯曲手指，敲了敲那层禁制，点头道："陆沉果然精通佛法。"

陆沉提醒道："不要得寸进尺。"

他点头道："好说。"

修道之人想要维持本心，就如鬼物维持一点真性灵光不失。是人是鬼是仙，都恰似一叶扁舟泛海而游，得有一块压舱石，作为一颗道心的定海神针，通俗来说，就是一种执念，就是在行刻舟求剑之举。而且按照当初人间第一位道士传下的心法，维持本性，又延伸出同源不同流的数条道脉。而这个化外天魔的大道根脚，从某种程度上说，便是那道士，或者说所有修道之人汇总起来的某种……影子。万年幽暗室，一盏省油灯。

他笑道："你们聊你们的。"

陆沉点头道："我们继续。"

方艾已经心弦紧绷起来，还是董画符心大，继续问道："倒悬山有座捉放亭，倒悬山又是余斗的山字印，就几步路，为啥不去剑气长城？"

听到这个问题，方艾也竖起耳朵，等着陆沉的答案。

董画符的言下之意很简单，既然是真无敌，咋不去剑气长城找老大剑仙干一架，万一打赢了，谁敢不认你这个绰号？

陆沉赶紧给自己倒了一碗酒，得先压压惊。此问难答啊，这个董黑炭怎么总问些如此刁钻的难题。

陆沉抿酒慢饮，感觉一口酒能喝一天。

董画符说道："既然不想回答，喝酒就是了。"

陆沉感叹道："老大剑仙合道剑气长城，就很尴尬了嘛。"

方艾插嘴问道："余掌教是觉得在那边问剑不占地利，要吃亏？"

陆沉摇摇头："不是吃亏不吃亏的事情，余师兄打不过的，肯定会输。但余师兄不是怕输才不去剑气长城，若是如此误会，那你们就太小看余师兄了。余师兄这辈子求的就是一个'输'字，痛痛快快打一场，心悦诚服输一场。只是一旦余师兄放开手脚与老大剑仙真正问剑一场，后果太大，牵连太广。"

董画符问道："难道余斗能够一剑斩开城墙？"

陆沉摇摇头："做不到。"

托月山大祖之所以能够做成此事，是因为陈清都要递出那一剑，帮着飞升城去往五彩天下。只看后来几位剑仙联袂搬徙一轮明月皓彩，就知道这种跨越天下的举措难度有多大了。陈清都在蛮荒妖族的眼皮子底下做成此事，甲子帐不是没有考量和推衍的，算来算去，都是一个结果，拦不住，谁拦谁死，可能只有托月山大祖与文海周密算是例外。但是这两位各自都有更长远的谋划，不可能出手与陈清都直接硬碰硬。就像天下剑修，剑术剑道最高者踮起脚尖都只够得着陈清都的肩膀一样，这怎么打，还怎么问剑？

董画符犹豫了一下，陆沉好像猜出董画符心中所想，微笑道："那个人啊，这是个好问题。"

万年之前的天下十豪，其中就有一位剑修。此人剑道之长，剑术之高，杀力之大，防御之强，本命飞剑品秩之多之好，都是个"最"字！

陆沉朝禁制之外杵着的化外天魔撇撇嘴，示意这厮亲眼目睹过那位的出剑风采。

当年登天一役总计有三条主要路线，那位剑修便负责领衔其中一条。

化外天魔微笑道："不还是死了。"

陆沉翻了个白眼："喂喂喂，注意点啊，说话客气些。"

化外天魔笑问："你们想不想看那幅画卷？"

陆沉站起身："一起走走。"

化外天魔摇摇头，身形逐渐消散，讥讽道："陆沉，泥菩萨过江，还是忙你自个儿的事去吧。"

幽州偏远地界，县城内一座名为注虚观的小道观前，一阵清风吹过，街上凭空出现了一个头戴莲花冠的年轻道士。

这座寂寂无名的道观自然已经人去楼空，陆沉抬头看了眼匾额：把盈注虚，取有余以补不足。

嗯，不错不错，有点学问，一看就是自己的手笔。持盈之道，抑而损之，方可免于亢龙之悔，乾坤之愆。寓意好，好兆头……陆沉自嘲道："慢了一步而已。"

他一跺脚，抖了抖袖子，掐指一算，开始骂骂咧咧："老高啊老高，一大把年纪了，何必蹚浑水呢，真不怕晚节不保？你等着，最好是躲在华阳宫里边当缩头乌龟，别被小道在山外找到你，不然非要喷你满脸唾沫星子不可……咦，还真在山外啊，老高你够高，当真是半点瞧不起小道。好家伙，一个个的，都欺负小道脾气好吗？有本事你们去跟余师兄打一架啊，光拣软柿子捏，算什么英雄好汉！"

注虚观道官毛锥暂无道号，曾经担任小观管伙食的典客，就是个厨子，嗯，还是掌勺大厨。

其实道观之内的二十多号人物，甚至这座道观本身都是这位白骨真人所化，如此一来，才能够瞒天过海，蒙混过关。所以如今县衙那边闹哄哄的，郡城也不敢有丝毫隐瞒，已经上报给了朝廷，相信过不了多久，白玉京就会收到一封紫泥封密信。辖境内出了这么一档子大事，处理不慎是要捅娄子的，拥有正式道牒的道官老爷就那么消失不见了，岂会有这等怪事？

陆沉斜瞥一眼道观外边街上的书摊，都没来得及收走。至于那些书，都给搬空了，估计是孩子们的手笔，就像故意留下了一封信，或者说是自己寄给自己的家书？反正充满了某种不太友善的讥讽之意。

陆掌教那叫一个气啊，自己把自己给气着了，都没法子找外人倒苦水。

大雪时节，一叶扁舟停在江心水缓处，船头有人戴斗笠、披蓑衣，好个闲情逸致的孤舟独钓。垂钓者是一个俊逸的道士，头戴硬檐圆帽的混元巾，以一支黄杨木簪横贯发髻。

有个人从天而降，下坠速度却是极慢，如雪花晃晃悠悠，刚好飘落在船头，摊开手掌，一油纸包酱肉夹着几颗蒜瓣。

这个不速之客丢了颗蒜瓣在嘴里，稍稍挪步，来到钓鱼人身后，抬起脚，对准后者的后脑勺，看样子就要来上一脚。只是那条腿晃了半天也没敢出脚，又拿了块酱肉丢入嘴里，那条腿轻轻落地，含糊不清道："老高，这就不太合适了吧？"

始终目不转睛盯着那根鱼线的木簪道士语气淡然道："陆掌教何出此言？"

陆沉气呼呼道："明知故问，喜欢装傻，跟贫道耍无赖是吧？先拜师！"

木簪道士扯了扯嘴角。

陆沉最烦这家伙的这种表情。既要德高望重，又能平易近人，其实看遍天下也不多。玄都观孙老哥那样的毕竟是少之又少，眼前这个老高就不行，一年到头摆着张臭脸，谁见谁怕。

陆沉蹲下身问道："那厮是不是躲去你们华阳宫老祖洞了？"

"听不懂陆掌教在说什么。"

"背地里做这种勾当，也太缺德了点。"

"好好的,陆掌教为何要骂道祖呢?"

"啥意思?"

"贫道的地肺山在白玉京的功劳簿上的记载可不薄,怎么都该有好几页的篇幅,贫道要是缺德,这座青冥天下有几个敢自称不缺德? 由此可见,你们白玉京的教化之功堪忧,那么陆掌教的师尊管着这座天下万余年,管了个什么?"

"道理还能这么讲? 老高,你高啊。"

"陆掌教才是奇人高语,不知所云。"

这么聊天就费劲了,陆沉撅起屁股,伸长脖子瞥了眼鱼篓,鱼篓坠入水中,陆沉想要伸手去拽绳子,结果被青年道士提醒一句烫手,只得罢手。

"老高,钓着鱼了吗?"

"钓着了。"

"除了小道这条筷子细的小鱼,还有大鱼吗?"

"那就没有大鱼了。"

"空费鱼饵,说不定连钓竿都被扯断,还伤了钓鱼人的筋骨,万一再被大鱼掀翻了整条船,何苦来哉,何必呢?"

"贫道倒是乐意试试看,是大鱼气力无敌,还是这条鱼线足够坚韧,顺便试试看鱼钩能否钩破大鱼嘴皮一星半点。"

陆沉神色哀伤,轻声道:"老高,听句劝,真别这么做,真的,信我一次。"

木簪道士也难得流露出一抹异样神色,沉默片刻,说道:"陆沉,贫道当你是朋友才在这边故意等你,只是为了闲聊几句,不是听你劝的,接下来你能不能说些不煞风景的?"

陆沉双腿垂在船外,除了酱肉就蒜瓣之外,半晌没动静,等到吃完,拍拍手,油腻掌心抹了抹船板,问道:"高孤,你们几个咋想的,真不怕余师兄仗剑远游,找上门去,一剑一颗头颅掉地上?"

这个高孤,飞升境圆满,公认数座天下的炼丹第一人,青冥天下十人之一,还是天底下最有希望跻身十四境的修士之一。

当年那场变故发生后,高孤就站在白玉京边界,遥遥看着白玉京。那是一种不管是谁稍稍与之对视一眼,就会倍感瘆人的沉寂眼神。

狠人往往话不多,何况隐忍了这么多年,高孤绝对不是那种愿意将仇怨带进棺材的人。果不其然,高孤点点头,语气平静道:"地肺山华阳宫,梦寐以求,贫道等着。等这一天,等了很久,很久了。"

陆沉知道高孤的真正倚仗不单单是他修为境界够高,山头够大,徒子徒孙遍及一洲。他最大的倚仗,在于人间就像一张大网,所有的恩怨情仇都是一个个绳结,有些绳结随着岁月推移会逐渐腐朽殆尽，但是某些绳结只会越来越绷紧、坚韧，故而越发能够牵一发而动全身。藕神祠只是这其中的一个，岁除宫那座少年窟亦然，高孤更是。

现在就看谁来做第一个推墙之人了。高孤？孙怀中？吴霜降？

白玉京的谱牒道官确实不计其数，只是万丈红尘，深陷其中，道心蒙尘，尤其是等到大战蔓延天下，杀戮四起，道官出手，折损阴德，或伤或死，陨落无数。

"贫道算个什么东西。"高孤微笑道，"辜负狂名三千年。"

狠人撂狠话，从来不用脸色狰狞，总是这么云淡风轻。

陆沉叹了一声："老高，作为朋友，得劝你一句，可不能说气话。"

山上修行，活得越久，道龄越长，朋友越少。

高孤的小弟子出身弘农杨氏，是高孤最器重和宠爱的嫡传，没有之一。之所以器重，不仅因为此人的修道资质、文韬武略极为出类拔萃，更因为此人的性情在高孤看来最为"类己"，一生都无道侣更无子嗣的老宫主简直就是将这名小弟子视若己出。

陆沉伸出三根手指："白玉京的某个地方，粗略算过，你们不会超过三成。"

高孤笑道："这么多？意外之喜。"

陆沉后仰倒去，躺在船头，双手作枕头，看着漫天飞雪。

高孤说道："陆沉。"

"嗯？"

"天下必须有余斗，人间不可无陆沉。"

"我谢谢你啊。"

"那就给贫道磕三个响头？"

陆沉闭着眼睛，嘴上念叨着："咚、咚、咚。"

高孤伸出一只手，轻轻拍了拍陆沉的袖袍："不必伤感。"

风雪天里，一行三人徒步而行。

为首一人是个单凭装束看不出道统法脉的中年女冠，便是青冥天下候补之一，飞升境剑修，鬼仙宝鳞。

青冥天下授箓道官每逢法事、科业、斋戒，都需要依制穿着，不可有丝毫僭越，只是出门在外游历，除了某些稀奇古怪的个人喜好之外，往往是如宝鳞这般，头戴远游冠，脚踩云履，属于最为常见的道士装束。这是道祖钦定的规矩，用来勉励修道之士，修道立德，统以清净。

宝鳞身边跟着她新收的两个嫡传弟子，如同璧人般的少年男女，都是剑修，分别名叫吕蚁、邱寓意。

吕蚁好奇问道："师父，既然是要跟那个道老二问剑，好像方向不对啊。"

宝鳞说道："要先去见个僧人。"

两名弟子面面相觑：在青冥天下，一个道士找僧人做啥？只是他们再一想，就觉得也没什么大不了的。师父是谁？连那位道老二和白玉京都不放在眼里。

吕蚁问道："师父，见过了那个和尚，咱们师徒仨就要去白玉京了，对吧？"

宝鳞不置可否，笑着没说话，吕蚁就越发慌张了：难不成师父要遁入空门？！

宝鳞笑道："别瞎想，师父只是与故人叙旧而已。"

邱寓意小心翼翼问道："师父，能不能不与白玉京问剑啊？"

吕蚁赶紧咳嗽一声，提醒师妹别哪壶不开提哪壶。

宝鳞倒是没有生气，说道："在外人看来，当然是我自寻烦恼，但是在我自己看来，是躲不掉的事。"

世事无常，萍踪聚散。有那好聚好散又重逢的，就也有那黯然收场的。

白玉京二掌教余斗曾经与三位挚友相逢于微末，一起修行，一起登高：刘长洲，曾经自号垢道人，也就是如今的紫气楼姜照磨；邢楼，阵师，道号天墀；宝鳞，剑修。

四位飞升境大修士结伴游历，那种意气风发，可想而知。

余斗"真无敌"的绰号就是在那段峥嵘岁月里流传开来的，这个比余斗道号更有名气的绰号当然不是余斗自封的，只不过余斗从来懒得否认。

由飞升境跻身十四境，既是难关，更是心关。大修士想要跨越这道天堑，不可力求，只看道心。可能唾手可得，可能比登天还难。

最终刘长洲和邢楼都死在了余斗剑下，所以宝鳞每次出关都会直奔白玉京与余斗问剑，落败后再去闭关。

数千年来，她已问剑多次了。举世皆知她必输无疑，恐怕连她自己也心知肚明，但好像除了这件事，她就再无事可做了。

天下人都可杀邢楼，唯独你余斗杀不得。因为她的道侣邢楼与余斗是同乡，甚至可以说，邢楼才是余斗的第一位领路人，在之后的修道路上，更是为了余斗两次跌境，伤及大道根本，在试图打破飞升境瓶颈之时，被心魔牵引出天外天的化外天魔。原本属于邢楼的一件山上重宝也早就送给了余斗大炼为本命物，若非如此，哪怕破境不成，他也绝对不至于在闭关期间走火入魔……可以说，没有邢楼，余斗早就死了，就不会有后来的白玉京二掌教，如今的真无敌。

宝鳞缓缓而行，伸手接住飘落在掌心的雪花。

雾失楼台，月迷津渡，往事已空，如一梦中。

一身犹在，乱山深处。枯木犹能逢春，老树尚可着花。故人呢？

吴霜降说得对，要做点真正有意义的事情。

"需要三个杀力极大的十四境修士，并且皆不计生死，做好有去无回的准备，再来联袂问剑白玉京，才有可能让余斗真正吃苦头。"

当年吴霜降找到她，她闻言只能苦笑。上哪去找三个十四境修士？

"此次返回岁除宫闭关结束，我就是了。"

"其余两个呢？"

宝鳞撇开那份执念不谈，不缺自知之明。天下剑修，完全可以拔高一境看待，因为面对其余练气士，公认同境界无敌手，就算偶有例外，那也只是例外，唯独一位飞升境剑修不能如此作数。

吴霜降微笑道："这就不是你需要分心的事情了。宝鳞，不用着急给我答复。毕竟让一位纯粹剑修与外人联手问剑白玉京，像是一场阴谋，终究违背本心。等到什么时候真正想通了，你再来岁除宫找我。你与余斗如今死敌是死敌，故友还是故友，要是没想好这一点，就别答应这件事。"

宝鳞沉声道："可以！就此说定！等我此次闭关再出关，就去岁除宫。"

吴霜降却摇摇头："一看就是没想好。先回去慢慢想。"

吴霜降可不希望找一个会在战场上临时倒戈的盟友。当时吴霜降流露出一种略带讥讽的促狭神色，就像在说：你可以意气用事，但是别把我当傻子。

雍州边境，一条大渎水底，山巅有座藕神祠，祠外有一棵老樟树，上有玄狐与黑猿，将樟树作为道场。

"绝妙好祠！"一个头戴莲花冠的年轻道士暗赞一声，然后低头弓腰，鬼鬼祟祟，试图偷摸走过回龙桥，结果玄狐和黑猿站在树枝上开始朝那道士狂吐口水。

当年就是桥上的王八蛋怂恿它们打了个赌，当然是看似稳赢结果赌输了的结局，虽说不耽误它们修行，但是至今尚未能够炼形成功，害得它们沦为相邻数州的大笑话。明明是两个玉璞境修士了，结果至今不敢离开藕神祠地界出门远游，缘由竟不是怕被人打死，是担心被人笑话死。

年轻道士一边四处躲闪，一边哈哈大笑："唉，打不着！嘿，又躲开了！嚯，气不气……"

过会儿又开始骂骂咧咧："不讲江湖道义，没有半点武德，暗器伤人……你大爷，好浓的痰！"

年轻道士直起腰杆，辗转腾挪，蹦跳起来，朝天递拳，将那些快若箭矢的一口口唾沫打散。

汝州一个小国，颍川郡，遂安县，灵境观。

如今老观主刚卸任，新观主还没有上任，庙祝刘方最近是不敢露面了，都是常庚带

第八章 太平年

着几个年纪轻轻也未授箓的常住道人在忙碌。

这天,常庚登上鼓楼,按时敲过暮鼓,返回那间与灶房相邻的屋子,点燃油灯,从床底下抽出一口小木箱,取出一只棉布包裹,放在桌上,打开后,是一大堆竹制物件。陈丛敲门进来,坐在桌旁,好奇问道:"常伯,这些是什么?"

常庚笑道:"俗称筹子。"

陈丛疑惑道:"什么?"

常庚解释道:"上竹下弄,意同'算',筹算之算。长六寸,计历数,六觚为一握,数量有点多,你要是闲着没事,可以自己数数看有多少枚。"

陈丛懒得照做,只是问道:"是运筹帷幄的那个'筹'字?"

常庚笑着点头。

陈丛双手交错搁在桌上,借着泛黄灯光打量起竹筹,说道:"常伯,有说法?"

常庚嗯了一声:"天地圣人如铁山石柱耶? 答曰,如筹筹,虽无情,运之者有情。"

陈丛想了想,摇头道:"还是不懂。"

陈丛知道常伯的肚子里装满了墨水,什么都懂一些,说话难免拽点酸文,只是时运不济,家道中落了,才落得这般田地,大概这就是所谓的百无一用是书生?

只是很多事情,陈丛想要与常伯刨根问底,不肯只是知其然,还要问出个所以然。比如常伯到底是从哪本书上看来的学问,将来自己有无机会在市井书铺购得。常伯偶尔会报出些书名,大多时候都说看书太杂,年纪又大,记不住了。

看着常伯自顾自摆弄竹筹,陈丛不太感兴趣,只是随口说道:"常伯,洪观主其实是好人,虽说平日里没什么好脸色,可是待我们不薄,下任观主很难这么好说话了吧? 一朝天子一朝臣,新来的观主会不会不认旧账了,随便一笔勾销,然后找个由头赶我们离开道观啊?"

毕竟一座道观内,尚无道牒的常住道人身份依旧是香饽饽,不知被多少人眼馋,一个萝卜一个坑,谁都想要来分杯羹。

常庚笑道:"走一步算一步,船到桥头自然直。"

陈丛无奈道:"说了不等于没说。"

常庚说道:"那就加上一句'不问收获问耕耘,事到临头不袖手'。"

陈丛比较烦这些老调重弹的大道理,趴在桌上,常庚便笑他坐没坐相,站没站相。

陈丛沉默许久,才道:"常伯,我其实挺喜欢这儿的。"

常庚说道:"地方小,风景好。书上有句话就很应景,'苍官青士左右树,神君仙人高下花'。"

陈丛笑眯眯问道:"常伯,是哪本书,又记不起来了吧? 这算不算老来多健忘?"

常庚说道:"没大没小。"

陈丛嘿嘿笑道："那我也加一句呗，老来身健百无忧。"

常庚微微抬了抬眼帘，看着这个眉眼清朗的少年，笑了笑。倒也没变太多。

陈丛问道："常伯，最近还在刻印章吗？如果有新的，给我瞅瞅？"

常庚摇头道："雕虫小技，不务正业。"

"咋个才算正业？考取功名，去衙门当官？还是授箓道牒，修行仙法，当个腾云驾雾的神仙老爷？"

"需要印外求印，应当道上求道。神仙术法不过傍身一技，唯有修道立德是第一关头。"

陈丛憋着笑，竖起大拇指："常伯，讲道理，说空话，你是这个！"

常庚摇摇头，笑骂："臭小子。"

陈丛正色说道："常伯，真不是跟你开玩笑啊，以后哪天等我兜里有钱了，归拢归拢印章，帮你出本印蜕集子都不难，不过能卖出去几本，我可不保证啊。"

常庚问道："你就这么喜欢印章啊？"

陈丛想了想，点点头，重新趴在桌上："喜欢啊，一方印章的底款，文字聚在一起，如人一家团圆。"

第九章
某个门派

夜色里,风鸢渡船缓缓停靠在玉圭宗的碧城渡。这座名动一洲的仙家渡口,山温水软,大湖如镜,月光在地,灯火浮天。于是,米裕带着周米粒,长命带着纳兰玉牒,另一边韦文龙与邵坡仙、独孤蒙眬等一行人都出来赏景了。

纳兰玉牒笑眯眯道:"米大剑仙,瞧着这份良辰美景,就没有吟诗一首的想法?"

剑气长城土生土长的孩子在米裕跟前说话都比较随意,纳兰玉牒这样都算客气了,如今在飞升城躲寒行宫的元造化当年经常带着一大帮同龄人在城头放飞纸鸢,跟喜欢醉卧云霞赏月的米裕更熟。

米裕笑着反问道:"隐官大人建议你跟白玄、孙春王几个一起在洞天道场炼剑破境,为何不肯答应?"

纳兰玉牒扯了扯嘴角,给了个正大光明的理由:"师父舍不得我,我也舍不得师父呗。"

长命微微一笑,揉了揉小姑娘的脑袋:"是舍不得。"

炼剑一途,道路千百,长命不觉得纳兰玉牒一定要留在仙都山,她自有手段让大弟子的剑道成就不输同龄人。当然,柴芜是例外。

米裕记起一事,说道:"纳兰彩焕如今是雨龙宗的新任宗主了,得空了去探个亲?我可以陪你一起跨海游历,听说那个有座造化窟的芦花岛月色也是极美的。论辈分,你是不是得喊纳兰彩焕一声祖师奶奶?"

九个剑仙坯子里边,傻子都看得出来,早先隐官大人最心疼纳兰玉牒和姚小妍,只是落在事情上不偏心而已。

碧城渡是桐叶洲南方首屈一指的大渡口,说是渡口,其实规模已经不亚于一座郡城,经过这些年山上匠人的精心营造,已经修缮如新。渡口多植仙家草木,四季常绿,再加上建造碧城渡建筑的石材呈现出一种近乎碧绿的琉璃色,才有"碧城"一说。三十多艘渡船同时停靠在碧城渡,本身就是一种宗门底蕴的彰显。

韦文龙感叹道:"没有百来年光阴,青衫渡很难达到碧城渡的规模。"

邵坡仙俯瞰渡口,灯火辉煌,街市亮如白昼,车水马龙,来来往往,归根结底,无非是人与钱。他道:"最难聚拢的还是人气,尤其是在钱财一事上的信用。玉圭宗是桐叶洲当之无愧的头把交椅,我们青萍剑宗与之相比,差距不小。这也正常,但我们有上宗作为支撑,再加上崔宗主的经营,不是没有后来者居上的可能。"

邵坡仙会在风鸢渡船北归途中于燐河畔下船,此次出门,除了从种夫子的宗门财库中带走一大笔谷雨钱,崔东山私底下还送了他十数件用来收拢山水气运的山上宝物,立国和封禅一事就有了眉目。万事开头难,有了这笔神仙钱和法宝打底,不至于太过捉襟见肘。钱都是要归还的,不算利息而已,至于人情债,其实已经欠下了三笔:当年一路逃亡,最终躲在落魄山避难是一笔;帮忙在异乡的燐河畔立国,也算恢复宝瓶洲旧朱荧王朝独孤一脉的国祚是第二笔;接下来,紫阳府开山祖师吴懿带着一拨嫡系人马,愿意主动担任护国真人,又是一笔不小的人情债。

韦文龙说道:"原本属于桐叶宗的大大小小数十上百条财路,除了那几条命脉还被桐叶宗勉强掌握在手里,其余的几乎全都主动跑到玉圭宗了。"

邵坡仙笑道:"所以文庙还是很有远见的,让那位周山长住持五溪书院,免得玉圭宗形成一家独大的格局。"

韦文龙性格稳重,难得与陈平安之外的人交心,微笑道:"邵供奉,你如今是元婴境剑修,等到独孤蒙珑立国,你若是能够跻身上五境,开宗立派亦是题中之义,届时一国一宗门相互支持,想必在桐叶洲站稳脚跟绝非难事。未来可期,我在此预祝邵供奉诸事顺遂。"

邵坡仙抱拳致谢:"若真有那么一天,我请韦先生喝酒!"

如今改名为独孤蒙珑的女子,未来新国的皇帝陛下,虽然大概是因为与陈山主相识已久的缘故,与陈平安并不显得如何热络殷勤,但是她追随真实身份是亡国太子的邵坡仙一同在落魄山久居,即便与这位来自倒悬山春幡斋的账房先生见面次数不多,却也心生亲近,这大概就是人生际遇各凭眼缘了。独孤蒙珑闻言亦是抱拳,由衷感谢道:"这些年承蒙韦先生照拂良多,欢迎韦先生常来做客。"

韦文龙正色道:"得亏隐官大人此刻不在场,不然我非要被记账。"

独孤蒙珑到底单纯,不明就里,一时间无法接话,邵坡仙只得笑着解释道:"韦先生开玩笑呢,打趣你对山主从没什么好脸色,却对韦先生如此好说话。"

独孤蒙珑笑道:"陈山主气量不至于这么小。"

邵坡仙笑道:"这句好话,恳请韦先生务必拐弯抹角转达给陈山主。"

独孤蒙珑赧颜一笑:"不作此想,是我的真心话,韦先生不必捎话,不然就变味了。"

韦文龙点头道:"放心吧,隐官大人心里跟明镜儿似的,都懂。有次来账房闲聊,亲口说蒙姑娘能够跟随邵供奉一路颠沛流离,不离不弃,从无半句怨言,不是谁都做得到的,苦酒壮胆,困顿养气,总会柳暗花明又一村的。"

独孤蒙珑愣了愣:"我还以为只有些听了就让人揪心的评价呢。"

韦文龙摇摇头:"列星随旋,阴阳大化,并不围绕一人而转动。日月递照,也不止为一人而高明,各有人生,各有缘法。"

邵坡仙笑道:"一听就是陈山主的话语。"

看着那座风景旖旎的碧城渡,邵坡仙心境祥和。春者天之本怀,秋者天之别调,花开花落又开。

风鸢渡船今夜在碧城渡停靠,除了装卸货物之外,还需要对账,一般都由种秋和张嘉贞、贾晟一同出面。韦文龙毕竟是上宗的账房供奉,按照山上一贯的规矩,不宜过多插手下宗钱财事务细目过多。虽说张嘉贞也是落魄山谱牒成员,但更多算是被种秋带在身边历练,一宗传承,不止有道诀、术法。至于贾老神仙,家有一老如有一宝,不谈修为境界,只说人情世故这一块,按照崔东山的说法,至少得是飞升境起步。

一般说来,与碧城渡交接货物、检点账簿,都是过路的渡船管事下船找上门去,这也是对玉圭宗的一种礼敬,要是按照米首席的脾气,碧城渡就得破个例了。事实上,碧城渡不是没有这个意思,为了此事颇为头疼。他们当然是愿意主动与落魄山,或者说隐官陈平安示好的,又担心玉圭宗神篆峰祖师堂问责。可要说为了这种小事告知神篆峰就又不像话了,山水官场的弯弯绕绕确实不少。所幸风鸢渡船第一次路过此地时,种秋与贾晟很快就下船了,让碧城渡管事的几个老修士如释重负。

不过今夜,代表风鸢渡船露面的除了三张熟面孔,又多了三位客人。其中有那位米剑仙,以往路过碧城渡从不下船,另外还有一个青衫长褂的男子与一个坐姿端正的黑衣小姑娘,此刻正喝着账房负责人端来的茶水。贾老神仙没有介绍他们俩的身份,碧城渡几个管事也就不好多问什么。

那个看上去神色温煦的背剑男子仔细翻看了账簿,看来身份不低,说不定是米剑仙的嫡传?如今有个小道消息传得沸沸扬扬,说这位来自剑气长城的米剑仙已经是千真万确的仙人境了。得是多大的造化,才能够成为一位大剑仙的嫡传弟子?真是一桩想都不敢想的天大福缘。

青衫男子还提了几个极其专业的问题,屋内众人都是老手,一听就知道来人是行家里手,外行肯定问不出这类问题。

陈平安没有久坐,看过了账目就带着周米粒和米裕一同告辞离去。贾晟刚要起身,陈平安笑着伸手虚按几下,示意不用送,贾晟便继续把屁股钉在椅子上边。这一幕,看得极擅长察言观色的碧城渡众人又是一阵犯嘀咕:莫不是怠慢了贵客?而当他们看到是那位青衫客率先跨出门槛,米大剑仙紧随其后时,更是彻底蒙了。等到三人离开账房,身为碧城渡头把交椅的老修士轻声询问:"贾老弟,这位公子是?"

贾晟抚须笑道:"实不相瞒,当然是我们落魄山的陈山主了。你们可能还不太清楚,陈山主生平最是敬重账房先生,故而此次渡船靠岸,陈山主哪怕再事务繁重,却仍然一定要来与几位老哥见个面。这不,方才来时路上,山主还说与你们诸位是半个同行呢,我便趁机与山主说了各位的大致履历,山主听得仔细,早已一一记在心里了。至于为何没有自报身份,当然不是我家山主有意拿架子,只因为山主是过来人,对算盘和账本再熟悉不过,最知晓算账是个精细活儿,委实是不愿诸位分心在客套寒暄上边。"

种秋喝着茶,默不作声。张嘉贞低头算账,心中佩服不已。

周米粒本来是不打算下船的,觉得趴在栏杆上看看风景就好,只是好人山主说有点想吃夜宵了,她就偷偷掂了一下自个儿的钱袋子,麾下犹有千军万马哩,能输给一桌子酒菜?不能够。不过她还是将那根金扁担留在了渡船上。所以今夜一个黑衣小姑娘背小竹箱,手持行山杖,走在最中间,哈,狐假虎威。

一旁的好人山主,头别玉簪,青衫长褂布鞋,背剑。

另一边余米一身雪白长袍,姿容极好,佩剑,腰悬一只名为濠梁的养剑葫。

他们一个闲庭信步,宗师气度;一个意态慵懒,皮囊出彩。总而言之,不好惹。

即便是夜幕里,碧城渡依旧人头攒动,熙熙攘攘,对那小姑娘的身份就多出几分好奇:莫不是某个仙府里边修道有成、返老还童的老祖师?

陈平安打趣道:"看来还是离宝瓶洲太远的缘故,就这么大摇大摆走在路上,也没施展障眼法,竟然都没人认出米大剑仙。"

周米粒问道:"好人山主,余米在家外边名气很大吗?"

米裕心知不妙,刚想要解释,陈平安已经点头道:"米大剑仙的名气大得很,反正我是肯定比不过的。"

周米粒小声说道:"对了对了,听鸾姐姐说过,在俱芦洲彩雀府,咱们余米的人缘就很好哩,每次走在路上,都是仙子姐姐们主动跟余米打招呼,可受欢迎了。"

陈平安斜眼米大剑仙,笑道:"哦?"

米裕解释道:"我在彩雀府见着谁都不说话。"

陈平安冷笑一声:"呵。"

周米粒满脸疑惑:余米你在彩雀府架子这么大的吗,为何如此不平易近人,不能够吧？我咋个帮你打圆场，咋个补救？小姑娘只得假装迷糊："啊？"

米裕无可奈何。

陈平安笑问："要不要顺路买点瓜子？"

周米粒连忙摇头："这种仙气重的地儿，买啥都别买市井坊间能够买着的货物，杀猪呢。买瓜子还是得去红烛镇的铺子买，我熟，回头客，买多了，有折扣！"

陈平安点点头："老到。"

本来就是奔着宵夜来的，周米粒伸手入袖，再次摸了摸沉甸甸的钱袋子，咧嘴笑道："今儿我请客！"

就近挑了一座酒楼，柜台后边墙壁上挂着的木牌上边写满了招牌菜肴，周米粒看着都很喜欢，但再看看价格……周米粒挠挠脸，深吸一口气：罢了罢了，钱财乃身外之物，去吧去吧，搬家之后找个好人家，今日经此一别，江湖有缘再会。

点完菜落座后，米裕憋了半天，还是没忍住："小米粒……也爱吃鱼？"

在落魄山，老厨子偶尔也会炒几盘河鲜，小米粒也会动筷子，只是看不出喜不喜欢，反正每次吃鱼不吐刺。结果今天小米粒豪气啊，点了一桌子菜，其中就有两条鱼，清蒸和红烧各来一份。

周米粒眨了眨眼睛。

陈平安没好气道："小米粒在哑巴湖每天不吃鱼虾吃啥，喝水管饱啊？这问题问得，米裕你莫不是个……"

周米粒此时也开了口，跟陈平安异口同声："傻子吧？"

小姑娘坐在长凳上捧腹大笑，米裕也哑然失笑：也对，小米粒还随时备好一袋子小鱼干呢。

周米粒朝米裕偷偷眨眼睛。前边的那笔糊涂账，在好人山主这儿肯定翻篇了。

陈平安多要了一只酒杯，让周米粒稍微喝点解解馋。

其实裴钱小时候也馋酒，倒不是真爱喝，就是想显摆自己年纪不小了，都能喝酒了。不过那会儿陈平安管得严，小黑炭每馋一次，别说喝了，栗暴要不要？裴钱就经常背着师父找魏海量一起划拳，只是一个喝水一个喝酒，有模有样的，魏羡还赢不了她。

周米粒每次都是抿一口酒，轻轻哇一声，聊表敬意。要是喝茶，讲究是不一样的，得双手持杯，轻轻点头，嗯一声。这些可都是周米粒自己琢磨出来的江湖门道啊。

吃到一半，玉圭宗祖师堂供奉王霄带着一对璧人模样的年轻剑修韦姑苏和韦仙游一起来到酒楼。王霄抱拳笑道："陈山主，我们几个刚好在碧城渡有点事要处理，听说风鸢渡船停靠就赶过来了，多有打搅。"

陈平安起身抱拳还礼："王先生，年酒兄，韦姑娘。"

米裕刚夹了一筷子菜到嘴里，实在是懒得起身，就只是抬手抱了抱拳。

陈平安与周米粒坐在一条长凳上，米裕占了一条，当下就还剩两条长凳。

王霁率先落座，坐在陈平安对面。韦姑苏站着没动，韦仙游挪步站在了靠近米裕的那条长凳旁边，轻声提醒道："师兄，坐啊，愣着做什么？"韦姑苏只得坐在王霁身边。

韦仙游笑道："米剑仙，又见面了。"

米裕笑着点头。

韦姑苏喝了一口闷酒。其实尚未喝酒就已心碎：姜老宗主一贯是个胡话连篇的，怎就偏偏在这类男女情事上这般一语中的？

米裕也是有苦自知。有隐官大人在场，自己真可谓是武功尽废。

陈平安毫无痕迹地扫了眼米裕，米裕早已挺直腰杆，正襟危坐，就像个百花丛中过，片叶不沾身的正人君子。

王霁眼神古怪：一位仙人境剑修，就这么没牌面吗？要不是米拦腰名声在外，做不得半点假，否则王霁都要怀疑米裕到底是不是剑气长城的本土剑修了。他问道："陈山主，我们吃过饭，找个僻静地方聊聊？"

整个碧城渡都是玉圭宗的私产，历来只租不卖，每年光是与各路仙府，还有在此开张做买卖的各国朝廷收取租金，就是一笔不小入账。

陈平安摇头笑道："不用那么麻烦，我们边吃边聊。"

王霁以心声说道："那个包袱斋要参与开凿大渎，用四千枚谷雨钱作为定金，神篆峰祖师堂已经收到你们的飞剑传信了，就在前两天，还专门开了一场议事，异议不大，如今已经通知韦宗主了，最少在密信上说清楚了祖师堂的意思，绝大多数还是赞成的。"

祖师堂议事内容，不管大小，不可轻易泄露给外人知晓，是山上一条不成文的规矩。王霁之所以这么坦诚，一来是认可青萍剑宗的门风和陈平安的人品；二来，关于包袱斋的临时插一脚，青萍剑宗其实就是与外人打声招呼，算是面子上照顾一下玉圭宗。不过最重要的，还是包袱斋的合作方式并不会牵扯到太多的既定格局，类似添砖加瓦和锦上添花，不然别说玉圭宗，恐怕大泉姚氏就会第一个反对。

陈平安给周米粒夹了一筷子菜，自己端起酒碗，与王霁轻轻磕碰一下，微笑道："神篆峰祖师堂的异议大一点也不是坏事，我瞧着包袱斋好像是有点心理准备的。"

王霁立即心领神会，与陈平安各自饮酒。

米裕算是又长见识了，读书人做起买卖来，真是……老到。

陈平安说道："不管怎么说，包袱斋做买卖，在山上山下有口皆碑，是一块积攒了很多年声誉的金字招牌。而且我觉得包袱斋的重心还是未来那条崭新大渎以南的桐叶洲地界，以后免不了要与玉圭宗经常往来。我已经见过包袱斋的老祖师张老前辈了，能够把生意做到这个份上，自然不缺城府和手腕。只是我觉得张老前辈还是个性情中人，将来你们神篆峰不妨直爽些。"

王霁点头笑道:"大致有数了。"

双方偶然相逢,相谈甚欢,酒足饭饱。其间周米粒还去多要了一壶酒水,等到陈平安起身,打算让米裕去把账结了,王霁笑道:"到了我们碧城渡,哪有吃个饭还需要掏钱的道理。"

韦姑苏立即起身说道:"我去结账。"

周米粒笑容腼腆道:"王老仙师,我已经把账结了。"

陈平安笑着点头,王霁只得作罢,出了酒楼就祭出一艘符舟,带人连夜返回玉圭宗。

陈平安笑问:"花了多少钱?"

周米粒伸出三根手指。

陈平安震惊道:"三枚小暑钱?! 造反不成,杀猪呢! 走,讨个说法去!"

周米粒咧嘴笑,陈平安拍了拍小姑娘的脑袋,语重心长道:"米粒啊米粒,你是小猪头吗,这都能乖乖掏钱?"

米裕无言以对。隐官大人,你的演技也太……拙劣了些。

"错! 是雪花钱。"不承想周米粒得意扬扬,哈哈笑道,"要不是我最后点的那壶仙家酒酿,两枚不到的雪花钱就够了。"

雪花钱不打紧,都是不记名弟子,下山去就下山去吧,于道各努力,各自修行去吧,以后落在谁兜里,就看各自缘分了。

小暑钱,祖师堂嫡传,每一枚在周米粒这儿都是有名有姓的。

谷雨钱,嚯,那就了不得了,可惜她攒了这么久也没能攒下一枚。

她、裴钱、暖树姐姐,她们每个人都有三个钱罐子,各有三座钱山哪,都放在暖树姐姐那儿呢,分别装铜钱、金银、神仙钱。

小姑娘突然有些愧疚:"好人山主,其实我买的是酒楼最便宜的酒水,其余几种仙家酒酿太贵,我舍不得。"

米裕就想要安慰几句不打紧之类的,礼轻情意重,已经很给面子了,王霁几个能喝上一壶酒就该烧高香了,结果隐官大人就不一样,揉了揉周米粒的脑袋,调侃道:"咋个这么小气呢,当年那个劝我用谷雨钱买下一串铃铛的哑巴湖大水怪跑哪儿去了?"

周米粒嘿嘿笑道:"勤俭持家!"

陈平安点头道:"像我,果然不是一家人不进一家门。"

米裕双手抱住后脑勺,偶有女子偷眼看来,我们米大剑仙始终目不斜视。

"好人山主,啥地方一顿饭要花两三枚小暑钱啊? 真有吗?"

"有啊,怎么没有,别说小暑钱,开销谷雨钱的饭局都有,啧啧,每一筷子下去,都是吃神仙钱哪。"

"会不会提不动筷子啊?"

陈平安板起脸,抬起手,做了个持筷手势,故意微微颤抖手腕:"那可不,我得这样夹菜。"

"那真就是胡吃海喝嘞。"

"那可不,以后只要有机会,我肯定捎上你,一起长长见识。"

"哈,那我就与主人家打个商量,少夹一筷子,少吃一口菜,少喝一口酒,折算成钱给我。"

"那不行,多掉价,跌份儿,我可开不了这个口。看来不能带你一起,不然就成了陪你蹲在桌边一起摆碗讨钱的小乞儿。"

"哈哈,想一想也是贼有趣的,就是想一想。"

米裕听着这一大一小的对话,也觉得很有意思。

周米粒、陈暖树、曹晴朗。不管是什么身份,他们都是隐官大人心中的美好。就像端着小碗,春暖花开,天清气朗,今日无事,平平安安。

于事,不问收获问耕耘,莫向外求。于心,勤勉修行戒定慧,与天祈福。

一位年纪轻轻的皇帝陛下微服私访,来到一座辖境内的城池,身边带着一位金丹境皇室供奉,年纪不大,曾是一位德高望重的护国真人的关门弟子,那位元婴老神仙与先帝一起战死了,就在京城。如今大渊王朝旧京城早已沦为废墟,变成了一处遗址。此外随行的还有一名宦官和一个姓鲍的武将,官身不低,可算是一方封疆大吏了。

接驾的一行人除了古丘和侍女小舫,还有武夫洪稠、散修汪幔梦,以及那个此刻好似梦游一般的钱俊。

两拨人一同走向那栋废弃宅邸,皇帝袁盈轻声笑道:"古丘,此事关系甚大,你应该早点通知鲍将军的,我们也好略尽地主之谊,毕竟那位崔仙师是一宗之主。在如今的桐叶洲,'宗'字头仙府屈指可数。"

袁盈倒是没有与古丘问责的意思,但他如何会知晓此事就比较七弯八拐了:钱俊在汪幔梦面前提了仙都山和青萍剑宗,汪幔梦心细如发,与洪稠闹僵了不假,但还是与洪稠说了那拨人的消息,尤其是那个身份是崔东山先生的青衫客,好像来自宝瓶洲。一旦涉及北边的那个邻居,洪稠就立即上心了,托江湖朋友与鲍将军搭上线……一来二去的,就惊动了袁盈。

面对一位皇帝,古丘依旧神色淡然,道:"鲍将军又要治军又管民生,我之前并不了解内幕,自然不敢拿这种不作准的琐事劳烦鲍将军。"

那个手握实权的武将顿时脸色尴尬。

袁盈一笑置之。他们来到钱俊的屋里,钱俊战战兢兢地搬来两把椅子,颤声道:

"陛下，那晚崔宗主和陈先生就是坐在这儿的，椅子位置保证丝毫不差。"

第一回跟皇帝老爷打交道，钱俊说话都不利索了。汪幔梦看着他的样子，掩嘴娇笑：都能跟山上的一宗之主围炉而坐，聊大半个时辰的闲天，怎么瞧见了个山下的皇帝，就这么拘谨了？

旧大渊袁氏王朝也曾是桐叶洲北方极有底蕴的大国，如今山河版图一分为三，因为有三位藩地出身的旁支皇室成员先后自立为帝，三者都说自己才是正统，其余两人是名不正言不顺。当年大渊袁氏与大泉姚氏王朝都敢于以举国之力抵抗妖族大军入侵，袁氏曾在边境、腹地、京城三地先后集结兵马，只可惜与大泉姚氏的下场不同，未能守住京城，国祚就此断绝。

袁盈这些年收拢了一班旧大渊王朝的文武老臣，但是诸多武将，尤其是相对年轻的一辈，都投靠了同样登基称帝的袁砺。袁盈知道他们无非是嫌弃自己能给的官帽子不够大，赏赐太少，各蒿荫封。好个货比三家，良禽择木而栖！可问题是那些藩镇割据的武将，袁盈真不觉得把他们放在庙堂要津、各地关隘的位置上，对朝廷和各地百姓是什么好事。

袁盈不是瞧不起他们的出身，真有才干的话，但凡稍微行事规矩点，袁盈都愿意接纳。但是他们却一个个拥兵自重，吃空饷，要官要钱。不是没有老于谋略的幕僚建议袁盈不如睁一只眼闭一只眼，先渡过难关再说，否则那些骄兵悍将就都投奔别地了，此消彼长，能否保住国祚都难，先解了燃眉之急，等到一统大渊王朝再徐徐图之。只是袁盈没有答应，结果就是，如身边鲍将军这样的，都是名副其实的矮个子里边拔将军了。

不得不承认，真正能打仗的都跑到袁砺那边去了，此人最舍得给，府邸、爵位、美人、金银，只要各路武夫敢开口，袁砺就敢给，暂时给不了的就欠着，攻城略地、立下军功之后，就将那些地盘折算成赏赐……

所以袁泌才想着与袁盈结盟，只是袁盈心知肚明，这等饮鸩止渴的举措，无非是与虎谋皮。最终，这也不成那也不做的皇帝袁盈就显得优柔寡断和妇人之仁。

钱俊满头汗水，舌头打结，含糊不清道："禀报皇帝陛下，那天晚上，崔东山就坐在这把椅子上，这把椅子是他先生坐的。这两位来自仙都山的陆地神仙极为平易近人，不知怎么回事，两位仙师与小的还算投缘，聊了不小会儿……"

这些个文绉绉的说法，都是钱俊从杂书、戏文里边看来的，得不得体，恰不恰当，靠运气！

钱俊其实至今还被蒙在鼓里，不晓得到底发生了什么天大的事情，需要劳驾一国皇帝亲临城内，只求着自己别是被殃及池鱼了，就咱这细胳膊细腿的，瘦得没几两肉，塞牙缝都不够啊。

袁盈神色温和，闻言只是笑着点头。

平白无故多出一个"宗"字头的邻居，对大渊王朝来说，无异于平地起惊雷。如果袁盈没记错的话，整个桐叶洲历史上，拥有一座剑道宗门，好像都是三四千年前的事情了。既然是福是祸都躲不过，袁盈就细致翻阅了关于这座城池的所有情报，一番权衡利弊，仍是执意要亲自走一趟。

袁盈笑道："不用紧张，说说看，两位仙师当晚都与你聊了什么？"

他再让人去大堂搬了两条长凳过来，笑道："我们都坐下聊。"

钱俊咽了口唾沫，半边屁股坐在长凳上，袁盈见状忍俊不禁："喝不喝酒？"

钱俊犹豫了一下，眼角余光打量了一下汪幔梦，见她一副置身事外的模样，暗道：姑奶奶啊，就这么不仗义吗？

洪稠抱拳道："启禀陛下，钱俊能喝酒，但是不可多饮，半斤酒下肚是最好。"

袁盈笑着点头："那就给拿壶酒来，钱俊自己看着喝。"

袁盈与古丘说道："你们在这座城内的所作所为我都看过了，古丘，就由你来暂时补缺坐镇此地的州城隍庙，等到我哪天重建京城……算了，以后的事以后再说，我在这里就不说大话了。"

古丘默然点头。

袁盈本想说让古丘升迁去往京城都城隍庙，只是他一向不擅长这类收买人心的手段，就只能是话说一半了。

"洪稠，你是六境宗师，如果愿意的话，就到鲍将军处任职，至于具体的官职，回头再议，最晚半个月，朝廷会给你一个确切答复。"

洪稠闻言立即起身抱拳领命。

"汪幔梦，你是中五境的山上神仙，如果愿意开山立派，朝廷愿意划拨出一块地盘给你，至于钱财一事，我也不隐瞒什么，朝廷确实是有心无力。"

汪幔梦笑道："陛下过奖了，其实我就只是个洞府境练气士，跟中五境沾点边而已，一介野修，妇道人家，也没个道场，飘来晃去的，万万当不起'神仙'一说。至于开山立派，更是不敢奢望，过惯了闲散日子，未必适应山水官场，还望陛下恕罪。"

袁盈神色温和，点头笑道："不敢强求。"

之后钱俊借着酒劲壮胆，原原本本将那晚的闲聊内容说了出来，袁盈越听越觉得……深不见底，尤其是那位陈先生，到底是何方神圣？竟然能够担任一宗之主的传道人！

古丘突然开口说道："陛下，有访客，总计四人，其中鬼修两位，是金丹境，其余两位暂时看不出深浅。"

很快就有人登门来到屋外院内，风尘仆仆。

袁盈摆摆手，示意不用紧张，跨过门槛来到屋外。

只见一儒衫青年神色和煦，作揖道："仙都山青萍峰祖师堂谱牒修士曹晴朗见过陛下。"

一个面容冷峻的中年男子淡然道："青萍剑宗掌律崔嵬。"

其余两位鬼修跟着自报名号："青萍剑宗祖师堂供奉吴钩、萧幔影。"

袁盈内心微动。一位宗门祖师堂掌律祖师竟然要比一位谱牒修士更晚开口？

可惜如今桐叶洲山上消息闭塞，就更别提别洲的山上事了，一些个山水邸报，都只能派人去类似碧城渡、桃叶渡这样的地方重金购买。更可怜的是，朝廷需要与那些修士赊欠，也亏得那些仙师多是旧大渊豪阀老臣们的家族供奉，从不计较这个。

立春日，在那仙都山地界新建青萍剑宗，首任宗主崔东山。观礼客人当中，有玉圭宗和大泉王朝。山水邸报上边就只有这么点消息了。

崔东山？袁盈找了些道龄高的老修士打听，都说没听过此人。

袁盈正了正衣襟，与曹晴朗作揖还礼："大渊袁氏高宗子孙袁盈见过曹仙师、崔掌律，以及两位供奉仙师。"

曹晴朗微笑道："陛下不用多礼，崔掌律、吴供奉和萧供奉与我已经分别将陛下和袁砺、袁泌各自辖境内的民生都大致看过一遍了。"

事实上，其余两位皇帝的消息要比袁盈更加灵通，只说袁砺，甚至都已经带着护国真人与新五岳山君在赶往仙都山的路上了。

曹晴朗说道："治大国如烹小鲜，巧妇再难为无米之炊也终究是巧妇，一国之主急功近利，暂时得势，终究不是长远之计。"

袁盈一时间怔怔无言。

崔嵬淡然说道："曹晴朗是上宗落魄山陈山主的嫡传弟子，所以曹晴朗的看法就是整个青萍剑宗的看法。"

一直还算云淡风轻的洪稠和汪幔梦俱是心头一震，面面相觑。刹那之间，洪稠额头上满是汗水，咽了口唾沫，抱拳问道："敢问曹仙师和崔掌律，落魄山可是宝瓶洲的那座落魄山？陈山主……可是宝瓶洲的那位陈山主？"

曹晴朗笑着点头，崔嵬反问："不然呢？"

此言一出，袁盈一行人俱是与方才的钱俊如出一辙——梦游一般，却是好梦。

骑龙巷。

谢狗犹豫了一下，还是没有现出真身姿容，被按住脑袋后，她缩了缩脖子，难得示弱道："那个，如今都是一家人。"

白衣女子笑道："谢狗？怎么取了这么个名字，白景、朝晖、外景、耀灵这些，不都挺好的？现在嘛，小心狗头不保。"

白景是剑修,而且还是那副纬甲的新任主人,故而论传承,白景与仰止都属于各有法脉了。

谢狗笑容牵强。持剑者,剑侍,剑灵?

小陌想要站起身,陈平安示意小陌坐着就是了。

骑龙巷草头铺子的这张酒桌此刻就像一处光阴长河的漩涡,又像是井水不犯河水。

诗僧禅语有云:"人从桥上过,桥流水不流。"不管是不是误打误撞,反正早就道破天机了。

陈平安笑道:"小陌,我的真身还在桐叶洲,至于你眼前的我,只是个被自己流放的可怜人,我当然还是我。"

小陌犹豫了一下,还是忍着心中别扭说道:"小陌见过公子。"

谢狗望向那个古怪的存在,问了个与之匹配的古怪问题:"你跟那个陈平安到底是谁吃了谁?"

修道之人的阳神身外身出窍阴神,与真身的关系,谁主谁辅,一目了然。但是眼前这位,学问可就大了。

酒铺里边,赵登高、田酒儿、筌蹄、崔花生,各自都静止不动。

白衣女子看着那个白发童子模样的化外天魔,笑道:"是在玩木头人的游戏吗?"

筌蹄眼珠子微微转动,觉得既然大家都是自家人,怕个啥?便不再假装木头人,立即开始振臂高呼:"隐官老祖,道法通天,拳镇三洲,剑术无敌,风姿卓绝,算无遗策……"她手臂挥动的轨迹扯起一股股七彩琉璃色,还有那些说出口的言语,字字都如金沙飘散空中。

陈平安笑眯眯道:"继续,好话不嫌多。"

筌蹄觉得嗓子都快冒烟了,眼神幽怨道:"隐官老祖,恕我才疏学浅,真没词了。"

陈平安微笑道:"不再酝酿酝酿?"

筌蹄抽了抽鼻子,满脸委屈道:"得翻书去,现学现用。"

谢狗小有意外:"筌蹄,你藏得还蛮深。"

本以为这个邻居是那种嬉戏人间的仙人,不承想还是个深藏不露的飞升境。

练气士之间,同境看同境都是雾里看花的光景,不像纯粹武夫,能够根据呼吸、脚步、行走时的气态,尤其是全身筋骨肌肉的细微变化进行判断,很难遮掩武学境界。

察觉到陈平安的眼神,谢狗心中了然,试探性问道:"需不需要发个誓?"

这座巴掌大小的槐黄县城终于让她见识到了什么叫藏龙卧虎,先是那个看门人仙尉,如今又有一个飞升境的化外天魔,竟然还只是落魄山的外门杂役弟子。

白衣女子拍了拍谢狗的貂帽,坐在一旁:"筌蹄的身份确实不是什么小事,不过立誓就算了，管不住嘴也不是多大的罪过，留不住头而已。"

谢狗没来由感叹道："人有逆天之时，天无绝人之路。"

筌篌察觉到谢狗的轻蔑视线，双手叉腰，与她直愣愣对视。

谢狗摊开手："你赢了。"

陈平安突然问道："白景，按辈分算，绯妃是不是你的再传弟子？"

谢狗想了想："我的徒子徒孙多了去，数都数不过来，绯妃是跟谁学来的道法，除非面对面对峙，打一架，否则不好确定。我这一觉睡到天亮，之前在曳落河，为了来见小陌，走得急了，也没跟绯妃这个晚辈打照面啊。"

按照青同的说法，白景曾经在蛮荒那轮大日中建造道场，只是每过几百年就需要重建，蛮荒天下走炼日拜月这条修行道路的妖族修士半数都得承白景这份情，所以陈平安最早听闻青同说起白景，才会猜测白景是不是火精化身。不比诸多明月，在大日之中，即便是精通火法的飞升境修士同样极难久居，就像火龙真人，被誉为浩然天下火法第一人，好像也未能走通这条道路，无法凭此跻身十四境。

万年之前，大地之上，有许多天才修士的大道根脚隶属于"神异"一道，都是那种金身破碎的神灵转世，虽然神性不全，但天生适宜修行，往往破境神速，只不过地仙瓶颈又比纯粹的道士更难打破。所以谢狗说自己徒子徒孙众多，不算吹牛皮不打草稿。

谢狗小心翼翼地用眼角余光瞥了眼身边的白衣女子：哎哟喂，个儿挺高啊，都快比自己高出一个脑袋了。

谢狗再看了眼陈平安：问我作甚，何必舍近求远，你得问我身边的这个持剑者啊。

白衣女子看了眼谢狗，懒洋洋道："不是十四境，在意个什么？"

谢狗气不打一处来。往常这种话可都是她来说的，无非是将十四境说成飞升境。

如此说来，自己确实矮人一头，可能还不止。

白衣女子懒得理睬她，缓缓说道："假若人间有这么一个山头，就以这座槐黄县城作为龙兴之地。

"有朝一日，昭告天下，立教称祖。

"寇名、崔瀺、齐静春，三位正副教主，郑居中掌律，刘聚宝管钱。

"这几个，不但可以为旁人指明大道方向，同时有人率先登高，以身作则，开辟道路，变天堑为通途。与此同时，相互间查漏补缺，治学、教化、事功，各有所长，只说一座祖师堂内，就坐着五位十四境大修士。"

饶是谢狗都听得目瞪口呆。十四境大修士是路边菜园子里的大白菜吗，扎堆呢，一棵又一棵的？

红烛镇，正月里还是很有些年味的，作为商贸枢纽，大骊各州诸郡在此开设会馆颇多，旧面孔新春联，人人喜庆。

一间书铺的年轻掌柜此刻正躺在藤椅上打着盹，水府事宜反正都交给佐官胥吏们去打理了，他就学落魄山陈山主当起了那甩手掌柜。

有人风尘仆仆地跨过门槛，笑着抱拳，说了句讨喜言语："李掌柜，开门大吉，预祝生意兴隆，红红火火。"

李锦瞧见了陈平安，从躺椅上坐起身。双方都还算知根知底，李锦就没有如何矫情寒暄，都没起身相迎，只是拱手还礼："生意确实还行。"

陈平安乐得李锦如此不当回事，还自在些，进了书铺，扫了几眼书架，视线停在一处，问道："这套《二十七史百将传》怎么少了一册？"

收藏这个行当，精善之外也求全，若是不全，价格就上不去了，如今单缺第二册，李锦的生意经还是很老到的，照理说不该做这种亏本买卖。

"被一个老朋友看中了，破例没收钱。"李锦没有含糊其词，给出了解释。毕竟眼前这位年轻隐官和那个如同终于拨云见日在中天的落魄山，于他李锦都有一份极为罕见的传道之恩。先是朱敛赠送了两幅画，之后陈平安亲自帮忙描金、钤印，无异于帮助李锦凭空多出一场鲤鱼跳龙门的天大造化，这份香火情，身为冲澹江水神的李锦注定一时半会儿是无法偿还了，细水流长，慢慢来吧。

陈平安略微思索一番，回忆了一下第一册和第三册的内容，瞬间心中了然。

能够让李锦破例的客人，多半是那个州城隍爷张平了，昔年馒头山祠庙的土地公，在大骊山水官场的升迁之路属于连跳数级，当之无愧的破格擢升，要说现任处州城隍爷张平没有一些云遮雾绕的大道根脚，谁信？魏檗虽然从未泄露过对方底细，但是偶尔几次闲谈，每当聊起，作为北岳山君的魏檗言语可以遮掩，神态却是答案。

落魄山与张平的城隍庙可是山水近邻，陈平安当然比较上心，所以查阅了不少关于古蜀地界的各类掌故，尤其是历史上那个神水国的档案，再加上州城隍庙的那个香火小人儿又与落魄山结缘，小米粒经常念叨的，据说这么多年来风雨无阻，按时点卯，心诚得很，从她这边接任了骑龙巷右护法的位置……所以陈平安对那个朱衣童子属于久闻大名却只可惜素未谋面了，这趟回家，陈平安打算一定要跟这个一门心思想当骑龙巷总护法的小家伙多聊几句。

李锦微笑道："还请陈山主看破不说破。"

陈平安点点头，犹豫了一下，以心声说道："有请掌柜回头与张城隍转达一句，以后如果有机会，我会帮他与某人讨要一本有亲笔批注的兵书。只是此事不做保证，只能说我会尽量争取，万一不成，让张城隍也别太过失望，暂定百年为期好了。"

青冥天下，岁除宫的守岁人曾是倒悬山鹳雀客栈的年轻掌柜，陈平安确实比较熟悉。要不是吴霜降泄露了天机，确实打死都想不到岁除宫的白落曾是武庙陪祀之一的那尊杀神,只因为杀戮过重、功业有瑕,神位才被从供奉武庙十哲的主殿迁出,降格搬去了两庑之一,最终只是位列第四等名将。

李锦难得流露出震惊神色:"这都行?"

用张平自己的话说,就是他给此人牵马都不配。

李锦试探性问道:"不如再加我一个?"

陈平安点头笑道:"同样不做保证。"

李锦大手一挥:"有看上的书,随便拿,反正已经破例,以后就无所谓了。"

陈平安笑道:"不急,回头我让李槐来挑。说好了啊,看中了就随便拿,可别反悔。"

李锦一时语噎。当年那个虎头虎脑的小兔崽子一看就不是什么读书种子,偏偏手气是真好,李锦早就领教过的。

陈平安提醒道:"我真要帮掌柜拿来了那部兵书,可别转头就搁在铺子里边待价而沽,这种事不合适啊。"

李锦笑道:"别说陈山主不答应,要是被张平知道,非拆了我的书铺不可,抢了书再跟我绝交。"

陈平安抬起手比画了一下:"我记性不错,当下铺子里所有书就当封存不动了,李锦兄就别想着连夜将书搬走,尤其是别想着找几个托假装来买书,再偷偷送往水府了,这种勾当做不得,太缺德了。"

李锦躺在藤椅上,朝门口挥了挥手掌:"恕不送客,恕不送客。"

陈平安没有着急挪步,打趣道:"哟,怎么还下逐客令了?"

李锦开始闭目养神。

陈平安环顾四周。其实也曾认真想过以后当个书铺掌柜,卖书为生的。他收回视线,笑道:"有空去落魄山坐坐。"

李锦点点头:"得闲就去。"

陈平安没好气道:"得闲?李锦兄一年到头有忙的时候吗?架子不小啊,可真是个大爷。"

李锦睁开眼道:"我怕混得熟了,一个个都如陈山主这般不客气。朱敛,以前的郑大风,现在那个喜欢讨价还价的仙尉道长,还有骑龙巷那个喜欢赊账的周俊臣,都来我这儿搬书上山。"

陈平安无奈道:"外人误会也就罢了,李锦兄还不了解我们落魄山?我当惯了甩手掌柜,又管不了他们。"

李锦笑呵呵道:"心里有数。"

而后,陈平安离开红烛镇,去往棋墩山找山神宋煜章喝了顿酒,问及许多窗口的旧人旧事。这顿酒双方喝得都很尽兴,自饮自酌,也无人劝酒,反而容易醉人。看着那个晃晃悠悠走出祠庙客堂的青衫男子,宋煜章感慨良多:若是早个三十年,有人未卜先知,说小镇泥瓶巷那个叫陈平安的草鞋少年未来成就会很大,宋煜章也只会当是一桩过耳就忘的笑谈吧。

初春时节,和风晴暖,煦色韶光,霭笼芳树,到处弥漫着山间独有的草木清香,沁人心脾。陈平安也没有散去一身酒气,过了棋墩山,心思微动,脚尖一点,高高跃起,如飞鸟穿梭在山野林间,在一根青松树枝上停下身形。青衫与古松同颜色,陈平安两只袖袍缓缓垂落,双臂环胸,背靠松树主干,无巧不成书,瞧见了那位每个月都要去落魄山按时点卯的香火小人儿。

只见一条人迹罕至的山岭小路上有个袖珍可爱的朱衣童子正骑着一条水桶粗壮的白花蛇,后者尚未炼形成功,蛇鳞如精铁。

朱衣童子盘腿坐在白花蛇的背上絮絮叨叨:"你没有功劳也有苦劳,跟我混差不了,放一百个心,等大爷我哪天升官了,绝不亏待你,到时候我只需要与裴舵主和周副舵主打个商量,准许你陪着我一同登山,一来二去的,只要次数多了,相信我们总能撞见那位神龙见首不见尾的陈山主,再让陈山主开一开金口,随便点拨你几句,仙蜕炼形有何难?这就叫真经寥寥一句话,敌过假经万卷书。哈,这就叫撞大运!不信?你看看泓下大仙和云子仙师如今如何了,算不算得道成仙?肯定算啊。至于咱们那位和蔼可亲的灵均老祖就更不谈了,别瞧他老人家容貌稚嫩,其实道龄一大把了。他老人家可是落魄山的元老,搁在山下王朝,可不就是能够登个啥啥阁挂幅画像的开国功勋?你对落魄山半点不了解,我与灵均老祖经常能碰面的,啥事不清楚?想来那位德高望重的陈山主多多少少是听说过我的,晓得这是何等际遇吗?这就叫简在帝心……"

陈平安听得一阵脑壳疼,难怪这个小家伙与落魄山投缘,不是一家人不进一家门。

朱衣童子还在碎碎念,已经说到了陈山主与鳌鱼背刘重润的爱恨情仇,理由充分:"要不是没点啥,人家刘岛主能从书简湖千里迢迢,背井离乡,一路搬迁到落魄山地界?金屋藏娇,晓不晓得?也难怪,早年他听裴舵主信誓旦旦说过他师父的容貌,那叫一个神气高朗,轩然霞举。要说比拼皮囊,真心不吹牛,两个魏山君都打不过一个师父……"

"想来那位刘岛主痴心陈山主也算情有可原,可惜自己摊上个抠抠搜搜的主人,连看场镜花水月都难。城隍庙的山水邸报都是朝廷定时派发的,山上仙府间的邸报一份都没有,以致未能一睹陈山主真容,可恨可叹!不过那个刘重润确实长得不错,该瘦瘦,该鼓鼓……"

陈平安实在没耳朵继续听下去,飘然落地,咳嗽几声,朱衣童子连忙拍了拍坐骑的鳞甲,吁了两声如勒马,大声问道:"来者何人?!"

陈平安忍住笑,道:"只是路过的。"

朱衣童子想了想,问道:"是山上修道的,还是混江湖的?"

陈平安笑道:"走江湖的。"

朱衣童子明白了,肯定是奔着落魄山的名头而来,便劝说道:"年轻人莫要太心高,奢望着能够登上落魄山,去拜陈山主为师。听我一句劝,那儿如今不待客,到了山门口,就要外人止步了。你要是不信,到时候白跑一趟,我也不会笑话你。罢了罢了,来者都是客,到了山门口,我与仙尉道长打声招呼,一碗茶水还是能喝上的。如此说来,倒也不算完全白跑一遭,回了家乡,与人吹嘘几句,不算吹牛皮不打草稿。"

陈平安拱手抱拳:"承情。"

朱衣童子板着脸点点头。是个懂礼数的年轻后生,不夭,混江湖肯定饿不着。

双方偶然相逢,机缘巧合,就这么结伴而行,一起跋山涉水,往落魄山赶路。

朱衣童子一来心大,再者确实半点不怕碰到个杀人越货的,在这处州地界,谁敢造次?不过偶尔会打量几眼那个自称过客的年轻人,翻山越岭,身边青衫客如履平地,有那么几分高手风范,估摸着放在大骊之外的南方小国,开馆立派都不难了,难怪敢来落魄山碰运气。

朱衣童子忍不住问道:"听你的口音,不像是外乡人。哪儿的,是大渎附近,一路往北走?"

如今在大骊王朝,所谓的外乡人,就只有整个宝瓶洲以南的广袤山河了,可若是往前推几年,可就是别洲人氏了。

陈平安笑道:"萍水相逢,莫问出身。"

朱衣童子笑了笑。哟呵,年纪不大,还挺老到。他笑嘻嘻道:"红烛镇可是个出了名的销金窝啊,英雄难过美人关,如今兜里没剩下几个钱了吧?"

陈平安摇头道:"我走江湖独来独往,不好这一口。"

朱衣童子撇撇嘴。都是大老爷们,跟我装啥正人君子,不实诚。

原本想着在山门口喝完茶,觉得这个人可处,就带去城隍庙长长见识,尽一尽地主之谊,到时候再搬出自己的身份,吓对方一跳。唯一的问题,就是张平那厮满身穷酸气,未必愿意自己带客人登门。遥想当年在馒头山,自己铆足劲帮他牵线搭桥,找个持家有道的土地婆,结果好心被当成驴肝肺,教人只得掬一把辛酸泪,往事不堪回首,所幸如今混得还算不差,走哪儿都有排面。

来到一处视野开阔的山冈,朱衣童子拍了拍白花蛇的背脊,示意可以休歇片刻,看看风景。

陈平安蹲在一旁,就近揪了根甘草,掸去泥土,放在嘴里嚼着,目视前方。

山外远处有一处水滩,风急天高,渚清沙白,嫩绿丛丛,飞鸟徘徊。

小时候觉得家乡很大,成年以后,又觉得宝瓶洲很小。不同的人生岁月,一样风景入眼帘,别样滋味在心头。

朱衣童子沉默片刻，好奇问道："你又不是山上神仙，半路瞧见了这么一条快要成精的蛇，半点不怕？何况我这副尊容，在山下的志怪书上，怎么也称得上是那类神异了，你怎么半点不奇怪的，难不成是位出身高门仙府的谱牒修士，假装游侠儿，一边游山玩水，一边四处搜山？"

陈平安笑道："一直在外游历，不敢说见多识广，至少夜路走多了，胆子还是不小的，见怪不怪。"

朱衣童子双臂环胸，看着男人蹲那儿嚼草根的娴熟模样，问道："苦出身？"

陈平安摇头笑道："还好，小门户，长辈亲人积德行善，好似年年家有余粮，就饿不着子孙后人。"

朱衣童子点点头，抽了抽鼻子。就不该提这一茬，一提起就心酸："我才是苦出身，怨不得别人，怪我自己遇人不淑，好些年都是饱半顿饿三顿的。亏得我自己上进，攒出些家当来，不然都要怀疑是不是家里遭了不挪窝的穷鬼了。"

陈平安笑道："按照书上的说法，真有一尊穷鬼入了家门，也能挡灾的，而且一旦将来某天能够将穷鬼请出门，请神容易送神难嘛，那么只要好聚好散了，说不定别有福缘。"

朱衣童子咦了一声，看来这小子还读过几本正经书啊。他满脸讶异道："科举制艺不济事，只好退而求其次，杂书看得多了？"

陈平安点头道："多看书总是好的，老话说，上辈子给这辈子读书，这辈子给下辈子读书，大概就是这么个老理儿。"

朱衣童子突然说道："看得出来，公子也是个多愁善感的人哪。"

陈平安抬起头笑问道："这都看得出来？"

小家伙抬起手指了指自己的眼睛："我看人的眼光一向很准。"

陈平安笑道："对了，忘了自我介绍，我叫陈平安。"

朱衣童子抬起一只手掌使劲晃了晃，哈哈笑道："我翻过户房的鱼鳞册，州城那边如今叫这个名字的人至少这个数！"

陈平安会心一笑，点点头："好事。"

曾几何时，这个名字在槐黄县城有等于无。

之后朱衣童子骑乘白花蛇，陈平安跟在一旁健步如飞，与小家伙谈天说地，也不闲着，逛荡到了自家山门口。

朱衣童子跳下背脊，与那条棋墩山土地公麾下的心腹爱将承诺道："老规矩，在功劳簿上记你一笔。"

那条白花蛇头颅触地，与这位身份尊贵的州城隍庙二把手道别，然后扭转身躯，在山路间蜿蜒而走，转瞬不见。

朱衣童子搓手笑道:"以后等它炼形成功,说不定还是个要啥有啥的美妇人呢。"

陈平安调侃道:"你跟仙尉道长肯定聊得来。"

朱衣童子蓦然变色,沉声道:"你如何知道落魄山的看门人是仙尉道长?!如果没有记错,我可从未跟你提及此事!"

他娘的,自己可别带了个惹祸精来到落魄山,那可就是裤裆糊满黄泥巴了。须知记账一事,裴舵主才是开宗立派的祖师爷。

陈平安笑道:"不用紧张,都是自己人。"

门口,仙尉赶紧将一本书卷起,飞快藏入袖中,大步流星赶来,打了个有模有样的道门稽首:"见过陈山主。"

陈平安笑道:"辛苦了。"

朱衣童子杵在原地,皱着眉头。

仙尉嘻笑道:"怎么,结识了陈山主,就不把小道当回事了?"

朱衣童子怯生生道:"仙尉道长,到底是哪位陈山主啊?"

仙尉看了陈平安一眼,陈平安笑道:"说过名字了,他不信,不过我们这一路聊得很投缘。"

仙尉也懒得管那个好似酒蒙子的大爷,压低嗓音说道:"陈山主,有件事我得与你说上一说,事先声明,我可不是喜欢告状的人哪。"

陈平安点头道:"有话直说。"

仙尉转头看了眼山路,这才说道:"前不久山上来了个客人,是个小姑娘模样的,名叫谢狗,山主晓得此事吧?"

陈平安点点头:"知道,谢姑娘是来找小陌的,前不久在骑龙巷已经跟她打过照面了,比较……性格鲜明。"

仙尉叹气道:"小陌先生这么知书达理,怎么会有这么个混不吝的朋友呢?"

两人走向山门口的竹椅,朱衣童子一个猛虎下山,气势十足,飞奔出一段路程后,高高跃起,到其中一把竹椅上打了几个滚儿,再趴在那儿拿袖子使劲擦拭,不忘哈口气再擦拭,最后一个翻滚下竹椅,一套动作可谓行云流水,一看就是跟陈灵均拜师学艺过的。小家伙在地上站定后,作揖道:"山主大人请坐!"

陈平安与小家伙道了一声谢,坐在那把竹椅上:"怎么说?谢姑娘做了什么?"

仙尉其实有点后悔提起这档子事了,总觉得不妥当,何必节外生枝,万一那个谢狗是小陌先生的亲戚或是山门晚辈,如何是好?只是她做事情不地道,都欺负到暖树头上了,仙尉不能忍。

陈平安拍了拍椅子,与站在地上的小家伙笑着邀请道:"一起坐?"

朱衣童子一时犯浑:"我个儿小屁股大,太占地盘,就不坐了。"

陈平安也没有勉强对方，转头与仙尉说道："说吧，就当是老厨子提前与我说了情况，跟仙尉道长没关系。"

仙尉点点头，不忘提醒道："说好了啊，可千万千万别让小陌先生误会，觉着我是个喜欢搬弄是非的多嘴妇人。"

如今大风兄弟的宅子里边，仙尉还供着一双小陌先生亲手编织的蹑云履呢，一看就老值钱了，仙尉哪里舍得穿，偶尔穿在脚上，在屋内踱步，学那真道士步斗踏罡，还真有种腾云驾雾的感觉。也就是仙尉脸皮薄，不然非要跟小陌先生多要一双。

陈平安靠着椅背，伸了个懒腰，听着仙尉说了些谢狗的所作所为。

一听就是白景会做的事情，绝不会冤枉了她。陈平安转头看了眼台阶："怎么没看到岑姑娘练拳？"

仙尉说道："她啊，回家去了，还没回呢。"

朱衣童子可没闲着，正忙着悄悄补救，拿袖子默默擦拭着大如梁柱的椅脚。不管山主大人领不领情，好歹都是一份心意。

陈平安都不知道怎么劝这个小家伙，不由得觉着自家落魄山的风水确实非同凡响，这些年思来想去，可能真要追本溯源，大概都是先生的功劳吧，至于裴钱几个，也算是青出于蓝而胜于蓝了。

按照既定路线，风鸢渡船大概会在明后两天到达牛角渡，被崔东山挖了墙脚的泓下和云子届时会跟随渡船先远游俱芦洲，最终在仙都山落脚，参与大渎开凿一事，好像这还是他们的第一次正式游历。

陈灵均和郭竹酒参加过黄粱派的开峰庆典，由于受邀担任供奉一事，再走了一趟梦粱国京城，估计也快返回落魄山了。随行的李槐和嫩道人大概会一起过来，再去大隋山崖书院，陈平安准备跟嫩道人聊聊桐叶洲的大渎事宜。

已经给酡颜夫人捎过口信了，中土九嶷山的那尊山君亲自邀请她去山上做客，以酡颜夫人的脾气，想必不会拒绝，毕竟浩然天下早有"天下梅花两朵半，一朵就在九嶷山"的美好说法，而这位梅花园子的旧主人如今因为有了个龙象剑宗供奉的谱牒身份，从倒悬山重返浩然后再来行走天下，自然百无禁忌。

之前在棋墩山祠庙跟宋煜章聊到了接替曹耕心位置的新任窑务督造官简丰好像有点书生意气，四处碰壁，没少吃闭门羹，但无论是山上山下隔着一座官场的宋煜章，还是跟简丰打过一次交道的董水井，都对这个灰头土脸的简督造印象不错。

吴鸢在大骊官场沉寂多年，不承想杀了个漂亮的回马枪，如今已经贵为新处州的刺史大人了，成了货真价实的封疆大吏，至于某些类似朝中有人好做官的流言蜚语肯定是少不了的。以前吴鸢在官场之外的身份，除了是上柱国袁氏的女婿，还是国师崔瀺的学生，如今又多出了个莫名其妙的文脉长辈小师叔。

之前与陈平安在大骊京城菖蒲河边喝过一顿素酒的户部清吏司原郎中荆宽如今亦是离京外放，担任宝溪郡的郡守大人去了。

听说鸿胪寺序班荀趣如今也高升了，转任兵部的武库司。

元白还是留在了作为正阳山下山的篁山剑派，没有答应去往桐叶洲。

不知道人云亦云楼外的那条巷子里，那位刘仙师最近有无拦过谁。

陈平安收起思绪，笑问："仙尉，修行如何了？"

仙尉一脸尴尬，哪壶不开提哪壶，打哈哈道："心急吃不了热豆腐，修行一事不求快，循序渐进为妙。"

可事实上，若真能吃碗热豆腐就涨境界，别说几碗，直接给贫道来一大盆都行。只是仙尉继而转念一想：境界高了，意义何在？中五境，再陆地神仙，上五境？这条道路，何时是个头嘛，当个看门人不挺好的？做人还得是自己这样的，怕麻烦就能少些麻烦。至于修行什么的，就让那些追求功德圆满的真道士们忙去吧，自己这个假冒的道士，还是看书要紧。

剑光一闪，小陌凭空现身。这段时日他都在骑龙巷盯着白景，免得她又闹什么幺蛾子。

瞧见了自家公子，小陌欲言又止，陈平安以心声道："之所以会分出一粒心神在外，是因为……"

小陌瞬间恍然，说道："公子不用说了。"

在炼剑，可能道场就在天外，至于具体如何炼剑，小陌就不过问了。

先前在那个光阴长河的涡流当中，因为聊起了纯属空想的某个门派，陈平安突然笑道："得再加一人，首席供奉吴霜降。"

白发童子跃跃欲试："隐官老祖？"

陈平安点头道："那就再加一个，末席供奉，道号天然，化名箜篌。"

一座宗门，若是没有几双神仙眷侣，确实不像话。

当时谢狗不以为然道："既然都说了是'假若'，聊这个又有啥意思。"

陈平安微笑道："虽说这只是某些人心中的最好选择，可要是仙尉道长在场，就不会这么觉得了。"

谢狗翻了个白眼道："怎么能跟他比。"

一向心高气傲的白景难得如此认输。

如果这个门派只是一种假设，那么又有一个山头却是实在。比如宗主陈平安，道侣宁姚。祖师堂内，有崔东山、姜尚真、小陌、米裕、朱敛、隋右边、种秋、崔嵬、箜篌、青同……年轻一辈，有裴钱、曹晴朗、柴芜、白玄、孙春王……

陈平安动身登山之前，蹲下身，与那个朱衣童子笑道："新设骑龙巷总护法一事，我回头跟裴钱她们几个商量一下,我个人举荐由你担任这个职务。"

点卯尚未凑足一百次的朱衣童子激动不已,反复呢喃:"何德何能,何德何能……"

简直跟当年周首席在雾色峰祖师堂是一个模子里刻出来的措辞和神态,这类独到天赋,确实自叹不如。

陈平安笑问道:"一起上山?"

朱衣童子使劲摇头:"得先去仙尉道长的屋子里点卯画押,属下个儿小腿短,容易耽误事,就不陪着山主大人一起登山了。"

陈平安和小陌离去后,仙尉啧啧称奇道:"哪学来的说法本事,回头教教我?"

朱衣童子双手叉腰,仰头瞪眼。好个仙尉,放肆至极,山主大人还在眼前呢,你少跟我吊儿郎当的没个正行,别连累我被山主误会。

陈平安问道:"白景留在骑龙巷,真待得惯?"

小陌点头道:"先前见过公子,如今还算老实,就是成天跟笼箦拌嘴,不过跟周俊臣关系不错。"

陈平安以心声微笑道:"这场炼剑,其实又是远游了,只是这次要倒走光阴长河两万年啊。"

第十章
相亲相爱师兄弟

春风水暖，风景旖旎，岸上竹外桃花三两枝，水中野凫泛泛逐清景。

王朱一行人辟水登岸桐叶洲，准备走一趟那个投机取巧、主动与东海水君府大献殷勤的虞氏王朝。结果没走几步路，就与这个眉心红痣的白衣少年郎不期而遇。

他们是第二次打照面了，第一次碰头是在大渎龙宫旧址内，几个水府扈从都对此人印象深刻，城府之深，深不见底。当然，真正让他们忌惮的还是那个黄帽青鞋的剑修小陌，称呼年轻隐官为公子，境界之高，高不可攀。

王朱与崔东山很早之前就认识了，又算半个同乡，所以习以为常，可是宫艳、黄幔几个看着那厮的滑稽姿势，总觉得这少年的举动既恶心人又吓唬人。他们都是修道有成的，在各洲家乡也曾是一方豪杰，山上的奇人怪事见得多了，但是眼前这个金鸡独立、手托宝镜、满嘴胡言的白衣少年，还是独一份。

崔东山见他们不接招，就如同被施展了定身术一般，好似打定主意，他们要是不给点表示，那双方就这么对峙到地老天荒好了。

王朱冷笑道："崔宗主不累吗？"

崔东山保持那个姿势，正色道："大丈夫一脚踩地一手托天，再以一根铮铮铁骨撑起身躯皮囊，不敢说累。豪杰，擎天白玉柱，架海紫金梁，不辞辛苦……"

王朱眼神冷冽："崔东山，差不多得了，有事说事，无事让路，我没空陪你浪费光阴。"

"有事，怎么会没事，一宗之主很忙的，这不刚刚陪着个洛阳木客逛过燐河，这一路好走，风餐露宿，十分辛苦了。"

崔东山满脸悻悻然，收起拳桩，脚刚落地，又是一抬脚，踢中岸边一颗石子。石子朝河面疾速掠去，砸入水中轰隆隆作响，瞬间惊起一群野凫振翅乱飞。

崔东山手腕拧转，变出一根以行书刻有一篇《行气铭》的绿竹杖。这行山杖是吴霜降送的见面礼，崔东山原本打算送给柴芜，当作一步登天跻身玉璞境的贺礼，只是临了反悔，另有重用，好好珍藏了起来，要么当作传家宝，留给将来的关门弟子，不然就送给有一定可能会来吾曹峰修行的赵鸾。

既然扛着锄头挖了落魄山的墙脚，那就不介意多被先生记一笔账了，于是崔东山找到柴芜，问她是想要这根价值连城的绿竹杖，还是他以个人名义送出一百坛仙家酒酿，而且保证每一坛酒都不重名。当时柴芜顿时眼睛一亮，说一百坛太多了，五十坛足够。小姑娘的言下之意再简单不过，天大地大喝酒最大！

崔东山嬉皮笑脸道："稚圭姑娘，落魄山有贵客登门，我家先生必须立即返乡，所以庆典结束就回了，没办法亲自待客。"

王朱面无表情道："小小水府，孤悬海外，也不敢劳驾陈隐官亲自招待。"

崔东山一本正经道："可不能这么说，稚圭姑娘与我家先生那可是相逢于微末之时的多年邻居，远亲不如近邻，多大的缘分和情分。"

王朱扯了扯嘴角，不多说什么。她此前并未与几个水府扈从提过崔东山的身份，只说此人是宝瓶洲人氏，在大骊朝廷当官，当年进入尚未破碎坠地的骊珠洞天，后来不知怎么就成了陈平安的学生。至于宫艳他们，王朱只用一句话就打发了："关于崔东山，多说无益，你们知道更多反而会惹来不必要的麻烦。"前不久东海水府得到一份谍报，落魄山在大渊王朝南部地界建立下宗，名为青萍剑宗，崔东山担任首任宗主。

崔东山挥动着行山杖，与其他人一一打过招呼，主动献殷勤："稚圭姐姐真是未卜先知，早早算到了我会赶来找你们。那个更换年号为神龙的虞氏王朝我熟啊，说句不吹牛的话，到了洛京，我完全可以算是半个东道主。你们现在可以不信，反正一去便知。比如积翠观里边那位护国真人吕碧笼与我便是山上挚友，还有作为虞氏王朝山上仙府领袖的青篆派，都是半个自家人，关系能差了？尤其是那戴塬，更是斩鸡头烧黄纸的好兄弟。"

宫艳嫣然笑道："崔宗主的朋友真多啊。"

崔东山点头道："必须的，出门靠朋友，只要江湖朋友多，保管一天吃九顿。"

戴塬这老小子好像自从与自己认识，在那销金窝的洛京灯谜馆葡萄架下喝过一顿酒后就飞黄腾达了，先是在青篆派内升为掌律，算是顶替了掌门高书文嫡传弟子许柏的位置，后来那皇室供奉的名次也有了提升，算是墙里墙外两开花。

当时一起喝酒的还有小龙湫首席客卿，道号水仙的老元婴章流注，如今化名章歇，到了大崇王朝给个年轻人当幕僚，是一个年纪轻轻却大名鼎鼎的工部侍郎，名为师毓言,意为禀道毓德,讲艺立言。

灯谜馆一别,崔东山曾用那个蒲山云草堂嫡传的阳神身外身去找过一趟章流注,也见到了那个师侍郎,双方一见如故。

大骊陪都名为洛京,这跟宋睦封王就藩为洛王有关,而桐叶洲虞氏王朝的京城也叫洛京。当然,只是凑巧而已,以大骊朝廷如今的声势,再加上虞氏王朝的见风使舵,即便不在一洲,估计前者让后者改个名都不成问题。

崔东山说要带他们去个地方,不远,御风云霄中,只需要三炷香工夫。

御风途中,白衣少年脚踩绿竹杖如御剑,转头与宫艳套近乎,说道:"阿妩姐姐,先前听你们闲聊,其中姐姐的话语我最是竖耳倾听,不肯漏掉一个字。既然姐姐想要去槐黄县城走走看看,这有何难,回头我来带路,不如现在咱们就约个时间?"

宫艳置若罔闻,崔东山就转去与别人闲聊:"李老哥瞧着还是这么老当益壮,那完颜老景与你是忘年交,听说是亦师亦友的关系,曾是你们金甲洲的山上美谈。没事,人生行路,哪有不栽几个跟头的时候,既然故乡是个伤心地,不回去就是了,以后哪天与稚圭姑娘好聚好散,就在桐叶洲落脚好了嘛,去宝瓶洲也可以,我那边朋友更多。到时候你重操旧业,在南方某个朝廷当个国师,老骥伏枥志在千里,不还是一桩美谈?李老哥,我这么说,是不是心情就好转几分了?"

李拔脸色阴沉。被人当面戳心窝,心情能好到哪里去?完颜老景这个名字,即便是黄幔和宫艳,在李拔面前都不敢提。

"溪蛮大哥,想不想与一两位止境武夫过过招?如果正有此意,小事一桩,我可以帮忙引荐,如今在桐叶洲刚好就有两位,又巧了,都是我的朋友。以我跟溪蛮大哥的交情,豁出脸皮不要,也要为你牵线搭桥,求来两场相互砥砺武道的问拳。"

溪蛮这位九境巅峰武夫的大道根脚是流霞洲的一条陆地土龙,而那流霞洲武运一般,曾经有两位止境武夫,如今就只有一位了,因为其中那位资质更好、成就更高的大宗师叶鸢曾经孤身跨洲赶赴金甲洲中部战场递拳杀妖,因此跌境,于是这些年最喜欢臧否人物的中土神洲就对流霞洲有了个冷嘲热讽的说法:那西北流霞洲,论战功,山上不如山下;论胆识,年纪老的不如年纪小的。

前者棍扫一片,等于把仙人芹藻在内的一众宗门仙府,连同那座天隅洞天的所有山上修士都给骂遍了。至于后者,就只针对一人,正是那个号称"跻身止境之后,同境问拳无败绩"的老武夫,流霞洲武学第一人。他之所以没有输过一场拳,当然是因为跻身十境后就再不与人问拳了,以至于叶鸢根本就没有与此人问拳的念头。

叶鸢因为跌为山巅境的缘故,与止境小跌一层的金甲洲武夫韩光虎一样,都收到了中土文庙参与议事的邀请,却都婉拒了。

溪蛮疑惑道:"除了蒲山黄衣芸,武圣吴殳也在桐叶洲?他不是去了蛮荒天下?"某些涉及机密的水府邸报会直接从中土文庙寄过来,所以要比寻常宗门更加消息灵通。

崔东山嘿嘿笑道:"容我先卖个关子,免得李老哥听了又要心情烦闷,愁眉不展,不得开心颜。

"黄幔兄不愧是被誉为玉道人的得道之人,真是驻颜有术,美人如玉!以后哪天我们仙都山密雪峰开启镜花水月,一定要邀请黄幔兄露个脸!亏得那个道号龙伯的张条霞下得了手,往黄幔兄身上招呼,天下武道第一人的拳脚分量,啧啧,小弟我想想都替黄幔兄觉得疼。"

黄幔微笑道:"好像还是不如崔宗主的言语分量更重。"

崔东山拍胸脯道:"读书人说话,与道理为伍,文字言语绝不落空!"

前方出现一座厚重云海,崔东山身形翻转,整个人旋转向前,双手大袖朝前方一晃,便拨开了一层。

溪蛮聚音成线道:"跟这家伙待在一起实在煎熬,真不知道陈平安怎么受得了这种学生。"

宫艳以心声笑道:"先前听纳兰宗主提起过那位年轻隐官,说就是个一肚子坏水的闷葫芦,平时看着是个沉默寡言的,其实满脑子都在算计人心,不过大体上还是个好说话的,前提是不去招惹他。有这么个先生,若是再找个不爱说话的学生,岂不是相对无言?要我说啊,还真得找崔东山这种跳脱活泼的,调和先生、学生间各有特点的暮气与朝气。"

李抔突然插话:"你们都看错了。恰恰相反,真正有朝气的是那个看似不多话的年轻隐官,称得上道心幽深、暮气沉沉的其实是这个玩世不恭的崔宗主。前者看待世道总能保持一种乐观的态度,后者却是彻头彻尾的悲观,双方互为极端。"

黄幔笑着附和:"李抔看人还是很准的。"

一行人穿过云海,崔东山瞥了眼跟在最后边,被王朱赐名王琼琚的少年,字玉沙,道号寒酥,总之除了姓氏,其他都与雪有关。

昔年骊珠洞天的五份机缘,不谈各自下场如何,只说境界高低一事,实属这条当年主动投靠泥瓶巷宋集薪和稚圭的四脚蛇最上不得台面,至今才是个洞府境。这得是多吃不饱饭才沦落到这般田地?唯一可以说道说道的,就是王琼琚背着的那只大紫皮葫芦了,上有古篆"捉放"二字。

崔东山收回视线,开始絮絮叨叨:"阿妩姐姐真不打算去雨龙宗落脚?你反正跟纳兰宗主是老相识了,有这一层私谊在,捞个首席客卿当当,不费吹灰之力。

"当个天不管地不管一宗之主都不管的散淡人,白拿薪水不出力,岂不逍遥自在?这等好事,连我都要羡慕不已。小弟觉得那个性格柔弱的云签仙子见着了阿妩姐姐,只会欢迎至极。既然云签之前都愿意主动卸任宗主,跑去当个名不副实的掌律了,想必对姐姐的到来,别说是首席客卿,有一就有二,估计再次退位让贤,让阿妩姐姐来当掌律都不难。对了,若是真有那么一天,还劳烦阿妩姐姐当个月老,就说我愿意当雨龙宗的首席客卿,薪水一事,好说,意思意思就成。

"再说了,雨龙宗比起东海水府,或是宝瓶洲大骊陪都藩王宋睦的府邸,离着扶摇洲都要近很多啊。眼下姐姐的宗门混得可不算太好,况且按照文庙规矩,若是接下来百年之内始终没有一位新的玉璞境修士出现,那可就要丢掉'宗'字头了。阿妩姐姐当真忍心看着师门就此败落,王小二过年,一年不如一年?去了雨龙宗,晚辈们在扶摇洲碰到了事情,姐姐只要御风快些,都不用耗费在那边攒下的香火情,自己就能把事情摆平了。所以你看,当上了雨龙宗的掌律祖师,不仅能护道旧师门,与小弟这个首席客卿一起坐在祖师堂里边旁听议事,还能帮雨龙宗与青萍剑宗结盟,一举三得,傻子才不做呢!"

宫艳腹诽不已:这家伙是自己肚子里的蛔虫吗,怎么啥都一清二楚?

白衣少年叹了一声,眼神哀怨道:"这个比喻就不妥当了,蛔虫多恶心,小弟我是阿妩姐姐的贴身小棉袄还差不多。"

黄幔嗤笑一声:这个比喻恐怕更恶心人吧?

宫艳打定主意不说话了。她也是个胆大泼辣的,说几句荤话算什么?在扶摇洲,宫艳就曾以"尤物"著称山上,不承想竟然敌不过个少年。

崔东山笑嘻嘻道:"哪天我让朱老厨子、大风兄弟、周首席和米首席他们几个凑一堆,陪阿妩姐姐闲聊,那才得劲呢,保证要荤有荤要素有素,要雅有雅要俗有俗!"

王朱神色淡漠道:"崔宗主,我们还是说正事吧。"

崔东山抬起手掌遮挡在额头处,眺望远方,笑道:"马上就到了,吃饱喝足才有力气谈事情。"

王朱顺着崔东山的视线看到了一条青色苍苍的蜿蜒山脉,如青蛇逶迤大地之上。她想了想,对这条位于桐叶洲西海岸、南北走向的龙脉有点印象,只可惜当年为了给那条改道大渎让路,被大渎龙君下令开凿出一条水道,硬生生断掉了完整的陆地龙气,导致桐叶洲整个西海岸再未出现鼎盛强国,多是成了大王朝的藩属。

人言蛟蟄开,或曰雷劈断。

崔东山歉意笑道:"招待不周,只能找个就近地儿请诸位吃顿素斋了。"

落脚地在山中某座帝王敕建的皇家道馆,之前被妖族大军毁坏殆尽,小国新君登基没多久就下令让工部官员找出图纸,耗费极大物力财力才得以将主殿修缮如新,其余建筑暂时无力营造修补了。精于望气术的修道之人可见山中有赤青两种云气浮浮冉冉,盘桓不去,这就是堪舆书上所谓的"王气萦绕,龙蜕藏焉"。

崔东山说道:"山上道观,能够让稚圭姐姐下榻其中,真是蓬荜生辉了。观内老小道士日日敬香，夜必点灯，岁费香油十数斛，这份诚意总算没白费。"

浩然天下，文庙敕封的四位新晋水君负责分镇四海，高居中土文庙新编撰的神灵谱牒从一品，与穗山大神品秩相同。

整个天下水运被一分为二，其中道号青钟的渌水坑澹澹夫人总掌九洲陆地水运，只是山巅修士都不太把她当回事。

除了王朱，其余三位大海水君都是从各洲大湖水君的位置按部就班升迁的，比如中土神洲皎月湖水君李邺侯。此外还有一位女湖君，峥嵘湖碧水元君刘柔玺，如今也是负责坐镇西海的水君。她早年曾经在倒悬山师刀房那堵墙壁上张榜悬赏，针对墨家游侠许弱，至于其中曲折缘由，外人不得而知。

王朱眯眼远眺，突然说道："崔宗主没少花钱吧？"

崔东山搓手道："还好，些许谷雨钱而已，毛毛雨。"

此地名为海龙山，天气晴朗、碧空无云之时，登上山顶就可以遥遥瞧见大海，观海上日出是一绝。再者，三千年前，天下蛟龙最是风光得意的时候，大渎龙宫诸多蛟龙水臣行云布雨，不少都会越过此地往返于海陆，大龙雨足出此云月间，掠过大地万里泽流，驰骋于青天碧霄之中。

作为花钱帮忙重修道观的冤大头，崔东山在道观内除了搭建出一座夜观天象的阁楼外，还秘密建了座专门用来测量东海水运流转趋势、勘验未来大渎入海处水运多寡的量水称重楼，由此可见，崔东山早就笃定自己先生会在桐叶洲开凿大渎了，未雨绸缪，不过如此。

已经有两人在山中等候，就站在新建却颇有古韵的道观山门口，不过都是山中道馆的外人——青萍剑宗掌律剑修崔嵬、景星峰首任峰主曹晴朗。前者属于被崔东山拉来当壮丁的，后者却是事情成与不成的关键。

"到了到了，我先踩点，你们跟上。"崔东山率先赶路，骤然间身形远去数里。

曹晴朗一板一眼地作揖致礼："见过崔宗主。"若无外人在场，他只会喊崔师兄。

崔东山抖了抖袖子，无奈道："曹师弟，不如多学学崔掌律，见着我一个屁都不用放。咱俩还是师兄弟呢，不用这么做规矩给外人看。"

曹晴朗微笑道："是给自己的规矩。"

崔东山一阵头疼："不聊不聊。稍后我跟人谈买卖，你就看师兄的眼色行事。"

曹晴朗其实直到方才都不知道自己被崔师兄喊来此地到底要见谁。

崔东山双手搓脸，等待王朱一行人落地。溪蛮虽是纯粹武夫，不谙修行，但只要现出土龙真身，只说当个搬山卸岭的苦力，也是极好的。至于玉道人黄幔，呼风唤雨本就是他的拿手好戏，寻常修道之人还真招惹不起张条霞，那位坐了天下武道头把交椅多年的老武夫从不轻易与人起冲突，可只要出手，绝不轻巧。

临近山中道观，黄幔突然以心声问道："李拔，你我联手，再加上溪蛮从旁策应，三打一，能不能行？"宫艳就算了，注定喊不动的，这婆娘除了赚钱，万事不上心。

李拔摇头说道："别冲动，不宜与此人结怨。"

溪蛮确实不喜欢这个神神道道的崔宗主，只觉得浑身不自在，那白衣少年的眼神就像老鸨看清倌。可要说与其问拳，溪蛮还真没什么想法，所以李拔没答应玉道人的邀请，让溪蛮松了口气。

一行人来到山门口，崔嵬无动于衷，曹晴朗神色和煦，作揖道："青萍剑宗景星峰曹晴朗见过东海水君，见过诸位仙师前辈。"

王朱笑着点头："我在大骊京城曾经借阅过你的几份科举答卷，写得很好，妙笔生花，言之有物。"

曹晴朗微笑道："关于制艺一途的学问，我家先生指点很多。"

王朱对此不置可否，不过相比与崔东山相处时的清清冷冷，面对曹晴朗这个晚辈，她此刻脸上多了几分柔和。

宫艳与溪蛮对视一眼：他娘的，终于碰到一个正常人了？

道观斋堂已经备好了饭菜，等到王朱和崔东山同时提筷，所有人就放开吃了。

崔东山提起了桐叶洲打算开凿出一条大渎，青萍剑宗作为发起人之一，诚意邀请王朱和东海水府鼎力相助，参与其中。

出乎宫艳几人的意料，王朱答应得极其爽快。主人的性格他们再清楚不过，因为水神押镖一事，天下高位水神露面极多，别说是需要经常打交道的近邻李邺侯，即便是那个偶尔出现几次的滟滟夫人，王朱见着了，都是没什么好脸色的，两次议事都是滟滟夫人赔着笑脸，半点不觉得拿热脸贴冷屁股有何尴尬。

这些却是在崔东山的意料之中，先前跟先生提及此事，先生一语中的：若是由崔东山出面，只论公事，不谈私情，在商言商而已，那么此事成功的可能性在八成以上；可要说由他陈平安来跟王朱叙旧，就会变成不成功的可能性在八成以上。显而易见，陈平安对王朱的脾气拿捏得很准。

开凿大渎此举对王朱来说百利而无一害，是一笔稳赚不赔的买卖。但既然大渎肯定会出现，她出不出手，就只看她的心情了。这种选择，与先前镇妖楼青同的只想躺着享福表面上有点类似，只不过内里还是有些差异。青同是因为有自己的私心，不愿意一个剑修在被她视为自家地盘的桐叶洲插手过多，王朱则纯粹是……懒。

凭借一条崭新大渎沟通桐叶洲陆地和东海水域，整座桐叶洲的各路水神就要在原先基础之上更低东海水君一头。以前是双方身份悬殊，不得不礼敬王朱，可到底有着海陆之别。之后是水运命脉，或多或少都会被王朱拿捏在手中。简而言之，只等大渎一起，王朱完全可以凭借这条横贯大陆的滔滔水势，将整个桐叶洲中部地界划拨到东海辖境领域。

所以崔东山在大致介绍过各路盟友后，也就狮子大开口了："东海水府必须先给一笔钱，不得低于包袱斋的四千枚谷雨钱，愿意多给当然更好，多多益善。此外我还要借用黄幔和溪蛮分别帮忙迁徙江河、搬移山脉，在不耽误水神押镖的前提下，他俩一有空闲，就需要立即赶来桐叶洲陆地点卯。至于具体功劳的大小，我们会在那座临时设置的祖师堂内清楚算账，记录在册。事先说好，黄幔和溪蛮会专门负责一段大渎河床的开凿疏浚，具体长度可以回头慢慢细聊，我们今天先定大方向。"

黄幔和溪蛮对视一眼，相视无言，唯有苦笑。刚才还聊着要不要联手揍一顿这白衣少年，报应这么快就来了？

王朱说道："四千枚？没问题，我可以再加一万枚。"

崔东山刚夹起一筷子斋菜，闻言立即手腕颤抖，斋菜差点掉回盘子。他连忙深吸一口气，抬起一手轻轻托住那只被他取名为揍笨处的雪白袖子，小鸡啄米道："好，就这么说定了，一万四千枚谷雨钱！"

崔宗主倍感心酸。人比人气死人，真不知道王朱这些年在大海之中捞取了多少座旧龙宫、仙府遗址和海中特产的天材地宝！

王朱略带讥讽道："既然崔宗主山上朋友这么多，不干脆多喊些人来出钱补缺？"

崔东山哈哈笑道："有稚圭姑娘的一万四千枚谷雨钱来一锤定音，足够了，借钱毕竟欠人情，就不是多多益善的事了。"

生意场上，同样一笔神仙钱，打个比方，包袱斋和张直随随便便拿出四千枚谷雨钱，与清境山青虎宫陆老神仙砸锅卖铁凑出四千枚谷雨钱，看上去都是一样的数额，但是对于那笔生意而言，却是完全不同的概念，因为陆雍给钱就只是给钱，张直却不然，既然是奔着赚钱去的，就会给出更多钱财之外的人脉等无形资源，张直的包袱斋尚且如此，皑皑洲刘氏就更不用说了。

崔东山继续说道："开凿出一条水运稳固的通海大渎肯定是长久事，不是几年就能大功告成的，劳烦水府抽调出一批精于庶务的佐官胥吏，最少三十人，再派遣出诸多水仙、虾兵蟹将，数量最少在三万，以后等到水神押镖告一段落，他们都要通过入海口那条水路往内陆推进，总之能做什么就做什么。"

这亦是先生的暗中授意。与王朱做生意，只管把价格往高了开，开低了，她可能反而觉得没什么意思。

四海水君各自管辖两洲陆地周边的所有水运，那么以后的金身高度、精粹程度，关键就看谁在陆地的手伸得最长了。

宝瓶洲那边，其实王朱的运作余地极为有限。天君祁真坐镇的神诰宗，风雪庙和真武山两座兵家祖庭，位于齐渡入海口的云林姜氏，再加上落魄山、正阳山、云霞山等。

齐渡已经有了长春侯杨花和淋漓伯曹涌两位大渎侯伯,之外犹有魏檗、晋青、范峻茂在内的一洲五岳山君,何况半洲之地都是大骊朝廷的版图。

反观桐叶洲,东海水府显然大有作为。此地山河破碎,旧有仙府纷纷衰败零落,或是搬去了五彩天下,或是艰难缝补师门旧山头,或是重新选址……真正拿得出手的宗门其实也就只有地头蛇玉圭宗和过江龙青萍剑宗了。王朱和水府插手陆地水运事务,不但不违背文庙礼制规矩,反而可以积攒功德,所以方才黄幔和溪蛮都不会询问王朱的意思,他们两个是板上钉钉要去当苦力了。

崔东山笑眯眯道:"有言在先,一来海陆有别,再者风俗各异,以后联手开凿大渎,有些冲突是必然不可避免的,以后水府官吏登岸参与议事堂讨论,各持己见,怎么吵都没关系,甚至去外边约架也可以,但是最好别闹出人命,否则就难以收场了。"

皑皑洲刘氏、张直的包袱斋其实都好说,有先生这块天底下独一无二的金字招牌在。何况刘聚宝和张直的驭人之道都是天下出名的,相信闹不出什么幺蛾子,唯独王朱的水府变数最大。

王朱说道:"那就让曹晴朗负责跟水府对接具体事宜,出了问题也好事先通气,再拿到议事堂那边去吵。"

曹晴朗有点措手不及,看了眼崔东山,崔东山笑着点头:"当然没问题,就此说定。曹晴朗刚刚结丹,下山游历一事就要提上议程了,赶巧不是?接下来曹晴朗正好可以多跑几趟东海水府,熟悉熟悉那边的情况。就是海路迢迢,恐怕还需要水君暂借给曹晴朗一张传说中的龙神跨海符,免得他在路上消耗过多光阴。"

王朱笑着点头,从袖中摸出失传已久的一张符箓。说是符箓,其实是一条袖珍金色走龙,王朱随便晃了晃,便已经打散符箓禁制,再轻轻抛给曹晴朗:"不用客气,送你了,就当是恭喜你结丹的贺礼。"

修士手持此符,入水即可如同乘龙,走江泛海,速度之快,等于一位仙人倾力赶路。

曹晴朗双手接住收入袖中,起身致谢。

王朱没有起身,只是点了点头,看着这个略显书生迂腐气的年轻修士,笑了笑。

宫艳几人看得越发出奇:稀奇稀奇,竟然还真是个脑子正常的修道之人!

崔东山感慨不已。身边这位曹师弟不愧是先生的两大得意学生之一,跟师兄一样讨喜,走哪儿人缘都好。

王朱再丢给崔东山一件螭龙盘踞青瓷的笔洗状咫尺物,说道:"里边有一万五千枚谷雨钱,就当凑个整数好了,多出来的一千枚谷雨钱可以在这道观附近建造一座府邸,以后作为我们水府在桐叶洲岸上的避暑别院之一。除了黄幔和溪蛮听凭你们差遣,那座鱼龙混杂的临时祖师堂只需要给李拔预留一把座椅即可,大小事项,水府这边都由李拔跟你们聊,他的态度就是水府的意思。"

崔东山连忙放下筷子接过那件咫尺物,抬起袖子擦了擦嘴,也学曹晴朗站起身,作揖致谢。

和气生财,吃过一顿并不豪侈的清淡斋饭,崔东山就要重返燐河,继续怂恿那个叫庞超的洛阳木客选址燐河畔,建议王朱一行人到了虞氏王朝的洛京后一定要去积翠观坐一坐,喝个茶,再去灯谜馆吃顿饭,账可以记在青篆派的戴塬头上,绝对不要客气。

从头到尾,崔嵬都一言不发,如果不是在饭桌上,崔东山介绍起这位崔掌律的家乡是剑气长城,黄幔他们都要误以为这个哑巴是桐叶洲隐藏极深的某位本土剑修,或是崔东山的家族供奉了。

得知崔嵬来自剑气长城,除了王朱,宫艳几个觉得既在意料之外,又在情理之中。有陈平安这个末代隐官在,带几位剑仙回浩然确实不算什么,先有在老龙城战场大放光彩的米裕,后有眼前这个不苟言笑的崔嵬。就是不知道这位崔掌律境界高低,剑术如何,难道要比米裕更高?

崔嵬依旧没说什么。崔东山的戳心窝,外人要戳,自家人也不放过。

一起走出斋堂,崔东山在廊下停步,双手插袖,笑呵呵道:"稚圭姐姐,如今青萍剑宗拥有两艘渡船,以后属于我们的仙家渡口会越来越多,有没有兴趣一起合伙做点小买卖?"

王朱说道:"不缺钱,没兴趣。"

崔东山抬起胳膊,拿袖子抹了抹脸。憋屈,这话说得伤感情了,就不该多这一嘴,自讨没趣。

崔东山轻声说道:"至高至明日月,至大至深江湖,潜居抱道养真灵,不妨静观天变,以待其时。"

既是真龙,云雨当兴。王朱默不作声。

崔东山蓦然笑容灿烂道:"运到盛时须儆省,境至逆处要从容。当然了,这句话既可以这么说,也可以颠倒顺序说,反正听着都是好话,相信只要境至逆处有从容,自然就会时来运转,好事连连,稳稳当当。"

王朱说道:"崔宗主这么喜欢聊天,是想要饭后喝茶再饮酒?"

崔东山哈哈笑道:"不用不用,以后机会多多,不如先余着。"

王朱一行人御风而走。

宫艳笑道:"顺逆一说,有点嚼头。这个崔东山难得不说怪话。"

王朱嘴角翘起,似笑非笑:"因为原话就不是他说的。"

道观檐下,崔东山并不着急赶路,笑着提醒道:"以后你们跟李拔相处,可以小事客气,大事就别迁就了,不用怕自己盛气凌人,更不用与李拔刻意示好,这老家伙就是个驴脾气,牵着不走打着倒退,所以不骂白不骂,不打白不打。此外,我怀疑完颜老景曾经拉拢过李拔,李拔虽然拒绝了,但是他至少没有主动给文庙通风报信。只不过这也就是种猜测,完颜老景已经死翘翘了,死无对证,又不能把李拔抓起来拷打一顿,说不得李拔早就用上了某种锁心关闭门户的神魂秘术,或者干脆将这段记忆给全部抹掉了。

"曹晴朗,假设真有此事,你觉得该如何处置李拔?他虽然的的确确什么都没有做,但是如果他将这个消息通报文庙,金甲洲会不会少死很多人?那么可不可以这么说,正是李拔的隐瞒,间接害死了那些人?完颜老景滥杀的罪过假定是十成,李拔能占几成?再假定你可以有五成把握搜检李拔神魂,问出真相,你会不会动手?五成有犹豫的话,八成、十成把握呢?"

崔嵬顿时神色紧张起来,而他还只是个不被询问的局外人。

曹晴朗说道:"如果我是完颜老景,当时与李拔暗中提及此事,只要被拒绝,或者觉得李拔只是嘴上答应,选择虚与委蛇,就当场清除李拔的记忆,抹掉所有痕迹。完颜老景是飞升境,李拔只是玉璞境,所以就算后者想要告知文庙也做不到。"

"曹师弟,你当然不是完颜老景。"崔东山笑道,"我们都是读过圣贤书的!"

好像真正的读书人最喜欢为难自己。

曹晴朗突然侧过身,后退数步,面朝崔东山,低头作揖不起。

不光是崔嵬一头雾水,崔东山也觉得奇了怪哉:"干吗呢干吗呢?"

曹晴朗始终没有直腰起身,低头闷声道:"某些师兄为师弟设置的问心局,先生能熬,我不能熬,所以还请崔师兄手下留情!"

崔东山跺脚道:"胡说八道,胡说八道,好似心口挨了一记闷锤,你自己摸着良心说说看,小师兄是那种脑子拎不清的人吗?!"

曹晴朗起身,微笑道:"我不管这些,反正会赶紧与先生说此事,就当是未雨绸缪了,要是真有那天,我不好受,师兄也别想跑!"

崔东山气得牙痒痒,伸手指了指这个师弟:"天地良心,日月可鉴,小师兄根本就没这想法,你倒好,非要无中生有,再跟先生那么一告状,想过小师兄的处境吗?啊?!天底下有你这么当师弟的?你袖子里那张还没焐热的跨海符怎么得来的?王朱要是假装听不懂暗示,我这个当小师兄的都要去帮你抢来的,你就这么报答你小师兄?做人得将心比心!"

曹晴朗一本正经道:"崔师兄自己说的,行走逆境要从容啊。"

崔东山呆了一呆,抖了抖袖子,嚷嚷道:"崔掌律,赶紧拦住我,不然我就要代师传艺了!"

崔嵬又不傻,笑道:"你们师兄弟之间的事,我一个外人掺和什么,免得里外不是人。"

崔东山眼珠子急转,踮起脚尖搂住曹晴朗的肩膀:"曹师弟,别告状,真心的,算小师兄求你了。如今先生看我正是百般不顺眼的时候,你又是先生最器重的得意学生,都没啥之一,要是再来这么一出,不合适,真不合适。

"曹晴朗,别忘了啊,如今我可是一宗之主,你只是景星峰峰主,哪怕不谈师兄弟的情谊,千万别以下犯上啊,我可是得了先生的真传,行走江湖最记仇!

"曹大哥! 行行好,可怜可怜我吧,被先生得知此事,真会把我打成猪头的,问题是我冤枉啊。

"曹大爷,小祖宗,难道真要我给你跪在地上磕几个响头吗? 崔嵬,别看戏,赶紧地,闪到一边去,等我磕完头再回来……"

曹晴朗当然不会真让崔师兄这么干,双手扶住他的胳膊,笑着保证:"肯定不告状。"

崔东山将信将疑,说道:"我不信,得发个誓。"

曹晴朗微笑道:"那就算了。"

崔东山连忙反手拽住曹晴朗的手臂:"小师兄开玩笑呢,信不过谁都不能信不过曹师弟嘛。"

"这会儿先生也该到家乡了吧。"曹晴朗走出道观后,看着山外远方初春时节的青山绿水,突然说道,"崔师兄,好像我们落魄山每逢下雪,总比别处先白,化雪的时候,又比别处化得慢。"

崔东山如释重负,嗯了一声。知道曹晴朗这个师弟的言外之意,是说他们先生的某种心境呢。

外人看来,大雪满山是美景,可能美景之下藏着的辛苦他们知道,但到底有多辛苦,肯定无人得知。

人生多无奈,白吃苦头之苦,苦不堪言之苦,都难熬。一辈子好像喝酒不醉,饮茶无须回甘就不觉苦,又该怎么说呢?

曹晴朗轻声道:"夜路难行,低头赶路不难,就怕一抬头,四周疑目如盏盏鬼火,流言蜚语如汹汹洪水。"

崔东山双手抱住后脑勺,笑道:"共勉。"

不管是诉苦还是自勉,曹晴朗都是有资格说这些话的。

多少少年离乡不回头,有些是志存高远,不肯回头,也有些还是少年,就已经不敢回头看童年。

崔东山沉默片刻,转过头,满脸委屈地道:"曹师弟,你还是发个誓吧,不然小师兄睡不着觉。"

不是信不过曹晴朗,而是崔东山信不过自家文脉的某些风气啊。

曹晴朗微笑道:"崔师兄这么聊天就没劲了啊。"

崔东山抬起一只手,朝天边勾了勾手指,嘴上念叨着"咚咚咚,轰隆隆",晴空万里果真响起了阵阵雷鸣声。

崔东山眯眼看着那轮骄阳。日悬中天，叫人不敢长久直视，据说因为太阳是无数人心的聚拢。

陈平安与小陌渐次登高。

思乡之情，无非是来自故乡的人事物，老厨子那一桌总能让人大饱口福的家常菜，就总能让外乡游子的牵肠挂肚落在实处。

山路台阶上边坐着朱敛，站着陈暖树。朱敛挥了挥手，陈暖树与回家的老爷和返山的小陌先生遥遥施了个万福。

身后山门那边，仙尉帮着朱衣童子画押点卯。香火小人儿双手叉腰，站在道士肩头，看着山主大人的背影，默默叨着山主大人的风采真是高山仰止，山主大人的待人接物让人如沐春风……朱衣童子感慨万分，抬脚使劲踩了踩仙尉道长的肩膀，羡慕不已："仙尉仙尉，你时来运转了，不承想世间真有这般豪杰圣贤兼备的人物，裴总舵主果然以诚待人，仙尉，你要发啊。"

陈平安以心声问道："以你和白景这样的道行，看得到朱敛的真面容吗？"

早先陈平安误以为朱敛亲手制作的脸皮只是藕花福地的一门江湖技艺，仔细研究后才知道朱敛是用上了某种类似山上符箓的手段，再辅以武夫真气流转不泄，如云雾盘桓在面门之上凝聚不散，竟然能够一定程度上遮蔽天机，与浩然山上的仙家障眼法是截然不同的两条道路，不能说手法更高明，但是更为隐蔽，比如陈平安在之前的玉璞境就依旧不能勘破朱敛覆有两层面皮下的真相，所以这次要好好跟朱敛请教请教。这就意味着昔年那座藕花福地，只说纯粹武夫涉足修仙一事，松籁国湖山派的俞真意可能并非真正意义上的第一人，比丁婴、俞真意都要高出一个江湖辈分的朱敛才是。

小陌答道："若是用心观察，想来是可以的，只是朱先生不欲人见其真实面容，想必是有些难言之隐，小陌自然不好擅自窥探。至于白景有无擅自看相望气，因此冒犯到朱先生，小陌暂时不知。"

陈平安神色古怪，说道："估计白景难得忍住心中好奇，没有一探究竟。"

小陌疑惑道："公子为何有此说？"

陈平安心情复杂道："不聊这个，没啥意思。"

说句不夸张的，放眼两座天下，能够让陈平安与之相对会不由自主后退几步的人，好像就只有当初揭了面皮以真面目示人的朱敛。要知道，在剑气长城，连同托月山大祖和文海周密在内的蛮荒十四王座都不曾让陈平安后退半步，反而得寸进尺，持剑抬臂，直指大妖。

等到陈平安和小陌走近了，朱敛站起身，笑道："忙着准备晚饭，公子就回了。"

陈暖树小声问道："老爷，米粒没有一起回家吗？"

陈平安笑道:"她跟长命他们一同乘坐风鸢渡船回家,我是因为和梳水国宋前辈在老龙城就下船了,一起走了段山水路程,分别后抓紧赶路,反而先回了。稍等片刻,小陌,劳烦你去接一下右护法。"

如此让陈平安孜孜不倦专精一事的,之前有撼山拳的六步走桩,如今就是这门宁姚一看就会且能精通的剑光遁法了。剑光绚烂,好似余霞散成绮,夜幕中,明月是聚拢雪,月色是雪花散,每当陈平安身形偶尔停歇在云海中,十数道剑光重新凝在一处,总觉得有个极为恰当的比喻:笨鸟先飞。

小陌笑着点头:"好的。"一聊到周米粒,本就温柔的小陌就越发温柔了。

陈平安玩笑道:"晚饭晚饭,晚点吃饭,我们可以等小陌和右护法一起回来。对了,再与仙尉和那个骑龙巷右护法打声招呼,晚饭一起吃。"

小陌着急赶路,先掠向山门口,邀请仙尉和朱衣童子一起去朱先生宅子吃饭,约莫半个时辰再上山。之后小陌便身形化虹一闪而逝,转瞬之间远去千百里,若有云海可以作为渡口,剑光更是迅捷无匹,这种御风速度,恐怕连流霞舟都要远远不如。

一想到这,陈平安就难免觊觎起这种号称天下速度最快的仙家渡船,不知何时,落魄山才能拥有一艘流霞舟?不过流霞舟好像不适宜当作长途商贸渡船,太过消耗神仙钱,多是顶尖宗门用来充当门面的,比如举办庆典时专门用来接送某些德高望重、身份尊贵的山巅修士。

在朱敛的宅子里边,陈平安闲来无事,就坐在檐下竹椅上,编织一只未完成的竹编箩筐。旁边是把藤条躺椅,想来没有客人的时候,老厨子就会躺在藤椅上,夏天纳凉冬赏雪。

朱敛去了灶房,系上围裙忙碌起来。难得公子一起吃饭,得做顿丰盛的。当年跟小黑炭一起离开家乡福地,裴钱要跟画卷四人问拳,朱敛就曾说过自己是厨子里边最能打的,是武夫里边最会烧饭做菜的,把裴钱给乐得不行,放了朱敛一马,赢了没劲,胜之不武。后来听说朱敛在江湖上有那朱郎谪仙人的美誉,还有个贵公子的绰号,裴钱差点笑得满地打滚。那些江湖上的仙子女侠得是多眼瞎,得是多没见过世面,再加上多大的心,才能与年轻时候歪瓜裂枣的老厨子面对面喊一声"朱郎"啊?还是老魏厚道实诚些,私底下聊此事,陪着裴钱一起思来想去,说估摸着是朱敛那会儿很有钱,又是读过几本书的官宦子弟,行走江湖喜欢拽酸文和一路撒钱,在女子眼中的模样就跟着俊俏起来。裴钱觉得极有道理,老魏读书不多,见识不低。

陈暖树坐在一旁,嗓音软糯,与自家老爷说着些山上山下的近况。其实落魄山上的耳报神,大名鼎鼎的右护法只能排第二。

闲适无事的光阴总是走得快些,不知不觉,约莫半个时辰过后,小陌就从风鸢渡船那边带回了周米粒,落在山门口,喊上仙尉和朱衣童子一起登山吃饭去。周米粒蹦跳着跨上台阶,满脸喜悦,两条疏淡微黄的眉毛就像两条小长凳,并排坐满了出门晒太阳的小人儿,不是亲戚就是街坊邻居,开心,高兴,欢喜,愉快,雀跃……

朱衣童子在一旁翻山越岭,小心翼翼说道:"周副舵主,新设骑龙巷总护法一事总算有眉目了。小的前边与山主大人见过面,说上话了,山主大人见我点卯勤勉,苦劳多多,便愿意举荐我来担任这个职务,周副舵主意下如何? 若是你跟裴总舵主都觉得我还需要继续在目前骑龙巷右护法的位置上深造几年,多攒些人脉和资历,那我就借着今儿与好人山主有幸同桌吃饭的机会,硬着头皮婉拒此事了,即便被山主大人误会我是不知好歹,也好过我赴任之后德不配位,做事情不够老到周全,最后害得山主大人落个识人不明的嫌疑,到时候我的罪过可就大了。"

官场复杂得很哪,可不是上边一发话,下边就能坐稳位置的。有了靠山不假,打铁还需自身硬嘛。

仙尉闻言翻了个白眼。怎么感觉自己闯荡江湖多年,都混到骑龙巷左护法身上去了?

周米粒放缓脚步,扯了扯棉布挎包的绳子,皱着眉头,认真思量一番,点头说道:"我们好人山主极少极少亲自举荐谁担任要职,你自己有没有信心?"

朱衣童子听得满脸放光:"有啊,怎么没有,赴汤蹈火在所不辞!"

别说只管着一个左护法的骑龙巷总护法,当个新设分舵小舵主的信心都有哩!

比如州城那边,一些人品过硬、能力突出的亲信和心腹,都是处州山水官场里边的属下,认识多年,知根知底,他早就开始悉心栽培起来了,只等分舵一起,就跟沙场上竖起一杆名正言顺的将帅大旗般,他就可以立即搭建出一整套的仿六部衙门,可以拍胸脯摸着良心保证,麾下那些七八号喽啰全是一等一的精兵强将、能臣干吏,个个消息灵通,办事爽利,只说为总舵收集各路谍报一事就绝对没话说。

只是此举终究有几分僭越嫌疑,被裴总舵主和周副舵主提前知道了,容易没事找事横生枝节,被误会是不是嫌弃官帽子太小了。主上猜忌可是庙堂大忌,他哪敢早早搬到台面上,成大事者不谋于众嘛。就像他被秘密纳入竹楼一脉的山水谱牒这事,是能往外说的? 那位贵为落魄山从龙之臣的灵均老祖至今都未能跻身其中呢,据说始终处于考察阶段。周副舵主曾经举荐过一次,还是被打回了,说是将来再议。

一张饭桌,陈平安当然坐在主位,朱敛和小陌相对而坐。仙尉主动邀请陈暖树坐一条长凳,周米粒坐在老厨子身边,朱衣童子最特殊,总不能坐凳子上去,就得以坐在桌边。小家伙随身携带了一只指甲盖大小的酒缸,喝点糯米酒酿即可。

在落魄山上,仙尉对谁印象都不错,不过还是最喜欢陈暖树,没有之一。先前之所以向陈平安告状,也还是因为那个脑子拎不清的谢姑娘招惹了小暖树,不然仙尉这种自认闯荡江湖多年的人精,何必做这种很容易被人记恨的多余事。

陈平安落座后，从陈暖树手中接过一碗米饭，看着所有人都没动筷子，笑道："都别愣着啊，动筷子，在这里还用客气？"

陈平安先给陈暖树夹了一筷子春笋炒肉，再给周米粒夹了一筷子清蒸杏花鲈鱼。

朱敛笑道："笋还好说，自家就有，可这杏花鲈就稀罕了，是一般仙家都吃不上的头等河鲜，还是公子亲自在跳波河钓起来的，一直没舍得吃，搁放在咫尺物那个专门用来存放食材的冰盘里边，我们才有这等口福。这鲈鱼常年跳波嚼杏花，故而才会这般肉质细腻，清蒸即可，若是红烧，就有点暴殄天物了。你们都尝尝看，若是好吃，与我厨艺无关，若是你们觉得滋味一般，那我可就要好好反省反省了。"

陈平安自嘲道："也不全是紧着你们，我们这些喜欢钓鱼的，好不容易钓上好物，可不得绕着村子逛两圈呢。"

少年时，刘羡阳就经常做这种勾当，还要拉上陈平安一起，把杏花巷和泥瓶巷来回逛两遍，现在回想起来，丢脸是真的丢脸。

周米粒一向吃得极快，闻言立即假装细细嚼着，摇头晃脑，朝朱敛竖起大拇指："好吃好吃，果然美味！老厨子的手艺也算锦上添花了。"

仙尉刚夹了只鸡腿，闻言赶紧夹了一大筷子杏花鲈。早就听说过这种河鲜，尝个鲜？想都不敢想的事情，天底下最好摆谱的是什么？钱嘛。

朱衣童子是香火小人儿出身，美不美食的，反正也尝不出味儿好坏，只因为常来蹭饭，陈暖树就帮着专门准备了只小油碟，随便往碟子里夹一筷子菜，相较于寻常人来说，就等于是一大桌子饭菜了。

朱敛闲聊起一事："公子，如今州城那边好些个从槐黄县搬过去的陈姓门户，跟约好似的，才过完年就开始忙着重新编订族谱了，拐弯抹角地想要与公子攀上点亲戚关系。嗯，这些消息，都是咱们骑龙巷右护法打探来的。"

朱衣童子小声嘀咕埋怨道："这种鸡毛蒜皮的小事也值得老厨子你拿到饭桌上说？贬低了落魄山，也看轻了我。"

小家伙在老厨子跟前说话就没那么古板讲究了，一来朱敛好说话，没个忌讳，再者，虽说朱敛是整个落魄山的大管家，确实位高权重，却也管不着自己在骑龙巷和竹楼一脉的官场升迁啊，县官不如现管，这条大腿不抱也罢。谁都讨好不像话，等于是谁都不讨好了，免得给裴总舵主一个马屁精的印象。

仙尉啧啧笑道："你莫不是贾老道长的同门师弟吧？"

朱敛也不搭理那个不领情的朱衣童子，继续问道："这个事，咋个办？要不要我去跟州郡两个衙门都打声招呼，由他们出面拦一拦？否则那些收了钱就办事的造谱匠落笔可不会含糊。"

世道好的时候，造谱匠这个行当是见不得光的，多是没有功名在身的穷酸文人才会以此为生，只敢偷偷挣钱。如今就不一样了，宝瓶洲南部诸国遍地都是。

陈平安摇头道："不用去管，爱咋咋的。"

朱衣童子决定要当那骨鲠忠臣，硬着头皮谏言道："山主大人，这种事情可不能不管啊，一个不小心，州城那边的叔公、伯伯啥的就跟雨后春笋差不多。他们当然不敢来落魄山摆长辈的谱儿，只是在州城那边，人多嘴杂，传出去到底不好听。山主大人，你要是信得过我，这趟下山去，我就跟高光棍……高城隍下边的所有郡县城隍庙、土地庙通个气。各处都有我的要好朋友，他们跟高平不常往来，与我交情还是有点的，毕竟州城隍那边的人情往来，这些年其实都是我在具体打理，亲力亲为，半点不敢含糊。何况这种事情，咱们落魄山理直气壮得很，又不算啥假公济私的勾当，我来开口，保管可以杀一杀这股好没道理的歪风邪气！"

陈平安笑着解释道："没事，你不用这么兴师动众，其中某些人家跟我家祖上确实是沾点亲带点故的。再不往来的远房亲戚也是名分上的亲戚，要是你这么一拦，容易把事情给一刀切，估计连这些门户都不敢请人下笔修订族谱了，总不能让他们故意抹掉我家祖上一脉的那些名字吧？要说为此事专程去州城与两拨陈姓门户分别打招呼，也犯不着，反正自家自姓的族谱上边也没少，那么别家族谱多不多出一脉陈氏，就都随意了。"

朱衣童子沉默片刻，怔怔说道："好人山主的胸襟气量，得有一百个高平那么大。"盘腿而坐的小家伙生怕山主大人误会，赶紧抬起手臂，双指竖起并拢，"小的可以对天发誓，绝对不是溜须拍马！"

裴总舵主说过，她的师父为人之正派，绝无仅有，所以生平最不喜欢旁人的阿谀奉承，经常教诲她这个开山大弟子要想江湖混得开、吃香喝辣遍地是朋友，那就得"诚"字当头，一口唾沫一颗钉！这等千金难买的江湖秘籍，朱衣童子哪敢左耳进右耳出，都牢牢记在心里呢。

陈平安看了眼陈暖树，眼神询问：是不是裴钱教他的？

陈暖树抿嘴而笑，既不与老爷告状，也不好说谎。

陈平安有个习惯，只要是在落魄山，喝酒从不耽误吃饭，在剑气长城的自家酒铺，也经常是一碗酒就一碗阳春面。

小陌说道："公子，听说俱芦洲的白裳前不久开始正式闭关了。"

陈平安笑问道："护道人是谁，有消息传开吗？"

小陌摇头道："不知。"

陈平安随口说道："要么白裳请了个他信得过又很能打的仙人帮忙，要么这就是个假消息。其实白裳已经是飞升境了，是在守株待兔，故意等着某人去坏他的好事呢。"

白裳因为唯一嫡传弟子徐铉的关系，跟清凉宗宗主贺小凉关系闹得很僵，甚至还公然放出一句分量极重的狠话，让贺小凉这辈子都别想跻身飞升境。那么以贺小凉的心性和手段，若白裳果真闭关，是绝对不会袖手旁观的。

"障眼法、迷魂阵的可能性更大些。"朱敛笑道，"假若换成我是某人，就怕白裳是真闭关，且有把握成功破境，出关极快。这才是最麻烦的事情，从中作梗不成，反而被守株待兔。在闭关期间坏他人大道是山上大忌中的大忌，某人就算有天君谢实这个盟友，白裳此次一旦出剑，谢实也不宜阻拦。一个不小心，就算某人逃得了这场问剑追杀，不能挪窝的宗门基业恐怕就要难保了。"

陈平安点点头。不过直觉告诉他，能够拖延白裳破境跻身飞升境剑修，这种千载难逢的机会，贺小凉一定会涉险去做，现在就看双方各自布局的棋力高低了。

仙尉疑惑道："某人是何人？听着很厉害啊，都能搅和一位大剑仙的闭关，还是等于跟半个飞升境的剑修为敌？这得多大仇多大怨哪，才会这么不死不休地相互算计。"

朱敛笑呵呵不说话，习惯性盘腿坐在长凳上，举起酒碗抿了一口酒。

陈平安不愿多说此事，转移话题："莲藕福地那边近况如何？"

朱敛放下白碗，说道："很是有些神异，只说前不久在松籁国境内一座不属于朝廷敕建的地方祠庙内，算是当地老百姓自发建造的淫祠吧，那尊神像久受香火供奉，最终浸染成就金身，得以现身显灵了。虽说这位水神的金身神位不高，按照如今大骊朝廷颁布的金玉谱牒来算，只是刚刚入了清流品秩，由胥转官，跟那些山君水神的品秩没法比，可不被朝廷封正的淫祠神祇承受百姓香火继而金身显灵一事本就是福地头一遭。"

小陌点头道："有一就有二再有三，确实是件天大好事。"

仙尉呆住："啥?！你们落魄山还有座私人福地?！"好个陈平安陈大山主，真能装穷，你们再有钱，学那锦衣夜行，高官骑瘦马，也得有个度！再说了，这种事情也瞒着我，觉得我是个没有授箓度牒的假道士，就把我当外人了是吧？

陈暖树笑着柔声纠正道："仙尉道长，我们，我们。"

仙尉悻悻然笑道："对对对，是我们，我们落魄山。"

朱衣童子不用谁提醒，就又竖起双指："我发誓，今天饭桌上听到的所有事情，我都会藏在肚子里，走出山门就守口如瓶！"

仙尉想了想，以自己落魄山看门人的身份，以及自家这点在宝瓶洲只能装神弄鬼的浅薄道行，要是去了那座福地，是不是就不用假扮道士和神仙了？本来就是嘛。

陈平安问道："曹荫曹莺如何了，各自修行、学拳都还顺利？"

朱敛点头道："曹荫资质好，虽未破境，已经摸着了观海境瓶颈；曹莺根骨重，又肯吃苦，学拳也快，马上就是武道五境。她与曹荫都是可造之才，如果可以的话，我觉得曹荫其实也可以正儿八经习武，等到将来跻身修士金丹境或是武道金身之时再来做取舍，还是有赚的。若是更进一步，能够如公子这般，体内天地灵气与一口纯粹真气看似分道扬镳，实则相互调和，能够形成井水不犯河水的格局，就更是曹荫的一桩不小造化。"

练气士要想兼修武学，并且学有所成，不至于误入歧途，有两道极难跨越的门槛，除了自身资质要足够出彩外，要么是有独到的家学渊源，要么是能找到个有明师指点的师门，同时仙府内有一整套亲传心法、道诀秘籍作为辅助，两者缺一不可。如此一来，别说宝瓶洲了，浩然天下这样的山门都不多，堪称屈指可数，即便是自家落魄山，也不敢说已经摸索出了一条稳固道路。自家公子的那条登高道路，旁人怎么学？

又比如种秋，如今既是远游境瓶颈的纯粹武夫，同时还是一位深藏不露的金丹地仙，更是那严格意义上的儒家练气士，显然是奔着圣贤之道去的。但是种秋的修行之路依旧很难被旁人模仿，因为实在太过讲究心境了。昔年在藕花福地，国师种秋就已经被誉为武宗师文圣人，陈平安有意将曹晴朗放在种秋身边，本身就是先生对得意学生的一种期许，希望曹晴朗能够青出于蓝而胜于蓝，在某条先生已经注定无法前行半步的道路上，学生可以走得更远。

陈平安缓缓说道："我在仙都山谪仙峰跟叶芸芸有过一场问拳，她也没有刻意藏私，所以蒲山云草堂化自那些仙人图的玄妙拳路我还算略懂几分。再者，叶芸芸的云草堂一向广开门路，除了祖师堂嫡传拳法不可外传，其他均可为一洲各路武夫传授。此外还有些心得，我刚好打算在近期编订成册，以后可能会将摹本送给叶芸芸。而且我们青萍剑宗如今与蒲山是盟友，相信只要蒲山谱牒弟子游历宝瓶洲，肯定会来落魄山登门拜访，有此桥梁作为衔接，拳理天然相近，双方就更能够相互砥砺武学了。我现在就是担心曹荫习武较晚，我琢磨出来的这套拳法真意终究还不够完善，曹荫一旦不得其法，好似一个人从偏门走入祖师堂，很容易刻鹄类鹜，画虎成猫，一个不小心，反而耽误了一棵好苗子。"

朱敛笑道："公子只管放心教拳，后边的事情，我来盯着就是了。"

陈平安举起酒碗："走一个。"

岑鸳机其实早就在走这条道路了，只不过朱敛教拳又传道，路数太过隐晦，所以她一直被蒙在鼓里，这也是为何岑鸳机明明资质不俗，练拳又那般勤勉，却破境不快的根本原因。要知道，朱敛的自家拳法在藕花福地本就以破境神速著称。陈平安对此也是看破不说破，反正对岑鸳机来说是好事，一位纯粹武夫，底子打熬越好，成就越高。

先有岑鸳机，再有曹荫，朱敛是打算用更多的成功案例来帮助落魄山铺出一条崭新的登山之路，路上关隘少，门槛越来越低，道路越来越宽阔。

总不能真以为他就只是个系围裙的老厨子吧，亲自下厨的一天三顿饭又花费不了多少光阴，总得找点事情做。

仙尉好奇问道："陈山主，你说的叶芸芸，可是那个桐叶洲黄衣芸？"

陈平安点头道："就是她。怎么，仙尉道长也听说过？"

仙尉咧嘴笑道："曾在一处仙家渡口晃荡，听过一耳朵。都说这位武学大宗师喜穿黄衣行走山下，拳法高，人更好看。陈山主，这场切磋，是输是赢？"

前些年还在江湖上漂泊不定的时候，发现宝瓶洲修士说到那个风评不佳的桐叶洲时，只有寥寥几人才会给几句好话：玉圭宗老宗主姜尚真、新宗主韦瀅，清境山陆雍陆老神仙，然后是雄才伟略的大泉女帝姚近之，再就是那个传说中姿容绝代的黄衣芸了。

陈平安笑道："打了个平手。"

朱衣童子恍然道："那就是赢了。"

仙尉疑惑道："怎么得出的结论？"

朱衣童子一脸看傻子的眼神："山主大人一贯是贬己抬人的作风，这还需要问？否则能教出裴总舵主这样在江湖上有口皆碑的好徒弟？仙尉道长，你咋回事？"

陈平安觉得有机会是要提醒开山大弟子几句了，就这么吹捧自家师父，你不脸红，我还害臊呢。

周米粒虽然没怎么闲聊，却肯定是最开心的一个。好人山主不在家的时候，聚在老厨子这儿一起吃饭，热闹也热闹，不会觉得冷清，但是好人山主不在，好像终究差了些什么，说不清道不明，反正就是好人山主在家就最好嘞。

小陌突然说道："谢狗那边，我来解决。"

朱敛笑容古怪。

仙尉习惯端着碗吃饭，这会儿抬起了头。解决？怎么听着怪怪的，要不是小陌先生开口，换成别人说这种话，仙尉都要以为是句杀气腾腾的江湖黑话了。

陈平安调侃道："你就算了吧，打又打不过人家，赶是肯定也赶不走的，真惹急了她，谢姑娘就跟你和落魄山撇清关系，干脆自掏腰包，砸钱在小镇买宅子安家落户了。或者她再狠心一点，就去买下落魄山附近跳鱼山、扶摇麓或天都峰任何一座山头，跟咱们当邻居，然后就可以名正言顺地每天坐在屋顶上瞪大眼睛瞧着落魄山的光景，如此一来，你觉得像话吗？"

小陌一时间吃瘪不已。以白景的做派，不是什么可能，而是一定。

周米粒一下子就抓到了关键："原来那个初来乍到的谢姑娘这么有钱啊。"

如今谁想要在西边大山购买某座山头，价格可不便宜！以前裴钱还是小黑炭的时候，成天就想着攒钱，攒够了就先偷偷把天都峰买下来，然后在某年的某天才跟师父说，要给师父一个更大的惊喜。至于某天是哪天，为何是更大，裴钱都没有跟周米粒说。

如今周米粒觉得那会儿自己憨憨的，每隔几天就问裴钱还差多少枚神仙钱，把裴钱给问烦了，很长一段时间不乐意带她一起玩，可把她委屈坏了。交由暖树姐姐保管的那些储钱罐，裴钱一天不搭理她，她就一天不给自家金山银山增添兵马。后来不知怎的，裴钱主动陪她巡了一趟山，她当天就赶忙将一座安营扎寨的小钱山杀入京城，成功会师!

陈平安笑道:"确实是个很大的土财主。"

小陌满心无奈。白景确实有钱,他们这拨道龄差不多的飞升境,论家底雄厚和挣钱的本事,白景可能仅次于那个曾经与账房书生一起打过算盘、合伙挣钱的某位。

陈平安转头问道:"小陌,她今天怎么没跟你一起上山?"

小陌头疼道:"她忙着去小镇各处张贴告示呢。之前常去福禄街和桃叶巷,觉得那边有钱人多,告示被撕掉她连夜又给贴上,结果前两天被抓个正着,差点被人打一顿,对方听说她是骑龙巷压岁铺子的伙计才没跟她计较。"

朱敛笑道:"真要动手,最多就是推搡几下,谢姑娘是肯定不会还手的,说不定还会一不小心崴个脚,或是撞个墙,然后鼻青脸肿地返回骑龙巷给小陌好好看看她在外边受到了多大委屈。"

小陌无奈一笑。这种事情,如今的谢狗当真做得出来。不能全说是她闹着玩,说到底,白景跟他小陌一样,是用了某种远古秘术,剥离出来一个更小的白景,相对性格单一。

仙尉听说过此事后,一下子就对那个貂帽少女的印象改观了不少。就冲着谢姑娘这么肯挣钱就得竖起大拇指,称呼一声道友。在过惯了穷酸日子的仙尉道长看来,天底下最无奈之事就俩字:没钱!

陈平安看了眼自家看门人,心情复杂。你如今是没钱,不过天底下第一枚钱币,如果文庙的记录无误,好像就是你亲手铸造出来的。

当初作为进入骊珠洞天的买路钱,是与大骊朝廷购买换取的迎春、供养、压胜三种金精铜钱,最早是墨家高人替大骊宋氏铸造出来的制范母钱,即便撇开材质本身不提,只说铜钱本身制式之精良,早就为宝瓶洲名泉大家倍加推崇,但是在这种雕母钱之上,犹有更加唯一的祖钱。雪花钱的祖钱定然是在皑皑洲刘氏家中了,至于这位练气士选择以何种相貌示人,一直是个谜。

昔年剑气长城那座牢狱内,刑官豪素身边有两名侍女跟随,虽有主仆名分,却更像是各自修行的道友。陈平安与她们初次见面是在溪畔,有捣衣女子和浣纱小鬟,前者就是如今的落魄山掌律长命,她是金精铜钱的祖钱化身,后者当下是豪素大弟子杜山阴身边的侍女,化名汲清,是世间谷雨钱的祖钱化身。只不过论道龄,她们仍然距离人间第一枚钱币祖泉有些遥远。

之前提升莲藕福地的品秩,那场砸下神仙钱如雨落的过程中,长命最为眼尖,再加上大道相亲的缘故,被她率先发现了一个未能在山河画卷中显露出来的珍稀存在,那是福地人间一个身形缥缈的女子,当时正在北晋国地界的一个书香门第偷翻书籍。这个后来被霁色峰暂名为书香的女子由整座天下的文运书香凝聚而成,属于某种意义上的大道显化而生。数座天下总计七十二块福地，有据可查的，加在一起，好像就只出现过十七位类似存在。

朱敛笑道："近期山上收到了好些请帖，都是盛情邀请公子你去做客的，由头和借口五花八门，都快可以编成一本书了，很多还是半点没有交情的仙府门派，还有些南方的山下君主，我都没理睬。至于一些与我们落魄山还算相熟的，只要事情不急不大，我都擅自主张帮公子婉拒了。余下一些，我就回信一封，推说山主暂时远游，需要山主自己定夺。那些请帖都已经汇总起来，回头我让暖树搬去竹楼，有一小筐呢，重要的我都放在最前边了，公子有空翻翻看。"

修道之人如果耗费太多精力在这些事情上，虚度光阴不说，还容易耗神，极其消磨心气。

陈平安点点头，端碗抿了口酒，神色柔和，轻声道："可能对落魄山和我个人来说就是收了一大堆令人头疼的密信、邀请函，但是对大多数寄出请帖的主人来说，不管他们各自的理由是什么，大致可以确定，于他们而言，肯定是难得碰着一次的大事，否则绝不会轻易寄信，所以我们可以婉拒邀请，但是千万别觉得请帖上边的措辞可笑。"

朱敛立即收敛神色，沉声道："这等交心言语，唯有公子说得！"

陈平安本来想要打赏一个"滚"字，结果看到陈暖树使劲点头，周米粒开始招牌式无声鼓掌，仙尉满脸诚挚地深以为然，朱衣童子更是觉得听见了一番圣贤教诲，只恨手边无纸笔，就只得将那个字咽回肚子。

仙尉好奇问道："白玄怎么没有一起回来？他留在仙都山做什么？"

陈平安笑道："这个大爷留在那边炼剑，如今等于有人督促他破境，他暂时不会返回拜剑台，估计至少得是个龙门境了才愿意主动挪窝，否则根本没脸回来。"

吃过一顿晚饭，陈暖树和周米粒帮着收拾碗筷，陈平安离开朱敛的宅子，来到竹楼外，独自坐在崖畔石桌旁，转头望去，左手边天都峰是近邻，要比跳鱼山和扶摇麓距离落魄山更近，只不过占地广袤的灰蒙山已经被落魄山收入囊中，成为藩属山头，而这座名字意思极大的天都峰却始终被一个早先山门底蕴与黄粱派差不多的中部仙府拥有，而且与衣带峰不一样，从不与落魄山往来，山中修士也不多，只有十几人，深居简出，足不出户，这么多年就只是幽居山中清净修道，据说坐镇山头的修士好像都不是金丹地仙。

若是两山修士各站山巅相对遥望，还是落魄山更高些，所以天都峰并不妨碍落魄山之顶的开阔视野。陈平安身形化作十数道剑光，来到山巅，站在栏杆上，双手笼袖，望向东边的小镇。

以前在小镇，青壮汉子，还有些老光棍都是很乐意走泥瓶巷的，即便绕点路也要走一走。至于跟陈平安、宋集薪差不多岁数的人就不太乐意了，偶尔路过，也不知是家里长辈教的还是他们自己想出来的，总会故意大声嚷着类似一家团圆的言语，一骂骂俩，一个是克死爹娘的孤儿,一个据说是宋督造丢在外边的私生子,难怪会凑一堆当邻居。

每逢大年三十和正月初一,以及清明时节,小镇每门每户除了自家先人的坟头,都会有各自的共同远祖坟头需要祭拜。陈姓当然不算什么大姓,不在福禄街和桃叶巷的四姓十族之列,却也分出数支。陈平安年幼时曾经跟着爹一起上坟祭祖,是有条既定路线的,等到爹娘去世后,他也曾独自端着盘子,拿着红纸香火,循着记忆中的那条路线上坟。只是某次被人撞见,那些原本按照乡俗辈分称呼为太公、叔公或是大伯的陈姓男子脸色都不太好看,只是碍于代代相传的祖上规矩,到底没说什么难听的话。只是有一年的正月初一,陈平安发现自己昨天的挂纸已经不见了,找了找,才发现好像是被人随手丢到了坟头下边的田地里去了。他顾不得伤心,跳下田垄,小心翼翼地捡起红纸,一时间有些茫然失措,不知道重新将挂纸压在坟头石头下边会不会犯忌讳,可要是就这么带回家,又担心坏了规矩。

无依无靠的孩子就那么孤零零地长久站在田地间,没有生气,就只是心里空落落的。那年之后,陈平安就只去爹娘坟头上坟了。

田地间,天地间。

陈平安坐在栏杆上,取出养剑葫,仰头闷了一口大酒。

朱敛的宅子里,小陌和仙尉,还有朱衣童子都留下了。闲来无事,朱敛就拿来棋罐跟小陌下棋。小陌学棋极快,棋艺精进堪称势如破竹,一天一个境界。

朱衣童子刚要坐在一颗被从棋盘上提起的棋子上边,仙尉就笑着从棋罐中拈起一颗棋子放在桌旁。朱衣童子问道:"干吗呢?"

仙尉笑道:"就你屁话多。"

"你算哪根葱,敢跟新任骑龙巷总护法如此放肆,造反呢?"

朱衣童子就这么开始跟仙尉拌嘴,吵吵闹闹的。

仙尉又想起叶芸芸,压低嗓音问道:"老厨子,你觉得那位叶山主……有多美? 你说要是咱俩瞧见了她,会不会动心?"

朱敛笑道:"估计都不会吧。"

仙尉感叹道:"咱们这儿啥都好,就是陌生女子少。"

朱敛哎哟一声:"还挺押韵。"

仙尉扯了扯衣领:"小道若非眼界高,岂会单身至今。"

朱衣童子捧腹大笑:"就你? 仙尉啊仙尉,你要是哪天老了,可不就是老厨子这副尊容,估计还不如老厨子这般慈眉善目呢。"

朱敛笑道:"扯上我作甚。"

朱衣童子假装打了个嗝,翻篇翻篇。

春宵月色,轻云薄雾,总是少年行乐处。可惜年纪老大不小了还没个着落,仙尉道长就有些发愁,自己总不能一直单着吧,看看这个老厨子,就是一个不太好的榜样。

"才子占词场,真是白衣卿相。浪子走花丛,总是风流儿郎。"朱敛一手拈棋子,一手挠头,微笑道,"光阴匆匆最无赖,用少年白了头,朱颜亦辞镜,偷偷换取樱桃红,芭蕉绿。"

仙尉嚼着意思,试探性问道:"老厨子,你年轻那会儿莫非也是很有些缠绵悱恻的男女故事?"

朱敛一本正经道:"读过圣贤书的正人君子,可不会随便跟女子打架。"

仙尉嘿嘿笑道:"像我,像我。"

朱衣童子笑得肚子疼:"像高平,你们俩都像。"

他们仨不约而同地望向小陌,小陌倍感无奈道:"也像,也像。"

陈平安返回竹楼时,发现陈暖树就守在门口,笑道:"我有钥匙的。"

陈暖树故意恍然,陈平安笑了笑:"没事没事,刚好进屋子坐会儿。"

竹楼一楼,纤尘不染。书桌上搁放着一盆青翠欲滴的菖蒲,不是仙家物,是暖树早年从山中溪涧搬来的,照顾得很好。

之前九嶷山神君为了给自家先生恢复文庙位置道贺,也曾赠送了一盆菖蒲,不过是文运菖蒲,当然不是寻常物,有千年岁月了,能够汲取天地精华,每隔一段时日就可以凝聚出一粒指甲盖大小的水珠。

这盆文运菖蒲被陈平安转赠给了陈暖树,如今都是她在负责细心打理,半数文运粹然的水珠留在莲藕福地,剩余一半就让陈暖树放入落魄山溪涧中,顺水远流,龙须河、铁符江……只因为是一笔细水流长的文运增益,没有立竿见影的可能性,所以九嶷山菖蒲的价格才不至于在山上变成天价,当然,那几盆拥有三千年道龄的菖蒲得另算。

陈平安从咫尺物中取出一摞摞书籍,早已分门别类,跟陈暖树一起放在书架的不同位置上。其实在这件事上,陈平安与大泉京城黄花观的那位前朝皇子殿下如出一辙,都有强迫症,不过陈平安没有后者那么严重。

最后陈平安送给陈暖树一摞书,陈暖树双手捧书,鞠躬致谢,打算就此告辞离去,不打搅老爷休歇了。

陈平安搬了把椅子过来,笑道:"陪我看会儿书。"

陈暖树就将书暂时放在桌上,再拿起一本,一大一小一起看书。

陈平安突然笑道:"山上人不多也好,暖树不用太劳累。"

这么一想,被自己学生挖墙脚的事情,山主大人的气就顺了。不然崔宗主觉得某些事能够就此翻篇,呵,那就太天真了。

陈暖树犹豫了一下,轻声道:"老爷,崔宗主寄了一封书信给我,在信上说老爷你马上就要到家了,让我跟朱先生打好招呼,炒菜上心些,还列了单子,写了老爷你最喜欢的那些菜,最后在信的末尾还叮嘱我不要与老爷说这件事。"

陈平安微笑道:"回头找他算账。"

陈暖树欲言又止,陈平安说道:"他猜到了又如何,敢说什么,敢想什么,我就再跟他额外算账。算了算了,还是不让你为难,我就假装什么都不知道。"

陈暖树腼腆一笑。

陈平安没来由地自嘲道:"其实我也不知道该怎么当这个先生,愁,很愁。"

陈暖树抬起头,想了想,嫣然笑道:"老爷,反正崔宗主知道怎么当好学生,是不是就可以愁也愁,但是不用那么愁了?"

陈平安愣了愣:"也对!"

屋内唯有翻书声簌簌而响,陈平安随口说道:"暖树,偶尔会着急境界一事吗?"

陈暖树抬起头,眨了眨眼睛。

陈平安笑道:"必须声明一点,我可不是催促你修行,只是担心你有了想法,不好意思开口,我这个当山主的又经常出门在外,一年到头不着家,确实不像话,所以就想问问你的想法,如果没有这种想法,那就先放着,如果有呢,也别觉得难为情,我今天就先想好策略,明儿就可以着手做准备了,保证稳稳当当的。"

陈暖树连忙摇头摆手:"老爷,不用不用。"

陈平安笑着揉了揉她的脑袋:"那就不着急。"

陈暖树灿烂一笑,继续低头看书。

裴钱、曹晴朗、张先生、岑鸳机……落魄山所有人,老爷其实都看在眼里,放在心里。当然,还有那个成天就喜欢打肿脸充胖子的惫懒货。

竹楼一楼这间屋子,地方虽小,宝贝却多,除了墙上那幅吴霜降赠送的《当时帖》、奈何关集市上小精怪赠送的一方"明理笃行"款砚台,还有渝州丘氏客卿林清卿赠送的一枚山水薄意老坑田黄随形章,这会儿就都被陈平安放在了书桌上。

文庙议事期间,张直开设在鹦鹉洲的包袱斋里边,陈平安当时身上没有现钱,就与柳赤诚和酡颜夫人欠了些债,也是买了些心仪物件的。至于一些个不宜放在书房的各类山上宝物也不在少数,例如在俱芦洲,那锁云宗养云峰不就盛情难却,得了一件三郎庙灵宝甲,一件兵家金乌甲?还有九真仙馆仙人云杪送出的白玉灵芝,双方不打不相识,结果见面就送礼,半仙兵品秩呢。

此外在水龙宗,北宗宗主孙结所送的一对牛吼鱼,南宗邵敬芝给了一只山上别称小墨蛟的蠓蟆,陈平安准备在泓下和云子远游桐叶洲之前分别赠予他们。还有李源送的那块"峻青雨相"玉牌,可惜已经送给了范峻茂,不然以后可以送给陈灵均,作为他担任落魄山护山供奉和左护法的贺礼,或是送给担任青萍剑宗供奉的老嬷嬷裴渎作为回礼,都是很好的选择啊。

不知道过了多久,陈暖树约莫看完半本书,连忙起身,捧着书告辞离去,陈平安就说自己也要散步,送她返回宅子,结果发现周米粒正站得笔直当门神呢。陈暖树赶紧与她道歉,她咧嘴而笑,两个小姑娘一起与陈平安挥手作别,聊天去了。

陈平安返回竹楼,重新坐在崖畔石桌旁,假装不知,过了片刻,才转头一看,满脸讶异。

桌边坐着个莲花小人儿,方才从泥土里蹦出来,再跳上石凳,最后跳到石桌上,坐在桌边,单手撑桌面,轻轻晃着双腿。

陈平安笑着把小家伙放上肩头,一起眺望远方,老规矩,与小家伙说了些这趟远游出门的奇人趣事。

一个说得仔细,一个听得耐心,陈平安最后呢喃道:"已经回家,今日无事。"

图书在版编目（CIP）数据

剑来40：风雪旧曾谙 / 烽火戏诸侯著 . —杭州：
浙江文艺出版社，2023.5
　ISBN 978-7-5339-7215-8

　Ⅰ.①剑…　Ⅱ.①烽…　Ⅲ.①长篇小说—中国—当代
Ⅳ.①I247.5

　　中国版本图书馆CIP数据核字（2023）第062931号

选题策划　柳明晔
责任编辑　徐　旼
营销编辑　宋佳音
封面绘图　温十澈
责任印制　张丽敏

剑来40：风雪旧曾谙

烽火戏诸侯　著

出版　浙江文艺出版社
地址　杭州市体育场路347号
邮编　310006
电话　0571-85176953（总编办）
　　　0571-85152727（市场部）
制版　浙江新华图文制作有限公司
印刷　杭州杭新印务有限公司
开本　710毫米×1000毫米　1/16
字数　302千字
印张　15
插页　2
版次　2023年5月第1版
印次　2023年5月第1次印刷
书号　ISBN 978-7-5339-7215-8
定价　48.00元